MARKED MEN

À propos de ce livre
Veuillez noter que cette œuvre de fiction contient des éléments explicites et sombres ainsi que des passages qui sont susceptibles de heurter la sensibilité d'un public non averti.

Visuels de couverture : © Aratehortua/Shutterstock ; © Perfect_Vectors/Shutterstock ; © Bri Tucker/Unsplash

Pour la présente édition :
Collection New Romance® créée par Hugues de Saint Vincent,
dirigée par Arthur de Saint Vincent
Ouvrage dirigé par Sophie Le Flour

Département de Hugo Publishing
59, quai Alphonse Le Gallo
92100 Boulogne-Billancourt
www.hugopublishing.fr

ISBN : 9791042901578 / 001
Dépôt légal : avril 2025
Imprimé en France par Corlet en mars 2025
sur papier provenant de forêts gérées de manière durable.
N° d'impression : 24120788

PEFC/10-31-1510

NEW ROMANCE®

JAY CROWNOVER

MARKED MEN

TOME 6

ASA

Traduit de l'américain
par Charlotte Connan de Vries

Hugo Roman

Dédié à tous ceux qui vivent
et traversent cet instant avec moi.
Pour les lecteurs, les amoureux
des livres, les bibliophiles, les accros
aux mots... Mes amis qui comprennent
qu'il n'y a rien de mieux qu'un nouveau
livre et s'évader dans une nouvelle
histoire. J'adore le fait qu'on puisse
partager ce monde ensemble et je suis
et serai toujours fière d'être
l'une d'entre vous.

PRÉFACE

On y est arrivé ! La fin. Ma parole – ou mes très nombreuses paroles, pour être plus précise –, je ne sais pas comment, mais six livres plus tard, nous en sommes enfin là. C'est incroyable et plutôt approprié qu'Asa close ce cycle. Il n'était pas censé faire partie du groupe, n'était pas censé faire partie de la famille, ni avoir sa fin heureuse, et pourtant, le destin avait d'autres projets pour lui. Un peu comme pour moi. Il a dû se battre pour arriver là où était sa place, et j'ai également eu l'impression de devoir faire cela une fois ou deux, sur ma route. Je vais vous dire : ce petit gars du sud des États-Unis a causé ma perte à de nombreux niveaux, et pas seulement car il tourne la dernière page de cette série de livres qui a changé ma vie pour toujours.

Quand je pense que le livre d'Asa va être le huitième en un peu plus de deux ans, je n'arrive pas à y croire, c'est fou et excitant. Je n'aurais jamais cru que j'aurais un seul livre publié de toute ma vie ! Alors, le fait que nous soyons ici tous ensemble pour la fin, c'est franchement génial.

Au départ, j'avais écrit une introduction très différente à ce livre. Elle était longue, détaillée et expliquait toutes les choses contre lesquelles j'ai dû lutter pour arriver là où j'en suis aujourd'hui... Le voyage n'a pas toujours été facile pour moi, mais un jour, j'ai compris que ce n'était pas là-dessus que je devais me concentrer alors que nous fermons ce chapitre ensemble.

Non, ce sur quoi je devais me concentrer, c'était ce moment. Cette seconde précise, où je peux dire au revoir à ces personnages en même temps que mes lecteurs et, j'espère, leur donner envie de commencer une nouvelle série avec moi. J'avais besoin d'être présente ici et maintenant, et pas de regarder derrière moi tout ce qui aurait pu et dû arriver... C'est une chose que j'ai du mal à faire au jour le jour. Parfois, j'oublie que je ne suis pas responsable du monde entier, et c'est très dur pour moi de lâcher prise dans certaines situations.

Mais je le fais MAINTENANT.

À cet instant précis, je suis assise là, dépassée par la gratitude que je ressens d'avoir pu donner une histoire à chacun de ces hommes et chacune de ces femmes. Je suis remplie d'émotion grâce à tout le soutien et l'amour que mes histoires ont rencontrés sur leur route. Cela me comble d'humilité de voir le nombre de personnes qui sont prêtes à parier sur moi, encore et encore. Et surtout, je suis remplie de tellement d'amour pour ces livres et pour les gens qui les aiment autant que moi, que je n'en reviens pas. Les lecteurs sont source de tant de joie et d'excitation dans ma vie, et tous les obstacles, toutes les plaintes, tous les soucis font pâle figure comparés à cela.

Merci d'être là. Merci de me permettre d'être là...

Comme toujours, avec Amour & Encre

Jay

« Bonheur, pas dans un autre endroit
mais cet endroit... pas pour une autre heure,
mais cette heure. »
WALT WHITMAN

« Tu dois vivre dans le présent,
te lancer au-devant de chaque vague,
trouver ton éternité à chaque instant.
Les imbéciles se tiennent sur leur île d'opportunités
et regardent vers une autre terre.
Il n'y a point d'autre terre ;
il n'y a point d'autre vie que celle-ci. »
HENRY DAVID THOREAU

I

ASA

Il n'y a pas si longtemps, quand je regardais une fille se saouler intentionnellement, je préparais mon attaque. Je l'aurais ramenée chez moi, dans mon lit, sans ressentir aucune culpabilité, même en sachant qu'elle n'était pas tout à fait consciente de ses choix. Avant, je n'aurais jamais laissé passer une occasion facile, et cela ne me dérangeait pas de savoir que mes actions me faisaient perdre des points de bonne conduite. J'aimais quand les choses me tombaient toutes cuites dans le bec, sans que j'aie à fournir le moindre effort, d'autant plus quand je pouvais partir en rejetant la responsabilité de mes méfaits sur le dos de quelqu'un d'autre. La responsabilité, cela m'était étranger, et à l'époque, je l'évitais autant que les gens à qui je devais de l'argent.

Mais les temps avaient changé, et entre le moment où j'avais frôlé la mort sur un lit d'hôpital et mon retour à la vie, au moment où j'avais vu ma dernière chance d'un semblant de normalité vaciller dans les yeux de ma petite sœur, ma conscience s'était éveillée en moi. Maintenant, alors que je regardais cette très jolie fille saoule, incontrôlable, qui cherchait manifestement les ennuis, j'aurais voulu qu'elle sache à quel point le poids des regrets pouvait être lourd. Je voulais tout de même la ramener chez moi et dans mon lit, mais je me rendais compte que mon intention était différente. Maintenant, ce début de conscience me poussait à faire une chose que je n'avais jamais faite. Elle m'incitait à être chevaleresque et à la sauver d'elle-même.

Personne n'aurait jamais dit de moi que j'étais altruiste ou attentionné, mais si je ne m'en mêlais pas, la belle rousse allait s'attirer un tas d'emmerdes. Je savais, grâce à mon expérience personnelle, que l'on pouvait traîner certaines blessures et erreurs toute une vie. Porter ce fardeau était épuisant, et elle méritait mieux que ça, même si en ce moment, elle semblait l'avoir oublié.

Je me suis essuyé les mains sur le torchon de bar coincé à l'arrière de mon jean et j'ai haussé un sourcil en direction de la serveuse, Dixie, qui, avec des yeux écarquillés, regardait le même spectacle que moi sur la piste de danse. C'était samedi soir, donc le bar était bien rempli et nous avions un groupe qui jouait sur la petite scène, mais presque toutes les paires d'yeux étaient tournées vers la rouquine qui ondulait sur la piste de danse. Je savais que j'aurais dû arrêter de la servir, elle ne tenait déjà pas l'alcool en temps normal, mais ses grands yeux chocolat étaient si tristes, si tourmentés, que j'avais du mal à lui dire non. Maintenant que je ressentais des conneries comme l'empathie et la compassion, je savais que je lui avais servi trop de verres, ce qui avait provoqué le quasi strip-tease qui était en train de se produire au milieu du bar.

– Tu crois que tous ces gars qui essaient de se frotter à elle flipperaient s'ils savaient qu'elle porte très probablement une arme ?

La voix de Dixie était pleine d'ironie tandis qu'elle prenait le whisky-Coca que j'avais préparé pour une commande.

– Quand une fille aussi belle et ivre cherche à passer un bon moment, même une balle n'est pas très dissuasive. Je vais la sortir de là. Quand tu auras servi, tu pourras t'occuper du bar une seconde ?

Elle a haussé les sourcils à son tour en me lançant un sourire.

– Tu es sûr que tu veux faire ça ? On dirait une meute de chacals encerclant une gazelle à terre. Essayer de gâcher leur plaisir pourrait mal finir.

Le groupe qui jouait ce soir-là a entamé une reprise de *You Got Lucky* de Tom Petty, et la fille au centre de la tempête s'est soudain tournée et a planté son regard dans le mien. Quelque part sur la piste, elle avait perdu son haut, donc elle ne portait plus qu'un débardeur très moulant qui ne laissait pas beaucoup de place à l'imagination. Ses épais cheveux auburn, échappés de sa queue-de-cheval, étaient trempés de sueur contre sa poitrine et son cou, et son maquillage coulait sous ses yeux foncés. Sa poitrine montait et descendait, essoufflée à cause de l'effort et toute sa peau parfaite et visible brillait d'un voile de transpiration. Elle semblait tout droit sortie d'un rêve érotique que tous les mecs avaient eu un jour, ou d'un défilé de Victoria's Secret auquel elle aurait échappé pour venir se pavaner dans ce bar sans nom. Elle allait causer une émeute, et je crois que malgré tout l'alcool qui coulait dans son sang, à cet instant, elle le savait. Je le voyais à l'air de défi qu'elle me lançait depuis la piste de danse.

– Je m'en fous que ça se passe mal ; ce qui me dérange, c'est qu'elle se retrouve au milieu du carnage.

Je n'aurais pas dû m'en soucier. J'aurais dû m'en foutre. La rousse était parfaitement capable de se défendre toute seule, et comme Dixie l'avait dit, elle était sûrement armée. Je n'ai pourtant pas pu calmer la poussée d'adrénaline provoquée par mon instinct de protection lorsqu'un petit gosse de riche maladroit a posé ses mains sur sa taille toute fine et l'a attirée contre son torse.

Elle n'a pas résisté tout de suite, ses sens et ses réflexes étant évidemment altérés par le flot d'alcool qui embrumait son cerveau.

Dixie est partie servir le verre et est revenue derrière le bar avec un soupir.

– J'ai vraiment hâte que Rome engage son copain pour venir faire la sécurité le week-end. J'adore cet endroit, j'adore mon boulot, mais vous voir vous embrouiller avec des mecs qui ont l'alcool mauvais en permanence, c'est lassant.

J'ai haussé les épaules et suis passé devant elle pour aller mettre fin au désastre sur le point de se produire. La rousse avait enfin retrouvé ses esprits et se débattait maintenant activement entre les bras du petit con.

– Ça fait partie du boulot.

Mais je devais bien admettre que quand le patron, Rome Archer, avait dit qu'il avait un vieil ami de l'armée qui s'apprêtait à revenir à la maison, et qui avait besoin de trouver du travail, j'avais été soulagé que mon temps passé à jouer au videur touche à sa fin. J'avais un casier judiciaire. Un casier judiciaire très long et bien fourni, et chaque fois que je posais les mains sur quelqu'un avec violence, je voyais automatiquement des pages et des pages s'y ajouter. Comme une bonne partie de ma vie avant que je meure sur cette table d'opération, c'était une part de mon passé qui me définirait et me retiendrait toujours.

Dixie m'a appelé depuis le bar, alors que je commençais à me faufiler à travers la foule.

– Tu es trop mignon pour te prendre un poing, Asa. Fais attention.

Le gosse de riche s'était pris le visage entre les mains car le sang coulait entre ses doigts appuyant sur son nez. Deux autres mecs tenaient la rousse, chacun par un poignet, et elle fusillait du regard le groupe d'hommes qui l'entourait. Elle était grande et athlétique, mais personne ne savait pourquoi. Ce qu'ils voyaient, c'était une fille déchaînée qui les avait allumés toute la soirée, que ce soit intentionnel ou pas. Et bien sûr, maintenant qu'elle en avait fait saigner un, l'avait émasculé devant tous les spectateurs, la suite allait mal tourner. C'était une chose de se faire mettre à l'amende par une fille, c'en était une autre de se faire mettre à l'amende par une fille qui avait l'air d'avoir sa place sur les podiums avec des talons aiguilles hauts comme des gratte-ciel. Le fait qu'elle porte un pantalon jaune vif qui moulait parfaitement ses formes et qu'elle ait des seins magnifiques n'aidait pas non plus le mec à sauver sa réputation.

En un battement de cils, elle s'était mise à lutter avec acharnement contre les types qui la retenaient, et je voyais la colère monter dans les yeux humides de celui auquel elle venait probablement de casser le nez.

Je lui ai lancé un regard mauvais en guise d'avertissement. Dixie avait raison : j'étais mignon, trop mignon, mais pour compenser la beauté trompeuse de mon visage, j'étais aussi costaud et j'avais attiré les ennuis dès mon premier souffle. Donc en général, je savais faire comprendre à mon adversaire qu'il serait le perdant dans l'histoire. Le mec en sang a fait un pas en arrière tandis que j'empoignais le gars le plus proche de moi pour qu'il lâche le bras de la rouquine. Il a grogné et m'a insulté, car dès qu'elle fut libre de ses mouvements, elle lui envoya un coup de genou dans l'entrejambe, le pliant en deux.

J'ai secoué la tête lorsqu'elle s'est retournée pour jeter un coup de poing approximatif à l'autre, qui tenait encore son poignet.

– Royal ! Arrête ça !

Le groupe jouait une reprise de *A Hard Lesson to Learn* de Shooter Jennings avec un tempo accéléré, et elle m'a ignoré pour se lancer dans la bagarre.

Évidemment, il n'y a absolument rien de mal dans le fait qu'une femme se défende contre des avances non désirées, et c'était évident qu'elle ne voulait pas que ce mec la touche. Mais cette fille en particulier, cette jeune femme surprenante qui ressemblait à un top model, était un membre des forces de police de Denver, et je savais qu'elle pouvait faire de sérieux dégâts, même dans son état d'ébriété. Et ça, je ne pouvais pas le permettre. Non seulement car le Bar serait responsable, mais aussi car je ne voulais pas qu'elle fasse quelque chose qui pourrait finir par lui coûter son boulot.

J'ai passé le bras autour de Royal pour tenter de la libérer de l'emprise du mec tandis qu'elle se démenait elle-même violemment pour lui échapper. Déplier les doigts du type s'est avéré particulièrement difficile car je devais en même temps esquiver les coups de coude et les poings de Royal. Elle était rapide, forte, et le gars qui la tenait s'en est enfin rendu compte lorsqu'elle a lancé un bon coup de poing dans sa tempe. Il l'a brusquement lâchée et a reculé en titubant tandis que je coinçais ses bras déchaînés le long de son corps en la tirant contre mon torse. Je me suis penché pour lui murmurer à l'oreille :

– Calme-toi, Red.

Nous regardions tous les deux le mec qui l'avait tripotée, et j'essayais de ne pas fixer ses seins spectaculaires monter et descendre juste au-dessus du bras que j'avais collé contre sa cage thoracique. Même quand j'essayais de donner un coup de main, tous mes vieux instincts se réveillaient et brûlaient sous la surface. Je voulais la toucher d'une manière qui ne lui serait d'aucun secours.

– Elle m'a agressé.

Le gosse de riche parlait comme un enfant fâché qui se serait fait voler son jouet préféré par un gamin plus grand.

J'ai hoché la tête et ai fait attention à ce que l'on entende bien les collines du Kentucky dans ma voix en lui disant :

– Ça, c'est vrai. Mais pas avant que tu poses les mains sur elle.

Le charme du bon petit gars du Sud faisait des merveilles quand il s'agissait de calmer des situations explosives. Je crois que cela faisait croire aux gens que je n'étais pas assez malin pour être une vraie menace, malgré ma taille.

Le groupe jouait encore, mais je crois que plus personne n'y prêtait attention. Tout le monde regardait le bordel que Royal avait provoqué.

– Elle a mis un coup de poing dans la gueule de Bobby alors qu'il essayait juste de danser avec elle. Elle lui a cassé le nez !

Là encore, j'ai hoché la tête en tentant de ne pas penser aux fesses de Royal collées à mon entrejambe. Elle a tourné la tête, juste assez pour que je voie la panique naître dans son regard sombre. Elle a léché sa lèvre inférieure et j'ai dû me rappeler que je n'étais plus un mec qui profite des filles bourrées. En tout cas, je ne voulais plus être ce genre de type, même si je n'avais jamais pensé avoir le choix dans ce domaine.

– Il faut que Bobby apprenne à demander s'il veut qu'une fille danse avec lui. Écoutez, chacun peut retourner dans son coin, on oublie tout ça...

J'ai été coupé quand il m'a montré du doigt et a regardé Royal en plissant les yeux.

– Je vais appeler les flics.

J'ai senti Royal se mettre à trembler entre mes bras. C'était exactement la situation que j'essayais d'éviter. J'ai levé un sourcil en poussant Royal derrière moi, et j'ai croisé les bras. Je me suis dit que j'aurais l'air plus intimidant si je n'étais pas collé à la rousse sexy.

– Tu peux faire ça, mais ça va gâcher toute la soirée. Le groupe va devoir s'arrêter, et tous les autres gens ici vont devoir arrêter de boire, et ça va les mettre en rogne parce qu'ils ont dû payer pour entrer et écouter la musique. En plus, je devrais appeler le propriétaire du bar pour tout lui raconter, et c'est comme réveiller Godzilla en pleine sieste.

J'ai passé mon pouce sur le coin de ma bouche et lui ai offert mon plus beau sourire de campagnard. Il avait désarmé plus d'une personne cherchant à faire couler le sang, généralement le mien, et ça ne me dérangeait pas d'utiliser ce sourire pour empêcher celui de Royal de couler.

– Et puis, entre nous, elle a des amis chez les flics.

L'autre mec essayait de déterminer si j'étais sérieux ou pas, alors j'ai baissé le menton.

– Son meilleur ami est flic. Si tu appelles la police de Denver, il y a des chances pour qu'ils l'envoient, lui, parce qu'il sait qu'elle aime sortir ici, et les caméras de surveillance confirmeront ce qu'elle racontera sur toi.

J'ai montré du doigt une des caméras que Rome avait installées partout dans le Bar.

– Tu crois que ça va bien se finir pour toi ?

Il avait l'air de réfléchir à sa réponse lorsque le chanteur du groupe a soudain parlé au micro :

– Vous êtes nuls, les gars ! Prenez votre pote qui pisse le sang, sortez d'ici, et laissez les gens profiter de leur soirée.

Cela a suffi à motiver les troupes et tout à coup, le reste des clients se sont mis à scander : « Vous êtes nuls ! » et la bande de petits cons n'avait plus d'autre choix que de partir.

Ils se sont rapidement dirigés vers la porte tandis que je tirais Royal jusqu'au bar pour poser ses jolies fesses sur un tabouret en plein milieu, où je pourrais l'avoir à l'œil. Je l'ai emprisonnée en posant un bras de part et d'autre de son corps et me suis penché tout près d'elle, au point que mon nez touchait presque le sien.

À travers mes dents serrées, je lui ai dit :

– Assieds-toi. Tu as deux options, Red : soit j'appelle Saint pour qu'elle vienne te chercher, soit tu restes assise là, tu bois de l'eau et tu manges un truc bien gras et dégueulasse jusqu'à être assez sobre pour rentrer chez toi.

Elle a cligné des yeux, me faisant remarquer ses longs cils, et je jure qu'elle était sur le point de pleurer. Je l'ai vue avaler sa salive et acquiescer en hochant légèrement la tête.

Quand elle a parlé, ce n'était qu'un murmure.

– N'appelle pas Saint, je vais attendre ici.

Saint était son amie la plus proche, et aussi la copine de mon pote Nash. C'était une jeune femme douce et timide, qui pourtant arrivait à supporter le caractère effronté et impétueux de Royal Hastings. Elles formaient un drôle de duo, mais je savais que Saint laisserait tout tomber en une fraction de seconde pour voler au secours de Royal. Je ne reprochais pas à la jeune femme de ne pas vouloir que sa copine vienne la chercher dans son état actuel : c'était une épave, même si elle était toujours belle, avec un air un peu sauvage et indomptable. Seulement, sous cette apparence, c'était un désastre qui cherchait les ennuis et le danger, et ce depuis deux semaines. Ce n'était pas la première catastrophe que j'avais été forcé de prévenir à cause de ses bêtises, et il était temps d'y mettre un terme.

J'ai fait le tour du bar pour passer derrière, et j'ai lancé un regard noir à Dixie quand elle m'a mis une claque sur les fesses en repartant prendre les commandes.

– Mon héros !

Je lui ai répondu par un grognement. Je n'avais pas l'étoffe d'un héros. Je tombais plutôt dans la catégorie des super-méchants. J'ai servi un verre d'eau à Royal dans une des chopes à bière géantes que je gardais derrière le bar, et je l'ai laissé tomber sur le bar devant elle sans un mot. Elle a un peu sursauté et je voyais les regrets et les remords dans ses yeux. Des rougeurs commençaient à apparaître sur son décolleté et ses joues.

Je suis allé à l'autre bout du bar, en m'arrêtant pour remplir quelques verres, fermer une ardoise, débarrasser des assiettes vides, jusqu'à arriver à l'entrée de la cuisine qui occupait tout l'arrière du bar. Généralement, on ne servait à manger que jusqu'à minuit, mais je savais qu'Avett Walker, la nouvelle que Rome avait acceptée d'embaucher en cuisine comme faveur envers un vieil ami, traînait toujours dans le coin. Je n'avais pas vu ses cheveux rose vif passer la porte à la fin de son service, comme elle le faisait en général.

C'était une petite avec une grande gueule, dont les veines étaient, selon moi, pleines de poison et de mauvais caractère. C'était clair qu'elle ne voulait pas travailler ici. Sa mère, Darcy, gérait la cuisine et son père était le mec qui avait vendu le bar à Rome, mais Avett ne semblait pas du tout aimer cet endroit. D'ailleurs, elle semblait ne rien aimer du tout. Elle se comportait comme si venir au travail tous les jours était une peine de prison, ce qui faisait forcément de moi son geôlier, puisque j'étais son chef. Nous ne nous entendions pas très bien. Je crois que je me reconnaissais trop en elle, avec ses habitudes négligées et irrespectueuses.

J'ai appelé Avett, et comme je n'ai pas eu de réponse, j'ai traversé la cuisine vide jusqu'à arriver à la chambre froide. Je n'avais pas le temps de m'attarder, donc j'ai trouvé du fromage, du pain, et des morceaux de fruits, je me suis dit que cela ferait l'affaire. Il fallait que Royal mange quelque chose qui absorberait l'alcool, pour que je puisse lui dire d'arrêter ses conneries sans que mon ordre entre par une oreille et ressorte par l'autre.

Je refermais la porte avec le talon de ma botte puisque j'avais les mains pleines, lorsque la porte du frigo à bières s'est soudain ouverte et Avett en est sortie toute triomphante, en tripotant la fermeture Éclair de son sac à bandoulière visiblement rempli à craquer. Elle s'est figée en me voyant, et la surprise dans ses yeux a laissé place à de la méfiance.

– Qu'est-ce que tu fais là ? La cuisine est fermée.

Comme si elle avait le droit de décider de mes allées et venues dans ce bar ! C'était une tactique de diversion que je ne connaissais que trop bien.

Je l'ai fixée sans rien dire. J'ai jeté un regard insistant sur son sac puis ai remonté mes yeux vers les siens, noisette et froids.

– Qu'est-ce qu'il y a dans ton sac ?

Elle s'est appuyée sur son autre pied, et j'ai entendu distinctement le bruit de bouteilles qui s'entrechoquaient. Elle essayait de piquer des bières du frigo. Pas étonnant. Mon mal de tête n'allait pas s'arranger si je devais gérer les bêtises d'une autre femme tout aussi ingérable.

– Rien.

Elle a voulu me dépasser et le bruit des bouteilles a rempli la pièce.

J'avais les mains pleines, alors j'ai déplacé tout mon corps pour l'empêcher de passer. Avett tenait beaucoup plus de Darcy que de Brite, son père. Brite était un homme immense et barbu, et je suis sûr que des chansons folk avaient été écrites en son honneur. Avett était menue, m'arrivait à peine au milieu du torse, et elle a dû incliner la tête en arrière pour continuer à me lancer son regard mauvais. Ce qui lui manquait en taille, elle le rattrapait en mauvais caractère, et de loin.

– Remets-les. Si tu ne recommences pas, on n'en parlera plus.

Quand j'étais agacé, l'accent du Sud avait tendance à s'entendre, lourd et épais dans ma voix, et pas de la même façon que lorsque je m'en servais pour obtenir ce que je voulais ou faire croire à quelqu'un que j'étais plus gentil et plus bête que je l'étais.

– Pousse-toi, Asa.

– Non. Tu ne peux pas voler Rome. Je ne sais pas quel problème tu as avec Brite mais je m'en fous, et peu m'importe que tu préférerais visiblement te battre contre des pumas que de travailler ici. Je ne te laisserai pas profiter de Rome. C'est un mec bien et il mérite mieux que ça.

Nous nous sommes affrontés du regard et pendant une seconde, j'ai cru qu'elle allait essayer de me dépasser, sachant que je ne pouvais pas me servir de mes mains, mais je crois qu'une sorte de fil invisible nous liait, elle savait d'instinct qu'elle aurait pu s'en tirer, mais pas pour longtemps.

Elle a soufflé bruyamment, ce qui a fait voler sa frange rose sur son front. Elle aurait été vraiment mignonne si elle n'avait pas été aussi chiante, et plus jeune que moi d'une dizaine d'années. C'était encore une gamine en réalité, et elle avait franchement le comportement qui allait avec.

– Je vais à une fête et je n'ai pas d'argent pour acheter de la bière. Je ne pensais pas que ce serait un drame si je prenais un pack de douze dans le frigo. Après tout, mon père a quasi donné ce bar au soldat. Quelques bières, ça me semble honnête, comme échange.

J'ai levé les yeux au ciel.

– Non, ce ne serait pas un drame. Tu sais que ça ne dérangerait pas Rome, si tu lui demandais. Mais tu te balades comme si on te devait quelque chose pour je ne sais quelle raison, et je n'aime pas ça. Alors je ne vais pas te laisser voler.

J'ai froncé les sourcils et me suis appuyé sur mon autre pied.

– Comment peux-tu être déjà à sec ? Tu as été payée vendredi.

Comme elle travaillait en cuisine, je savais que Rome la payait à l'heure. Pas de quoi partir en voyage, mais cela faisait assez d'argent pour tenir un mois et non vingt-quatre heures, à moins qu'elle ne soit dans de sales draps.

Au lieu de me répondre, elle s'est retournée d'un coup et est allée remettre les bières dans le frigo. J'ai attendu qu'elle ressorte, et je l'ai fait passer devant pour sortir de la cuisine et retourner derrière le bar. J'étais parti assez longtemps pour que le groupe ait fini de jouer, du coup, une foule s'était formée devant le bar et Dixie faisait de son mieux pour prendre toutes les commandes. J'ai poussé Avett du coude et ai déposé mon chargement dans ses mains. J'ai montré Royal du doigt, qui était assise, stoïque, au milieu de l'animation, la tête penchée et le regard rivé sur le bar.

– Donne ça à la rousse. Vérifie qu'elle mange, et si je t'attrape encore à essayer de voler, je te mets à la porte. Je me fiche de ce que j'ai promis à Brite ou du mal que ca ferait à Darcy.

Elle m'a regardé d'un œil mauvais et a marmonné, tout juste assez fort pour que je l'entende :

– C'est drôle, venant de toi.

Elle n'avait pas tort. C'était ridicule venant de moi, alors je l'ai ignorée et j'ai plongé dans le travail. L'appel pour les derniers verres n'était que dans une demi-heure, donc cela s'est avéré un peu plus compliqué que d'habitude. Les week-ends au Bar étaient de plus en plus chargés depuis que Rome l'avait retapé, et j'allais peut-être lui demander d'embaucher un autre serveur en plus du videur. Les affaires tournaient bien, et pour que cela continue, il fallait s'assurer que le public soit aussi bien servi que les vieux vétérans usés qui emplissaient le bar pendant la journée.

J'essayais de garder un œil sur Royal. J'avais peur qu'elle essaie de partir avant que j'aie pu lui parler et évaluer sa sobriété, mais elle était au même endroit, la tête baissée, les yeux sur le bar, et elle avait fini son verre d'eau. Elle avait aussi bien attaqué la nourriture devant elle, donc j'ai pu respirer à nouveau. Elle était anormalement calme et j'ai pensé à son pull que j'aurais dû récupérer en la sortant de la foule, tout à l'heure. Elle avait l'air toute chiffonnée, comme si elle venait de sortir du lit, et cela ne m'aidait pas du tout à me rappeler pourquoi il fallait que je la sorte de l'état dans lequel elle était depuis la semaine avant Noël.

J'ai fait l'appel pour les derniers verres. J'ai payé le groupe et remercié le chanteur de m'avoir aidé avec la bande de gamins, et il m'a demandé si cela intéresserait Royal de partir sur la route avec eux comme danseuse. J'ai ri en précisant que, malheureusement, elle avait déjà un boulot à temps plein. Je n'ai pas pris la peine de lui expliquer ce qu'elle faisait, car je me doutais qu'il ne me croirait pas, de toute façon. J'ai aidé Dixie à débarrasser la scène, puis nous avons commencé à diriger les gens vers la sortie, et je me suis arrêté à côté de Royal pour lui dire :

– Reste là une minute.

Elle n'a pas répondu, mais a repoussé les cheveux qui tombaient sur son visage pour les mettre derrière son oreille, et m'a regardé du coin de l'œil.

J'ai pris cela pour un oui silencieux et ai aidé Dixie à faire sortir tout le monde et à mettre toutes les chaises sur les tables, afin que l'équipe de nettoyage puisse passer avant l'ouverture demain matin. Comme nous faisions cela six soirs par semaine tous les deux, Dixie et moi avions mis en place une technique assez rapide. Quand j'ai eu fini, je suis passé derrière le bar, je me suis servi un Dalwhinnie avec des glaçons, et j'ai pris mon verre pour aller m'asseoir sur un tabouret de l'autre côté du bar, à côté de Royal. Tout le monde m'embêtait en disant que je devrais boire du bourbon, puisque je venais du Kentucky, mais je préférais le goût acre et puissant du scotch. Cela m'allait bien, car j'étais également acre et puissant.

J'ai pris une gorgée et j'ai posé mon verre sur le bar avec un bruit sourd. J'ai passé la main dans mes cheveux blonds foncés et lancé en regard en coin à Royal.

– Alors, c'est ça ton truc, maintenant ? Tu bois, tu énerves les autochtones, tu enlèves la moitié de tes vêtements en public, tu fais l'idiote de façon générale ? Parce qu'il faut que je te dise, après deux week-ends de suite à devoir te servir et nettoyer derrière toi, je crois qu'il est temps que tu trouves un autre bar à squatter.

J'ai vu ses épaules s'effondrer et elle m'a rendu mon regard.

– Pourquoi tu n'as pas dit aux mecs que j'étais flic ?

J'ai soupiré et me suis retourné pour lui faire face. J'aurais vraiment préféré qu'elle ne soit pas aussi canon. J'essayais d'être raisonnable et cela rendait les choses beaucoup plus difficiles.

– Parce que même si tu peux légalement porter une arme grâce à ton badge de police, tu ne peux pas boire avec une arme chargée sur toi. C'est illégal, et c'est une prise de tête dont tu ne veux pas et dont tu n'as pas besoin.

– Depuis quand tu t'inquiètes que les autres respectent la loi ?

Elle reprenait du poil de la bête, et c'était un changement appréciable après l'apitoiement larmoyant dans lequel elle avait sombré depuis que je l'avais éloignée de la piste de danse.

– Je n'en ai absolument rien à foutre que les autres respectent la loi, mais tu as un boulot que tu aimes, des amis qui se font du souci pour toi, et tu es beaucoup trop jeune pour jeter tout ça par la fenêtre. Même si on dirait que c'est ce que tu cherches à faire, en ce moment. Il faut que tu mettes de l'ordre dans ton bordel, Royal, avant qu'il soit trop tard pour réparer les conneries que tu sembles pressée de faire.

Elle avait à peine vingt-trois ans. Soit un siècle de moins que moi, même si j'avais encore quelques petites années avant d'atteindre la grande trentaine.

– C'est drôle, venant de toi.

C'était la deuxième fois que j'entendais ces mots en moins d'une heure. Effectivement, je ferais peut-être mieux de ne pas m'en mêler et de laisser tout le monde apprendre ses leçons à la dure, comme j'y avais été obligé. J'ai repris mon verre et ai bu une autre gorgée.

– Tu règles tes problèmes ou pas, comme tu veux, mais c'est mon dernier avertissement, ne ramène pas tes conneries dans mon bar. Tu veux partir en fumée, OK, mais je ne te regarderai pas brûler.

Quelque chose est passé dans ses yeux, tellement de tristesse et de confusion que cela m'a vraiment donné envie de lui tendre la main et de la réconforter, mais toucher Royal était une mauvaise idée. J'avais déjà assez de mal à sortir mon cerveau de mon pantalon et à garder les mains dans mes poches quand j'étais près d'elle. Elle m'a regardé en clignant ses yeux aux cils immenses, a sorti la langue pour la passer sur sa lèvre inférieure, et j'ai oublié de respirer pendant une seconde. Elle le faisait exprès. J'en étais sûr.

– Un de ces jours, quand je te le demanderai, tu rentreras avec moi, Asa.

Elle s'est un peu penchée sur le tabouret du bar et a posé la main sur ma cuisse. Mes doigts se sont crispés si fort sur mon verre que j'ai été étonné qu'il ne casse pas.

– C'est pour ça que tu es là ? Pour te donner en spectacle ? Tu veux vraiment faire ce genre d'erreur, Royal ?

Mon accent était si prononcé que les mots étaient traînants et lourds. Je sentais le sang accélérer sous ma peau et je savais que mes yeux brillaient d'une lueur dorée sur mon visage. C'était rare que quelqu'un me mette mal à l'aise, me fasse perdre mes moyens, mais Royal l'avait fait plus d'une fois depuis le peu de temps que nous nous connaissions.

Elle s'est penchée en avant et s'est arrêtée quand sa bouche n'était qu'à une fraction de centimètre de la mienne. Je pouvais presque sentir son goût. En fait, si j'avais sorti le bout de la langue, j'aurais pu la goûter. J'ai serré les dents pour m'en empêcher, même si j'étais sûr qu'elle aurait un goût de bonbon et de feu. Elle devait être délicieuse...

– On dirait que je ne fais plus que des erreurs, maintenant. Au moins, avec toi, ce serait sympa.

Elle s'est servie de son appui sur ma jambe pour se redresser en glissant du tabouret dans un mouvement sexy. J'ai dû contenir un grognement.

– Si tu ne veux pas que je sois là, je ne reviendrai pas.

Elle a jeté sa masse de cheveux par-dessus son épaule et m'a lancé un regard ferme de ses yeux marron foncé.

– Je pensais vraiment que tu rendrais les choses plus faciles.

Je n'ai rien dit quand elle est partie, stable sur ses chaussures d'enfer et sans son pull, même s'il faisait froid dans l'hiver du Colorado. De toute évidence, elle était assez sobre pour conduire, mais je ne savais pas du tout à quoi elle pensait.

Dixie a verrouillé la porte derrière la rouquine et est venue jusqu'au bar. Elle s'est pris une bouteille de Bud Light, ce qui était un sacrilège dans ce bar dominé par la Coors Light, et a rempli mon verre de scotch.

– Je ne sais pas comment tu as réussi à lui dire non une fois de plus.

Elle a secoué ses boucles d'un blond chaud en me souriant.

– Je n'aime pas les filles mais je crois que je me la taperais bien si elle me le demandait. Elle est sublime.

J'ai marmonné quelques jurons dans ma barbe et ai avalé la deuxième tournée cul sec. Ça brûlait un peu, et j'ai dû cligner des yeux.

– C'est une flic, une flic qui m'a déjà coffré. J'ai un meilleur instinct de survie que ça.

D'après mon expérience, les flics n'étaient pas mes plus grands fans, et je ne pouvais pas le leur reprocher. J'ai reposé le verre vide sur le bar et me suis levé. Il était tard et j'avais besoin d'une centaine de douches froides.

– En plus, elle ne veut pas vraiment baiser, c'est juste ce qu'elle croit.

Dixie a pouffé de rire.

– Ce n'est pas l'impression que j'ai.

Cela avait peut-être l'air évident vu de l'extérieur. Royal était mignonne, j'étais mignon, et c'était clair qu'il y avait de l'attirance entre nous, mais après le temps que j'avais passé à me foutre de la gueule des gens, j'avais appris à voir plus loin que les apparences, à voir le danger qui menaçait, et c'était évident pour moi que Royal était dangereuse de bien des façons.

– C'est une très jolie fille avec une blessure très moche, et elle s'est mis dans la tête qu'elle méritait d'être punie, de souffrir encore plus.

– Alors elle essaye de t'attirer dans son lit pour se punir ? Ça a l'air cool comme punition.

Je lui ai jeté mon torchon et me suis levé du bar pour pouvoir compter la caisse de la soirée et rentrer chez moi. Maintenant, l'image de Royal avec ses menottes et rien d'autre allait occuper mes pensées toute la nuit. Comme si elle avait besoin de ça pour être inoubliable.

– Elle s'en veut et elle fait tout ce qu'elle peut pour se sentir encore plus mal.

Je ne connaissais pas les détails de ce qui avait déclenché le nouveau comportement destructeur de Royal, mais je savais que son équipier, qui était en fait son meilleur ami depuis très longtemps, avait été blessé assez gravement en service et que Royal était en ce moment en congé administratif pendant que le département enquêtait sur les circonstances qui avaient mené à ce que deux flics se fassent tirer dessus. Un agent ne s'en était pas sorti, et l'autre était encore à l'hôpital. L'autre étant Dominic, son équipier.

– Je n'ai pas du tout envie de jouer un rôle dans cette histoire.

Je m'étais assez servi des gens dans ma vie, y compris de ceux qui m'aimaient inconditionnellement, pour savoir ce que cela faisait d'être l'outil de quelqu'un d'autre. Je n'allais pas aider Royal à s'autodétruire.

Dixie m'a lancé un doux sourire qui m'a rappelé que même si elle était très dure quand elle devait l'être, au fond, c'était une grande romantique.

– Peut-être que tu devrais tenter le coup, qu'elle se sentirait mieux grâce à toi, et peut-être qu'elle pourrait enfin te montrer à quel point tu as changé depuis un an.

J'ai simplement secoué un petit peu la tête et lui ai dit calmement :

– Ce n'est pas le genre de chose que je fais.

Non ; je détruisais les choses, je ne les réparais pas.

Je ne mentais jamais à propos de l'homme que j'avais été pendant la majorité de ma vie, ou des choses que j'avais faites. J'étais capable du pire, de faire plein de truc très moches, tordues et sombres ; pourtant toutes les personnes qui me connaissaient maintenant semblaient avoir l'impression que j'avais subi une sorte de transformation après être sorti du coma dans lequel j'avais été, après avoir frôlé la mort. La vérité, c'est que je ne serais jamais un mec bien. Je ne serais jamais le type d'homme qui arrange les choses. Peu importe ce que tout le monde voulait penser, ou combien Royal semblait avoir désespérément besoin que quelqu'un intervienne et la sorte de son bourbier, je n'étais pas fait pour être un héros ni un sauveur. Les fantômes de mon passé pesaient déjà tellement sur mes épaules que je n'aurais jamais pu tirer quelqu'un vers le haut.

La vieille devise était vraie : chassez le naturel, il revient au galop ; et tout comme ce cheval, j'étais un animal, un prédateur d'un bout à l'autre, même si les autres voulaient croire que j'étais désormais domestiqué.

2
ROYAL

Lorsque mon téléphone, que j'avais laissé posé à côté de ma tête la veille, a sonné le lendemain après-midi en faisant résonner *Toxic* de Britney Spears, j'ai failli tomber du lit en le cherchant pour l'éteindre. Je me sentais terriblement mal. C'était en partie dû au fait que je ne dormais presque plus, somnoler au milieu de la journée était tout ce qui me permettait de tenir. Mais surtout, c'était parce que le numéro sur mon téléphone était celui dont j'attendais l'appel depuis d'interminables semaines.

J'ai fait taire la chanson pop en glissant mon doigt sur l'écran et j'ai essayé d'avoir l'air plus réveillée que je ne l'étais réellement en lançant un bonjour essoufflé et tremblotant. Je me fichais de ce que tout le monde pensait de mes terribles goûts musicaux. Je traînais dans le caniveau toute la journée. Je me frottais à des junkies, à des hommes violents envers leurs femmes, et à des parents qui ne s'occupent pas de leurs enfants, tous les jours. Je refusais d'écouter quoi que ce soit qui ne soit pas entraînant. Mon boulot n'était pas toujours drôle, alors je faisais en sorte que le reste de ma vie le soit.

– Tu sais que je sors aujourd'hui, hein ?

J'ai repoussé une masse emmêlée de cheveux roux foncés de mon visage et suis remontée tant bien que mal sur le bord de mon lit. J'ai mordu ma lèvre et essayé de calmer ma respiration. Évidemment que je savais qu'il sortait de l'hôpital aujourd'hui. Ce que je ne savais pas, c'était s'il allait vouloir que je sois près de lui. J'ai fermé les yeux en remerciant le ciel que nous ne soyons pas face à face. Dominic Voss me connaissait mieux que quiconque sur cette planète, et si nous étions dans la même pièce, il aurait pu sentir la culpabilité et le dégoût dans lesquels je me noyais ces derniers temps. Merde, si quelqu'un d'aussi fermé et déconnecté qu'Asa Cross avec perçu l'état de détresse dans lequel j'étais, c'était impossible que mon meilleur ami et équipier le manque. Dom était Dom, il saurait que mon état était la conséquence directe de ce qui lui était arrivé lors de ce maudit appel.

– Je sais. Je sais aussi que tes sœurs vont venir vivre avec toi le temps que tu te remettes sur pied, et je ne voulais pas vous gêner. Je ne savais pas si tu voulais que je vienne.

Je me rendais compte moi-même que j'avais l'air pathétique et ridicule.

Dom et moi étions inséparables depuis nos cinq ans. Il n'y avait jamais eu un seul moment où il ne voulait pas que je sois là. Il n'y avait jamais eu un seul moment durant notre amitié où je l'avais gêné, et toute sa famille me considérait comme l'une des leurs. Je pense que cela rendait ce qu'il s'était passé encore plus dur à porter.

J'ai entendu Dom soupirer puis lâcher un juron. Sa voix grave trahissait sa fatigue tandis qu'il me réprimandait gentiment.

– Ramène ton petit cul ici, Royal. Je t'ai laissé te morfondre deux semaines, putain. Passe à autre chose. Parfois, les choses tournent mal, et ça va continuer, parce que c'est ça, être flic. J'ai un putain de plâtre qui va de ma cheville à mes couilles. J'ai une épaule cassée et je ne peux pas respirer sans avoir l'impression que je bois de l'acide. J'ai l'impression d'être une crotte de chien piétinée, et j'en ai l'air aussi, et ma meilleure amie n'a été là pour rien de tout ça. Tu peux peut-être arrêter tes conneries, maintenant, non ?

Je n'ai pas pu retenir les larmes qui commençaient à couler sur mes joues. Je les ai essuyées avec le dos de ma main en me levant. Ce qu'il a dit ensuite m'a fait l'effet d'un poignard, et je suis sûre que c'était ce qu'il voulait.

– J'ai besoin de toi ici, ma petite.

Nous avions toujours eu besoin l'un de l'autre, dans notre vie quotidienne comme au boulot. C'était pour cela que je me sentais si mal. C'était la raison pour laquelle je ne pouvais pas accepter combien je n'avais pas été à la hauteur. J'étais censée le soutenir, comme il l'avait toujours fait pour moi, et au lieu de cela, il avait frôlé la mort par ma faute.

– Je suis en route.

J'ai raccroché le téléphone après qu'il m'avait lancé que ce n'était pas trop tôt, et j'ai couru partout dans mon appartement pour essayer de me rendre présentable. Après une dure soirée passée à boire, je n'étais jamais vraiment jolie, mais ajoutez à cela une nuit blanche et un énième refus de la part d'un barman du Sud outrageusement sexy, et j'atteignais sûrement le niveau de Dom question sale tronche. J'avais des ombres foncées sous chaque œil, j'étais beaucoup plus pâle que d'habitude, de fines veines rouges striaient le blanc de mes yeux, et j'avais des bleus vraiment très moches autour des poignets. La honte et les regrets étaient aussi présents que la culpabilité dans l'avalanche d'émotions qui m'étouffait.

J'étais plus maligne que cela, vraiment. Je n'étais pas du genre à sortir et à perdre le contrôle, je buvais rarement, et quand cela arrivait, je restais toujours responsable et vigileante. Mais ces derniers temps, ma vie s'était réduite à un long tunnel, et je ne voyais plus que Dom touché, balle après balle, et tombant par-dessus la rambarde de l'escalier de secours sur le côté du bâtiment. Quand je ne le voyais pas lui, c'était la femme de l'agent qui n'avait pas survécu à l'échange de tirs, s'effondrer dans l'entrée des urgences, en apprenant que son mari était mort. Comme si cela ne suffisait pas à ronger mon âme, le souvenir de mon lieutenant me disant que je devais lui rendre mon arme et mon badge et prendre un congé administratif pendant que le département menait une enquête me hantait chaque seconde de chaque jour.

Afin de me débarrasser de quelques-unes de ces pensées atroces, j'étais déterminée à faire des choses qui ne me ressemblaient pas, des choses qui me donnaient l'impression d'être libre, et c'était pour cela que je passais du temps au Bar. C'était pour cela que je buvais comme un trou, et en réalité, c'était aussi pour cela que je me jetais sans scrupule sur Asa Cross. Je n'avais jamais dû courir après un gars. Je n'avais jamais été intéressée par le genre de mec qui transpirait le sexe et les ennuis comme Asa. Et je n'étais certainement pas du genre à mélanger le travail et le plaisir. Je savais qu'Asa n'apporterait rien de bon, qu'il n'était du bon côté de la loi que sur la pointe des pieds, et je devais respecter ma règle numéro 1 : ne jamais fréquenter quelqu'un qui avait connu l'arrière d'une voiture de police, et encore moins la mienne. Eh bien, Asa n'avait pas seulement été à l'arrière de ma voiture, mais il avait aussi fait des allers-retours en prison avant même sa majorité. Ce mec vivait selon ses propres règles, et son passé n'était pas joli. Les flics ne devraient pas avoir d'intérêt romantique pour les délinquants, même les délinquants repentis. Mais moi, si. En fait, j'étais plus qu'intéressée, mais chaque fois que je tentais ma chance avec lui et qu'il me disait non, je me demandais s'il pouvait voir l'échec qui me hantait. Je me demandais si c'était pour ça qu'il continuait à me dire non.

Je savais à quoi je ressemblais. Je savais que lorsque nous nous regardions, il y avait de l'intérêt et une attirance qui scintillaient sombrement dans ses yeux de bronze ; je savais aussi qu'il était le genre de mec qui aimait les filles faciles. En l'occurrence, j'étais facile. J'avais besoin de quelque chose pour me sentir bien, pour oublier, même pour une seule seconde, et je n'avais pas peur d'admettre que j'avais envie de lui. Je faisais en sorte que ce soit facile pour lui de dire oui, et pourtant il continuait à me tourner le dos. Je ne comprenais pas, donc je me sentais encore plus perdue et à la dérive qu'avant.

S'il voulait réellement que je trouve un autre bar, c'est ce que j'allais faire. Je n'allais dans ce bar miteux que parce que je voulais qu'il me ramène chez lui. Je voulais qu'il me tire par-dessus le bar et qu'il m'embrasse jusqu'à faire disparaître toute la souffrance et la laideur qui me remplissaient. Je savais que je ne m'y prenais pas comme il fallait, je savais qu'un mec comme Asa n'avait rien à fiche de quelqu'un qui faisait appliquer la loi et essayait de maintenir la paix. En plus, ce n'était pas gagné sachant que j'avais été forcée de l'arrêter pour coups et blessures peu de temps auparavant. Asa me trouvait peut-être jolie, et il essayait peut-être de me sauver de moi-même car nous avions des amis en commun, mais je doutais sérieusement que je puisse être un jour l'objet de ses désirs après que je lui avais passé les menottes et l'avais traîné jusqu'au poste de police.

J'ai vaguement remonté mes cheveux en queue-de-cheval, ai glissé mes pieds dans une paire de vieilles bottes de moto, et ai foncé vers la porte d'entrée. Je m'apprêtais à la claquer derrière moi lorsque je me suis rappelée de prendre mes clés. Je n'arrêtais pas de m'enfermer à l'extérieur ; de ma voiture, de mon appartement, et même plusieurs fois de ma voiture de service. C'était une mauvaise habitude très chiante, et pas seulement pour moi, mais je ne semblais pas pouvoir m'en débarrasser, même après qu'une de mes mésaventures avait semé la zizanie entre mon voisin et son adorable copine.

Je me suis dépêchée de faire demi-tour, crevée et énervée. J'ai pris mes clés à l'endroit où elles étaient posées à côté de la porte et suis ressortie en vitesse. Cette fois, le couloir n'était pas vide, et la copine du voisin, qui se trouvait aussi être ma seule et unique amie sur cette planète, sortait de l'appartement en face du mien. Saint était gentille comme tout. Elle était sereine et avait une voix douce, il y avait chez elle quelque chose qui m'avait tout de suite attirée. Quand j'étais avec elle, c'était comme si le rythme chaotique et dangereux de ma vie ralentissait pour laisser place à un doux balancement. Je l'avais obligée à être mon amie même si elle m'avait résisté au début. Maintenant, elle était presque aussi proche de moi que Dom, et tout aussi inquiète à cause de mon comportement.

Elle portait sa tenue d'infirmière sous son gros manteau d'hiver, donc elle partait manifestement à l'hôpital, où elle travaillait aux urgences. Ses cheveux cuivrés, dont la couleur tirait plus sur l'orange que les miens, étaient rassemblés sur sa tête dans un chignon vite fait et son visage était tout propre. Saint était une vraie poupée et le look de la *girl next door* lui allait à merveille. Malheureusement, je n'avais pas la chance de pouvoir adopter le concept *less is more*, donc les cernes noirs sous mes yeux disaient tout ce qu'il y avait à savoir de ma folle soirée sans que j'aie à prononcer un seul mot.

– Dom sort de l'hôpital aujourd'hui, lui ai-je dit en me dépêchant.

Elle m'a regardée en clignant de ses yeux gris doux et le coin de sa bouche a formé un demi-sourire.

– Je sais. Je suis passée voir comment il va.

J'ai soupiré. Évidemment qu'elle le surveillait, c'était une amie géniale.

– Merci.

Elle a légèrement hoché la tête et nous nous sommes dirigées sans rien dire vers la porte du bâtiment victorien dans lequel nous vivions.

– Il me demandait de tes nouvelles chaque fois que je passais dans sa chambre.

J'ai avalé ma salive. Non pas parce qu'elle me jugeait ou qu'elle était méchante, mais parce que nous savions toutes les deux que j'aurais dû aller à l'hôpital pour le voir. J'ai serré mes clés dans ma main si fort que le métal s'est douloureusement enfoncé dans ma peau.

– Je ne pouvais vraiment pas. Je suis restée jusqu'à ce qu'ils viennent nous dire qu'il était stable après l'opération, mais c'était trop pour moi.

J'ai secoué la tête et ai frissonné quand l'air glacé de Denver s'est infiltré dans le col du sweat-shirt que j'avais enfilé. La raison pour laquelle Dom était resté si longtemps à l'hôpital n'était pas sa cheville éclatée ni son fémur cassé, mais c'était que l'une des balles avait transpercé un de ses reins. Il avait failli se vider de son sang avant d'arriver à l'hôpital.

– Sa mère était là, elle me regardait sans dire un mot. Je voyais qu'elle se demandait comment j'avais pu laisser Dom se faire tirer dessus. Je voyais ses sœurs penser : « Pourquoi Dom et pas elle ? » Je savais que j'allais m'effondrer et je ne voulais pas le faire devant tout le monde.

Elle a tendu la main et a pris mon coude.

– Personne ne te reproche rien, Royal. La famille de Dominic ne pensait pas ça, et tu le sais.

Merde. Quand est-ce qu'elle avait commencé à lire aussi facilement en moi ? Voilà pourquoi c'était dur d'avoir des amis.

– Je m'en veux, Saint.

Elle a soupiré et a lâché mon bras.

– C'est ce que je pensais, mais tu vas devoir dépasser ça. Comment se passe l'enquête ?

J'avais aussi peu envie de parler de l'enquête que de parler de l'état de Dom.

– Ça se passe. Les enquêtes internes sont toujours compliquées quand il y a eu le décès d'un agent.

Et elle était compliquée car j'évitais soigneusement de faire tout ce qui pouvait m'aider à me sortir de là. Il y avait d'autres agents sur les lieux et les témoins du quartier. Dom avait fait sa déposition, ainsi que l'équipier de l'agent qui ne s'en était pas sorti. Tous les récits concordaient et démontraient que je n'avais rien fait de mal, que la faute ne reposait pas sur moi, et que le gamin sur qui j'avais été obligée de tirer aurait continué à appuyer sur la gâchette jusqu'à ce que tous les uniformes soient tombés, mais, malgré tout, la culpabilité ne me quittait pas. Je me sentais sale et non qualifiée. Pas parce que j'avais tiré, mais parce que j'avais tiré trop tard.

– Je suis sûre que tout va finir par s'arranger pour toi. Est-ce qu'ils t'ont demandé d'en parler à quelqu'un ? C'est une situation assez lourde à traverser toute seule.

Pour Saint, soigner l'esprit était aussi important que soigner le corps. Je crois que c'était pour ça qu'elle était douée dans les situations de crise qu'elle gérait tous les jours. Elle tenait le coup face aux tragédies et au stress quand elle était au travail, dissociait le personnel du professionnel, puis rentrait à la maison vider son sac avant que ça déborde. Contrairement à elle, je n'étais pas très douée quand il s'agissait de lâcher prise. En fait, ces derniers temps, je m'agrippais des deux mains à tout ce qui me touchait. Je crois que je pensais que si je m'y accrochais assez fort, personne d'autre n'aurait à en subir les conséquences.

– Je suis censée y aller demain.

Censée, c'était le mot-clé. Si je ne trouvais pas la moindre excuse pour ne pas avoir à écouter une psy me dire que je souffrais simplement de la culpabilité du survivant, j'allais péter les plombs. J'avais merdé. Je le savais, et je n'avais pas besoin qu'un professionnel me le confirme, mais si je voulais recommencer à bosser, j'allais devoir avaler la couleuvre et me forcer à aller m'allonger sur un canapé pour me faire laver le cerveau.

Saint s'est arrêtée quand nous sommes arrivées à ma 4Runner et a penché la tête en me regardant gravement. Je lui ai rendu son regard car j'accordais trop de valeur à notre relation pour ignorer son inquiétude.

– Vas-y. Écoute ce que la psychologue a à te dire. Tu n'es pas obligée de traverser ça toute seule, Royal.

Elle a tendu le bras et m'a fait un câlin, que je lui ai rendu, quoiqu'un peu raide. Quoi que ce soit, ce truc, je n'étais clairement plus la seule affectée, désormais.

Quand nous nous sommes séparées, je lui ai fait un sourire maladroit et lui ai dit :

– J'ai encore essayé de convaincre Asa de rentrer avec moi, hier soir.

Elle a levé un de ses sourcils en me regardant.

– Encore ?!

J'ai retroussé le nez et ai ouvert la portière de mon vieux SUV.

– Il n'arrête pas de me dire qu'il n'est pas intéressé. Peut-être que je ne lui plais pas, c'est tout.

Elle a eu un petit rire délicat et a remonté la fermeture de son manteau alors que le vent soufflait plus fort et rendait l'air hivernal à la limite du supportable.

– Évidemment que tu lui plais. Peut-être qu'il voit simplement que tu ne t'aimes pas beaucoup en ce moment.

Je lui ai jeté un regard assassin mais n'ai pas discuté. C'est vrai, je ne m'aimais pas trop ces temps-ci. J'ai relevé la manche de mon sweat et lui ai montré mon poignet et elle a hoqueté, choquée.

– J'ai trop bu et je me suis attiré des ennuis. Asa m'a sortie de là et s'est assuré que je sois assez sobre pour reprendre la voiture et rentrer.

– Nash dit que même avec toutes les histoires de son passé, Asa est vraiment un mec correct.

En le disant, Saint n'avait pas l'air convaincue.

J'ai simplement haussé les épaules et démarré la voiture. Le temps était glacial et le moteur a mis des plombes à chauffer avant d'être opérationnel.

– Correct, c'est ennuyeux si ça veut dire que je ne peux même pas arriver au stade du baiser avec lui.

Elle a secoué la tête en entendant le ton acerbe et frustré de ma voix.

– Je crois que tu fais exprès de chercher les ennuis.

Son avertissement tombait dans l'oreille d'une sourde. Oui, je cherchais les ennuis, mais l'ennui ne voulait pas de moi, donc c'était un point discutable.

– Je cherche quelque chose, et je ne crois pas qu'il y ait quoi que ce soit de mal à ça.

– Non, c'est vrai, mais quand tu auras récupéré ton badge et ton uniforme, les règles du jeu changeront, Royal. Tu devrais peut-être penser à ça.

Je ne voulais pas réfléchir aussi loin. J'ai marmonné dans ma barbe alors que Saint faisait un pas en arrière pour que je puisse fermer la portière.

– Je t'appellerai lundi quand j'aurais parlé à la psy, si j'y vais, et je passerai ton bonjour à Dom.

– Dominic t'adore, quoi qu'il arrive, tu le sais ?

J'ai hoché la tête, et pour la deuxième fois cet après-midi, j'ai senti les larmes me monter aux yeux.

– C'est ce qui n'arrange pas les choses. On se parle plus tard.

Elle m'a fait un petit signe de la main et s'est dirigée vers sa petite Jetta qui démarrerait un million de fois plus vite que mon vieux tank. J'aurais pu acheter une voiture plus récente et plus élégante, mais la 4Runner m'accompagnait depuis que j'étais ado et j'avais tellement de bons souvenirs qui y étaient rattachés que je ne supportais pas l'idée de m'en séparer.

Dom m'aimait vraiment, et je l'aimais aussi. Il était tout pour moi. C'était la lumière qui me guidait, ma voix de la raison. Dom était, sans aucun doute, mon héros, et surtout, il était là pour me rappeler que j'avais d'autres qualités que mon physique. Sans Dom, il y aurait eu de fortes chances que, plus jeune, je devienne une petite prétentieuse, quand il était devenu évident que les dieux de la génétique m'avaient dotée de sérieuses qualités physiques. Dom a toujours été celui qui me rappelait que je valais tellement mieux que de devenir une femme-objet. J'étais intelligente, et capable de faire la différence. Si Dom n'avait pas cru en moi, ne m'avait pas poussée, je n'aurais jamais atteint les objectifs que je m'étais fixés. Si Dom ne m'avait pas rappelé ce que je valais, j'aurais sûrement fini exactement comme ma mère.

J'en frissonnais rien que d'y penser.

J'aimais ma mère, vraiment, mais je n'avais aucune patience face à ses décisions déplorables et la façon dont elle collectionnait les hommes comme si c'était une compétition sportive. Ma mère avait toujours été plus une amie qu'un parent. Elle m'aimait inconditionnellement, j'étais son monde entier, mais cela ne suffisait pas à combler le vide que mon père avait créé en refusant de quitter sa femme et sa famille pour être avec nous. Ma mère ne s'était jamais remise de ce rejet, et depuis, elle courait après le grand amour, et cherchait constamment la validation des hommes.

Ma mère est sublime, on sait d'où vient ma beauté. C'était aussi une habituée des adultères et elle avait brisé tellement de mariages et de couples que j'avais arrêté de compter quand j'étais adolescente. Quand j'étais plus jeune, je trouvais cela honteux et ça me mettait mal à l'aise. En vieillissant, j'avais compris qu'elle n'était tout simplement pas heureuse, qu'elle ne l'avait jamais été, et que même si elle m'aimait à la folie, je ne suffirais jamais à remplir le vide que mon père avait laissé dans son cœur. J'avais appris à accepter la relation que nous avions, à ne pas poser de questions, et j'essayais simplement de la soutenir comme elle m'avait toujours soutenue. Même si la majorité de ses décisions, lorsqu'il s'agissait du sexe opposé, me faisait bondir, j'aimais ma mère, son charme et sa frivolité.

C'était grâce à Dom, et non à ma mère, que j'avais réussi. Je visais l'excellence et j'avais atteint tous les buts que je m'étais fixés. Et maintenant, à cause de moi, il était cloué au lit, gravement blessé. C'était totalement injuste pour lui et je n'avais pas la moindre idée de ce que j'étais censée faire pour qu'il me pardonne un jour.

Le parking de l'hôpital me paraissait interminable à mesure que je le traversais, dans le froid, en traînant des pieds. Le temps que j'arrive aux portes automatiques, je ne sentais plus mes doigts et mes oreilles découvertes me brûlaient à cause du vent. Je me sentais bête car je ne savais même pas à quel étage était la chambre de Dom, ni le numéro. Tu parles d'une meilleure amie. J'ai senti la honte peser sur mes épaules, et j'ai vraiment dû me retenir de faire demi-tour et de rentrer chez moi pour enfouir ma tête sous l'oreiller.

La personne à l'accueil m'a donné le numéro de la chambre de Dom et j'ai pris l'ascenseur. Je n'ai pas eu de mal à trouver sa chambre car ses deux sœurs traînaient dans le couloir, comme si elles m'attendaient.

Tous les Voss étaient dotés de beaux cheveux bruns et d'yeux verts, avec chacun leur nuance. Ariella était la plus jeune des trois, et c'était une rigolote. Greer, la plus âgée et la plus réservée de la famille, m'a prise dans ses bras pour me faire un câlin qui m'a coupé le souffle, dès que je suis arrivée devant elles.

– On s'inquiétait beaucoup pour toi ! Tu n'as pas appelé, ni pointé le bout de ton nez. Personne ne savait ce qu'il t'était arrivé ni comment tu vivais l'enquête. J'ai cru qu'Ari allait devoir s'asseoir sur Dom pour le garder dans ce lit d'hôpital au bout d'une semaine passée sans te voir.

J'ai grogné et lui ai rendu son câlin. Je n'arrivais pas à croire à quel point j'avais été égoïste et indélicate.

– J'ai juste...

Ma voix s'est éteinte et Ari a levé les yeux au ciel.

– Tu as été un trou du cul.

Greer l'a réprimandé, mais j'ai serré sa main dans la mienne et ai hoché la tête en regardant Ari.

– C'est vrai. Je n'avais jamais laissé tomber Dom avant, et je le vivais mal.

L'emploi du passé laissait entendre que j'étais passée à autre chose, mais elles n'avaient pas besoin de savoir que c'était loin d'être le cas.

Ari m'a jeté un regard dur mais a penché la tête vers la porte ouverte, un peu plus loin dans le couloir.

– Ça fait des plombes qu'il attend de te voir. On va filer à son appartement pour vérifier que tout est prêt pour lui. Il va être collé dans un fauteuil roulant pendant trois ou quatre semaines. Greer et moi, on va venir chacune à notre tour toutes les semaines jusqu'à ce qu'il puisse se débrouiller tout seul.

J'ai cligné des yeux bêtement. Dom était un monsieur muscles. Il était grand et fort, dans une forme olympique, et avait toujours été l'homme le plus débrouillard que je connaisse. L'idée de le voir en fauteuil, dépendant des autres pour des tâches quotidiennes, a décuplé le poids qui s'était installé dans mon ventre.

– Je peux aider. Il suffit que vous me disiez de quoi vous avez besoin, de quoi il a besoin.

Ma voix était comme étouffée et fatiguée.

– Tu vas bientôt reprendre le travail. Je m'en occupe, avec Ari. Et puis, on lui doit bien ça pour toutes les fois où il s'est occupé de nous quand on était petites.

Quand ils étaient enfants, leur père était flic. C'était un agent de terrain jusqu'à ce qu'une confrontation avec un cambrioleur armé tourne mal, et les Voss se sont soudain vus enterrer le patriarche de la famille bien avant son heure. Dom avait tout de suite pris la place de son père, comme tout bon fils était supposé le faire. Le fait qu'il soit allé jusqu'à s'engager dans la police, tout comme son père, était un sujet sensible pour sa mère.

Je me suis éclairci la voix et ai réprimé l'envie de jouer nerveusement avec mes cheveux.

– Dom a toujours pris soin de moi aussi.

Greer a soupiré, m'a prise par les épaules, et m'a retournée pour que je sois face à la chambre.

– Oui, c'est vrai, et on sait toutes les deux qu'il veut que tu retournes au travail. Lui, il ne pourra pas reprendre pour Dieu sait combien de temps, alors il va devoir vivre à travers toi pendant un moment, Royal. Ce qu'il a toujours voulu pour toi, c'est que tu te serves de tout ton potentiel. Ne laisses pas cette épreuve te mettre à terre, après avoir tant travaillé pour te construire.

Si seulement c'était si facile. J'ai inspiré profondément et ai fait le pas en avant que j'évitais depuis deux semaines.

Il était sur le lit, ses cheveux bruns étaient ébouriffés et ses yeux verts, rivés sur la porte ouverte ; de toute évidence, il m'attendait. Son grand corps était recouvert de plâtres et de bandages. Son beau visage était marqué par l'agacement et par un début de barbe impressionnant. Il avait une tête horrible et superbe à la fois. J'avais tellement de chance qu'il s'en soit sorti et de ne pas avoir eu à annoncer à sa famille qu'ils avaient perdu une autre personne qu'ils aimaient à cause de ce boulot.

En le voyant, je n'ai pas pu m'en empêcher, je me suis mise à pleurer comme une madeleine. Je ne pleurais pas tant que ça d'habitude, mais quelque chose en moi allait de travers, je ne fonctionnais pas normalement. Les larmes sont sorties et Dom a lentement tendu son bras valide, et ce petit mouvement lui faisait visiblement mal.

J'ai foncé jusqu'au côté du lit et l'ai laissé me tirer doucement contre lui. J'ai senti ses lèvres toucher le dessus de ma tête et son large torse a grondé quand il m'a dit :

– Il était temps.

Je n'ai pu que lui répondre, en chuchotant :

– Je sais.

J'aurais dû être là depuis le début, ou plus précisément, j'aurais dû être allongée dans ce lit d'hôpital depuis le début, à sa place. Comment Dom allait-il pouvoir me pardonner et moi, comment pourrais-je le faire ?

3
ASA

Le week-end suivant s'est déroulé sans aucun incident. Je ne savais pas si ce sentiment était dû au fait que Royal avait respecté mon avertissement et était restée chez elle, ou grâce à Dashel (Dash) Churchill, le copain de Rome qui travaillait enfin officiellement ici. Impossible que quelqu'un soit assez stupide pour chercher des noises au mur de muscles massifs qui parlait à peine, mais lançait des regards noirs comme personne. La présence de ce mec suffisait à calmer tout désordre, et même si c'était sympa de ne plus devoir faire le méchant, j'avais peur que son attitude sombre et menaçante fasse fuir les clients. Rome était assez balèze et peu bavard lui aussi, mais il y avait chez cet ancien soldat quelque chose qui indiquait clairement qu'il n'y a pas si longtemps, il avait été un tueur au sang froid, et qu'il ne fallait pas l'embêter. Même Dixie, qui s'entendait bien avec tout le monde, gardait ses distances avec notre nouvelle recrue, même si elle lui lançait également des regards intéressés, quand elle pensait qu'il ne la regardait pas. Toutes les femmes dans le bar semblaient apprécier le mastodonte à la peau caramel, avec ses origines métissées et son regard sombre et impénétrable ; non pas qu'il ait l'air d'accorder de l'importance à l'attention féminine qu'il attirait.

C'était calme pour un lundi soir, donc je leur avais dit à tous les deux de rentrer, et à Avett de fermer la cuisine. Cela ne servait à rien de les payer pour rester debout à ne rien faire, alors qu'il n'y avait qu'un seul client. Je connaissais bien Zeb Fuller. C'était un ami de mon beau-frère et du reste de la bande avec qui je passais le plus clair de mon temps, et un habitué du Bar. C'était un autre homme-bête duquel émanait de gros signaux « ne m'emmerde pas ». Il devait y avoir dans l'air sain montagnard quelque chose qui permettait aux gars du coin de grandir jusqu'à devenir géants. J'étais loin d'être petit ou fin, mais le plus souvent, je me retrouvais à regarder les hommes nez à nez ou à devoir lever les yeux face aux gars qui constituaient mon cercle d'amis. C'était un argument de plus pour ne pas faire de conneries. Il y avait dans cette ville beaucoup trop de mecs capables de me botter le cul en long, en large et en travers si je recommençais à déconner.

Zeb avait un air pensif sur le visage et se caressait distraitement la barbe. Depuis que j'avais emménagé à Denver, j'avais vite appris que les trois B dominaient tout le reste : barbes, bières, et bombasses. Cette ville regorgeait de ces trois choses, et en cas de doute, on pouvait toujours commencer une conversation en choisissant un des sujets de la sainte trinité. Zeb avait la barbe, il ne buvait pas de bière et je savais, comme il venait toujours déposer ses problèmes au bar, que sa situation en matière de bombasses en était au point mort car la fille pour laquelle il avait craqué semblait ne pas avoir la moindre idée de ce qu'il ressentait pour elle. C'était aussi la grande sœur d'un de ses meilleurs amis, Rowdy, qui n'était pas exactement enchanté que Zeb soit intéressé par sa sœur.

J'avais fini de nettoyer le bar et de remplir le réfrigérateur pendant que Zeb se noyait dans son verre de whisky-Coca quasi vide. Je n'aurais jamais cru que je serais le mec à qui les autres viendraient raconter leurs problèmes. Je n'étais pas vraiment compatissant, ni patient, mais depuis que j'avais mis les pieds derrière ce bar, j'avais plus l'impression d'être un psy qu'un barman. Le plus choquant, c'était que cela me plaisait. J'aimais être capable de voir la situation de l'extérieur et donner des conseils. Après tout, j'avais assez déconné pour toute une armée de gens, alors je me disais, autant faire bon usage des dures leçons que j'avais apprises.

– Pourquoi tu ne lui proposes pas de sortir, tout simplement ?

J'ai jeté le torchon de bar sur le tas de chiffons sales et ai pris la télécommande pour éteindre la télé. J'allais tout fermer à minuit, vu que Zeb était le seul client et que j'en savais assez pour être sûr qu'il était là pour parler, pas pour boire.

Il a levé les yeux vers moi et a froncé les sourcils.

– Tu as rencontré Sayer. Est-ce qu'elle a l'air du type de fille qui sortirait avec un mec comme moi ?

Sayer Cole était une sorte de mystère. Elle était avocate, d'une beauté élégante, raffinée, et elle avait surpris notre groupe de bandits en arrivant à Denver pour retrouver son frère, un de nos amis. Rowdy n'avait jamais su qu'il avait une sœur et avait grandi en foyer, donc les retrouvailles avaient été houleuses, pour ne pas dire plus. Mais maintenant, elle s'était parfaitement intégrée au reste des âmes égarées qui formaient le petit groupe très uni dont faisait partie ma petite sœur, Ayden, qui avait épousé l'un des membres. Heureusement pour moi, ils m'ont accepté dans la tribu, car j'étais le frère d'Ayden et qu'elle ne me laisserait pas tomber. Elle ne m'adorait peut-être pas tous les jours, mais elle m'aimait inconditionnellement, et cela suffisait pour que le reste de la bande m'accueille à bras ouverts.

– Elle est sympa. Elle a l'air de plutôt prendre les choses du bon côté.

Zeb a poussé son verre vide vers moi et a passé les mains dans ses cheveux décoiffés. Il était entrepreneur en bâtiment, gagnait sa vie en construisant des choses, donc ce n'était pas étonnant qu'il me fasse penser à un bûcheron des temps modernes.

– Je flirte avec elle, je la provoque et je fais des sous-entendus depuis le jour où on s'est rencontrés. Elle est intelligente. Si elle était intéressée, elle réagirait aux signaux que je lui envoie.

– Peut-être.

J'ai posé les bras sur le bar et me suis penché en avant, devant lui et lui ai demandé sérieusement :

– Tu ne crois pas qu'elle est plus habituée aux invitations en bonne et due forme, quand quelqu'un veut sortir avec elle ? Chez Sayer, tout respire le country club et les bonnes manières. Peut-être qu'elle n'est pas sûre de ce que tu veux.

Il m'a regardé une seconde sans rien dire, puis s'est redressé sur son tabouret.

– Tu crois ?

J'ai haussé les épaules.

– Je ne sais pas. Elle t'a embauché pour travailler sur sa maison même après que tu lui as dit que tu avais fait de la taule. Elle t'a laissé seul avec la sœur de Salem alors qu'on sait tous qu'elle protège cette fille comme une maman ourse. Elle te fait visiblement confiance et elle est à l'aise avec toi. Peut-être qu'elle attend que tu améliores ton jeu. Toutes les nanas ne vont pas commencer à enlever leurs fringues et se jeter dans ton lit juste parce que tu leur souris. Une fois, je t'ai entendu dire à Rowdy que tu n'avais pas peur de t'impliquer, si la fille en valait la peine. Sayer en vaut la peine.

Elle en valait vraiment la peine. Elle m'avait aidé à me sortir d'une situation délicate récemment, et quand la copine de Rowdy avait eu besoin d'un lieu sûr pour que sa petite sœur se remette d'une expérience terrible, Sayer n'avait pas hésité à accueillir la jeune femme. Elle était aussi gentille et généreuse qu'adorable. Elle méritait un mec qui était prêt à tout pour elle, même si ce mec ressemblait un peu à un bûcheron canadien tatoué.

Zeb s'est reculé du bar et m'a regardé en haussant les sourcils.

– Je ne sais pas si je devrais écouter les conseils d'un type qui a plusieurs fois refusé les avances de la bombasse la plus entreprenante que j'aie jamais vue. C'est du gâchis, mec.

J'ai levé les yeux au ciel et j'ai croisé les bras.

– C'est bien ça, le problème : elle n'est pas comme ça, et je ne sais pas pourquoi elle se jette sur moi tout à coup. En plus, une fille qui peut me mettre en prison dès que je la fous en colère, non merci.

De toute façon, j'allais forcément finir par merder et la foutre en colère. C'était ce que je faisais toujours.

Zeb a grogné.

– Je crois que je risquerais une nuit en garde à vue pour elle. Lui dire non, c'est un exploit herculéen. Quelqu'un devrait demander à te faire canoniser.

J'ai eu un rire sec et l'ai suivi vers la porte d'entrée pour la fermer derrière lui.

– L'auréole prendrait feu si elle s'approchait de ma tête.

Il m'a lancé un regard ferme.

– Tu sais que je ne crois pas que tu sois aussi mauvais que tu penses l'être, Asa. Écoute-moi, j'ai passé pas mal de temps au rayon conneries, mais je n'ai jamais laissé ça définir qui je serai pour le reste de ma vie.

J'avais, certes, fait un certain nombre d'allers-retours en prison depuis mon adolescence, mais mes séjours n'avaient jamais duré plus de quelques semaines. Zeb, en revanche, avait passé plusieurs années enfermé à cause de son erreur. La différence entre nous était que Zeb avait enfreint la loi car il avait eu le sentiment de ne pas avoir d'autre choix. J'avais enfreint la loi parce que j'en avais envie. Elle se trouvait sur mon chemin, m'empêchait d'obtenir ce que je voulais ou ce dont je pensais avoir besoin, alors je l'avais ignorée comme si de rien n'était.

– Il y a des gens qui ratent, et des gens qui sont ratés. Je fais nettement partie de la seconde catégorie.

Il ne pouvait y avoir d'autre explication au fait qu'Ayden et moi partagions le même patrimoine génétique et étions si radicalement différents. Certes, il y avait une chance que j'aie hérité du tempérament de mon connard de père, un père que nous n'avions pas en commun. Pourtant, nous étions si opposés que je me demandais parfois si nous avions été élevés dans la même maison en traversant les mêmes épreuves dans notre enfance. Je ne savais pas du tout comment elle pouvait être aussi calme et stable. Je ne savais pas comment elle avait pu trouver une place pour moi dans sa nouvelle vie ni pourquoi elle était restée à mes côtés quand j'étais en train de mourir. Je savais qu'elle n'avait que trop de raisons de m'abandonner, mais au lieu de ça, elle avait fait tout son possible pour me sauver et m'avait offert une nouvelle vie. Une vie que j'étais terrifié à l'idée de la détruire.

Zeb a un peu secoué la tête et a ouvert la porte d'un coup.

– Je crois qu'il faut que tu sois moins dur avec toi-même.

J'ai haussé les épaules.

– Peut-être.

Je l'ai fait sortir en poussant son épaule et lui ai fermé la porte au nez. J'aimais bien Zeb. Nous avions beaucoup de choses en commun, mais il ne connaissait pas toute l'histoire, il n'avait aucune idée des choses horribles que j'avais faites. Il ne savait pas que quand j'étais mort, quand tout était devenu noir et que je pensais que je ne reviendrais pas, chacune des choses atroces, horribles, épouvantables que j'avais faites dans ma vie a défilé devant mes yeux.

Comment je m'étais servi d'Ayden. Je ne l'avais jamais empêchée de faire ce qu'elle faisait, tout cela pour obtenir ce que je voulais. Le sexe, la drogue, le tout dans un kaléidoscope de regrets, si durs et lourds que j'étais certain qu'ils me détruiraient. J'aimais ma sœur plus que tout au monde, et pourtant, je n'avais pas été capable de m'empêcher de la traiter comme un pion dont je me servais. Voir ce que j'avais fait à Ayden, ce que je l'avais laissée faire pour moi, était pire que tous les coups de batte de base-ball que les motards m'avaient donnés.

Voir le chagrin dans ses yeux à la couleur de whisky lorsque je l'avais enfin retrouvée après des années de séparation avait suffi à me rendre heureux, même si j'étais en train de mourir.

En plus de cela, il y avait les vieilles dames que j'avais arnaquées et les motards que j'avais volés. Il y avait les voitures que j'avais piquées et les hommes avec qui ma mère couchait pour payer le loyer, alors que je ne faisais rien pour l'en empêcher et l'aider. Il y avait la jeune fille que j'avais séduite pour qu'elle me donne ses économies destinées à payer ses études, que j'avais rapidement dilapidées lors d'une partie de poker clandestine. Il y avait le vieil homme en manque de compagnie que j'avais non seulement convaincu que j'étais homo, mais aussi que j'étais intéressé, juste assez pour qu'il me signe un chèque afin de vivre ma passion pour la photographie ; bien entendu, je n'étais ni homo ni photographe, mais ses dix mille balles avaient bien aidé à financer l'escroquerie suivante. Le nombre de personnes que j'avais arnaquées était infini, et alors que leurs visages défilaient comme un film devant mes yeux, et que la vie me quittait, je savais que je n'avais que ce que je méritais.

Quand je m'étais réveillé, que j'avais vu Ayden penchée sur moi, tandis que j'essayais de prendre conscience que même le diable n'avait pas voulu de moi, j'avais compris quelque chose de clair, net et précis. J'étais un trou du cul. J'étais un homme mauvais qui avait fait des choses mauvaises et je serais toujours ce mec-là, mais je ne voulais jamais, plus jamais faire de mal à ma sœur. Je voulais qu'elle n'ait plus jamais à s'inquiéter pour moi, ni qu'elle souffre à cause de moi ou perde qui ou quoi que ce soit par ma faute, plus jamais. Je serais toujours un raté, mais j'allais faire tout ce que je pouvais pour limiter les dégâts, et jusqu'à présent, cela s'était plutôt bien passé. Il fallait simplement que je m'accroche à ces souvenirs, ces regrets et ces remords, que je m'y accroche assez fort pour que mes mains soient trop occupées et ne puissent pas accomplir l'œuvre du diable.

J'ai sorti le tiroir de la caisse et l'ai mis, avec les tickets, dans le coffre qui se trouvait dans le bureau de Rome. J'ai vérifié que toutes les caméras étaient allumées, en particulier celles du parking, qu'il avait installées récemment. Je m'étais fait attaquer, un soir, par une bande de gamins en soif de vengeance, et cela avait mené à mon arrestation et à un casse-tête judiciaire interminable, à cause de mon passé. Alors maintenant, j'étais hyper vigilant et je m'assurais toujours que l'œil au-dessus de moi observait mes moindres mouvements.

Il était un peu plus d'une heure du matin. Le parking était vide, à l'exception de quelques voitures de clients qui étaient rentrés à pied après avoir bu, ou de gens du quartier que Rome laissait se garer ici. Le Bar n'était pas dans un mauvais quartier, et j'avais l'habitude de quitter le travail à des horaires décalés, bien après que tout le monde s'était couché. J'aimais la sérénité que me procurait ce rythme.

Il faisait froid dehors. Venant du Sud, il m'avait fallu un hiver ou deux pour m'habituer à l'air glacial des montagnes. Je n'aimais pas les frissons. En vérité, j'aimais si peu l'hiver que je songeais à acheter une voiture alors que mon studio n'était qu'à deux rues du bar, à peine. Voilà une autre chose qui avait changé après que j'avais frôlé la mort. Les choses matérielles, superflues n'avaient plus aucune importance. Avant, je voulais toujours le top du top. Les plus beaux vêtements, la voiture la plus voyante, la plus grande maison, et bien sûr, la plus jolie fille. Je voulais tout ce que je n'avais pas eu en grandissant, et tout ça pour me vanter et prouver ce que je valais. Aujourd'hui, je ne voulais plus rien. Moins je possédais de choses, moins j'en avais à perdre.

Je frottais mes mains l'une contre l'autre en soufflant dessus pour les réchauffer lorsque des phares m'ont soudain ébloui et qu'un véhicule est entré sur le parking, s'arrêtant juste à côté de moi. Les phares se sont éteints et la portière s'est ouverte du côté conducteur. Je me serais inquiété, tendu et je serais parti si je n'avais pas reconnu le vieux SUV et sa conductrice. Royal serait toujours plus jolie que tous les trophées que j'avais brandis à mon âge d'or... Même si c'était évident qu'elle n'avait pas beaucoup dormi.

J'ai remonté le col de mon manteau en cuir d'agneau autour de mon cou et ai fait le tour de la portière par laquelle elle sortait. Elle avait l'air de venir de la salle de sport. Elle portait une sorte de pantalon moulant et extensible et un grand sweat-shirt. Ses cheveux étaient emmêlés dans un chignon en désordre sur le dessus de sa tête, et ses yeux semblaient plus foncés que leur couleur chocolat habituelle. Elle portait aussi des baskets au lieu de ses talons sexy, et elle frissonnait dans l'air nocturne.

– Il est tard pour se balader.

J'ai essayé de garder une voix neutre. Elle était imprévisible et je ne savais jamais comment la prendre. Avant, j'arrivais à lire les gens comme un livre ouvert, mais elle n'arrêtait pas de tourner les pages.

Elle a tiré les manches de son sweat sur ses doigts et a levé les yeux vers moi avec un regard qui a fait sérieusement sursauter ma queue derrière sa braguette. Être aussi naturellement sexy devrait être interdit.

– Je suis allée faire du sport parce que je n'arrivais pas à dormir. Mes supérieurs ont décidé que je pouvais retourner travailler à la fin de la semaine, tant que je vais voir la psy du département pendant trois mois.

Je pensais qu'elle aurait eu l'air plus contente que cela.

– C'est une bonne nouvelle... Non ?

Ses frissons se sont transformés en vrais tremblements, et je savais que cela n'avait rien à voir avec la faible température. Tout en sachant que j'avais tort de le faire, j'ai passé un bras autour de son cou et l'ai attirée contre mon torse. J'ai ouvert mon manteau et l'ai laissée se blottir contre moi alors qu'elle était prise de tremblements incontrôlables. J'ai senti ses mains se glisser contre mes flancs et chercher la peau chaude sous mon T-shirt dans le bas de mon dos. J'ai sursauté et j'aurais voulu me dire que c'était à cause de ses mains glacées, mais ce n'était pas du tout le cas. Son toucher faisait frissonner ma peau d'excitation.

– Je n'ai jamais travaillé sans Dom. Il est comme ma moitié. Ils vont m'assigner un équipier temporaire jusqu'à ce que Dom revienne.

Elle s'est reculée pour pouvoir me regarder sous ses cils soyeux.

– Sauf qu'ils n'ont pas dit « quand » Dom reviendra, mais « si » il revient. Je ne sais pas si je peux y retourner sans lui.

J'ai senti ses doigts s'enfoncer dans le creux juste au-dessus de mes fesses et j'ai dû réprimer un frisson.

– Tu adores ton boulot.

Je savais que c'était vrai. Même si elle faisait n'importe quoi ces derniers temps, ce qui n'était pas dans ses habitudes, son travail faisait partie d'elle.

– Tu n'as pas besoin de ton équipier pour être une bonne flic, Royal.

Nous nous sommes regardés un bon moment sans rien dire, puis le coin de sa bouche a esquissé un sourire qui a fait bouillonner mon sang. Il fallait que je la lâche et que je reprenne ma route avant de faire une bêtise.

– Je t'ai manqué ce week-end, Asa ?

C'était une question pleine de sous-entendus, et pas qu'un peu. Évidemment, j'avais remarqué qu'elle n'était pas là, mais je refusais catégoriquement de reconnaître ce que son absence m'avait fait ressentir, donc j'ai soupiré et lui ai demandé :

– Qu'est-ce que tu fais ici, à cette heure-là ?

Elle a penché la tête sur le côté et ses yeux se sont un tout petit peu plissés. Ses doigts se sont faufilés sous la ceinture de mon jean à l'arrière, et j'ai repris une respiration sifflante.

– Je ne sais pas. Chaque fois que je n'arrive pas à savoir où j'en suis en ce moment, je finis là où tu es.

J'ai lancé un juron et j'ai voulu faire un pas en arrière, mais ses mains sont descendues encore plus bas et m'ont tiré plus près d'elle.

– Il faut que tu répares ta boussole, alors. Elle t'indique la mauvaise direction, Red.

Soudain, la température est passée de négative à celle de la surface du soleil. Ma respiration s'est accélérée tandis qu'elle me dévorait du regard.

– Plus tu me dis ça, plus je suis décidée à te donner tort.

Puis elle s'est mise sur la pointe des pieds pour presser sa bouche contre la mienne, et j'ai su que j'allais craquer. Je savais que ça allait se produire. Nous nous tournions autour depuis des mois. Elle était trop belle et trop insistante pour que cela ne finisse pas par arriver un jour. Elle était aussi trop gentille, et beaucoup trop bien, pour laisser quelqu'un comme moi poser les mains sur elle. Je n'étais pas réellement ce qu'elle voulait, mais j'étais fatigué d'essayer de le lui faire comprendre. Malgré mes bonnes intentions, le feu entre nous allait devenir incontrôlable et elle venait de craquer une allumette et de la jeter nonchalamment sur les braises.

Ses mains se sont faufilées jusqu'à mes flancs tandis que ses lèvres douces faisaient de leur mieux pour m'abrutir de désir. Je pouvais la respirer. Cela aurait été si simple de me perdre dans toute cette douceur qui la rendait délectable, mais quelque part dans un coin de ma tête, je voyais la catastrophe arriver à grands pas. J'ai levé les mains et ai pris délicatement sa mâchoire. J'ai caressé sa peau, tellement douce qu'elle semblait irréelle, et ai fait absolument tout ce qui était en mon pouvoir pour ne pas la laisser m'emmener quelque part dont je ne pourrais pas revenir. Je me suis dégagé de la caresse exquise de sa bouche sur la mienne alors que sa langue sortait pour passer sur mes lèvres fermées. Cela m'a fait grogner mais je devais y mettre fin, il fallait en finir maintenant. Sauf qu'elle était rapide et a profité de ma réaction pour glisser sa langue entre mes lèvres entrouvertes... Il n'y avait plus aucun moyen d'arrêter l'avalanche de désir qui s'abattait sur moi.

Après tout, je n'avais jamais prétendu être un ange, et même le diable ne pouvait jouer avec le feu qu'un certain temps avant de céder à la tentation et de danser dans les flammes.

Je l'ai fait reculer contre la portière ouverte de sa voiture. J'ai passé les doigts dans ses cheveux et ai glissé ma jambe entre les siennes pour que nos pelvis soient l'un contre l'autre. Je n'étais pas sage. Je l'ai embrassée comme elle le désirait depuis le début de ce petit jeu. Je me suis servi de ma langue. Je me suis servi de mes dents. Je ne la laissais pas respirer et je ne lui laissais aucun espace pour bouger tandis que je me pressais contre elle. J'ai passé le bras derrière elle pour empoigner son cul spectaculaire, dans un mouvement sans aucune classe, et me suis assuré de la manipuler de manière très grossière.

Si elle voulait le vrai Asa, alors elle l'aurait. Cela ne me dérangeait pas du tout de laisser tomber les faux-semblants, surtout alors qu'elle ondulait et gémissait contre moi. J'ai enroulé ma langue autour de la sienne. J'ai aspiré fort sa lèvre inférieure jusqu'à ce qu'elle reprenne son souffle. J'ai pressé mon torse contre sa poitrine jusqu'à sentir le bout rigide de ses seins à travers toutes les couches de vêtements qui nous séparaient.

J'ai senti ses ongles s'enfoncer plus fort dans ma peau, sous mon T-shirt, où ses mains étaient encore coincées. Je pensais qu'elle comprenait peut-être ce que j'essayais de dire, que ceci allait forcément mal finir, et que son bon sens se réveillait enfin. Mais à l'instant où je m'apprêtais à la lâcher et à reculer pour prendre un peu de distance et remettre en ordre mes idées, une de ses dangereuses mains a brusquement fait un détour vers le sud, et une seconde plus tard, la paume de sa main était complètement enroulée autour de l'érection dure comme du béton qui tendait mon jean.

Le contact m'a tellement surpris que je me suis reculé par réflexe et j'ai fait un geste pour prendre son poignet. Elle s'est contentée de me faire un sourire diabolique et de battre des cils avec une innocence feinte.

– On est dans un parking, à la vue de tous. Tu veux vraiment te lancer là-dedans avec moi, Red ?

Qui plus est, ce petit fiasco était filmé et enregistré, et je n'avais pas spécialement envie que des yeux indiscrets voient le spectacle. Je ne croyais pas non plus que Royal était une exhibitionniste, mais ses pensées noires et son esprit compliqué lui faisaient prendre des risques surprenants et inconsidérés. J'ai grondé son nom quand elle a glissé sa main de haut en bas, faisant sursauter ma queue à son contact, comme un animal bien dressé. Un de ses sourcils auburn s'est levé d'un coup et elle a sorti le bout de la langue pour lécher sa lèvre encore humide. Putain, la moindre chose qu'elle faisait me donnait des idées vraiment, vraiment sales.

– Pourquoi pas ? Tu ne m'as jamais laissée m'approcher autant que ça.

Elle a vigoureusement serré mon manche gonflé, et cela a fait rouler mes yeux dans leurs orbites. J'étais à la limite, sur le point de la soulever et de la jeter dans le SUV pour lui donner ce qu'elle me demandait, lorsque mon téléphone a sonné.

Sachant que nous étions plus qu'au milieu de la nuit et que la sonnerie était celle que j'avais attribuée à ma petite sœur, j'ai eu une légère crise de panique et ai détaché Royal de mon paquet pour m'éloigner d'elle.

– Ayd ?

Je ne pouvais pas retenir ma voix tendue en aboyant son nom.

– Oh mon Dieu, Asa, Shaw est en train d'accoucher !

Ma sœur criait, donc j'ai dû éloigner le portable de mon oreille.

– OK... Et... ?

Shaw Archer était la meilleure amie d'Ayden. Elles étaient plus que proches toutes les deux, et je savais que c'était très dur pour Ayden depuis qu'elle avait déménagé à Austin pour être plus près de son mari, alors que sa meilleure amie attendait son premier enfant. Je me suis calmé lorsque j'ai compris que ma sœur et Shaw allaient bien toutes les deux et qu'il n'y avait pas d'extrême urgence.

– Tu as intérêt à ramener ton cul à l'hôpital et à y rester à ma place le temps que j'arrive à Denver. Jet est en train de nous prendre un vol, mais je ne serai pas là avant demain matin. Il faut que tu y ailles pour moi, Asa.

Jet était le mari d'Ayden, ainsi qu'un très bon ami du père du bébé. Il aurait déplacé des montagnes pour être sûr qu'Ayden ne loupe pas ce moment crucial dans la vie de Rule et Shaw. Je me suis passé les mains dans les cheveux et ai soufflé, de la vapeur sortait de ma bouche.

– Shaw ne voudra pas que je sois là, Ayd. C'est toi qu'elle veut voir.

– Je sais bien, mais je n'arriverai peut-être pas à temps, donc tu vas aller à l'hôpital et me remplacer !

Elle hurlait et était presque hystérique, donc impossible à raisonner.

– Il faut que tu me tiennes au courant de tout ce qu'il se passe. Tu dois faire ça pour moi, Asa.

Rule était le petit frère de Rome. Tout le clan Archer allait être présent, sans parler des autres membres de la bande qui travaillaient avec Rule au salon de tatouage qui leur appartenait, à lui et à Nash. La salle d'attente de la maternité allait être remplie par la famille du Marked et ils n'avaient vraiment pas besoin de moi en plus. Mais je m'étais promis de ne plus jamais décevoir Ayden, alors j'ai accepté en marmonnant pour lui raccrocher au nez avant qu'elle continue à me crier dessus.

J'ai regardé Royal, qui écrivait sur son téléphone et mordillait sa lèvre inférieure, comme si elle n'avait pas la main dans mon pantalon quelques instants auparavant. Elle m'a regardé avec un sourire en coin.

– Saint vient de me dire que Shaw était en train d'accoucher.

J'ai hoché la tête puis ai froncé les sourcils quand mon portable a vibré dans ma main à cause d'un SMS. Je pensais que c'était Ayden, mais j'ai été surpris de voir que c'était un message de Rome.

Un autre Archer ne va pas tarder à arriver. Ramène ton cul à l'hôpital.

Il m'a fallu une petite minute pour comprendre qu'il voulait que je sois là pour ce grand événement. J'ai levé des yeux confus vers Royal.

– Rome veut que j'y aille.

– Évidemment.

J'ai froncé les sourcils.

– Comment ça, « évidemment » ?

Elle m'a fait une grimace et a avancé pour monter dans la 4Runner du côté conducteur.

– Vous êtes amis et quasiment associés. Rule a Nash, Jet a Rowdy, et Rome t'a, toi. On a tous besoin de quelqu'un sur qui compter, et accueillir une nouvelle vie, c'est clair que ce n'est pas rien. Allez viens, je t'amène.

J'étais bouche bée, alors j'ai fait le tour de la voiture et me suis installé côté passager. Je me suis bien enfoncé dans le siège et ai regardé droit devant moi.

J'aimais bien Rome. Je le respectais énormément. Il était aussi sur ma nouvelle liste de personnes que je ne voulais jamais décevoir. Il m'avait donné une chance quand le reste du monde semblait attendre que je foute tout en l'air. Je lui devais beaucoup, mais je n'avais jamais pensé que, quelque part en cours de route, cela s'était transformé et qu'il comptait sur moi et me respectait aussi. C'était un concept relativement inconnu pour moi, et je n'étais pas sûr de savoir quoi en faire.

– Un de ces jours, tu vas me laisser finir ce que j'essaie tout le temps de commencer avec toi, Asa.

La voix de Royal était basse et on y entendait le désir qui s'est enroulée autour de mon cœur. Cela ne pouvait pas arriver. Je ne pouvais pas la laisser m'atteindre ; ça serait synonyme de mauvaises nouvelles pour nous deux. Il était temps d'arrêter de faire semblant et de me montrer sous mon vrai jour.

Je lui ai fait un sourire salace et lui ai dit platement :

– Toutes les bites que tu touches finissent par jouir, Red.

C'était cru et inutile, mais cela l'a rendue silencieuse pour le reste du trajet jusqu'à l'hôpital et j'ai passé ce temps à me convaincre que c'était pour le mieux…

… N'est-ce pas ?

4
ROYAL

Mon adrénaline se dissipait. En partie à cause du manque de sommeil et du sport, mais surtout à cause d'Asa qui m'avait vidée de toute énergie, pour la remplacer par du désir. Je savais qu'une fois qu'il me laisserait m'approcher assez pour le toucher, je ne serais plus capable de m'arrêter. Il y avait chez lui quelque chose qui m'attirait irrésistiblement, et c'était trop dur à combattre.

Je n'étais pas du genre timide, mais je n'étais pas celle qui fourre sa main dans le pantalon d'un mec non plus. Asa repoussait toutes mes limites, me faisait oublier que mes actes avaient des conséquences, et j'adorais ça. J'adorais le fait que lorsque j'étais assez près pour le respirer, je ne sentais plus que lui, et j'aimais que ses yeux ambrés et scintillants semblent voir tout ce que j'essayais de cacher. Ils étaient assez chauds pour faire fondre le métal le plus résistant, et j'étais loin d'être faite de fer et d'acier en ce moment. Je me sentais encore plus faible près de lui.

J'avais la ferme intention de le déposer à l'hôpital et de rentrer chez moi pour faire semblant de dormir. Le trajet s'est déroulé dans un silence absolu, et je voyais les muscles de sa mâchoire carrée se contracter à mesure que nous approchions. Je ne savais pas si ça avait un rapport avec moi ou avec le nouveau venu, mais c'était évident qu'il était perdu dans ses pensées, et je n'y étais pas la bienvenue. Peu importe sur quoi il méditait, cela n'avait pas l'air de le rendre particulièrement heureux. Je voyais, même dans la pénombre de la voiture, que ses yeux étaient passés de leur or vieilli habituel à un marron bien plus foncé et dense.

Je me suis arrêtée devant l'immense bâtiment et ai attendu qu'il descende. Je ne voulais rien dire, je me disais que je m'étais attiré assez d'ennuis pour la soirée, mais il a penché la tête sur le côté et m'a lancé un regard interrogateur.

– Tu ne viens pas ?

Mes mains se sont crispées autour du volant sans que je m'en rende compte et je l'ai regardé en clignant des yeux, confuse.

– Pourquoi je viendrais ?

J'étais proche de Saint et j'aimais beaucoup Nash, c'était à peu près le mec le plus gentil du monde, mais je connaissais à peine Shaw, et la femme de Rome, Cora, me fichait la trouille. Je m'entendais bien avec Salem, son attitude brute de décoffrage était géniale, et j'aimais le fait qu'elle dise toujours ce qu'elle pense. En plus, quand sa sœur avait été enlevée, elle s'était tournée vers moi en premier et cela avait créé un lien fort entre nous. Mais j'étais sûre qu'Ayden allait arriver en moins de deux, et je ne voulais vraiment pas être dans le coin à ce moment-là. C'est vrai, elle s'était excusée d'avoir pété les plombs quand elle avait appris que c'était moi qui avais arrêté Asa, et je crois qu'elle le pensait, mais je n'avais aucune envie de rester et de ternir ce moment familial et joyeux. Je n'avais pas vu Ayden depuis le jour où elle avait payé la caution d'Asa, et je n'étais pas pressée de fêter nos retrouvailles. Surtout si je n'arrivais pas à contenir ce que je ressentais pour son frère.

Je savais d'instinct qu'elle n'approuverait pas.

– Pourquoi tu ne viendrais pas ?

Son accent était doux comme du velours. J'avais envie qu'il me murmure des choses dans le noir pour toujours.

– Je suis amie avec Saint et j'adore Nash, mais c'est un grand événement, une chose qu'on partage avec sa famille. Je n'en fais pas partie.

Il m'a fixée du regard et a grogné.

– Va te garer. On y va ensemble.

J'ai secoué la tête.

– Non, pas question.

J'ai regardé la flamme se rallumer dans ses yeux et ils ont repris leur couleur enivrante de whisky.

– Très bien.

Il s'est réinstallé dans le siège, a croisé les bras, et a levé un sourcil en me regardant.

– Si tu n'es pas obligée d'y aller, alors moi non plus. Tu peux me ramener au Bar.

– Rome t'a demandé de venir. Tu devrais être à l'intérieur en ce moment même, et pas en train de négocier avec moi. Ils veulent que tu sois là.

Il a esquissé un sourire en coin, et j'ai vu à quel point c'était facile pour lui de charmer les gens pour leur faire perdre leur bon sens. Il était beau sous tous les angles, mais ce sourire contenait un démon et la tentation, et cela le rendait surnaturel. Aucun humain ne pouvait être aussi beau après une journée complète de travail et une séance de caresses inassouvies. C'était évident que le chemin vers la débauche passait par Asa Cross, et mon Dieu, j'avais envie de courir jusqu'au bout. Je ne comprenais pas pourquoi il tenait à mettre autant d'obstacles sur ma route.

– Saint t'a tenue au courant, donc quelqu'un veut que tu sois là. Elle est timide et il y a beaucoup d'agitation à gérer quand ils sont tous réunis. Tu ne t'es pas dit qu'elle avait peut-être besoin de toi comme intermédiaire ?

J'ai fait une grimace car je savais cela. Saint adorait les amis de Nash, elle faisait partie de leur monde et était vraiment acceptée au sein de cette famille bricolée, mais elle pouvait facilement se perdre dans cet océan de personnalités fortes et dominantes. Je savais qu'elle aimait bien m'avoir à ses côtés. Mais au lieu de vouloir être là pour mon amie, j'avais envie de m'enfuir en courant car je ne savais pas si je pourrais supporter le poids de leur jugement. Je ne faisais que mon travail. Je n'avais pas voulu être celle qui passerait les menottes à Asa et l'amènerait au poste, mais il avait fallu le faire et malheureusement, c'était tombé sur moi. Je respectais tellement toutes ces femmes ; voir la déception dans leurs yeux quand elles me regarderaient pourrait bien empirer mon état.

J'ai soupiré car je voyais qu'Asa prenait sa menace au sérieux. En le traitant de tous les noms dans ma tête, j'ai fait avancer la 4Runner sur une place de parking et j'ai coupé le moteur.

– Tu es un salaud de manipulateur, tu sais ?

Il a enfin ouvert la portière et est descendu. Le souffle du vent hivernal a failli me faire tomber à la renverse et je me suis souvenue trop tard que je ne portais que mes vêtements de sport.

Il a fait le tour de la voiture par l'avant et s'est arrêté devant ma portière. Sans rien dire, il l'a ouverte et a posé une main sur mon bras pour pratiquement me tirer hors de la voiture. Il a secoué la tête en voyant que je frissonnais, et a enlevé son gros et lourd manteau pour me le mettre sur les épaules. Il avait son odeur et j'avais envie de m'y emmitoufler et de frotter mon visage contre le cuir, mais j'étais trop occupée à lui lancer un regard noir après qu'il m'avait dit :

– Maintenant tu commences à comprendre, Red.

Il ne portait qu'un maillot à manches longues, alors j'ai essayé de lui rendre le manteau, mais il a grogné en plaçant sa main dans le bas de mon dos, pour me guider jusqu'à la porte d'entrée. J'ai lâché un souffle qui s'est transformé en vapeur devant nous, et lui ai dit doucement :

– Ta sœur me déteste. Elle va péter un câble quand elle va arriver et me voir ici avec tout le monde.

Il a ricané et ce son m'a donné la chair de poule partout sur le corps.

– Ayden est très protectrice... avec ses amis, avec son mec, avec moi. Parfois, elle part au quart de tour avant de vraiment réfléchir mais elle ne te déteste pas. Elle déteste la vie que j'ai eue. En fait, la seule personne qu'elle ait vraiment détestée, c'était moi. Ce n'était pas la première fois qu'elle devait venir me sortir de prison, et Dieu seul sait si ce sera la dernière. Elle sait que tu ne faisais que ton travail, Royal. Elle veut juste me sauver. Elle a toujours voulu me sauver.

Je lui ai adressé un regard dur du coin de l'œil.

– Pourquoi tu n'as rien dit, ce jour-là ? Les gamins t'ont sauté dessus, t'ont blessé, et pourtant tu nous as laissés t'embarquer sans protester. Pourquoi ?

Je me posais la question depuis le jour où Dom et moi avions été envoyés pour l'arrêter au Bar.

Il y avait du monde à l'hôpital. J'étais venue assez souvent pour savoir où était la maternité sans demander ma route. Asa suivait à côté de moi, sans avoir répondu à ma question. Je pensais qu'il allait m'ignorer, jusqu'à ce que nous montions dans l'ascenseur et que les portes se ferment. Il s'est tourné face à moi, et a arboré ce sourire qui transformait son visage en une chose dont j'allais rêver pour toujours.

– Pour quoi faire ? Innocent ou pas, je serai toujours le méchant.

J'ai froncé les sourcils.

– Tu aurais pu te défendre. Tu étais innocent. Les gamins t'ont piégé.

Il y avait une preuve de cela en vidéo, ce qui avait fini par faire tomber tous les chefs d'accusation contre lui.

J'ai eu un léger sursaut lorsqu'il a tendu le bras et très délicatement passé le bout de son index sur la ligne qui s'était formée entre mes sourcils froncés tandis que je le fusillais du regard.

– Je ne me défendrai plus jamais. Pas devant ma sœur. Pas devant la police. Devant personne. Les gens pensent ce qu'ils veulent, et malheureusement, la majorité de ce qu'ils pensent sera vrai en ce qui me concerne. Je suis coupable de beaucoup de saloperies, Royal. Pour la plupart, je ne me suis jamais fait prendre. Le karma sait comment nous rattraper, surtout quand on lui a ri au nez une fois de trop.

J'étais déroutée par sa réponse et stupéfaite par son geste simple et ce que je ressentais.

– Est-ce que tu es en train de me dire que tu aurais accepté d'aller en prison pour quelque chose que tu n'as pas fait, comme une sorte de pénitence pour toutes tes erreurs passées ? C'est n'importe quoi, Asa.

Il a haussé les épaules, les portes se sont ouvertes, et nous sommes entrés dans une salle d'attente pleine de membres de la famille et d'amis impatients et excités. Je savais qu'il trimballait un tonneau plein de honte et de remords à cause de ses méfaits du passé. Ce que je n'avais pas compris avant cet instant précis, c'était qu'il était prêt à laisser ce tonneau l'écraser plutôt que de le poser par terre et de trier ce qu'il contenait.

Saint était au bureau de l'accueil, elle parlait à la femme qui se tenait derrière. Rome faisait les cent pas devant un couple plus âgé que j'ai supposé être les parents de Rule, car Shaw n'avait quasi aucun contact avec sa famille, Salem était recroquevillée sur l'une des chaises avec la tête posée sur les genoux de Rowdy, Nash était appuyé contre un mur, avec une casquette baissée sur les yeux, et je ne voyais pas Cora.

J'ai chancelé quand tous les yeux se sont tournés vers nous alors que nous avancions. Au début, j'ai cru qu'ils se demandaient tous pourquoi j'étais là, mais j'ai vite compris qu'ils se demandaient plutôt pourquoi Asa et moi étions arrivés ensemble et surtout, pourquoi je portais son manteau. Je l'ai enlevé, à contrecœur, et me suis éclairci la voix.

– Salut.

Asa a répété mon bonjour et a serré la main de Rome qui était venu jusqu'à nous. J'ai couiné un peu alors que l'ancien soldat m'a soulevée dans un câlin que je n'ai pas pu m'empêcher de lui rendre. Quand il m'a reposée sur mes pieds, je l'ai regardé, surprise, bouche bée. Il m'a souri et je n'ai pu que lui sourire en retour.

– J'allais dire à Cora de te demander d'aller le chercher s'il n'arrivait pas. Je t'aurais conseillé d'avoir recours à la force si nécessaire.

Asa a soufflé et a regardé son patron en levant un sourcil.

– Où est Cora ? J'imagine qu'elle ne veut pas manquer l'événement.

Nous sommes allés plus loin dans la salle d'attente et j'ai laissé échapper un soupir de soulagement quand Saint est venue jusqu'à moi. Elle a passé son bras sous le mien et m'a lancé un regard entendu. J'ai secoué la tête et lui ai dit :

– Plus tard. On pourra en parler plus tard.

Elle m'a souri et s'est postée à côté de Nash, qui a incliné la tête pour me dire bonjour.

Rome s'est frotté le visage et son torse massif s'est gonflé tandis qu'il lâchait un soupir agacé.

– Elle est aux toilettes.

Quelque chose est passé sur son beau visage.

– Elle ne se sent pas très bien.

Rome et Cora s'étaient récemment fiancés et ils avaient une fille qui passait du statut de bébé à enfant, et ils étaient toujours sur le qui-vive. Elle avait la personnalité explosive de sa mère et le côté têtu de son père, ce qui faisait de son éducation un boulot à plein temps. Ils formaient une famille solide et unie, et cela me donnait de l'espoir pour mon propre avenir. Je voulais croire que ce que Rome et Cora avaient pouvait exister sans infidélité, sans jalousie et sans mélodrame, peut-être un jour dans ma vie. En fait, toutes ces personnes avaient des relations que j'enviais et que j'admirais. Elles étaient toutes déterminées à les faire fonctionner. Peu importait le coût. Elles voulaient être ensemble et elles faisaient tout ce qu'il fallait pour que cela arrive. Je voulais vraiment que quelqu'un ressente ça pour moi.

Nash a remonté la visière de sa casquette et ses yeux pervenche m'ont regardée avec un amusement non dissimulé.

– Il y a une raison pour laquelle tu as débarqué en même temps qu'Asa ?

J'étais sûre que Saint lui avait parlé de mon coup de cœur du moment, mais je n'étais pas d'humeur à partager ni à me faire embêter, alors j'ai simplement haussé les épaules.

– Bon timing, je suppose.

Nash était le meilleur ami de Rule, donc lui mettre un coup de poing dans le ventre pour effacer ce sourire satisfait sur son visage ne serait pas de bon ton, vu la situation.

J'ai lâché le bras de Saint et ai trouvé un endroit où m'asseoir sur le côté. J'ai posé les pieds sur la chaise en face de moi et me suis préparée à attendre. Cela prenait du temps, de mettre un bébé au monde, et ce n'est pas comme si j'allais dormir de toute façon.

Je me suis plongée dans mes pensées et plus particulièrement dans les révélations déconcertantes d'Asa, sur le fait qu'il était prêt à aller en prison pour payer pour ses crimes passés. Je pensais au goût qu'il avait, comme je l'avais senti si chaud et si dur dans ma main. Je pensais à l'idée de retourner travailler sans Dom à mes côtés et j'étais incapable de m'y faire. Je n'arrêtais pas non plus de penser au fait que tout ce que je voulais, quand je n'arrivais pas à dormir et que le sport ne suffisait pas, était me retrouver nez à nez avec le barman du Sud que je ne pouvais pas me sortir de la tête. Mon béguin se transformait en obsession.

J'ai sursauté quand un tout petit corps a atterri sur la chaise à côté de la mienne. Cora a regardé ma silhouette vautrée et a levé ses petites jambes devant elle en souriant.

– Même pas en rêve.

Il y avait encore une trentaine de centimètres entre le bout de ses rangers et la chaise d'en face.

J'ai tourné la tête sur le côté pour la regarder s'installer à côté de moi. Cora était l'ange gardien officieux de ce groupe. C'était une petite femme-pile électrique, et quand elle ne me terrifiait pas trop, je l'aimais et la respectais vraiment. Ce soir, elle avait l'air un peu pâle et avait de gros cernes sous ses yeux vairons.

– Comment ça se passe ?

Je me disais que si quelqu'un devait être au courant, c'était bien elle.

– Bien. Rule gère tout ça mieux que Rome. Il faisait peur aux infirmières et au gynéco qui devaient venir me voir. Rule encaisse bien. Tant que Shaw va bien, ça a l'air d'aller pour lui, mais elle n'a pas encore de vraies contractions. On devra peut-être envoyer des renforts s'il pète un câble comme son frère.

J'ai rigolé. Je ne doutais pas que Rome devait faire très peur quand il était stressé et paniqué. Il avait l'air capable de gagner une guerre à lui seul et sans aucune arme, debout dans un coin en train de discuter avec Asa.

– Eh bien, tant mieux. C'est bien que vous soyez tous là pour les soutenir. Ayden a appelé Asa d'ailleurs. Elle est déjà en route.

Cora a penché la tête en arrière sur la chaise, a posé une main sur son ventre, et a fermé les yeux. Elle avait l'air verdâtre tout à coup, et elle s'est redressée sur sa chaise. J'allais lui demander si tout allait bien quand elle a pris une grande respiration, puis a tourné la tête vers moi. Elle se sentait mieux, visiblement.

– Elle va être dégoûtée si le bébé arrive avant elle. Déménager à Austin avec Jet était le meilleur choix à faire, mais c'est dur pour eux.

– Elle a demandé à Asa d'être là au cas où elle n'arriverait pas à temps.

Cora a hoché la tête et m'a souri.

– Il faut qu'il soit là de toute façon, et toi aussi.

Sa capacité à tout voir était troublante.

– Je suis là, ai-je dit à contrecœur.

– Ouais. Mais tu as dû y réfléchir avant. Tu as ta place ici, Royal. N'en doute pas.

Pourtant, j'en doutais. Je ne savais simplement pas où me mettre.

– Les choses étaient un peu bizarres après que j'ai dû arrêter Asa. Je ne savais pas comment gérer ça, et me faire des amis n'a jamais été très facile pour moi.

La plupart des filles ne m'aimaient pas ou ne me faisaient pas confiance, et les garçons voulaient seulement coucher avec moi. Mis à part mon lien fort avec ma mère, mon amitié avec Dom et ses sœurs, et maintenant Saint, j'avais vécu une vie assez solitaire.

– Les emmerdes, ça arrive. Ce qu'il s'est passé avec Asa n'était pas ta faute et on le sait tous.

Elle m'a regardé avec insistance, avec son œil marron sévère et le bleu tranchant.

– Tu le sais ?

Je voulais lui dire que j'avais l'impression que tout était ma faute. J'avais l'impression que tout ce que je pouvais faire désormais, c'était enchaîner les erreurs. Mais je n'en ai jamais eu l'occasion car son joli visage a pris un air paniqué et en une fraction de seconde, elle s'était levée de sa chaise pour courir à travers la salle d'attente, vers les toilettes. Rome a proféré d'une litanie de jurons de sa voix grave et sa mère lui a lancé un regard noir, ce qu'il a totalement ignoré en suivant sa fiancée dans les toilettes des femmes. Il a également ignoré l'infirmière qui l'appelait, ce qui a fait rire tout le monde.

Je réfléchissais aux paroles de Cora sur ce que je ne devais pas me reprocher, lorsque sa chaise laissée vide a accueilli un corps beaucoup plus grand et masculin. Dès que j'ai été assez près de lui pour le toucher, tous mes sens étaient en alerte. Il a passé son long bras sur le dossier de ma chaise et m'a regardée du coin de l'œil.

– Ça va ?

Sa voix était plus douce que d'habitude, et beaucoup trop près de mon oreille. J'ai avalé ma salive et hoché la tête.

Le fait qu'il me pose la question et que la réponse ait une importance pour lui éteignait tous les feux rouges qu'il aimait me mettre sous le nez pour que je garde mes distances.

– Ouais. Je suis contente d'être venue avec toi. Ça fait du bien de voir ça.

– De voir quoi ?

J'ai fait un vague geste de la main pour montrer Salem et Rowdy collés l'un contre l'autre, Nash qui prenait Saint dans ses bras, Rome qui avait disparu derrière

Cora, et même le couple des parents Archer assis l'un près de l'autre.

– La joie. L'amitié. L'unité. J'ai grandi toute seule avec ma mère, et elle allait d'homme en homme, à la recherche de quelque chose qu'elle n'arrivait pas à trouver. C'est cool de voir des couples qui veulent réellement être ensemble. La stabilité est tellement une notion inconnue pour moi.

Il a levé ses longues jambes comme moi, et a adopté la même position. J'ai frissonné un peu quand son flanc s'est pressé contre le mien. Il m'a fait un grand sourire en remarquant ma réaction.

– Tu pourrais avoir toute la stabilité que tu veux si tu arrêtais de chercher les ennuis.

Il avait probablement raison, mais les ennuis avaient l'air bien plus marrants en ce moment, et ce que je voulais et ce dont j'avais besoin étaient deux choses différentes.

Je n'ai pas répondu ; j'ai fait de gros efforts pour ne pas bouger en sentant le bout de ses doigts jouer avec ma longue queue-de-cheval qui tombait derrière la chaise. Je crois qu'il ne se rendait même pas compte qu'il le faisait. Enfin, jusqu'à ce que je lui jette un coup d'œil et que je voie la lueur dorée qui brillait dans ses yeux. Ce mec ne faisait jamais rien sans être parfaitement conscient de l'effet qu'il avait sur les gens. Il ne représentait pas seulement les ennuis, il était puissant et plus dangereux que la majorité des mecs que je voyais dans la rue tous les jours.

Au bout d'un moment, la monotonie des longues heures d'attente en pleine nuit, les murmures discrets, le couinement des semelles sur le sol en lino, tous ces bruits m'ont bercée. Je pensais à quel point cette soirée avait été étrange. Je pensais qu'alors que j'étais au plus mal, il y avait ce groupe de gens fantastiques pour me rattraper. Je n'avais pas l'habitude d'avoir un filet de sécurité, à part Dom, et je devais admettre que c'était agréable d'avoir un atterrissage en douceur au lieu d'une collision brutale, pour une fois.

Mais bien sûr, comme tout le reste dans ma vie ces derniers temps, le fait de faire un petit somme ne pouvait pas être vraiment reposant. Dès que je me suis laissée aller dans la pénombre, je me suis souvenue. Du jour où tout avait changé.

J'entendais les coups de feu. Les cris des flics qui étaient arrivés sur les lieux avant nous. J'entendais les gens du quartier parler à côté du bâtiment délabré qui avait été transformé en immense labo de méthamphétamine. J'entendais les sirènes. J'entendais ma radio dire que plusieurs agents étaient touchés. C'était une mauvaise situation sur tous les plans, mais Dom et moi étions entraînés. C'était notre boulot de sauver les situations.

J'avais entendu Dom me dire que nous devrions avancer dans la ruelle, et j'avais accepté, bêtement. J'entendais ses bottes sur le métal après qu'il avait commencé à monter un escalier de secours. Je lui ai dit que j'étais juste derrière lui, nous nous couvrions toujours l'un l'autre. Dom m'a crié de ne pas bouger, de le couvrir du groupe. Nous ne savions pas du tout combien il y avaient de tireurs, ne savions pas si le bâtiment était vide ou pas, mais une fois de plus, nous étions formés et c'était notre boulot.

J'avais sorti mon arme. J'observais, j'avais les yeux rivés sur l'espace au-dessus de la tête de Dom pour être sûre que personne n'ait un coup d'avance sur lui. Il y avait eu d'autres coups de feu, je ne savais pas si c'était nos gars ou les autres, et je m'en fichais tant que mon équipier allait bien. J'ai entendu Dom faire un bruit en arrivant en haut de l'escalier. J'aurais juré que j'entendais le moindre flocon, ce soir-là, tomber sur le sol sale autour des bottes que j'avais aux pieds.

J'ai entendu Dom dire que la voie était libre, je l'ai vu se déplacer pour passer par une fenêtre cassée, et puis je l'ai entendu... Rien de plus qu'un murmure. Le faible bruit d'une canette ou d'un autre déchet qui roulait sur le bitume. J'ai détourné mon attention de Dom pendant une fraction de seconde, un demi-battement de cœur, même pas le temps de cligner des yeux, et le chaos s'est déchaîné.

Un enfant, un garçon qui sortait à peine de la puberté, est apparu sur le haut du toit, et a tiré sur Dom. Deux balles dans son gilet, une dans son bras. La force de l'impact et l'effet de surprise l'ont fait tituber en arrière jusqu'à la rambarde de l'escalier à hauteur de la taille, et basculer par-dessus. Une dernière balle l'avait atteint en plein dans le flanc, mais c'était la chute qui avait fait le plus de dégâts.

Ensuite, je n'entendais plus que des cris, les miens et ceux de Dom qui tombait. J'ai répondu aux tirs, j'ai touché le gamin en plein milieu du torse. Mais cela ne changeait rien. Je pensais Dom mort et je ne pouvais pas arrêter de hurler.

Je me suis réveillée en sursaut. J'étais recouverte d'une fine couche de sueur et je tremblais. Heureusement, cette fois-ci, je n'avais pas fait de bruit et personne ne semblait remarquer mon état, surtout parce qu'Ayden était arrivée et que tout le monde s'était rassemblé pour lui dire bonjour. J'ai regardé Asa serrer sa sœur à la beauté frappante dans ses bras.

Puis c'était comme si Shaw et le bébé avaient su, comme si le petit garçon de Shaw et Rule avait attendu pile le bon moment pour faire sa grande entrée dans le monde. Comme s'il avait su que tout le monde était enfin là pour le rencontrer, car ce n'est que lorsque toute la bande a été présente que Reyer Remington Archer a fait son apparition.

Je devais bien dire que c'était la meilleure chose qui puisse m'attendre à la fin des visions cauchemardesques de cette terrible nuit, et je serai éternellement reconnaissante d'avoir pu en faire partie.

5
ASA

Environ deux semaines après la nuit à l'hôpital, je suis entré dans le Bar, plein d'appréhension. Rome m'avait appelé pour me demander de venir une heure plus tôt car il voulait me parler de quelque chose. J'étais totalement incapable de savoir si j'avais fait une connerie, mais son ton grave était plus sérieux que d'habitude et cela avait déclenché mon instinct de survie longtemps perfectionné. S'il s'apprêtait à me virer, me dire d'aller voir ailleurs, je me disais que ce n'était pas un drame. Je pouvais reprendre la route, et je trouverais bien autre chose à faire. Mais le Bar était devenu le premier endroit solide où j'avais envie de me poser, et je ne voulais pas admettre que perdre cela me faisait affreusement flipper. Perdre la stabilité que m'apportait ce boulot, ça me ferait partir à la dérive, et quand je dérivais, je m'attirais des ennuis... Beaucoup d'ennuis.

Ayden et Jet étaient restés une semaine. Ma sœur voulait être là quand Shaw ramènerait le bébé Ry à la maison et s'installerait. Le surnom était mignon et Shaw l'adorait car elle aimait beaucoup J.D. Salinger[1], et sachant qui était le père du petit, il aurait forcément un peu de la rébellion d'Holden Caulfield en lui. Du coup, je n'avais pas passé beaucoup de temps avec ma soeur, et même si je voyais qu'elle était heureuse, vraiment heureuse d'avoir déménagé pour avoir plus de temps avec son homme, elle me manquait et je sentais bien qu'elle s'inquiétait encore pour moi. J'ai essayé de lui dire que tout allait bien, de lui expliquer que si je dérapais, qu'elle soit à Austin ou ici à Denver ne changerait rien, mais cela n'a fait que la mettre en colère. J'aimais Ayden plus que je ne m'en serais jamais cru capable, mais je n'essayais pas de lui faire croire que j'avais changé pour de bon. Tout ce que je pouvais faire, c'était essayer. Essayer d'être meilleur, essayer d'être honnête, de rester du bon côté de la loi et de ne pas fuir quand les choses devenaient compliquées. Essayer, ça allait devoir suffire. Pour Ayden et pour moi.

Pendant la journée, le Bar était assez calme. Cependant, il y avait tout un tas d'anciens combattants qui aimaient passer le temps en partageant de vieilles histoires de guerre. Je serais toujours impressionné de voir à quel point les discussions tournaient autour d'ex-femmes ou d'anciennes amoureuses plutôt qu'autour de la guerre. En général, Rome ouvrait le bar et restait jusqu'à ce que j'arrive, en début de soirée pour prendre le service du soir. Il voulait être chez lui en fin de journée, avec sa famille, et je ne pouvais pas le lui reprocher. Étant

1. NdT : titre original de *L'Attrape-cœurs : The Catcher in the Rye*

lui-même soldat à la retraite, Rome s'entendait bien avec cette clientèle grisonnante et préférait me laisser le public plus fêtard, jeune et turbulent.

Quand j'ai passé la porte d'entrée, il n'était pas là, et Brite se tenait à ma place habituelle derrière le long bar en bois. Darcy, la cuisinière du Bar et ex-femme de Brite, avait passé la tête par la porte de la cuisine et ils avaient l'air de se disputer à voix basse.

Je crois qu'ils ne se rendaient pas compte, ni l'un ni l'autre, qu'ils avaient beau être divorcés, ils se comportaient comme un vieux couple marié. La femme n° 3 était partie depuis longtemps, et Darcy n'était pas seulement la mère de sa fille, mais c'était l'amour de sa vie, en réalité. J'avais demandé des explications à Rome une fois, et il avait haussé les épaules en me disant que les femmes bien étaient souvent compliquées et dures à garder. Je n'avais pas compris, jusqu'au jour où je suis entré dans la réserve d'alcool sans prévenir entre deux services et que je suis tombé sur Darcy, les jambes en l'air, et la silhouette géante de Brite au-dessus d'elle, s'agitant d'une façon qui ne laissait pas de place au doute. Ils n'avaient peut-être pas d'alliance, mais il y avait toujours de l'amour et de la passion entre eux. Dommage que leur fille soit une chieuse de première classe.

Brite s'est interrompu, et Darcy est retournée dans la cuisine. J'ai vu ses dents à travers les kilomètres de barbe qui recouvraient son visage, et il a croisé les bras sur son torse large comme un tonneau. Le message « ne me fais pas chier » émanait si fort de Brite que j'étais toujours surpris de voir à quel point il était calme et réfléchi. Il ressemblait plus à un Hell's Angel qu'à un sauveur, mais c'en était un. Il avait sauvé ce bar. Et Rome. Il avait donné à tous ces vétérans un lieu où se sentir en sécurité, et maintenant, il faisait de son mieux pour sauver sa fille égarée, même si elle ne paraissait pas lui en être reconnaissante le moins du monde.

– Comment ça va, fiston ?

Sa voix tonnait comme un orage sur les Rocheuses.

J'ai enlevé mon manteau d'un coup d'épaule et me suis passé les mains dans les cheveux.

– Ça va. Tu sais pourquoi Rome m'a demandé de venir en avance ?

Il a fait non de la tête et m'a regardé en levant un sourcil broussailleux.

– Comment ça va avec Avett ? Dis-moi la vérité, Asa. Rome ne veut pas que je m'inquiète, il dit qu'il peut la gérer, mais je l'ai élevée, cette fille. Je sais qu'elle peut donner mal au crâne.

J'ai soupiré dans ma barbe.

– Son attitude craint. Elle n'écoute pas. Elle s'engueule avec Darcy en permanence. Elle déteste être ici, et c'est dommage parce que c'est une sacrée bonne cuisinière.

C'était vrai. Quand elle ne préparait pas de la bouffe de bar, ce qui était notre spécialité, quand elle se préparait quelque chose pour elle ou qu'elle s'amusait, cette fille avait un talent évident. J'avais une fois dit à Darcy qu'on devrait lui conseiller de faire une école de cuisine, et elle m'avait répondu par un soupir et avait semblé sur le point de pleurer. En fait, Avett venait d'abandonner la fac, alors une école spécialisée et très chère n'était pas du tout au programme. La jeune fille était sur une pente glissante. Je le voyais comme le nez au milieu de la figure, surtout car c'était une descente que je ne connaissais que trop bien.

Brite a juré dans sa barbe et a levé une main pour la caresser.

– Tu te sentirais capable de la virer si elle va trop loin ?

J'ai baissé le menton, repensant aux bières dans son sac.

– Je ferai ce qu'il faudra pour maintenir le Bar et Rome en sécurité.

Il a hoché la tête d'un air grave.

– C'est ce que je voulais entendre. Elle rend Darce folle. Cette fille va nous tuer, tous les deux.

J'ai acquiescé.

– Rome est dans le bureau ?

Brite a hoché la tête et encore lancé un sourire que je peinais à voir derrière sa barbe.

– Tu as l'air inquiet, fiston. Ce n'est pas la peine.

J'étais agacé que mon visage montre mes émotions, alors j'ai fait ce que j'ai pu pour paraître indifférent en marchant dans le couloir vers le tout petit bureau. J'ai frappé à la porte avant d'ouvrir et ai vu que Rome était au téléphone en entrant. Je me suis assis sur l'une des chaises bancales posées contre le mur tandis qu'il continuait à grogner et à répondre des phrases d'un seul mot à la personne qui lui parlait. Il y avait de la paperasse sur le bureau, des caisses d'alcool empilées par terre, et le sac de sport de Rome prenait toute la place sur l'autre chaise. La sienne a grincé quand il s'est appuyé lourdement contre le dossier, en disant :

– Je t'aime encore plus.

La personne à l'autre bout du fil était donc Cora, et il a enfin raccroché pour me regarder.

J'avais envie de lui faire un grand sourire, de faire comme si je n'étais pas nerveux, mais au lieu de cela, j'ai senti ma colonne vertébrale se raidir et mes yeux se plisser.

– Quoi de neuf ?

Je ne savais vraiment pas quoi penser du fait que tout cela – le job, le Bar, Rome – était si important pour moi. Les seules choses qui avaient jamais compté pour moi, avant, étaient l'argent et ma sœur ; c'était si nouveau, je détestais que cela me déstabilise. J'avais envie de bouger nerveusement mais je me suis forcé à rester immobile.

Il s'est frotté les yeux avec les paumes de ses mains et a appuyé sur la cicatrice qui traversait son sourcil.

– Cora est enceinte.

J'ai levé les yeux au ciel et ai croisé les jambes en posant ma cheville sur mon genou.

– Sans déconner...

L'ironie était aussi palpable que les grandes herbes du Kentucky dans ma voix.

Il m'a regardé une seconde sans rien dire puis a soufflé :

– Qu'est-ce que tu veux dire ?

J'ai pouffé de rire.

– Je l'ai vue à l'hôpital. Je t'ai vu, toi, à l'hôpital. Si ça avait été un rhume ou une grippe, tu n'aurais pas été derrière elle comme une maman poule, et je doute que Cora aurait eu l'air si heureuse.

Ses yeux bleus se sont un peu écarquillés puis un grand sourire a couvert son expression sérieuse.

– Ouais. Elle vient tout juste de dépasser les deux mois. Elle n'était pas aussi malade pour RJ, mais elle avait beaucoup plus de sautes d'humeur.

– Je ne savais pas que vous essayiez d'avoir un autre bébé.

Il a haussé ses larges épaules.

– On n'essayait pas. Mais on n'essayait pas non plus de ne pas en avoir. J'ai eu une fiancée et un bébé en quelques mois, et ça me fait réfléchir à l'avenir.

Ça m'a fait rire. J'étais sincèrement heureux pour lui.

– Félicitations mec !

– On voulait attendre que Rule et Shaw puissent ramener Ry à la maison et avoir un petit moment pour profiter du nouveau bébé avant de l'annoncer. Rule papa, c'est un miracle qu'on doit apprécier pleinement, et je crois que ma mère ne pourrait pas absorber plus de bonnes nouvelles sans exploser. Donc il n'y a que toi et Brite qui êtes au courant, pour l'instant.

– Compris. C'était pour ça, la petite réunion ?

Si c'était le cas, tous mes muscles pouvaient se détendre et la respiration que je retenais pouvait enfin s'échapper de mes poumons gelés.

J'ai serré les dents quand il a fait non de la tête.

– Non. Il faut que je te parle du Bar.

Je ne voulais pas trahir le fait que j'étais terrorisé, donc je suis resté muet et j'ai attendu qu'il continue.

Il m'a regardé pendant une minute puis s'est enfoncé dans sa chaise et a croisé ses mains derrière sa tête.

– Quand Brite m'a vendu ce bar pour cent balles, j'ai cru qu'il était fou.

J'étais d'accord.

– Je n'ai pas compris sur le moment, mais maintenant, si. Ce n'était pas pour le bar ou pour me donner quelque chose à faire, c'était l'idée de transformer quelque chose d'abîmé, qui avait survécu, pour lui donner une nouvelle vie. Tu sais que même avec l'argent dépensé pour embaucher Dixie et Avett, on a fait du bénéfice, l'année dernière ? Et pas quelques billets ; un vrai profit respectable.

Nous avions de plus en plus de monde et la clientèle était de plus en plus diversifiée. Les groupes qui venaient jouer, c'était du bonus, ainsi que les amis et la famille de Rome, qui étaient géniaux et aimaient passer du temps ici. Le Bar était tendance maintenant, donc je n'étais pas surpris.

– C'est une bonne nouvelle.

– Oui, c'est une bonne nouvelle, et c'est en très grande partie grâce à toi, Asa. Tu bosses à en crever. Tu fais plus d'heures que ce que je te demande. Tu t'occupes de l'équipe. Tu t'occupes des clients, peu importe lesquels, et nom de Dieu, tu es bon derrière ce bar. Les gens t'adorent, putain !

Ça, c'était parce que j'avais passé la majeure partie de ma vie à faire croire aux gens que j'étais un type aimable.

Il a laissé tomber les bras et s'est levé, puis a fait le tour du bureau pour s'asseoir sur le coin du meuble qui était le plus proche de moi. L'espace était petit, et Rome était un mec intimidant, mais il y avait dans son regard une lumière enthousiaste et impatiente.

– Je veux que tu engages plus de monde. Je veux que Dixie ait de l'aide pour le service et je veux que tu embauches un barman à temps plein pour la journée, quelqu'un qui s'entende avec les anciens militaires, et un autre en soirée pour te laisser respirer.

– Je ne sais pas si pouvoir respirer est ce qu'il y a de mieux pour moi. Tu sais ce qu'on dit sur l'oisiveté.

J'ai haussé les sourcils tandis qu'il me regardait en les fronçant.

– Ce bar nous a, à tous les deux, donné une béquille sur laquelle se reposer quand on ne savait pas quoi faire de nos vies. Grâce à ça, on a pu se concentrer sur quelque chose de positif et rester occupés. Pour toi encore plus que pour moi, parce que je devais déjà m'inquiéter de ma demi-portion et du bébé. Mais je crois que ça m'a aussi donné un aperçu de ce qui peut se passer plus tard.

Il m'a regardé pour voir si je le suivais toujours, et je le suivais bien. Je ne pouvais pas nier que le bar avait été un havre de paix quand j'essayais de laisser une vie derrière moi et de devenir quelqu'un de bien.

– Il y a beaucoup de petites entreprises qui auraient bien besoin d'aide, d'avoir une seconde chance, si on veut. La salle de sport où je vais se casse la gueule. Elle a besoin de nouveau matériel, de sang neuf, de modernité. J'aime bien que l'endroit fasse penser à une salle des années 30, mais elle a besoin d'un coup de main. Je veux investir dedans.

J'ai cligné des yeux, d'étonnement, et l'ai fixé sans un mot. Il a continué :

– Nash a un copain qui possède un garage. Il fait des projets de rénovation de fou, mais ça reste à petite échelle. J'ai vu son travail, et je l'ai rencontré deux ou trois fois. Je crois que j'ai envie de mettre un peu de cash dans sa boîte aussi.

J'ai sifflé entre mes dents.

– Eh bien, tu ne rigolais pas en parlant de vrais bénéfices, hein, boss ?

Rome m'a répondu par un grognement.

– Je veux aussi aider Nash et Rule s'ils décident de s'agrandir et d'ouvrir un troisième salon quelque part. Ce que je ne veux pas, c'est rester posé sur mon cul et attendre que la suite me tombe dessus. Je vais acheter une maison. Je vais avoir un autre gamin, et quand tout ça sera fait, je vais épouser la femme la plus parfaite au monde.

Je ne trouvais pas que les mots « parfaite » et « Cora » allaient vraiment dans la même phrase, mais pour lui, elle était le choix parfait, et c'était une bonne chose de ressentir cela pour la mère de ses enfants.

– Ce sont des supers projets, Rome, et je dois dire que je suis assez surpris que tu aies décidé de choisir la voie de l'entreprenariat, mais je comprends que tu veuilles aider des entreprises en difficulté. C'est plutôt noble de ta part.

Il m'a lancé un regard dur.

– C'est important, les secondes chances. Tu le sais aussi bien que moi.

– C'est vrai.

Je travaillais dur, tous les jours, pour m'assurer que je ne gaspillais pas ma deuxième chance. Je nous devais au moins cela, à moi et aux gens qui m'aimaient.

– Je veux que tu sois mon associé ; réfléchis-y. Tu fais du bon boulot ici ; nan, du super boulot ! Tu te débrouilles bien mieux avec les gens que je n'y arriverais jamais, et je crois que tu es la seule personne qui peut comprendre pourquoi je veux investir dans ces entreprises.

Eh bien merde. Je ne m'y attendais pas à celle-là !

Je me suis penché en avant et me suis vigoureusement frotté la nuque. De vieilles hontes et de vieux regrets ont ressurgi et j'ai dû me battre très fort pour les garder à l'intérieur.

– Je n'ai pas les ressources financières, mon grand.

Il me versait un salaire honnête et mes dépenses étaient quasi nulles, mais frôler la mort en bloc opératoire, cela coûte une fortune. Comme je n'avais pas de mutuelle, cela voulait dire que le moindre centime qu'il me restait à la fin du mois remboursait mes dettes astronomiques à l'hôpital. Ayden et Jet avaient proposé de m'aider, mais dès que j'avais décroché le boulot au Bar, j'avais refusé. C'était la première fois de ma vie que j'assumais réellement les conséquences de mes actes.

Il m'a souri et s'est levé du bureau pour se remettre debout.

– Alors file-moi cent balles. Ce sera la meilleure dépense de toute ta vie.

Je lui ai lancé une insulte et me suis levé aussi. Je devais toujours lever les yeux pour le regarder, mais il semblait moins imposant maintenant que je n'étais plus assis.

– Écoute, je te remercie pour l'offre et je sauterais sur l'occasion si je le pouvais, mais je ne peux pas, et je ne peux pas non plus te laisser me donner un laissez-passer comme ça.

Il a ouvert la bouche pour me contredire mais je l'ai coupé en posant une main sur son épaule énorme en secouant la tête.

– J'ai toujours pris tous les raccourcis que je trouvais. Quand on ne me donnait pas, je prenais parce que je pensais que c'était mon droit. Je ne peux pas faire ça avec toi. Pas après tout ce que tu as fait pour moi, Rome. Si jamais un jour j'ai les moyens d'être ton associé, et que l'offre est toujours valable, je le ferai avec plaisir. En attendant, tiens-moi au courant si tu as besoin d'aide pour quoi que ce soit. Je peux être ton homme de main.

– C'est ce que tu es depuis ton premier jour de travail ici.

J'ai toussoté car le sentiment de gratitude menaçait de m'étouffer.

– Merci de me faire assez confiance pour avoir pensé à t'associer à moi.

Il a marmonné et nous sommes sortis du bureau.

– Tu ne m'as donné aucune raison de ne pas te faire confiance. Je sais que tu as vécu de sales histoires avant, mais ça n'a rien à voir avec aujourd'hui. Moi aussi, j'ai dû apprendre à laisser le passé là où il était, sinon, ça bousille vraiment toutes les bonnes choses qui arrivent dans le présent.

Nous avions tous les deux un air presque solennel en retournant dans la salle du bar. Brite était parti, Dixie se tenait derrière le comptoir, et regardait Dash, qui insistait pour que nous l'appelions Church. Rome a serré la serveuse contre lui avec un bras et a passé la tête dans la cuisine pour dire à Darcy qu'il partait. Il a tapé son poing contre celui de Church quand l'ancien militaire à la peau foncée est venu jusqu'au bar, puis il m'a regardé en haussant les sourcils alors qu'il se retournait pour partir.

– Tiens-moi au courant si tu changes d'avis, bout de chou.

– T'inquiète.

Ce surnom était ridicule. J'étais tellement éloigné d'un petit môme en salopette que c'en était risible, mais un gamin bourré m'avait un jour surnommé ainsi pour m'insulter, et forcément, c'était resté.

Comme nous étions samedi soir, j'ai passé en revue ce qui nous restait à faire, et j'ai informé Dixie et Church que Rome cherchait du monde à embaucher, au cas où ils avaient des gens à me recommander, puis je suis allé dans la cuisine pour vérifier qu'Avett était au moins venue pour son service. Elle était debout à côté de la grande chambre froide en conversation animée avec Darcy.

Cette dernière tenait le menton de sa fille dans la main et criait :

– Je sais très bien que tu n'as pas trébuché et que tu ne t'es pas fait cet œil au beurre noir toute seule, Avett.

Le regard d'Avett se posait sur tout et n'importe quoi sauf le visage de sa mère furieuse, et a atterri sur moi. J'ai vu sa lèvre inférieure trembler et je l'ai regardée par-dessus la tête de Darcy en fronçant les sourcils.

– S'il laisse sur toi des traces que les autres peuvent voir, ça ne va faire qu'empirer. Non seulement ça veut dire qu'il n'en a rien à foutre de toi, mais ça veut aussi dire qu'il n'en a rien à foutre que les gens autour de toi se rendent compte de ce qu'il te fait. C'est dangereux. Tu devrais couper les ponts et courir comme un lapin qui a la queue en flammes.

Les yeux tourbillonnants d'Avett se sont plissés en me regardant et elle s'est libérée de sa mère avec un mouvement brusque.

– Tu ne sais rien du tout. Vous ne savez rien, ni l'un ni l'autre. Jared était bourré. C'était un accident. Laissez-moi tranquille, sinon je me casse et vous n'aurez personne pour assurer en cuisine un samedi soir.

Elle tremblait et je savais qu'elle ne croyait pas elle-même à ce qu'elle disait. Je le voyais, elle se mordait l'intérieur de la joue. Il fallait savoir se mentir à soi-même avant de pouvoir mentir aux autres comme un expert. Avett n'en était pas encore là, et peut-être qu'il était temps de l'arrêter avant qu'elle y arrive. J'en avais marre de jouer les baby-sitters ; c'était le moment de laisser sortir la bête, qui, elle, pourrait peut-être obtenir des résultats puisque la gentillesse n'avait pas fonctionné.

Je lui ai dit sur un ton neutre :

– Si tu te casses maintenant, tu ne remets pas les pieds ici. J'en ai marre de jouer à tes petits jeux de gamine pourrie-gâtée. Tu ne veux pas être ici ? Eh bien tu sais quoi ? Je n'ai franchement pas envie que tu sois là non plus, mais je dois une faveur à ton père et ta mère est une femme bien, donc je te supporte. Ça...

J'ai fait un grand signe de la main dans la cuisine pour désigner la scène dramatique que j'avais interrompue.

– Ça, c'est la limite de ma tolérance à tes conneries.

Je regardais Darcy bien droit dans les yeux pour qu'elle voie combien j'étais sérieux avant de sortir de la cuisine.

C'était un samedi soir chargé même s'il n'y avait pas de groupe, mais tous les clients semblaient sages. Il y a eu des petites chamailleries entre filles, mais dès qu'elles ont vu Church s'approcher d'elles et de leur brouhaha, elles se sont calmées et sont passées aux minauderies. Le bar est resté plein jusqu'à minuit, quand un mec à l'allure débraillée est entré, l'air fuyant et shooté. J'avais le pressentiment qu'il était là pour Avett. Il ressemblait au genre de mec qui frappe les femmes ou leur demande de voler pour lui.

Il restait à côté de la porte d'entrée et paraissait vraiment flipper que Church traîne autour de lui. Je me préparais à faire le tour du bar pour lui demander ce qu'il faisait ici lorsqu'Avett est sortie en trombe de la cuisine pour rejoindre le mec. Il lui a fait la grimace et un geste pour la repousser, tout en tirant son corps vers la porte d'entrée. J'ai vu les sourcils de Church former un V menaçant, et sans que j'aie eu quoi que ce soit à dire, il a suivi le jeune couple sur le parking. Au moins, il pourrait empêcher le débile de lui taper dessus alors qu'elle était au travail. Il fallait que j'en parle à Brite. Il pouvait être terrifiant et ce qu'il aurait à dire au copain de sa fille serait forcément beaucoup plus efficace que tout ce que je pourrais trouver.

– Je pourrais avoir un autre Lemon Drop, s'il vous plaît ?

J'ai reporté mon attention sur la femme souriante qui était assise au bar depuis vingt-deux heures. Elle était un peu plus vieille que la clientèle habituelle, sûrement la quarantaine, mais elle était canon. Je n'étais pas sûre de savoir ce qui était naturel et ce qui avait été refait, mais elle avait un visage incroyable, des cheveux blonds et lisses, et ses yeux foncés me disaient qu'elle aimerait que je lui serve plus qu'un martini. J'ai trouvé cela drôle car elle était avec un mec qui avait l'air plus jeune que moi et qui se pliait en quatre pour garder non seulement son attention, mais aussi son évidente richesse, concentrée sur lui. Il me fusillait du regard chaque fois qu'elle essayait d'entamer la conversation avec moi, alors évidemment, j'en ai joué toute la soirée.

Je lui rendais ses sourires, je faisais exprès de contracter mes muscles quand je préparais son verre dans le shaker, et lui ai fait un baisemain quand elle m'a tendu un billet de vingt comme pourboire. J'ai ri intérieurement quand le type est devenu rouge tomate, comme s'il était prêt à exploser. C'était une femme très classe, mais ce n'était pas mon truc, d'être homme-objet, alors j'avais pris ses sous et emmerdé son petit jeune par pur plaisir. J'allais leur demander d'où ils venaient mais j'ai été distrait par un fût qu'il fallait que je remplace et un couple qui pensait pouvoir partir sans payer l'addition à Dixie.

Quand est venue l'heure de fermer le bar, j'étais épuisé. Church s'apprêtait à raccompagner Dixie à sa voiture quand ils m'ont demandé si je voulais qu'ils m'attendent mais il me fallait une minute pour décompresser. J'avais tellement de choses qui tournaient dans ma tête : la proposition de Rome, le copain d'Avett, ce que j'allais bien pouvoir faire de ma vie, et bien sûr, Royal. Je ne l'avais pas vue depuis l'hôpital, mais je savais qu'elle avait repris le travail, et cela avait peut-être suffi à la remettre sur le droit chemin. Je ne voulais pas qu'elle fasse partie de mes pensées et participe à ma confusion, mais quand je fermais les yeux le soir, dans mon lit, je revivais la sensation de ses lèvres froides comme l'hiver contre les miennes.

Il était plus de trois heures au moment où j'ai éteint les lumières et fermé toutes les portes. J'ai bu un fond de scotch en écoutant les Raconteurs sur le juke-box électronique avant de sortir par la porte de derrière, puis j'ai mis mon manteau pour marcher jusque chez moi. Les mains dans les poches, j'ai baissé la tête contre le vent piquant et j'ai commencé à traverser le parking. Une douce voix féminine m'a coupé dans mon élan en balançant une suite de jurons très laids.

J'ai cligné des yeux, je n'arrivais pas à croire qu'elle était de nouveau à la sortie de mon bar en pleine nuit. Cette fois encore, exquise avec ses vêtements de sport. Elle faisait les cent pas d'une manière très agitée et s'arrêtait pour donner des coups de pied dans le pneu du SUV et laisser tomber son front contre la vitre, tour à tour.

– Royal ?

Elle s'est retournée brusquement quand j'ai dit son nom et m'a regardé de ses yeux sombres et hypnotiques.

– Je ne te suis pas.

Elle s'est raidie quand j'ai avancé jusqu'à elle. Elle avait l'air automatiquement sur la défensive.

– Ce n'est pas ce que je pensais.

Elle a soupiré et a laissé sa tête tomber en arrière contre la vitre.

– Je n'arrivais pas à dormir, donc je suis allée faire du sport. Ça ne m'a pas aidée, donc je me suis dit que j'allais passer prendre un verre, et puis je me suis souvenue que tu ne voulais pas me voir ici. Alors j'ai dû rester assise dans la voiture quelques minutes pour décider ce que je voulais faire, mais pendant ce temps-là, une fille très saoule est sortie de la supérette, là-bas.

Elle a montré du doigt la petite épicerie en face.

– Elle allait conduire, je devais faire quelque chose.

Sa jolie bouche a formé un tout petit sourire.

– J'ai pris ses clés et j'ai attendu qu'elle prenne un taxi, mais comme d'habitude, j'ai laissé mon sac dans la 4Runner, avec mes clés et mon portable.

Elle a encore tapé sa tête contre la vitre et j'ai eu envie de lui faire un câlin.

– Je me suis enfermée hors de ma voiture.

Cette situation me rappelait la dernière fois que nous étions ici, seulement cette fois, elle n'avait pas la main autour de ma queue et je ne la tripotais pas comme un taré.

– Tu n'as pas de double ?

Elle a levé les yeux au ciel.

– Bien sûr que j'ai un double. Mais pas dans la voiture. Je suis flic. Ça serait vraiment chercher les ennuis, comme demander qu'un délinquant énervé m'attende sur la banquette arrière après mon service. Saint en a un, Dom en a un, même Nash en a un, mais il est trois heures du mat' et je n'ai pas vraiment envie de passer un coup de fil et d'énerver tout le monde. En réalité, il n'y a que Dom que j'appellerais et il ne peut pas trop venir me secourir, là.

Je l'ai vue avaler sa salive en disant cela, et son regard a évité le mien.

J'ai grogné et je sais qu'elle l'a entendu.

– Viens. Tu peux squatter chez moi et appeler la cavalerie demain matin. Il fait froid et je suis trop crevé pour essayer de trouver une solution plus intelligente.

Elle a penché la tête sur le côté et m'a observé un bon moment avant de répéter :

– Une solution plus intelligente ?

Je l'ai prise par le coude et je l'ai sentie frissonner. J'ai à nouveau enlevé mon manteau pour le poser sur ses épaules. Il fallait que quelqu'un lui explique qu'il faisait super froid dehors et qu'elle devait donc porter autre chose que des vêtements de sport hyper moulants si elle voulait se balader dans les rues la nuit.

– Toi et moi, tous seuls, chez moi, c'est l'idée la plus stupide que j'aie jamais eue, Red. Ne dis pas que je ne t'avais pas prévenue.

6
ROYAL

Je savais que j'aurais très bien pu lui demander son téléphone et appeler un taxi pour retourner à Capitol Hill. Je savais aussi que cela ne dérangerait pas Nash de se lever et de venir me chercher même si nous étions en plein milieu de la nuit. Mais ça faisait des semaines que je cherchais à ce qu'Asa me ramène chez lui, et si c'était la seule chance que je pouvais avoir, j'allais la saisir, même s'il avait l'air plus agacé et agité qu'amoureux. En plus, il m'avait encore donné son manteau alors qu'il faisait un froid de canard et je savais que d'une certaine façon, cela voulait dire quelque chose, même si ce n'était pas conscient.

– Comment c'était, la reprise ?

Son accent était mielleux et chaud alors qu'il me guidait dans les rues silencieuses. Je crois qu'à part lui je ne connaissais personne qui n'avait pas de voiture. C'était une autre pièce du puzzle qu'était Asa Cross.

– C'est compliqué. Je n'ai jamais eu d'autre équipier que Dominic, donc c'est bizarre de faire les patrouilles avec quelqu'un que je ne connais pas.

Mon équipier temporaire était un mec du nom de Barrett. Il était un peu plus âgé et vraiment du genre fort et mystérieux. J'avais l'habitude de laisser Dom mener la marche, de suivre ses décisions, donc c'était bizarre de devenir la plus loquace des deux équipiers. Jusque-là, mes journées sans Dom avaient été assez calmes et je n'avais jamais dû sortir mon arme ni vraiment me mettre en danger. J'étais terrifiée à l'idée que cela allait arriver, même si la psy m'avait dit que c'était normal. Elle était convaincue que je souffrais de symptômes légers de stress post-traumatique et que ma culpabilité était liée au fait que je m'en étais sortie indemne.

Je me suis appuyée contre le flanc d'Asa quand j'ai remarqué qu'il tremblait de froid. Un frisson m'a parcourue lorsqu'il a passé son bras sur mes épaules et s'est blotti contre moi. Certes, c'était sûrement pour se réchauffer, mais ma libido s'en fichait.

– Comment va ton équipier ?

Je détestais imaginer Dom allongé dans son lit, convalescent. C'était un mec qui aimait l'action, qui aimait être sur le terrain, mais dans son état, il ne pouvait que rester au lit et regarder Netflix à longueur de journée pendant que ses sœurs veillaient sur lui. Enfiler mon uniforme tous les matins, être celle qui pouvait aller travailler, alors que Dom était coincé sans savoir ce que l'avenir lui réservait, ça me foutait en rogne. L'injustice de tout cela me tapait sur les nerfs et pesait lourd dans mon ventre chaque fois que j'allais au travail.

– Il avance. Il va lui falloir beaucoup de rééducation, une fois qu'il sera remis sur pied. Son fémur cassé, ce n'est pas rien.

– S'il cherche quelqu'un, je connais un mec.

J'ai levé les yeux pour le regarder à travers mes cils.

– C'est vrai?

Nous sommes arrivés devant un bâtiment très quelconque et franchement miteux, et je l'ai suivi dans l'escalier. Je ne l'aurais jamais imaginé vivre ici.

– Enfin, Rome connaît quelqu'un. Il sortait avec le petit frère de Rome, le jumeau de Rule, Remy. Il s'appelle Orlando Fredrick et c'est un kiné sportif connu. Je l'ai croisé plusieurs fois, il passe parfois au bar pour parler à Rome. Il a l'air plutôt cool, et d'après Rome, il sait ce qu'il fait.

Rome ne me semblait pas être du genre à balancer des compliments ou à accorder son respect à la légère, donc j'ai retenu le nom pour en parler à Dom et suis entrée dans l'appartement derrière Asa. Il était petit, vraiment tout petit, et il n'y avait pas grand-chose à l'intérieur. C'était un studio, donc il n'y avait pas beaucoup de place pour des meubles, mais à part un lit, un grand écran plat, une petite table et un fauteuil inclinable ayant bien vécu, il semblait n'y avoir rien de personnel dans l'appartement.

S'il était inquiet ou intéressé par ma réaction, il ne l'a pas montré. Il a allumé la lumière, a jeté ses clés et son portable sur la toute petite table, et a passé les mains dans ses cheveux blonds épais.

– Je vais sortir des draps propres et tu peux préparer le lit pendant que je prends une douche.

Il a fait un signe de tête vers le fauteuil.

– Je prendrai le fauteuil, comme j'arrive à dormir n'importe où, je te laisse le lit.

J'ai ouvert la bouche pour dire non. Ce n'était pas un lit *king size* mais il était bien assez grand pour nous accueillir tous les deux. Pourtant, il y avait une lueur dans ses yeux dorés, un avertissement qui m'a fait serrer les dents de frustration et ravaler mes paroles. J'avais toujours le sentiment qu'il essayait de me dire quelque chose sans parler, comme s'il y avait un message tacite que j'étais trop bête pour comprendre. Il se passait quelque chose derrière ces yeux de panthère, et il y avait une tension contenue en lui, qui ne demandait qu'à être libérée. J'ai enlevé son manteau et l'ai posé sur le dossier d'une des chaises à côté de la table. J'ai pris les draps et la couverture qu'il me tendait puis il s'est dirigé vers ce que je supposais être la salle de bains.

Je me suis laissée tomber sur le bord du lit en fixant la porte entrouverte. J'ai posé le paquet que j'avais dans les bras à côté de moi et j'ai essayé de me rendre compte de ce qu'il était en train de se passer. Ce n'était pas vraiment comme ça que j'avais imaginé ma nuit chez le Sudiste sexy. J'étais persuadée qu'une fois qu'il n'y aurait plus que nous deux, tous seuls, la chaleur et l'alchimie indéniables qu'il y avait entre nous éclateraient. Et que je pourrais enfin recevoir tout ce qu'Asa avait à offrir. Je voulais voir exploser ce charme tranquille, cette sensualité naturelle, et tout le désir qui se cachait forcément derrière cette façade de gentil petit mec. J'ai soupiré et ai regardé son portable, me demandant si je devais appeler quelqu'un à ma rescousse. Je commençais à me dire que la volonté d'Asa de me sauver de ce qu'il pensait clairement être une erreur était bien plus forte que mon propre désir pour lui.

Je me suis levée et suis allée entrouvrir la porte de la salle de bains, juste assez pour lui dire que j'allais appeler un taxi et rentrer chez moi. Je n'allais pas le priver de son propre lit alors que c'était évident qu'il ne voulait pas que je sois ici. J'avais déjà assez de choses dans ma vie pour me sentir mal, je n'avais pas besoin qu'Asa me rejette encore une fois.

– Eh, je vais...

Ma voix s'est coupée et ma langue a soudain oublié comment fonctionner, et toutes mes pensées se sont volatilisées.

Évidemment, il n'y avait pas de vraie baignoire dans ce minuscule appartement. Il n'y avait qu'une cabine de douche derrière un panneau de verre à peine dépoli qui ne cachait rien du tout. La vapeur de la douche ne suffisait pas à flouter l'image devant moi, et ma main a entièrement ouvert la porte comme si elle agissait de sa propre volonté.

Il avait un bras plié au-dessus de sa tête contre le mur, et le front posé dessus tandis que l'eau coulait sur lui. Il s'est retourné pour me regarder lorsque j'ai ouvert la porte. Même avec la vapeur d'eau et le verre entre nous, je voyais son regard brillant rivé sur le mien et son autre bras dont le poing bougeait de haut en bas sur une érection impressionnante qui m'était manifestement destinée.

Je savais que je devais fermer la porte et faire demi-tour. C'étais son espace et un moment intime, mais je n'y arrivais pas. J'étais tout aussi excitée que furieuse en le voyant se toucher tout en me regardant fixement. Il était beau ; c'était beau. Mais j'étais tellement en colère qu'après lui avoir fait comprendre à plusieurs reprises qu'il pouvait m'avoir, il préfère se soulager sous la douche plutôt que de m'emmener dans son lit, que j'avais du mal à profiter de toute cette beauté, même si j'étais subjuguée par la vision. Il gaspillait une chose qui me revenait de droit et je voulais lui crier d'arrêter, de me demander de le rejoindre sous l'eau et de faire meilleur usage de son excitation, mais j'étais bouche bée, scotchée par la passion et la fureur.

Il était fait de muscles fins recouverts par une peau dorée. Ses cheveux blonds étaient mouillés, donc plus foncés à cause de l'eau, et ses yeux resplendissaient sur son visage comme si quelque chose les éclairait du plus profond de lui-même. Les muscles de son bras et de ses larges épaules se contractaient et dansaient à mesure que sa main bougeait le long de l'épaisse colonne d'excitation impatiente bien en vue entre ses jambes. Ses abdos aux lignes nettes se sont contractés puis détendus et il a laissé échapper un grognement après quelques mouvements plus fermes qui l'ont achevé. Tout son corps a été pris d'un petit sursaut et j'aurais juré qu'il avait dit mon nom sans le prononcer à cet instant, mais je prenais peut-être mes désirs pour des réalités. Son poing s'est détendu et il m'a considérée en clignant lentement des yeux en tendant une main pour ouvrir la porte de la douche. Nous nous sommes regardés un long moment sans rien dire et j'ai posé une main sur ma gorge car j'avais l'impression que tout ce que je voulais lui dire restait bloqué là.

– Tu crains et je te déteste vraiment, là tout de suite.

Ma voix était rauque, enrouée par le désir, et j'ai tourné les talons pour sortir de la salle de bains, en m'assurant de claquer la porte derrière moi.

J'avais envie de l'étrangler et de le baiser, sans savoir quelle envie était la plus forte. J'ai foncé vers la table et ai pris son téléphone avec la ferme intention de sortir de cet appartement et de m'éloigner de lui. J'étais en surcharge émotionnelle et je ne voulais pas faire une chose que je finirais par regretter plus tard, une fois que j'aurais les idées au clair. Le fait est que je savais qu'il m'avait piégée, qu'il voulait que je le surprenne et que je voie ce qu'il était en train de faire. Il n'avait pas laissé la porte ouverte pour rien, il l'avait fait exprès. C'était un sale con manipulateur et je commençais à voir qui il était vraiment sous le vernis et le charme derrière lesquels il se cachait la plupart du temps.

Asa voulait que je sache que bien qu'il ait envie de moi, il ne ferait jamais rien, même si nous étions seuls dans son appartement. Le message était clair, reçu 5 sur 5, et maintenant, il fallait que je m'en aille, et je n'oublierais jamais les images qu'il avait gravées dans mon esprit.

Évidemment, il fallait un code pour déverrouiller le téléphone, ce qui n'a fait que m'énerver davantage. Je le fixais bêtement, essayant de décider de ce que je devais faire, quand sa main est arrivée de nulle part pour se serrer autour de mon poignet et me prendre des mains l'appareil qui m'était inutile. Il m'a fait tourner et a distraitement reposé le téléphone sur la table. Il me lançait un regard noir, ce qui aurait pu m'intimider – après tout, je ne connaissais pas très bien Asa – mais il n'avait pas pris la peine de se couvrir, même pas avec une serviette. Il se tenait beaucoup trop près et était beaucoup trop nu pour que je puisse ressentir autre chose que ce fichu désir dont il semblait le maître, et qui remontait à la surface.

Nous nous fusillions du regard, ses doigts toujours autour de mon poignet où mon pouls s'affolait sous son toucher. Sa bouche formait une ligne ferme et l'eau coulait sur ses tempes et sur la surface plane de son torse. Asa était un bel homme. Il était nu et en colère, et on aurait dit qu'un dieu grec était parmi nous, pauvres humains.

J'ai sursauté de surprise quand il a levé son autre main pour retirer l'élastique qui retenait mes cheveux en chignon. Les mèches emmêlées sont tombées n'importe comment sur mes épaules et j'ai penché la tête en arrière pour lui lancer un regard noir.

– Tu n'imagines pas dans quoi tu t'engages avec moi, Royal.

Sa voix était toujours riche et pleine de nuances chaudes du Sud. À cet instant, il avait la voix rauque avec un tremblement qui a fait trébucher mon cœur.

– Ouais, eh bien, je suis une grande fille, Asa. Je devrais avoir le droit de me rendre compte de ça sans que tu décides à ma place.

Ses doigts ont glissé sur mon poignet, puis sont remontés sur mon coude, puis de plus en plus haut jusqu'à ce que la paume de sa main empoigne mon épaule, puis il a pris ma mâchoire dans sa main en passant son pouce sur ma lèvre inférieure.

– Tu es flic.

Comme si c'était une raison suffisante pour qu'il continue à lutter contre ce vortex de désir et de besoin qui nous poussait l'un vers l'autre.

J'ai laissé échapper un souffle et ai levé la main pour prendre son poignet.

– Je sais, mais je ne suis pas que ça.

C'était surréaliste d'enfin avoir cette conversation, alors qu'il était nu et que j'étais encore énervée contre lui, et cela me faisait tourner la tête. Peut-être qu'il avait raison. Peut-être que je ne comprenais pas vraiment ce que j'essayais de faire avec lui.

Un petit sourire a relevé le coin de sa bouche et il a fait un pas en arrière. Il avait l'air malicieux et beaucoup trop tentant.

– Tu es énervée contre moi.

J'ai acquiescé.

– Oui. Ton petit tour sous la douche, c'était un sale coup. Je sais que tu avais prévu que ça arrive. Tu voulais que je te voie. Tu voulais que je sache que même si je te cours après, même si je t'ai montré que je te voulais… tu ne franchirais pas la ligne avec moi. C'était un sale coup.

Au début, je le voulais car il me paraissait être la distraction parfaite pour ne pas penser au drame que je venais de vivre. Ensuite, je le voulais encore plus car il résistait. Maintenant, je le voulais, tout court. Cela faisait beaucoup de virilité sexy et nue devant moi, et toutes les raisons que j'avais pu avoir me semblaient banales, maintenant que j'étais face à son incroyable beauté masculine.

Il a baissé le menton un petit peu, juste assez pour me faire comprendre que j'avais parfaitement compris ses motivations. Il a écarté ses bras en haussant ses sourcils blonds avec un air de défi, et m'a dit sur un ton mielleux et charmeur :

– Ça aurait dû suffire. Dommage que ça n'ait pas été le cas, parce que je pensais à toi tout du long. Je ne sais pas si c'est une chance ou une malédiction pour nous que je ne sois pas capable de me retenir pendant très longtemps. Tu me cours après depuis un bon moment, Red. Je ne vais pas franchir la ligne, mais si tu veux le faire, je ne vais plus t'en empêcher.

Je me suis mordu la lèvre et j'ai vu le désir dans ses yeux.

– Qu'est-ce qu'il va se passer quand je l'aurai fait ?

Il y avait une trace d'hésitation dans ma voix, et je savais qu'il l'entendait. Il a laissé tomber ses bras et s'est tourné vers le lit qui n'était pas fait.

Je n'avais pas vraiment pensé à tout ça quand j'avais glissé ma main dans son pantalon sur le parking ou quand j'avais fait exprès d'enlever mes vêtements devant lui sur la piste de danse, au Bar. Tout ce que je savais, c'était qu'il était le premier mec que je voulais, que je voulais vraiment, et il était le premier après qui je courais. Je ne m'étais jamais arrêtée une seconde pour réfléchir à ce qui allait arriver si je l'attrapais.

– Je ne peux pas te répondre, mais si je le devais, je dirais que ça va sûrement se terminer dans les larmes et avec un cœur brisé. C'est ce qu'il se passe, en général, quand j'ai quelque chose de bien dans ma vie.

Il est monté sur le lit et s'est allongé sur le dos, puis a croisé les mains derrière sa tête.

– Si tu veux le code de mon portable, je te le donne pour que tu puisses partir. Si tu veux rester, éteins la lumière et viens ici. Je te promets d'être sage... pour l'instant.

Je l'ai regardé, j'ai regardé le téléphone sur la table, et soupiré. En réalité, il n'y avait qu'une seule option et ce n'était ni qu'il reste sage, ni que je parte. Il avait dit que c'était à moi de franchir la limite et c'était exactement ce que j'avais l'intention de faire, même si cela menait effectivement au drame.

Je me suis passé les doigts dans les cheveux pour essayer de les démêler, j'ai enlevé mes chaussures du bout des pieds, et éteint la lumière. Le petit appartement s'est immédiatement retrouvé plongé dans le noir et je ne voyais que le reflet des cheveux blonds d'Asa, et j'aurais juré que ses yeux brillaient dans l'obscurité, même si je savais que c'était impossible. C'était peut-être parce qu'il n'y avait pas de lumière, peut-être parce que je savais que je devais me plonger dans ce moment, mais mon instinct me disait que si je voulais lui prouver qu'il n'y avait aucune limite, grimper dans le lit aussi nue que lui était un moyen infaillible d'y parvenir.

J'ai retiré mon tee-shirt, puis ma brassière de sport, et j'ai laissé mon pantalon et ma culotte en tas par terre. J'ai trouvé cela étrangement libérateur, alors que j'avançais vers le lit. Je n'étais pas timide ni réservée, mais c'était plus osé que tout ce que j'avais pu faire auparavant. Depuis que j'avais rencontré Asa, les circonstances m'avaient forcée à devenir entreprenante, et j'aimais assez l'idée d'enfin gagner ma récompense pour ne pas avoir eu peur de désirer l'interdit.

Il a déplacé ses longues jambes quand je suis arrivée sur le bord du lit et ai tendu une main pour trouver mon chemin à tâtons. J'ai senti les muscles de son mollet se contracter quand mes doigts l'ont frôlé et je n'ai pas pu m'empêcher de sourire devant sa réaction. Le lit n'était pas assez grand pour que je me glisse à côté de lui, donc j'ai dû littéralement ramper par-dessus lui, laissant nos peaux se frôler. Ce n'était pas possible qu'il ne comprenne pas mon invitation. Ce contact a fait trembler mes mains, durcir mes tétons, et je n'ai pas manqué la façon dont sa respiration est devenue tremblante à mon contact. Ses mains ont atterri sur ma taille alors que j'étais à cheval sur lui, dans le noir. Ses cuisses se sont tendues et sa queue se réveillait et grossissait entre nous. Ses pouces ont caressé mes côtes et il m'a dit d'une voix grave :

– C'est peut-être le pire crime que j'aie jamais commis.

Il ne pouvait pas voir mon expression, mais j'ai froncé les sourcils et me suis penchée en avant en posant les mains sur son torse. J'aimais comment ses muscles étaient lisses et durs sous les paumes de mes mains. Il était vraiment comme une statue savamment sculptée pour être admirée par des générations.

– Comment ça ?

Ses mains ont continué à monter jusqu'à tenir mes seins. Cette sensation m'a fait sursauter puis j'ai pris une inspiration quand il a passé ses pouces sur les deux montagnes gonflées. C'était tellement bon que j'ai commencé à frémir de l'intérieur. Il n'était pas vraiment doux ni délicat dans sa façon de me toucher, et je crois que cela ne rendait tout ça que meilleur.

– Quand une fille comme toi enlève ses vêtements, ça devrait être interdit d'éteindre la lumière. T'imaginer nue suffirait à faire jouir la majorité des mecs, Royal. T'avoir en face de moi, nue, sans être capable de te voir, ça devrait être illégal.

C'était un compliment assez grossier, mais c'en était un tout de même. J'avais déjà entendu ce genre de choses, mais venant de lui, ça ne sonnait pas comme des mots seulement destinés à faire tomber ma culotte. Ce n'était pas comme s'il avait besoin de mots pour faire cela de toute façon ; ma culotte était déjà à l'autre bout de la pièce.

J'allais lui dire que je pensais la même chose, qu'il était trop beau pour rester dans le noir, mais toutes mes pensées se sont évanouies quand les caresses de ses pouces se sont soudain transformées en légers pincements qui m'ont fait cambrer le dos et renverser la tête en arrière à mesure qu'un plaisir vif partait de l'endroit où il me touchait jusqu'au centre de mon corps. Il ne m'avait même pas embrassée, ni rien fait de romantique ou de passionné, et j'avais déjà envie de grimper sur l'érection proéminente qui s'était élevée entre nous et d'assouvir le désir qui montait dans le bas de mon ventre.

Il a lâché un téton et a levé le bras pour passer les doigts dans l'épaisseur de mes cheveux. Il m'a attirée contre lui jusqu'à ce que nos lèvres se touchent. J'ai soupiré quand sa queue emprisonnée a tressauté contre mon ventre alors qu'il dévorait ma bouche, avec une expertise qui aurait dû être considérée comme une arme. Personne n'embrassait comme Asa. En tout cas, personne à ma connaissance. Quand il embrassait, c'était comme s'il essayait vraiment d'en faire le meilleur baiser que j'aie jamais eu. Il m'embrassait comme s'il voulait s'assurer que peu importe qui j'embrasserais après lui, il ne tiendrait jamais la comparaison. Il m'embrassait comme s'il voulait me dire des choses, avec ses lèvres et sa langue, qu'il ne pouvait pas me dire avec des mots. Cela me faisait tourner la tête et mon cœur commençait à battre vite.

Le sexe n'était pas vraiment quelque chose que j'avais recherché avant Asa. Enfin, j'étais loin d'être vierge, mais j'avais appris assez tôt que le sexe avait tendance à être dans l'intérêt du garçon plutôt que dans le mien, et cela ne m'avait jamais rendue particulièrement pressée de me déshabiller pour passer aux choses sérieuses. J'étais sortie avec un mec très sympa pendant près d'un an quand j'étais encore à l'école de police, mais à un moment donné, j'avais compris qu'être sympa ne suffisait pas à faire tenir une relation de couple, et même avec lui, le sexe avait été agréable, tout au plus. Là, ce n'était pas agréable. C'était chaud, cela me faisait frissonner à cause de toutes ces sensations, et mon corps n'était pas le seul à réagir. Les battements de mon cœur s'accéléraient. Mon esprit essayait désespérément de comprendre tout ce que je ressentais et mes poumons me brûlaient par manque d'oxygène, à mesure qu'Asa continuait de mordre et d'aspirer ma bouche dans la sienne. Il essayait de me faire jouir rien qu'en m'embrassant, et il avait assez de talent pour y arriver, mais j'attendais cela depuis trop longtemps pour qu'il ne vienne pas en moi immédiatement.

Je me suis relevée, nous laissant tous les deux essoufflés, à reprendre notre souffle dans le noir. J'ai tendu la main pour suivre du doigt l'arête de son nez puis ses sourcils arqués.

– Tu pensais à moi sous la douche ?

Ma voix me semblait mélancolique.

Il a grogné, a passé un bras dans mon dos, et nous a retournés, si bien que je me suis retrouvée étalée sous son grand corps. Il a tendu le bras au-dessus de moi, ce qui a rapproché nos hanches et placé sa queue tout contre l'endroit où je brûlais de la sentir, entre mes jambes. J'ai entendu un tiroir s'ouvrir et se refermer en claquant, et un bruit d'aluminium, quand il a jeté ce qui devait être un préservatif sur l'oreiller à côté de ma tête. Il ne pouvait pas être réellement aussi mauvais que ce qu'il disait. L'idée de nous protéger ne m'était même pas passée par la tête, et pourtant, une fois de plus, le voilà qui faisait attention à moi, sans même que j'aie à le lui demander.

– Je pense à toi depuis la première fois que je t'ai vue. Je pense à tes yeux et à tes cheveux. Je pense à tes jambes interminables et au fait que tu as les plus beaux seins que j'aie vus de ma vie.

J'ai répondu en pouffant de rire, mais il n'avait pas terminé.

– Je pense à ton cul dans les jeans moulants que tu portes, quand tu essaies d'attirer mon attention. Puis je me rappelle que tout ça est accompagné d'un badge et d'un flingue, et je me rappelle pourquoi me branler sous la douche au lieu de te mettre dans mon lit est une voie bien plus sûre pour nous deux.

Je me suis raidie automatiquement mais il a pris le préservatif, et me l'a tendu en baissant la tête pour lécher ma clavicule. Il a frotté son nez contre ma joue et a placé ses lèvres contre mon oreille pour me chuchoter :

– Et pourtant, nous y voilà.

J'ai avalé ma salive quand il s'est soulevé en posant ses avant-bras de chaque côté de ma tête. J'ai ouvert l'emballage du préservatif avec mes dents et me suis débrouillée pour le lui mettre, même si mes mains tremblaient dans tous les sens. Soudain, je me suis demandé ce que j'allais faire si cela se révélait être aussi décevant que toutes les autres fois où je l'avais fait. Cela semblait vraiment idiot d'entrer dans la cage du lion et de lui tirer la queue sans être sûr que cela valait le coup de prendre ce risque. Où s'était cachée ma lucidité jusqu'à cet instant ?

J'ai passé un bras autour de ses larges épaules et l'autre juste au-dessus de ses fesses sculptées et lui ai répondu, en chuchotant :

– Nous y voilà.

Il a laissé un bras tendu au-dessus de ma tête et a attrapé ma cuisse avec l'autre, plantant ses doigts dans ma chair. Il a relevé ma jambe sur son flanc et j'ai senti le bout de son sexe se frayer un passage dans le mien.

J'ai vu ses dents comme un éclair dans le noir juste avant qu'il ne repose sa bouche sur la mienne. Contre mes lèvres, il a marmonné :

– Espérons qu'on en sortira tous les deux vivants.

Puis il m'a embrassée, à sa façon qui volait mon âme, et s'est enfoncé jusqu'à la garde dans mon corps accueillant.

C'était tout sauf tiède.

Je le sentais partout, dedans et dehors. Ses doigts s'enfonçaient dans ma chair tandis que sa bouche bougeait, insistante et exigeante, contre la mienne. C'était presque trop. Trop de sensations, trop de ressenti, trop d'impatience. Je sentais mon corps réagir avec un minimum d'efforts de sa part. Tout ce qu'il avait à faire était me toucher, glisser en moi et hors de moi sur le rythme solide et régulier qu'il avait trouvé. J'ondulais déjà, je sentais déjà mon intérieur frémir et être pris de contractions autour de lui. J'ai descendu une main sur les globes fermes de son cul et y ai enfoncé mes ongles pour m'accrocher à quelque chose car la réalité menaçait de m'échapper. Cette fois, c'était pour moi. Il m'embrassait partout, ma bouche, mon cou, derrière mon oreille, et tout le long du chemin sous lequel mon pouls battait. Sa main qui maintenait ma jambe en place s'est déplacée quand il est devenu évident que j'allais rester étendue et cambrée exactement comme il le voulait. Elle a fait un détour par ce point chaud entre mes jambes. À la première pression du bout de ses doigts contre mon clitoris, j'ai hurlé son nom. J'ai hurlé à en avoir mal à la tête, mais il a seulement ri contre ma peau humide, qu'il mordillait assez fort pour y laisser des marques.

Ses doigts bougeaient et m'ont amenée dangereusement proche de la limite. Je sentais la réaction de mon corps à son toucher et à ses coups de reins. Je ne pouvais pas le cacher puisqu'il savait exactement comment me toucher. Je me suis pressée encore plus fort contre lui. Je voulais l'avoir plus près de moi et ce n'était même pas possible. C'était si bon que cela en faisait presque mal. J'ai senti le début d'un orgasme poindre et m'emporter. Je voulais lui dire de ralentir, que cela allait se terminer trop vite après une si longue attente, mais sa bouche s'est à nouveau retrouvée contre mon oreille, et sa voix tendre et rauque à la fois a murmuré :

– Je ne te vois pas mais je te sens, Royal, et tu es magnifique.

Putain de merde, il était bon. Entre ses mots et ce qu'il était en train de faire avec ses doigts, en plus du frottement incessant de son corps dans le mien, j'étais finie. J'ai lancé ma tête sur le côté et il m'a embrassée sur la joue alors que je me libérais sous lui. C'était différent de tout ce que j'avais vécu avant, et cela valait largement tous les efforts que j'avais déployés pour y arriver. J'ai fermé les yeux. Sa respiration est devenue saccadée et il a prononcé mon nom dans un soupir. Son corps a sursauté contre le mien et son torse s'est posé contre ma poitrine quand il s'est effondré sur moi. Son cœur était tout aussi affolé que le mien, battant frénétiquement contre ma poitrine. Je sentais trop de choses, je me sentais vulnérable d'une façon que je n'avais pas anticipée, et je n'étais pas sûre de pouvoir faire face à ce que je verrais dans son regard ambré. Tout à coup, j'étais ravie que la lumière soit éteinte.

Il s'est déplacé pour sortir de mon corps relâché et épuisé. Il a serré mes fesses dans ses mains et a roulé jusqu'au bord du lit. Je l'ai entendu faire du bruit dans la salle de bains, je me suis allongée sur le côté, et j'ai joint mes mains sous ma joue. Sans savoir pourquoi, j'avais vraiment l'impression que j'allais pleurer. Les larmes et le cœur brisé ne paraissaient plus aussi marrants maintenant.

Le matelas s'est enfoncé sous son poids quand il est revenu, et je pensais qu'il allait se tourner de l'autre côté et s'endormir. Je ne voyais pas Asa câlin, et en toute honnêteté, j'aurais bien pris une minute pour retrouver mes esprits, mais il ne me l'a pas donnée. Au lieu de cela, il s'est enroulé autour de moi dans mon dos, a passé un bras musclé devant moi, et m'a attirée contre son torse pour que nous soyons serrés l'un contre l'autre. Sa voix ensommeillée trahissait lourdement son accent, et m'a mise en garde :

– Les ennuis, c'est toujours très amusant... jusqu'à ce que ce ne soit plus drôle.

Je commençais enfin à le croire. Tout ce que je pouvais faire, c'était fermer les yeux et laisser sa respiration régulière me bercer, même si j'avais l'impression que je n'avais pas seulement franchi la limite. Je l'avais explosée et j'avais dansé des claquettes dessus.

7
ASA

Me réveiller enroulé autour d'un corps chaud n'avait rien de nouveau. Me réveiller enroulé autour d'un corps contre lequel je voulais me blottir, dans lequel je voulais me perdre encore et encore, et ne jamais lâcher, ça, c'était une première.

Nous étions face à face dans mon petit lit, et Royal avait coincé sa tête sous mon menton et son souffle me chatouillait la gorge. Son bras était posé sur mes côtes et l'une de ses longues jambes s'était glissée entre les miennes. Nous étions aussi proches que deux personnes peuvent l'être sans faire l'amour, et mon érection matinale insistait pour que je profite de la situation. Elle palpitait entre nous, à l'endroit où ses hanches étaient quasi emboîtées dans les miennes. La position était bien trop intime pour que j'aie l'esprit tranquille.

J'aimais – beaucoup – le sexe et cela ne me dérangeait pas que la personne avec qui je partageais mon lit y passe la nuit. J'étais plus que doué pour obtenir ce que je voulais et désamorcer les situations gênantes avec des belles paroles et un sourire malin, donc en général, je n'avais pas à m'inquiéter des catastrophes du lendemain matin. En fait, je pouvais généralement m'attendre à une deuxième performance au lever du soleil. Mais je savais que si je m'engageais dans cette voie avec Royal, en plein jour, cela changerait tout.

Je le sentais déjà, à la manière dont mes mains voulaient s'attarder sur la délicate courbe de sa taille. À la manière dont ma peau me chatouillait et prenait vie, aux endroits où elle touchait la sienne. À la manière dont je voulais simplement la regarder, dans toute sa beauté dénudée, tandis qu'elle s'accrochait à moi. Je ne pouvais absolument rien constuire de sérieux avec cette fille, nous n'étions absolument pas faits l'un pour l'autre... Non pas que je puisse un jour être fait pour quelqu'un, mais particulièrement pas pour elle. Dommage que mon corps et mon cerveau aient des avis divergents sur la question.

Tout en moi s'est tendu, mon corps alerte, prêt à frapper lorsqu'elle a marmonné mon nom dans son sommeil et a bougé son corps pour le rapprocher encore plus du mien. Elle allait sérieusement me faire jouir rien qu'en respirant contre moi, alors j'ai soupiré et me suis dégagé de ses mains endormies aussi délicatement que possible. J'avais besoin d'espace, physiquement et mentalement. C'était bien trop facile de se perdre en elle, et le fait qu'elle était assez forte et sûre d'elle pour venir chercher ce qu'elle voulait malgré mes mises en garde m'excitait plus que tout. J'avais déjà été courtisé par des femmes, souvent car je leur avais laissé croire des choses. Mais je n'avais jamais été courtisé et attrapé par une femme qui connaissait toutes les règles dès le départ. J'adorais sa témérité et la détestais en même temps. Cela rendait impossible de lui dire non.

Je ne savais absolument pas si elle devait se lever pour aller travailler, donc j'ai décidé de prendre une petite douche et d'appeler Nash pour voir s'il pouvait récupérer son sac à main piégé dans sa voiture. C'était un coup de fil que je n'avais pas hâte de passer. Je voyais déjà l'inquiétude et l'appréhension s'emparer de notre groupe d'amis, une fois qu'il serait clair que Royal et moi avions passé la nuit ensemble.

Certes, nous étions deux adultes consentants et le fait qu'elle me courait après depuis un bon moment n'était pas un secret, mais maintenant que j'avais brisé le sceau, que j'avais pris ce qui m'était offert, j'allais devoir faire face à un tout nouveau jeu de sous-entendus discrets et d'avertissements pour me dire que j'avais intérêt à bien la traiter et à ne pas la faire souffrir. Évidemment, je ne voulais pas lui faire de mal, c'était pour ça que j'avais évité ce coup d'un soir aussi longtemps que c'était humainement possible. Mais désormais, il n'y avait plus de choix. La ligne avait été officiellement franchie et je savais que nous allions nous écraser violemment un jour ou l'autre. C'était ainsi que cela fonctionnait, dans mon monde, et il valait mieux l'accepter que de s'aveugler et d'être dévasté après.

J'ai pris une seconde pour me brosser les dents, puis j'ai fait couler l'eau sous la douche, aussi chaude que possible, et me suis placé sous le jet. Il était tôt pour commencer ma journée, mais ma queue au garde à vous et mon esprit préoccupé ne me laisseraient pas me remettre au lit sans baiser ou me battre. L'eau a suffi à me réveiller pour de bon, et j'ai grogné en pensant que chaque fois que je mettrais le pied dans cette cabine de douche, j'aurais désormais l'image de Royal qui me regardait, avec ses grands yeux couleur chocolat, imprimée dans mon cerveau à jamais.

Elle aurait dû être blessée et gênée. Mais elle s'était énervée, et c'était légitime. Je savais très bien ce que je faisais depuis le début, j'avais senti mon désir pour elle brûler et appuyer fort à la base de ma colonne vertébrale. Je savais aussi qu'elle n'allait pas rester sagement assise pendant que je disparaissais dans la salle de bains. Elle était d'une nature curieuse et n'avait pas peur de la confrontation, donc je me doutais qu'elle verrait mon petit spectacle quand elle finirait par venir me chercher. Ce que je n'avais pas prévu, c'était qu'elle reste me regarder, et combien cela m'avait incroyablement excité. J'essayais seulement de lui donner une preuve de ce que je disais, j'essayais de lui montrer qui j'étais vraiment et le peu d'égards que je pouvais avoir pour ce qu'elle ressentait. Seulement, elle avait rebattu les cartes, en avait fait quelque chose d'important ; avec ses yeux brûlants et sa moue furieuse, elle avait transformé cela en autre chose. Bien sûr, j'avais prononcé son nom comme une malédiction quand j'avais joui et je savais également qu'elle ne quitterait pas mon appartement tant que je ne l'aurais pas mise dans mon lit. Mais elle s'était blottie contre moi dans son sommeil avec tellement d'innocence et de confiance qu'elle avait transformé le sexe en autre chose aussi. Tout devenait plus important grâce à elle, y compris moi, et cela me semblait plus que dangereux.

L'eau me brûlait presque en coulant sur ma tête et mes épaules, mais cela me faisait du bien et me libérait un peu de la tension qui m'envahissait sérieusement. J'ai tourné la tête en entendant un petit bruit et je ne peux pas dire que j'ai été surpris quand elle s'est avancée entre moi et le jet de la douche. L'eau a fait passer ses cheveux d'acajou à un noir de jais, et ses sourcils sont remontés tout en haut de son front quand elle m'a regardé.

– Tout va bien ?

C'était moi qui aurais dû lui poser la question. Mais j'ai tendu les bras de chaque côté de son corps pour la coincer contre le mur carrelé tandis que l'eau chaude continuait à déferler autour de nous.

– J'imaginais juste la leçon que j'allais recevoir de la part de Nash quand on l'appellera pour ouvrir ta voiture.

Ses mains mouillées ont glissé de haut en bas sur mes côtes dans une caresse qui était sûrement destinée à m'apaiser, mais n'a fait que durcir ma queue déjà levée. Elle ne pouvait pas le manquer, elle était dressée entre nous.

– Ça ne peut pas être pire que la leçon que je suis sûre de recevoir de la part de Saint.

Sa voix était encore adoucie par le sommeil et alourdie par quelque chose que je ne voulais pas essayer de comprendre.

J'ai penché la tête un tout petit peu en avant et l'eau a coulé le long de mon nez et sur ses lèvres entrouvertes, et je lui ai dit doucement :

– Tu devrais l'écouter. Écouter ce qu'elle a à dire.

J'allais l'embrasser, parce qu'il le fallait. Elle était une trop grande tentation, toute mouillée et brillante devant moi. Elle était plus belle que la plupart des filles, quand elle était habillée simplement et sans maquillage. Trempée et nue comme elle l'était, il n'y avait rien de plus beau que cette femme. C'était impossible de ne pas me sentir le mec le plus chanceux de la terre qu'elle soit là avec moi, pour la seule raison qu'elle voulait y être. Pas à cause de tours ou de subterfuges que j'aurais montés. J'ai froncé les sourcils quand elle a tourné la tête à la dernière minute et s'est penchée en avant pour poser ses lèvres au centre de mon torse.

– L'écouter me dire de faire attention, d'être prudente avec toi, parce que tu es imprévisible ? Ça fait des semaines que tu me le dis toi-même. J'ai entendu les avertissements et j'ai décidé de continuer, à mes risques et périls.

Elle a relevé la tête pour me regarder, et je crois que je l'ai peut-être un peu aimée lorsqu'elle a fermé les yeux pour faire sortir l'eau et m'a souri.

– Mais je ne me suis pas brossé les dents ce matin et je ne veux pas te faire fuir avec mon haleine matinale maintenant que je t'ai pour moi.

Cela m'a fait rire. Pas moyen que son haleine matinale me fasse oublier tout ce qu'elle avait de génial, mais c'était mignon qu'elle ait des petits complexes comme tout le monde. Elle aurait facilement pu être une de ces filles qui se tire de n'importe quelle situation rien qu'avec sa beauté, donc c'était rafraichissant et adorable qu'elle ne soit pas du tout comme ça.

– Je crois qu'il te faudrait plus qu'une mauvaise haleine pour faire fuir qui que ce soit, Red.

Ma voix était devenue rauque contre ma volonté. Elle me faisait quelque chose, elle me donnait envie de me battre contre toutes les tendances de connard que j'avais en temps normal.

Elle a ri un peu et sa langue a léché mon téton, ça m'a fait manquer une respiration, alors que ses doigts suivaient les lignes de mes abdos qui se tendaient et se contractaient sous son toucher. Je voulais vraiment l'embrasser, mais avant que j'aie le temps de l'attraper, elle était à genoux devant moi et ma queue était dans sa bouche. Impossible de former une idée cohérente après ça.

Avec l'eau chaude, sa bouche l'était encore plus, et la vue qu'elle m'offrait, sexy et mouillée, me précipitait vers l'orgasme. J'ai passé les doigts dans son épaisse chevelure, j'ai fermé les yeux, et j'ai essayé de me souvenir d'un seul instant dans ma vie qui ait été aussi bon que celui-ci. La façon dont elle faisait rouler sa langue sur le bout et sur chaque aspérité faisait battre le sang dans mes oreilles. Quand elle a ajouté ses mains et les a envoyées en exploration entre mes jambes, j'ai dû me concentrer très fort pour rester debout car le plaisir était tellement fort qu'il a failli me faire perdre l'usage de mes jambes. Elle a émis un petit bruit de satisfaction dans le fond de sa gorge, qui a vibré sur toute la longueur emprisonnée entre ses lèvres pleines.

J'ai tiré doucement sur les longues boucles que j'avais enroulées autour de mes doigts et lui ai dit d'une voix bourrue :

– Il va falloir que tu te calmes si tu veux ton tour après.

J'ai senti sa bouche sourire autour de ma queue, puis elle s'est servie de ses mains en même temps que de sa bouche, de manière à rendre un homme absolument incapable. Mes genoux ont tremblé et j'ai joui en murmurant son nom, une fois de plus. Elle s'est relevée dans un mouvement élégant, l'eau coulant sur sa silhouette lui donnait des airs de sirène satisfaite, consciente qu'elle venait de causer ma perte. J'avais du mal à respirer, à me sortir la tête des nuages, lorsqu'elle s'est retournée dos à moi et a pris la bouteille de shampooing rangée dans un petit panier sous la pomme de douche.

– Il faut que je récupère ma voiture et que je rentre chez moi. Je travaille ce soir et je veux passer voir Dom avant. Je n'ai pas le temps d'attendre mon tour, mais je veux bien remettre ça à plus tard.

Ce qu'elle voulait dire était clair. Hier, c'était pour elle, ce matin, c'était pour moi.

– Certains jeux sont beaucoup plus amusants quand on y joue à deux.

Elle a fait mousser ses longs cheveux en ignorant, volontairement ou non, que j'étais un mollusque tremblotant derrière elle. Jamais personne ne m'avait offert quelque chose sans rien attendre en retour, en général, ils en attendaient plus. Je n'arrivais pas à contrôler mes battements de cœur déchaînés, pour ranger toutes les émotions que son acte désintéressé avait éveillées.

J'ai réussi à me remettre d'aplomb, assez pour l'aider à laver ses cheveux fantastiques. Puis, à se savonner, ce qui, en réalité, voulait dire que je passais mes mains sur chaque centimètre de sa peau jusqu'à ce qu'elle respire vite et me regarde avec des yeux voilés par désir. J'étais très motivé pour retourner dans le lit et lui faire du bien, voire encore plus, mais elle a secoué la tête et est sortie de la douche. Elle a pris la seule serviette posée sur la tringle et m'a lancé un regard appuyé.

– La prochaine fois que tu penseras à moi ici, pense plutôt à ça.

Elle est sortie de la salle de bains dans un grand mouvement avec bien plus de dignité qu'une fille enveloppée d'une serviette trouée aurait dû en rassembler.

Maintenant que l'eau était devenue tiède et que mon désir hurlant avait été soulagé, j'ai enfin pris ma douche. Elle a crié dans le petit appartement pour me demander le code de mon téléphone. Je n'ai pas hésité à le lui donner en hurlant à mon tour. J'avais largement dépassé le point où j'avais des choses à cacher dans ma vie, et je n'avais jamais été assez bête pour garder des preuves incriminantes sur un portable, si facile à égarer. Je l'ai entendue parler à celui ou celle qu'elle appelait à la rescousse, et j'ai soupiré, car j'ai dû rester debout quelques minutes sur le tapis de bains pour sécher, avant de me diriger vers l'unique placard de la pièce, pour trouver quelque chose à me mettre.

Elle était perchée sur l'accoudoir du fauteuil, avait remis ses vêtements de sport et fait une longue tresse dans ses cheveux. Elle avait l'air si fraîche et propre que si je n'avais pas été là, je n'aurais jamais imaginé toutes les choses coquines et sexy qu'elle pouvait faire avec sa bouche.

J'ai enfilé un jean, sans sous-vêtements. Je n'en portais jamais. Je n'en voyais pas l'utilité, même s'il faisait froid à Denver et que je me maudissais souvent de ne pas avoir une épaisseur entre ma queue et le métal froid de ma braguette. J'ai trouvé un T-shirt chaud à manches longues et un sweat à capuche, que je lui ai jetés après avoir passé un T-shirt sur ma tête. Elle les a attrapés avec un petit sourire et m'a lancé le téléphone tandis que je m'asseyais sur le bord du lit pour mettre mes bottes noires.

– Tu as appelé Nash ?

Elle a hoché la tête pour répondre à ma question en jetant un coup d'œil à mon appartement pitoyable qui avait l'air cent fois pire, de jour.

– Je ne t'imaginais pas vivre dans un endroit comme ça.

Je ne m'étais jamais imaginé vivre dans un tel endroit non plus, mais tout arrive.

– Je vivais avec Cora et Ayden quand je suis arrivé ici. Ça allait au début parce que Jet n'était pas souvent là, mais Ayden était tout le temps sur mon dos. Et puis, elle a cru que j'étais lié au cambriolage au Bar et j'ai compris qu'il fallait que je déménage, sinon on se serait entretués.

J'ai passé mes mains dans mes cheveux humides, les faisant tenir droits sur ma tête et envoyant de l'eau dans tous les sens.

– J'étais cloué au lit, je ne pouvais pas travailler parce que j'avais une jambe cassée et plein d'autres trucs cassés à l'intérieur. Tout ce que je pouvais faire, c'était boitiller dans la maison et faire des conneries sur Internet. Je suis dangereux quand je n'ai pas une chose sur laquelle me concentrer.

Je n'arrivais pas à croire que je m'apprêtais à lui dévoiler cela, non pas car je m'inquiétais de l'image que cela allait lui donner de moi, mais elle était flic et j'allais avouer une activité purement illégale.

– J'ai commencé à parier en ligne. Je bidouillais sur des sites de poker, je gagnais et je perdais beaucoup. Je ne savais pas du tout comment j'allais subvenir à mes besoins maintenant que j'étais décidé à rester sur le droit chemin, et à ce moment-là, ça me paraissait être de l'argent facile qui ne ferait de mal à personne.

J'ai lâché un rire jaune et me suis levé tandis qu'elle m'observait attentivement.

– Cora m'a pris sur le fait plus d'une fois, et m'a demandé ce que je trafiquais. Je fermais toujours l'ordinateur, ou je me faufilais avant qu'elle voie ce que je faisais, mais je crois qu'elle savait que j'étais à nouveau sur une pente glissante. J'avais gagné assez pour rembourser une bonne partie de ce que je dois à l'hôpital, mais au lieu de faire ça...

J'ai vérifié qu'elle écoutait bien, pour qu'elle comprenne vraiment à quel point j'étais tordu.

– Au lieu de faire ça, j'ai tout parié sur une seule main parce que j'étais sur une bonne lancée. J'ai tout perdu.

J'ai fait un grand signe de la main pour désigner la pièce vide et le décor morne.

– Je pense que c'est pour ça que j'ai pété un plomb quand Ayden a cru que j'avais quelque chose à voir avec le cambriolage au Bar. Quelques semaines avant, je faisais vraiment de la merde, mais dès que Rome m'a lancé une bouée de sauvetage, je l'ai attrapée et j'ai compris que le seul moyen d'arrêter de me noyer dans mes propres erreurs, c'était de commencer à vivre selon mes moyens.

J'ai pris un air grave et ai regardé le bout de mes bottes.

– Toute ma vie, même quand j'essayais de m'aider moi-même ou d'aider quelqu'un d'autre, je finissais par faire une connerie. Le jour où Rome m'a proposé le boulot au Bar, je me suis dit que je vivrais avec ce que je gagnerais, et c'était tout. Finis les stratagèmes pour devenir riche. Finis les comportements à risques qui pouvaient payer ou pas. J'habite ici parce que ce n'est pas cher et que c'est près de mon travail. Je n'ai pas de voiture parce que je paie mes dettes avec tout ce qu'il me reste chaque mois. Pour une fois, je vis la vie que je suis censé avoir, au lieu de faire tout et n'importe quoi pour vivre la vie que je pensais que je devais avoir. Tu comprends ?

C'était important qu'elle comprenne. Avoir la preuve du genre d'homme que j'étais réellement pouvait lui ouvrir les yeux sur tous les risques que comportait l'attirance qui nous poussait l'un vers l'autre.

Elle a haussé les épaules sous mon sweat et s'est tournée vers la porte. Au début, j'ai cru qu'elle était dégoûtée ou énervée par mon honnêteté, mais quand elle a sorti ses longs cheveux du col, elle m'a dit doucement :

– Je trouve bizarre que tu aies pensé que tu allais tout de suite devenir un enfant de chœur après avoir fait ce que tu voulais toute ta vie. On ne naît pas bon ou mauvais, il faut nous apprendre l'un ou l'autre. Et personne n'a jamais pris le temps de t'apprendre à être bon, Asa.

Elle a marché vers la porte d'entrée et a tourné la tête pour me regarder par-dessus son épaule en l'ouvrant. Ses yeux foncés étaient fixés sur les miens.

– Tu feras peut-être quelques erreurs avant d'y arriver, mais globalement, tu as l'air de t'en sortir, maintenant. On dirait que tu apprends.

Je l'ai suivie de l'autre côté de la porte et l'ai fermée derrière nous. J'ai posé une main dans le bas de son dos tandis que nous descendions l'escalier et commencions à parcourir le peu de distance qui nous séparait de sa voiture, et je n'ai pas réagi à la faible pointe d'espoir qui recouvrait ses paroles. C'était ça, le problème : tous ceux qui se souciaient de moi voulaient croire que je m'en sortais bien, et c'était vrai, pour le moment. Je n'étais pas aussi sûr de moi que les gens qui m'entouraient semblaient l'être. La tentation de céder à mes anciens penchants était lourde à porter sur mes épaules, tous les jours, à tel point que parfois, ne pas la laisser m'engloutir représentait plus de travail que je ne serais jamais capable de l'admettre.

Quand nous sommes arrivés sur le parking du Bar, Nash avait déjà démarré le SUV pour le faire chauffer. Je n'ai rien dit quand Royal s'est éloignée de moi sans même un câlin pour me dire au revoir, et s'est jetée de bonne grâce dans les bras tatoués de Nash. Elle lui a fait un bisou sur la joue et a passé les mains sur les flammes qui décoraient les côtés de son crâne, au-dessus de ses oreilles. Elle a fait un signe de la main par la fenêtre et est partie sans dire un mot à propos de ce que je lui avais révélé ou du fait que nous venions de baiser à en perdre la tête.

Je me dandinais sur place quand Nash est venu vers moi, ses yeux violets pleins de questions. J'ai cru que je pourrais lui couper l'herbe sous le pied en le devançant.

– Comment va ton complice avec le nouveau bébé ?

Je n'avais pas vu Rule ni Shaw depuis que le nouveau membre de leur famille était arrivé.

Un grand sourire a fendu le visage de Nash et il a fourré les mains dans les poches du caban qu'il portait.

– Il s'adapte. Surtout au fait qu'il y a désormais deux personnes au monde dont il doit s'occuper et qu'il doit aimer pour toujours. Rule a toujours été un loup solitaire, et maintenant sa vie compte tellement de choses importantes qu'il essaie de trouver comment équilibrer tout ça.

– Il va trouver.

Je n'avais pas connu Rule avant qu'il soit avec sa femme, mais j'avais entendu ses histoires, et aucune n'était vraiment flatteuse. S'il avait pu changer pour cette fille, je n'avais aucun doute qu'il trouverait très vite ses repères en tant que père.

– Ouais, et en attendant il est juste plus grognon que d'habitude, ce qui veut évidemment dire que je le fais chier autant que je peux.

On s'est souri et je pensais que j'allais pouvoir m'enfuir et échapper à la leçon, lorsqu'il a penché la tête et plissé les yeux.

– Alors, Royal et toi ?

J'ai soupiré et me suis un peu penché en arrière sur mes talons. Évidemment, je ne pouvais pas avoir autant de chance.

– Tout ce que tu comptes me raconter par rapport à elle, je l'ai déjà pensé, et je le lui ai dit aussi. Elle a choisi de ne pas écouter et j'en ai plus que marre de lui dire non.

Il a rigolé, ce qui m'a étonné.

– Asa, je connais assez Royal pour savoir qu'elle fait absolument ce qu'elle veut, peu importe ce que tout le monde lui dit. Je voulais te prévenir, qu'il faut que tu fasses attention parce qu'elle est un peu perdue et qu'elle n'est plus elle-même depuis que son équipier a été blessé. Je ne sais pas ce qu'elle a, mais elle fait des choses sans réfléchir et ce qu'elle fait en ce moment, ce n'est peut-être qu'une réaction aux blessures de Dom. Je ne veux pas que tu sois une victime de ses décisions.

Il a levé un sourcil noir et a marmonné :

– Et puis, Dom est un gars baraqué qui a officiellement le droit de porter une arme et il adore cette fille. Il ne cherchera pas à comprendre si jamais Royal va pleurer sur son épaule avec le cœur brisé.

J'ai fait rouler mes épaules et ai passé ma main dans ma nuque. Je savais combien l'équipier de Royal était impressionnant. Il était là, le soir où elle m'avait arrêté. Il faisait sérieusement flipper, et pas seulement car il portait un badge. Il émanait de lui un sérieux et une détermination qui ne laissaient aucun doute quant au fait qu'il accepterait de prendre plus que des balles pour Royal, et pour son boulot.

– Elle et Dom... Est-ce qu'ils ont...

J'espérais que ma question était assez claire sans que je doive la formuler. Nash a haussé les épaules et a sorti son téléphone, qui avait sonné dans sa poche.

– Je ne sais pas. Ils sont proches, très proches, et je sais qu'il se ferait un plaisir d'arracher la tête de quelqu'un qui l'aurait blessée. Ils ont grandi ensemble et ont fait l'école de police ensemble, mais je ne sais pas s'ils ont déjà été en couple. Royal n'en a jamais parlé, et Saint non plus, mais qui sait ? Je ne sais pas comment un mec pourrait être aussi proche d'une fille comme Royal sans jamais tenter sa chance.

Il a tapé un message sur le clavier de son portable puis a levé les yeux vers moi avec un sourire en coin.

– Saint veut savoir à combien de mois en est Cora.

J'ai lâché un rire surpris.

– Quoi ?

Il m'a tendu le téléphone et montré le message que sa copine venait d'envoyer. En effet, il disait :

Demande à Asa à combien de mois en est Cora. Je sais qu'elle est en cloque et je suis sûre que Rome le lui a dit !

– Je ne suis pas censé en parler. Rome voulait que le bébé Ry soit le centre de l'attention encore un moment. Dis à Saint qu'elle va devoir demander à Cora pour savoir.

Si Rome ne voulait pas encore que l'info circule, je n'allais pas être celui qui la ferait fuiter.

Son téléphone a encore émis un petit son et apparemment, ce message-ci n'était destiné qu'à lui, car il a écarquillé les yeux et je l'ai vu reprendre son souffle.

– Bon, il faut que j'y aille. Saint ne travaille pas avant demain soir et je n'ai pas besoin d'être au salon avant midi.

Visiblement, ce qu'elle lui avait envoyé l'avait excité et il était soudain très pressé de la retrouver à la maison. Je ne lui en voulais pas. L'infirmière rousse était sublime, et gentille comme tout. Nash était un autre veinard en ce qui concerne les femmes.

– Souviens-toi que personne ne veut voir Royal ou toi souffrir, alors essaie d'y aller doucement. Je sais que tu n'as pas l'habitude de faire ça.

J'ai grogné et me suis retourné sans lui dire au revoir, pour passer au Bar, dire bonjour à Rome, et voir si je pouvais charmer Darcy pour qu'elle me prépare un petit déjeuner. Cela faisait des mois que je faisais attention. Je ne pouvais pas faire demi-tour maintenant que j'avais vu ce qu'il avait derrière la ligne que j'avais franchie avec Royal. Maintenant, tout ce que je pouvais faire, c'était m'accrocher jusqu'à ce que cela s'effondre.

8
ROYAL

– Vous pensez que si la situation avait été inversée, et que vous aviez été touchée à la place de l'agent Voss, il se flagellerait aussi violemment que vous le faites ?

J'ai regardé la psy du département et j'ai essayé de ne pas lever les yeux au ciel. Elle me posait cette question sous diverses formes chaque semaine, quand j'allais la voir pour mon rendez-vous. Je crois qu'elle était fatiguée que je lui donne la même réponse, mais cela n'allait pas changer.

– Dom n'aurait pas été déconcentré. Un troupeau d'éléphants aurait pu passer dans cette ruelle que Dom n'aurait pas cillé.

La psy m'a regardée par-dessus la monture de ses lunettes stylées et a soupiré. Je l'agaçais. C'était évident. Bienvenue au club ! Dom en avait également assez que je m'apitoie sur mon sort et que je me fasse des montagnes de regrets à cause de ce qu'il lui était arrivé. Il m'avait carrément dit de déguerpir et de revenir quand j'aurais remis ma tête dans le bon sens. Il en avait marre que je me plaigne, marre des excuses incessantes qui sortaient de ma bouche. Il n'arrêtait pas de me dire que ce genre de chose arrivait, et qu'il fallait que je m'y fasse. Puis il m'avait fait la leçon pendant une heure pour m'expliquer combien c'était idiot de me mettre exprès dans le lit d'un délinquant reconnu. Il ne voulait pas entendre qu'être avec Asa était la seule chose qui calmait l'angoisse et la culpabilité qui tordaient mon ventre.

Il me fallait toute ma concentration, toute mon énergie pour comprendre Asa. Il passait si vite de charmant et dragueur à difficile et sincère, que si je ne restais pas alerte, je manquerais tous les petits indices pour savoir ce qu'il se passait réellement dans sa tête. Mais j'en avais vu assez, j'avais eu un aperçu de qui était vraiment Asa Cross, et j'avais compris quelques petites choses. L'une des plus grandes réalités que j'avais acceptées était qu'il ne mentait pas quand il disait être un homme mauvais. Il n'essayait peut-être plus activement de faire du mal à quelqu'un ou d'enfreindre la loi, mais c'était là, fort et brillant, chaque fois qu'il me mettait en garde contre lui-même… Le danger rôdait sous la surface, pas très loin. C'était un gars qui avait fait de mauvaises choses, et qui était convaincu qu'il continuerait. Il avait peut-être raison. J'étais également certaine que cela ne changeait rien pour moi. Bon ou mauvais ou n'importe où entre les deux, j'étais attirée par lui, captivée, fascinée comme personne ne m'avait attirée auparavant. Je voyais assez de gentillesse en lui, assez de volonté d'être une personne meilleure et de vivre une vie meilleure maintenant qu'il avait quelque chose à perdre, et grâce à cela, la menace n'était pas assez forte pour m'éloigner. En fait, elle m'attirait vers lui. J'aimais le danger en lui, même si je commençais à comprendre que lui le détestait, et que par conséquent, il ne s'aimait pas beaucoup lui-même.

La psy s'est penchée en avant sur son beau fauteuil en cuir, a posé le coude sur son genou, et son menton sur sa main en me regardant avec insistance.

– Est-ce que vous pensez être un bon agent de police, Royal ?

J'étais avachie sur le canapé en cuir, mais sa question m'a fait me redresser.

– J'ai toujours voulu être policière.

Elle m'a fixée jusqu'à ce que je bouge, mal à l'aise sous son regard inquisiteur.

– Ce n'est pas ce que je vous ai demandé. On est censées parler de vous, de ce qui vous empêche de dormir, des raisons pour lesquelles vous ne pouvez pas accepter que ce qu'il s'est passé durant cette intervention aurait pu arriver à n'importe quelle patrouille. Mais tout ce que j'entends sortir de votre bouche, c'est Dom est comme ci, Dom a dit ça, Dom a fait ça... À vous écouter, votre équipier mène la danse et vous suivez en bonne petite acolyte. Ce n'est pas ce qui fait un bon agent de police, et ce n'est clairement pas suffisant pour une jeune femme intelligente et talentueuse comme vous. Avez-vous déjà pensé à ce qu'il arrivera si Dom n'obtient pas l'autorisation médicale pour revenir travailler ? Est-ce que votre avenir prometteur sera compromis uniquement car le sien est remis en question ?

J'ai pris une grande inspiration sans le vouloir, et j'ai fermé les yeux. C'était ma plus grande peur. Comment pourrais-je continuer si j'étais la raison pour laquelle Dom ne pouvait pas retrouver le boulot de ses rêves ?

J'ai senti mes mains se serrer en poings alors que je lui murmurais :

– Je ne peux pas répondre à cette question.

Elle a encore soupiré et je me suis forcée à ouvrir les yeux tandis qu'elle se rasseyait contre le dossier de son fauteuil.

– Vous devez y répondre. Si vous ne faites les choses que par automatisme alors que ce n'est pas réellement ce que vous voulez faire, vous prenez le risque non seulement de vous mettre en danger, mais de mettre en danger celui qui est dans les rues avec vous. Il faut que vous déterminiez si être flic est ce que vous devez être ou si vous ne faisiez que vivre le rêve de Dominic avec lui au lieu d'avoir le vôtre. Finir l'école de police demande du dévouement et de la persévérance, donc je sais qu'une partie de vous veut vraiment faire ce métier, mais c'est un métier dangereux qui nécessite que vous soyez entièrement là.

J'ai senti des larmes brûlantes contracter ma gorge. J'ai mordu le bout de ma langue pour ne pas les laisser sortir. Apparemment la partie consolation des consultations était terminée, et c'était l'heure de parler sérieusement. J'avais vraiment envie de traiter cette femme de tous les noms d'oiseaux, de me lever et sortir de son bureau en trombe, mais je ne pouvais pas faire ça si je voulais garder mon boulot... Et je le voulais... non ?

– Je ne mettrai personne en danger.

Ma voix semblait cassée.

– Vous ne pouvez pas le prédire. Tout ce que vous pouvez faire, c'est y aller et faire votre travail, utiliser votre discernement, vous appuyer sur votre formation et vos collègues pour vous garder en sécurité. Ce qui est exactement ce que vous avez fait, le soir où l'agent Voss a été blessé. J'ai regardé votre dossier, Royal. Je peux répondre à la question pour vous...

Elle a levé un sourcil.

– Oui. Oui, vous êtes un bon agent. Un très bon agent même, et oui, la marge d'erreurs dans votre travail est minuscule, mais elles arrivent quand même. Si vous ne pouvez pas l'accepter, alors ce boulot n'est pas fait pour vous.

Heureusement, je l'ai vue baisser les yeux vers la montre élégante à son poignet, qui indiquait que la session était finie. C'était à mon tour de soupirer de soulagement. Je me suis levée et ai tendu le bras pour prendre ma casquette, qui faisait partie de mon uniforme. Elle a tendu la main pour que je la lui serre comme à chaque fois, mais cette fois, elle l'a serrée un peu plus fort.

– La semaine prochaine, il faudra vraiment qu'on comprenne pourquoi vous n'arrivez pas à dormir. Ces cernes sous vos yeux laisseraient croire qu'un délinquant a réussi à vous taper dessus.

Super ; non seulement c'était le bordel dans mon esprit, mais j'avais aussi une sale gueule. J'ai hoché la tête distraitement et me suis dépêchée de sortir de son bureau.

La nuit que j'avais passée avec Asa dans son horrible petit appartement était celle où j'avais le plus dormi depuis plus d'un mois. Ça n'avait été que quelques heures et j'étais épuisée par tout ce sexe d'une intensité sans pareille. Pourtant, les cauchemars n'étaient pas venus me hanter, reléguant l'anxiété qui m'habitait derrière toutes les choses exaltantes et compliquées qu'il me faisait ressentir. Je n'étais pas passée au bar et je ne l'avais pas appelé depuis plus d'une semaine.

Je ne savais pas vraiment quoi lui dire ou comment l'approcher après notre intense nuit. J'avais compris qu'il pensait qu'il m'intéressait seulement pour le fun, que j'essayais seulement de décompresser et de m'amuser avec quelqu'un d'interdit, mais ce n'était pas le cas. Ce n'était pas uniquement sexuel. J'étais à peu près sûre que j'avais besoin de lui et qu'il avait besoin de moi aussi. Même si sa vie avait changé, même si lui avait changé, il avait besoin de quelqu'un avec qui il pouvait se lâcher. Je n'avais pas peur de l'Asa qui se cachait derrière le masque. En réalité, c'était pour lui que je brûlais de désir. Je voulais être un lieu sûr pour lui, mais étant donné mes choix professionnels, je n'étais pas sûre que ce soit une possibilité.

Le bureau de la psy était dans LoDo et le poste de police était à Capitol Hill. Si nous n'avions pas été en hiver, j'y serais allée à pied, car le poste n'était vraiment pas loin de la maison victorienne, mais il faisait froid et je ne voulais pas être en retard. Mon nouvel équipier était assez détendu, un flic imperturbable, mais il était très pointilleux sur la ponctualité. Je venais à peine de m'engager dans les embouteillages de la mi-journée, en fredonnant la chanson des One Direction qui passait à la radio, quand mon téléphone, que j'avais jeté sur le siège passager, s'est mis à sonner. J'adorais Justin Timberlake et j'adorais avoir attribué sa chanson à ma mère. Elle semblait avoir l'étrange capacité de savoir exactement lorsque j'étais au fond du trou et sur le point de craquer. Elle prenait de mes nouvelles, et j'en avais bien besoin après cette visite chez la psy. Ma mère m'avait toujours acceptée pour ce que j'étais et qui j'étais. Elle ne m'avait jamais poussée, n'avait jamais essayé de m'orienter dans une direction ou une autre, et je crois que j'avais besoin d'elle après la séance épuisante avec la psy.

– Salut, Maman.

– Royal ! Je ne t'ai pas parlé depuis un siècle. Comment vas-tu ? Comment va Dominic ?

Un siècle voulait seulement dire quatre ou cinq jours, mais elle aimait savoir ce qu'il se passait dans ma vie. J'ai marmonné une réponse, j'ai repêché mes lunettes de soleil dans le porte-gobelet, et les ai mises sur mon visage.

– J'ai eu beaucoup de choses à faire. Désolée de ne pas t'avoir appelée. Le retour au boulot, et avec un nouvel équipier en plus, ça m'a bien occupée, mais Dom va bien. Il est en train de devenir fou à lier et je crois qu'il a perdu dix kilos de muscles et gagné deux kilos de barbe. Ses sœurs s'occupent bien de lui.

Elle a fait un petit son aigu pour exprimer sa compassion et je l'imaginais se tenir la gorge de façon théâtrale. Ma mère n'était jamais dans la demi-mesure.

– C'est une super nouvelle que tu te réhabitues au travail, ma chérie. Comment est ton nouvel équipier ? C'est un bel homme ?

Au final, malgré tout son amour pour moi, c'était toujours à cela qu'on en revenait avec ma mère, aux hommes. Elle ne comprendrait jamais pourquoi j'étais contente d'être célibataire. Que trouver quelqu'un avec qui me mettre en couple n'avait jamais été une priorité pour moi comme cela l'avait été pour elle.

– Il est marié.

– Et alors ?

J'ai grogné à voix haute.

– Maman, voilà exactement pourquoi tu devrais embaucher un avocat de divorce à temps plein. Les mariés, je n'y touche pas.

Parfois, j'avais l'impression de parler à quelqu'un de mon âge et pas à une femme bien adulte qui devrait savoir tout cela. Si elle avait simplement suivi les règles dès le départ, elle n'aurait jamais cru que mon père allait quitter sa femme et ses enfants pour nous.

Elle a eu un petit rire.

– Je crois que marié et heureux dans son mariage sont deux choses très différentes. En plus, ça fait longtemps que je ne pêche plus dans ces eaux-là, et tu le sais.

Elle n'avait pas besoin de me le rappeler. Le dernier qu'elle avait attrapé était un riche magnat de l'immobilier qui croyait au grand amour et avait été assez stupide pour ne pas faire signer de contrat à ma mère avant le mariage. Après un mariage en vitesse et un divorce encore plus rapide, ma mère croulait sous les billets verts et fréquentait des petits jeunes dont l'âge était plus proche du mien que du sien. Elle était nettement passée du côté des cougars, et pour ne pas changer de ses habitudes insouciantes, elle se fichait de l'image que cela donnait d'elle, ou de ce que cela me faisait. Parfois, je me demandais si elle agissait de façon aussi excentrique simplement pour attirer l'attention. Je ne pouvais plus passer autant de temps avec elle maintenant que je travaillais à temps plein et que j'avais un semblant de vie sociale. Ma mère n'était pas en forme quand elle se sentait seule.

– Avec toi, je ne suis jamais sûre de rien.

Je ne voulais plus jamais la voir à côté d'un homme marié.

– Alors si le nouvel équipier est un terrain interdit, j'imagine que tu ne sors pas pour rencontrer d'autres gens ? Tu sais, j'ai peur que tu finisses toute seule et que tu ne trouves personne avec qui me faire de beaux petits-enfants.

Je lui ai jeté une insulte et elle a rigolé.

– Maman, sérieusement ?

– Je suis sérieuse. Tu ne rajeunis pas et ton métier est très dangereux, jeune fille. Il faut que tu te trouves un mari avant que tu sois vieille ou que tu te blesses. Je veux que tu sois heureuse et que tu aies ce que je n'ai jamais eu.

– Tu sais que tu es folle, hein ?

Je n'avais pas besoin d'un homme pour être heureuse. Cela dit, je n'aurais pas pris mes jambes à mon cou si un certain dieu du sexe aux cheveux blonds m'avait soudain déclaré son amour éternel. Mais de toute façon, j'avais largement le temps pour m'inquiéter de bêtises comme l'amour pour toujours. Mais ça, ça la dépassait.

– Tu ne devrais pas parler comme ça à ta mère.

J'ai encore grogné et je me suis garée sur le parking du poste de police. J'ai bien vissé ma casquette sur ma tête et me suis regardée dans le rétroviseur. La psy avait raison. On aurait dit que j'avais deux yeux au beurre noir et ma peau pâle était carrément cireuse et dégueulasse.

– Il y a un mec.

Je savais déjà que j'allais regretter ma confession.

– Il est différent. Je l'aime beaucoup, mais il rend les choses compliquées.

Il les rendait vraiment compliquées. Avoir des sentiments pour quelqu'un n'aurait pas dû me donner l'impression de mener une bataille si dure.

Elle a couiné très fort et j'ai dû éloigner le téléphone de mon oreille.

– Comment il est ? Qu'est-ce qu'il fait ? Il vient d'une famille riche ?

J'ai vérifié que j'avais mes clés et tout ce qu'il me fallait avant de sortir du SUV et de claquer la portière derrière moi avec plus de force que nécessaire.

– Il est rusé et intelligent. Il est plus joli que moi, et il le sait. Il est charmant quand il veut l'être. Il vient du Sud et...

Elle m'a interrompue avant que je puisse lui dire qu'il avait aussi des yeux merveilleux couleur de whisky, qui étaient plus riches que tout l'argent du monde, et qu'il était barman.

– Ohhhhh... Les gars du Sud sont les meilleurs. Ils n'ont qu'à prononcer ton nom avec cet accent, et l'amour est là. Peut-être qu'il cache une vieille fortune.

Qui disait encore ce genre de choses à notre époque ? J'ai levé les yeux au ciel et ouvert les portes d'entrée du poste.

– Maman, je suis au travail, donc il faut que je te laisse. On se parle plus tard, d'accord ?

– Je t'aime. Fais attention à toi.

– Je t'aime aussi.

J'ai fait signe à Barrett en entrant. Il fallait encore que je mette mon gilet et que j'aille chercher la radio et ma ceinture dans mon casier. Il m'a fallu quelques minutes pour me préparer et Barrett était déjà dehors dans notre voiture quand j'ai fini. J'ai pris un café et je me suis dirigée vers lui. Il se fichait toujours de qui conduisait, ce qui changeait drastiquement de mes patrouilles avec Dom. Mon meilleur ami voulait toujours être derrière le volant, et je ne m'en plaignais jamais. Les paroles de la psy me disant que j'étais son acolyte me sont revenues et m'ont déstabilisée. Je n'aimais pas la vérité qu'elles portaient, et cela m'a rendue muette et maussade pour toute la première partie de notre service.

Barrett était tranquille, il aimait parler de sa femme et de ses enfants. C'était un flic de la troisième génération et il avait l'espoir de bientôt passer sergent. Il avait assez d'années d'expérience et son dossier était immaculé, donc j'étais sûre qu'il pouvait atteindre son but. En fait, ce n'était pas très différent que d'entendre Dom parler de son avenir ; la passion et la motivation étaient là, et je me demandais si on les entendait aussi quand je parlais de mon avenir dans la police.

Nous avons dîné tôt car notre service durait de quatorze heures à vingt-deux heures ou minuit, en fonction des événements. Notre burger-frites a été interrompu par un appel du central pour violences conjugales. Nous étions l'unité la plus proche de l'adresse, donc nous avons laissé notre repas en plan et sommes partis. Jusqu'à présent, depuis que j'étais avec Barrett, nous n'avions pas vraiment eu d'appel qui m'avait mise sur les nerfs. Mais les appels pour violence conjugale étaient si imprévisibles que je commençais à transpirer et à respirer plus difficilement.

L'appel venait d'un quartier sur Colfax, après Colorado Boulevard. Pas encore dans Five Points mais assez près pour que cela me donne des frissons et mette tous mes sens en alerte.

Apparemment, les voisins avaient appelé car ils entendaient le couple crier à travers les murs du bâtiment dans lequel ils vivaient. Malheureusement, la plupart des gens essaient de ne pas s'en mêler quand des histoires privées de couple finissent dans la violence, mais ce voisin s'était inquiété car il savait que le couple avait deux jeunes enfants à la maison. En plus des cris et des murs super bien isolés, il avait également dit avoir entendu des bruits de verres brisés. Barrett et moi allions être les premiers sur les lieux, et nous n'avions pas la moindre idée d'où nous mettions les pieds. Nous ne savions pas s'ils avaient des armes, si les enfants étaient sur place, rien du tout. Toutes ces incertitudes ne faisaient qu'aggraver mon état. Les renforts étaient en route, mais d'après le central, ils étaient à dix ou quinze bonnes minutes.

Je suis passée devant pour monter l'escalier. Une fois de plus, je me disais que c'était étrange d'être devant. Par habitude, je laissais généralement Dom se lancer dans toutes les situations en premier, peut-être parce que je l'avais suivi toute ma vie, tout comme l'avait dit la psy. Mais je ne pouvais pas me laisser distraire par ces réflexions, pas alors que j'entendais distinctement le bruit de verre brisé et de cris qui venaient clairement d'un des appartements. J'ai lancé un regard inquiet à Barrett par-dessus mon épaule, et il a simplement haussé les siennes. Ça faisait partie du boulot.

J'ai frappé fermement à la porte et tout le bruit de l'intérieur s'est éteint. Personne n'est venu ouvrir, alors j'ai encore frappé et ai lancé :

– Police de Denver ! Nous avons reçu une plainte pour le bruit.

J'ai entendu des bruits de l'autre côté de la porte et j'ai senti Barrett se tendre à côté de moi, prêt à agir. La porte s'est entrouverte et un homme a jeté un coup d'œil dehors. Ses yeux sont descendus sur mon badge, puis à l'arme sous mon badge, et j'ai vu ses yeux s'écarquiller. C'était une réaction à laquelle j'étais habituée.

– On n'a pas appelé les flics.

Sa voix était tremblante et j'ai entendu une voix féminine lui crier dessus dans l'appartement, le traiter de connard infidèle.

J'ai haussé les sourcils.

– Non, pas vous, mais vos voisins, si. Ils se sont plaints des cris et ont dit que ça ressemblait à un tournoi de catch au-dessus de chez eux. Ils nous ont aussi dit que vous aviez des enfants, et vous devez savoir que faire cela devant eux n'est pas correct.

La voix de la femme à l'intérieur est montée dans les aigus, et derrière l'homme, j'ai entendu du verre casser. Il a regardé par-dessus son épaule et a fait la grimace.

– Les gosses sont avec mes parents. J'ai juste un petit désaccord avec Carla, c'est tout. Ça a dégénéré. On va se calmer, je vous le promets.

– Un désaccord ! Gros con ! Je t'ai trouvé au lit avec ma sœur !

Ouh là. Il semblait que la femme avait le droit d'être furieuse contre lui. J'aurais sûrement eu envie de casser toute la vaisselle aussi.

– Écoutez, on doit simplement s'assurer que tout le monde se calme et que personne ne se fasse mal.

Nous devions aussi nous assurer que les enfants n'étaient effectivement pas au milieu de ce déferlement de merde.

– Écoutez, agent...

Son regard a encore glissé sur ma poitrine, et j'ai senti Barrett se raidir à côté de moi. J'avais l'habitude de ce genre de réaction, donc je n'y prêtais pas attention et j'ai gardé les yeux rivés sur le mec.

– ... Hastings. Carla est une femme passionnée. On va régler tout ça et on va se remettre à faire des bébés en un rien de temps. Il n'y a pas besoin de...

Sa voix s'est éteinte dans un juron, la porte s'est ouverte brusquement et il a trébuché sur le palier à mes pieds. Un grand couteau à viande avec un manche en bois était planté dans son épaule et une toute petite femme se tenait quelques mètres plus loin, baissant les yeux sur lui avec une fureur débridée et de la haine dans le regard. Ça devait être la fameuse Carla.

Sa main libre était ensanglantée et dans l'autre, elle tenait un couteau beaucoup plus grand. Apparemment, elle avait dévalisé la cuisine pendant que nous parlions à son compagnon infidèle.

Avec le plus grand des calmes, elle a pointé le couteau vers moi et m'a dit :

– Je vais lui couper les couilles.

Je suis restée immobile une seconde car elle ne pouvait pas être sérieuse, mais j'ai compris qu'elle l'était quand elle a commencé à avancer vers Barrett qui s'occupait de l'homme blessé. Il avait déjà appelé une ambulance et me regardait avec de grands yeux tout en prenant soin de la victime.

Je ne pouvais pas lâcher Carla des yeux. J'ai défait la sangle qui tenait mon arme en place et j'ai sorti le Taser dont nous étions tous équipés pour ce genre de situations.

– Carla, vous savez que je ne peux pas vous laisser faire ça.

J'ai gardé une voix calme et ai refusé de bouger alors qu'elle approchait de plus en plus.

– C'est un sale rat.

Elle tremblait de partout et sa fureur était palpable.

– Ma sœur ! Ma propre sœur, bordel ! Comment ont-ils pu me faire ça ?

Je n'avais pas d'autre réponse à lui fournir que : « Les gens sont nazes », mais cela ne lui aurait pas fait retrouver la raison ni lâcher le couteau.

– Vous devez vous calmer, Carla. Ça n'est pas bon pour vous, ni pour vos enfants. Vous ne voulez pas empirer les choses, non ? Vous devez poser le couteau et venir avec moi.

J'entendais les sirènes au loin, ce qui était une bonne nouvelle, car l'idiot infidèle s'était assez requinqué pour recommencer à crier sur Carla. Il la traitait de tous les noms et lui disait que sa sœur était cent fois meilleure qu'elle au lit. Il n'aidait clairement pas à régler la situation. Carla tremblait toujours et son visage est passé d'un rouge furieux à un blanc malade. Elle allait péter les plombs, alors j'ai dit la seule chose qui me semblait pouvoir détourner sa colère de son atroce conjoint.

– Carla, je sais que vous êtes en colère contre lui, déçue, et personne ne vous le reproche. Ce qu'il a fait est terrible et impardonnable, mais votre sœur, dans tout ça ? Il faut être deux pour tromper quelqu'un et c'est votre famille, votre sang. Vous ne voulez pas lui dire ce que vous pensez de ce qu'elle a fait ?

C'était comme si le soleil apparaissait derrière les nuages par un jour d'été. J'ai vu sa conscience revenir, sa rage changer de cible, et la trahison toute fraîche percuter le corps de cette femme comme un train de marchandises. Le couteau lui est tombé des doigts, et elle s'est recroquevillée par terre devant moi en une boule hystérique. J'ai laissé échapper un soupir de soulagement et j'ai regardé derrière mon épaule, où les secours soulevaient la victime sur un brancard et se préparaient à le descendre. Barrett parlait à quelqu'un qui semblait être un voisin, sûrement pour avoir une déposition d'un témoin, tandis que l'unité de renforts restait près de la porte pour observer le spectacle.

Je me suis approchée de Carla et ai posé une main sur son épaule.

Elle a levé les yeux avec un regard anéanti.

– Ma sœur est une salope.

J'ai hoché la tête gravement.

– Elle en a bien l'air, oui.

– Qu'est-ce qu'il va arriver à mes enfants ? Ils sont chez ses parents.

Bien, c'était une bonne chose. Au moins, ils n'auraient pas à vivre avec l'image de leur mère essayant de couper leur père en deux avec un couteau à viande.

– Je ne peux pas vous donner de réponse, Carla. Mais peut-être qu'ils auraient dû être votre priorité avant de prendre ce couteau.

J'ai aidé la femme à se relever et j'ai fait une grimace en la voyant essuyer un mélange gluant de larmes et de morve sur le revers de sa manche.

– Je vais aller en prison.

J'ai encore une fois hoché la tête.

– J'en ai bien peur.

Elle a lâché un profond soupir et m'a regardée du coin de l'œil.

– J'aurais dû viser plus bas.

Cela n'aurait pas dû être drôle, et je n'allais pas cautionner une telle violence, mais j'étais un peu d'accord avec elle.

Je lui ai dit ses droits et l'ai fait monter à l'arrière de notre voiture. Je savais que nous allions devoir l'accuser de violences aggravées, au moins. Il a fallu quelques minutes pour tout remettre en ordre sur les lieux et récupérer les témoignages pour le rapport que nous allions devoir rédiger.

Le trajet jusqu'au poste était ponctué de sanglots discrets sur la banquette arrière et des marmonnements de Barrett, tandis que je conduisais dans les bouchons du début de soirée. Nous avions entré Carla dans le système et entamé la paperasse lorsque Barrett s'est soudain arrêté dans ce qu'il était en train de taper et m'a regardé avec une confusion évidente sur le visage. Je mourais de faim car nous avions dû abandonner notre dîner, et je voulais finir les papiers pour retourner sur le terrain et finir notre service, et peut-être dîner à Taco Bell.

Ma casquette était posée sur le bureau à côté de moi et j'ai levé les mains pour me masser les tempes. La paperasse était d'un tel ennui. Je détestais cela.

– Quoi ?

Il a secoué la tête et s'est retourné pour regarder son écran d'ordinateur.

– Rien.

Je me suis esclaffée.

– Il y a quelque chose, de toute évidence. Crache le morceau.

– Tu m'as surpris, c'est tout.

Je me suis enfoncée dans ma chaise et l'ai regardé en plissant les yeux.

– Pourquoi ça ?

Il a haussé une épaule.

– Je ne m'attendais pas à ce que tu sois aussi imperturbable. Je veux dire, tu es assez nouvelle dans la maison, et ce n'est pas un secret que Dom et toi aviez une longue histoire avant de venir travailler ici tous les deux. Je ne vais pas te mentir… Je pensais que tu profitais peut-être un peu de sa position, mais rien n'est moins vrai.

J'ai cligné des yeux, un peu sous le choc. Imperturbable ? J'avais eu l'impression d'être troublée et perturbée en permanence.

– Tu ne réagis pas quand des lourdingues te regardent comme un bout de viande. Tu gardes ton sang-froid quand des nazes essaient de t'intimider. Tu es vraiment douée pour parler aux victimes, ce qui rend les situations hostiles moins dangereuses. Tu ne paniques pas et ne bouges pas le petit doigt quand une femme dérangée avance vers toi avec un couteau. Et surtout, tu détestes presque autant que moi rester assise derrière un bureau pour remplir des rapports, mais tu ne te plains pas une seule seconde, tu le fais, c'est tout. Je crois que je suis simplement étonné de voir combien tu es faite pour ce boulot. Je suis sûr qu'on te l'a déjà dit, mais tu ne ressembles vraiment pas à une flic, encore moins à une bonne flic. Pourtant tu es bien plus douée que tous les équipiers qu'on m'a refilés dans ma carrière.

Je n'arrivais pas à lui répondre. Barrett était un bon flic. Il avait une réputation exceptionnelle dans la police et n'avait aucune obligation de me donner son approbation ou de me faire des éloges. Il ne pouvait pas savoir que c'était exactement ce que je remettais en doute lors de mes séances avec la psy. Tout ce que j'ai réussi à faire était de m'éclaircir la voix pour lui répondre :

– Eh bien, tu n'es pas mal non plus, Barrett.

Nous avons fini notre paperasse pour le service. J'étais triste pour Carla, mais les gens devaient réfléchir à leurs actes et à leurs conséquences sur les autres avant de faire des conneries. Barrett m'a laissée conduire et nous avons mangé au Taco Bell avant de finir notre service dans le calme. Toutes ces heures en voiture et le peu d'action m'ont donné trop de temps pour réfléchir à ce que la psy m'avait dit et aux paroles de Barrett.

Je n'avais jamais voulu profiter de la position de personne. Pas à cause de mon physique. Pas à cause du fait que je pouvais battre des cils et avoir le monde à mes pieds. Et certainement pas à cause du fait que Dom m'aimait et ferait tout pour moi. Je n'avais jamais pensé, avant ce jour-là, que l'on ne me voyait pas comme son équipière mais comme son ombre ou son petit chien, et je n'aimais pas cela du tout. Mon plus grand combat dans la vie était de prouver que j'étais méritante, de montrer que je possédais d'autres qualités que mon physique, et il semblait que m'accrocher à Dom comme à une bouée de sauvetage pendant si longtemps m'avait freinée dans mes efforts pour gagner ce combat.

Après mon service, j'avais envie d'une douche chaude et d'un verre. Enfin, en réalité, j'avais envie du mec qui allait me servir ce verre, mais je n'étais pas encore sûre de comment tout cela allait se dérouler. J'avais assez de questions qui tournaient dans ma tête pour ne pas vouloir y rajouter les mystères d'Asa.

J'ai pris une douche et j'ai essayé de regarder la télé. Mais je tournais en rond dans l'appartement et j'embêtais Saint en lui envoyant des textos alors qu'elle était à l'autre bout du couloir. J'ai essayé d'envoyer des textos à Dom aussi, et j'ai fait la tête quand il m'a seulement répondu :

Va te coucher.

Il était plus d'une heure du matin lorsque je me suis glissée dans mon lit. Je n'étais pas fatiguée, ou en tout cas je ne pensais pas l'être, mais dès que ma tête s'est posée sur l'oreiller, j'ai sombré. Je ne me suis réveillée que quelques heures plus tard. J'étais haletante, et une fine couche de transpiration me recouvrait de la tête aux pieds. Je ne voyais pas Dom tomber. Je n'étais pas de retour dans la ruelle. Non, au lieu de cela, je m'étais réveillée avec une main dans ma culotte et l'autre qui serrait mon sein sous mon débardeur, et avec le nom d'Asa sur les lèvres.

J'ai grogné et me suis jetée contre les oreillers. J'ai tendu la main vers la table de nuit et y ai trouvé mon portable. J'en avais profité pour m'appeler depuis son téléphone quand il me l'avait laissé pour appeler Nash l'autre jour.

Je suis prête à remettre ça.

Je n'ai pas réfléchi au fait qu'il était très tard ou qu'il ne répondrait peut-être pas. J'ai juste envoyé le message et j'ai gigoté dans mon lit, tout excitée et ayant besoin d'une chose que seul Asa pouvait me donner.

Mon téléphone a chanté *Trouble* de P!nk quand il m'a répondu, et ce son a suffit à me faire trembler d'excitation. J'ai retenu mon souffle en regardant mon portable, au cas où il me dise d'aller me faire voir, mais l'écran affichait brillamment les mots :

Je serai chez moi vers 3 heures.

J'ai soupiré et j'ai tenu le téléphone contre ma poitrine tandis que tout en moi se réchauffait et palpitait de désir et d'impatience. *Game on.*

9
ASA

J'ai remis mon téléphone dans ma poche après avoir répondu à Royal et j'ai secoué légèrement la tête pour me remettre les idées au clair. J'avais pensé à elle toute la semaine, et pas seulement car je pouvais visualiser chaque centimètre de son corps nu sans faire le moindre effort. Je me demandais ce que cela lui avait fait d'avoir enfin franchi la limite, d'avoir enfin eu ce qu'elle voulait. En réalité, j'avais un peu peur d'avoir réussi à la faire fuir. Le fait que cela me dérange à un niveau viscéral montrait à quel point déconner avec la jolie rousse était une mauvaise idée. Parfois, se réveiller et pénétrer dans le monde des vivants, où flottaient toutes ces émotions, était vraiment flippant car j'étais loin d'être un pro pour les gérer.

En plus d'être complètement perturbé par Royal, d'autres choses étranges avaient ponctué ma semaine. La belle femme de la dernière fois était revenue deux fois au Bar, accompagnée du petit jeune. La première fois, il était avec elle, la deuxième fois, elle était seule. Elle avait passé toute la soirée à flirter et à essayer d'attirer mon attention, pas très discrètement, et je la lui avais volontiers accordée car elle donnait de bons pourboires. Je n'étais pas intéressé, certainement pas alors qu'une flic sexy tournait en rond dans ma tête en permanence, mais le plus étrange était que je voulais la mettre en garde contre ce que des gars comme moi pouvaient faire à une femme comme elle.

C'était évident qu'elle avait de l'argent. C'était une très belle femme et apparemment, elle voulait passer du bon temps. Quelques années plus tôt, je me serais jeté sur elle comme sur une gazelle dans les plaines. Je me serais fait une place dans sa vie. Je lui aurais menti, je lui aurais dit tout ce qu'elle voulait entendre. J'aurais couché avec elle et l'aurais laissée penser qu'elle était différente, que je l'aimais... Et ensuite, je l'aurais plumée. J'aurais pris tout ce qu'elle possédait à part les quatre murs de sa maison et je l'aurais fait sans y réfléchir à deux fois, sans aucun remords. Maintenant, je voulais seulement lui dire de ne pas être une victime, de faire attention à elle, car même sa jolie conquête sans cervelle n'était pas avec elle sans rien attendre en retour.

Au lieu de ça, j'ai continué à lui servir des martinis et à flirter gentiment. Je savais très bien que je ne pouvais pas empêcher quelqu'un de se faire avoir, tout comme je ne pouvais pas empêcher Royal de chercher les ennuis. Quand la femme m'a laissé son numéro sur une serviette en papier, j'ai dû mener un petit combat intérieur avant de la jeter à la poubelle. C'était encore dur pour moi de laisser filer une occasion en or. L'argent facile et toutes les autres magouilles qui venaient avec, m'attiraient encore et je ne pouvais pas fermer les yeux. Au final, garder son numéro voulait dire que j'allais l'utiliser un jour, et me servir de la femme à qui il appartenait, et cette prise de conscience m'a retourné l'estomac. J'ai chiffonné la serviette et l'ai jetée, dégoûté que la bataille entre le bien et le mal soit loin d'être finie pour moi, même devant une chose qui était évidemment mauvaise.

J'avais également un problème avec Avett.

Elle n'était pas revenue avec d'autres bleus, probablement car Darcy avait dû raconter à Brite la confrontation avec leur fille. Il n'y avait rien de mieux qu'un père énervé aux allures de Viking, pour faire reculer un copain violent. Mais elle était maussade, renfermée, et très nerveuse dès que moi ou un autre employé l'approchait. J'avais embauché une amie de Dixie pour faire le service avec elle, et deux barmans à temps partiel pour soulager Rome de ses horaires en journée. L'un était un gars soigné, encore à l'école, qui s'entendrait bien avec les étudiants qui venaient le week-end et l'autre était plus âgé, un gars qui avait roulé sa bosse. C'était un ancien Ranger et il était tout aussi bourru et direct que Rome, même s'il avait sûrement vingt ans de plus. Il serait parfait avec les clients qui traînaient au bar l'après-midi, grognons et grisonnants. Avett faisait tout son possible pour être malpolie et désagréable avec tout le monde. Je commençais à me demander si elle n'avait pas besoin d'une bonne fessée à l'ancienne pour se comporter correctement, au lieu de se faire taper sur la gueule. Je n'arrivais pas à comprendre son problème.

En plus de son attitude globalement pourrie et de sa tendance à montrer les crocs dès que quelqu'un s'approchait d'elle, elle avait demandé à avoir son chèque en avance, puis à avoir une autre avance sur sa paie de la semaine suivante. Rome avait été assez sympa pour lui donner la première, mais quand il lui a dit que c'était mort pour la seconde, elle a pété un câble. Je n'avais jamais vu une femme adulte – ou presque – faire un tel caprice, mais j'avais l'habitude d'observer les gens, de lire derrière leurs actions, et je voyais que sa réaction exagérée était nourrie par la peur, pas par la cupidité. Il se passait quelque chose dans la vie de la canaille aux cheveux roses, et j'aurais parié sans hésiter que cela avait à voir avec l'enflure qui lui servait de copain.

Ce soir, après avoir fermé la caisse et expliqué quelques trucs au nouveau gars, il avait fallu que je recompte trois fois pour me rendre compte qu'il manquait deux cents dollars au total. J'ai compté, recompté, et j'ai demandé au nouveau de compter deux fois après moi. Deux cent vingt dollars avaient disparu, et la seule explication plausible était que quelqu'un les avait pris. Le nouveau commençait à paniquer, me jurait qu'il ne s'était pas trompé sur la monnaie, et il a fallu quinze minutes pour lui faire comprendre que je ne l'accusais pas. Je lui ai aussi rappelé que les caméras filmaient le moindre recoin du bar, et que si jamais il voulait essayer de faire un truc louche, l'œil au plafond le surveillait.

J'ai déposé le montant, ai laissé un mot sur le bureau de Rome, lui demandant de m'appeler le lendemain matin, et expliquant la situation sans donner de nom. Je ne pouvais pas croire qu'Avett était assez bête pour sortir de l'argent de la caisse en sachant qu'elle était filmée, mais je savais aussi d'expérience combien le désespoir pouvait donner du culot et du courage.

En rentrant chez moi, je n'avais que quelques minutes pour rendre l'endroit présentable, non pas qu'il puisse ressembler à autre chose qu'à un trou, mais j'ai jeté les vêtements éparpillés par terre dans le panier, j'ai changé les draps, et vérifié qu'il n'y avait pas de vaisselle sale dans l'évier. Je n'aurais pas dû accorder d'importance à l'opinion de Royal concernant mon mode de vie, mais les vieilles habitudes ont la vie dure, et la décevoir, même si je n'avais simplement pas assez d'argent pour autre chose, mettait un coup à mon ego.

J'ai regardé l'heure sur le micro-ondes et me suis rendu compte que je n'allais pas avoir le temps de prendre une douche si elle arrivait pile à trois heures, alors je me suis servi du scotch dans un gobelet en plastique et l'ai bu cul sec. Je crois que j'avais peur qu'elle ne vienne pas. C'était bête. Il s'agissait de Royal. Elle poursuivait le danger et faisait exprès de sauter dans les flammes à pieds joints. Effectivement, un petit coup a résonné contre la porte pile à l'heure.

Je l'ai ouverte et j'ai grogné de surprise lorsqu'elle m'est passée devant avec une impatience manifeste. Elle avait un sac à main énorme au bras, qu'elle a jeté sur le fauteuil, puis elle s'est tournée pour me regarder en faisant délibérément voler ses longs cheveux. Elle portait des talons cirés noirs, et ses cheveux étaient détachés et scintillaient comme une fourrure de luxe. Elle semblait ne porter qu'un long caban noir ceinturé à la taille, qui descendait jusqu'au milieu de ses cuisses nues. Cela laissait des kilomètres de jambes en exposition et tous mes doutes se sont envolés, laissant la place à une autre partie de mon corps qui se dressait, prête sous ma ceinture. J'ai haussé mes sourcils alors que je fermais la porte après son entrée spectaculaire, et je m'y suis adossé tandis que mon cœur glissait jusqu'à mes genoux avant de remonter.

– Bon, au moins tu as enfin mis un manteau.

Je n'ai pas pu retenir la pointe d'humour dans ma voix, même si mon timbre avait changé quand elle s'était tournée vers moi pour me regarder, les paupières lourdes.

Le coin de sa bouche est remonté en un petit sourire sexy et je me suis demandé si elle me frapperait si je la plaquais au sol sans aucune délicatesse.

– Pas pour longtemps.

Elle a levé la main jusqu'au premier bouton et l'a défait en me regardant. J'ai senti l'air s'échapper de mes poumons, et la seule raison pour laquelle je respirais encore était sa main, glissant jusqu'au deuxième bouton de ce manteau.

– Tu n'arrivais toujours pas à dormir ? ai-je demandé.

Elle a lentement secoué la tête de droite à gauche et ses doigts se sont déplacés sur le deuxième bouton. Elle a gardé les yeux rivés sur moi en le faisant sortir du trou.

– Je dormais. C'est toi qui m'as réveillée.

J'avais envie de passer mes mains dans ses cheveux et de presser ma bouche sur cette bande de peau découverte en haut de sa poitrine. J'ai pensé qu'elle accélérerait peut-être son petit jeu si je limitais le terrain. J'étais un maître dans l'art de jouer à ces petits jeux... et de les gagner. J'ai levé les bras et j'ai retiré mon T-shirt d'un seul geste. Je l'ai lancé sur le fauteuil et j'ai senti une bouffée de fierté virile en voyant son pouls, à la base de sa gorge, s'affoler en réaction. Ses doigts sont passés au troisième bouton et en ont tracé le contour. Elle a aussi fait un pas en arrière vers le lit, ce qui m'a automatiquement fait avancer vers elle.

– Je t'ai réveillée ?

Elle a fait un autre pas en arrière sur ces chaussures incroyablement sexy et a baissé le menton pour me regarder sous ses longs cils. Elle était vraiment la fille la plus extraordinaire que j'aie vu de toute ma vie, et je ne comprenais toujours pas pourquoi elle perdait son temps avec moi.

Le troisième bouton s'est ouvert et j'ai vraiment dû lutter contre mon désir de me jeter sur elle. Le manteau s'est ouvert juste assez pour que j'aperçoive un bout d'aréole rose et la courbe de ses seins fermes et rebondis.

– Je me suis réveillée en train de me toucher, ton nom sur mes lèvres. Je brûlais de désir, et je me suis dit : pourquoi m'en occuper toute seule alors que tu me dois une faveur ?

L'humour dans ses yeux chocolat a vraiment causé ma perte. Je ne supportais plus cette distance entre nous.

Elle jouait avec le dernier bouton du manteau et ma patience était épuisée. Une des raisons pour lesquelles j'étais si bon aux jeux, c'était que je suivais mes propres règles, et que je trichais la plupart du temps. J'ai avancé vers elle à grands pas, comme un prédateur, et l'ai renversée sur le lit, le manteau ouvert sous elle, et je l'ai allongée. J'ai posé les mains de chaque côté de sa tête et l'ai regardée avec un désir pur que je sentais remplir la moindre partie de moi. Elle était comme un buffet que je voulais dévorer en quelques secondes.

– Et si tu t'étais fait arrêter, ou que tu avais eu un accident, ou que tu étais tombée en panne sur la route ?

L'idée que quelqu'un d'autre voie ces longues jambes sans rien pour les recouvrir m'a soudain semblé être une très bonne raison pour tuer ce quelqu'un, en mode homme des cavernes. Non pas que je n'appréciais pas qu'elle me facilite la vie pour faire tomber sa culotte ; si elle n'en portait pas, la suite du programme me paraissait évidente. En plus du désir et de la passion qui m'engloutissaient, je m'inquiétais pour elle, et c'était une nouvelle sensation pour moi.

Elle a secoué les bras pour les faire sortir des manches du manteau, ce qui a secoué ses seins et m'a fait grogner davantage. Une fois libérée, elle a remonté ses jambes pour encercler mes hanches tandis que je me penchais sur elle et passais ses bras autour de mes épaules.

– Si je m'étais fait arrêter, j'aurais expliqué pourquoi j'étais quasi à poil et le flic m'aurait probablement tapé dans la main. Si j'avais eu un accident, les premiers intervenants auraient profité du spectacle, mais je suis sûre que ce ne serait pas la première fois. Et si j'étais tombée en panne, j'aurais appelé un taxi.

Elle a déplacé sa main et a passé le bout de son pouce sur ma lèvre inférieure. J'ai attrapé son doigt entre mes dents et l'ai caressé avec ma langue, ce qui l'a fait soupirer.

– Avec toi, plus grand est le risque, plus excitante est la récompense.

Beaucoup de personnes avaient pris ce risque et avaient perdu. Je n'avais jamais été la récompense de personne. Cela me donnait envie de lui faire des promesses que je ne pourrais jamais tenir. Je voulais lui dire qu'elle ne regretterait pas de prendre des risques avec moi, mais ce n'était tout simplement pas vrai. J'ai un peu plié les coudes pour atteindre sa bouche et lui ai dit :

– J'ai intérêt à ce que le risque vaille le coup, alors.

Puis je l'ai embrassée comme si c'était la seule occasion que j'aurais de le faire.

Je l'ai embrassée comme si je devais mémoriser son goût, tous les mouvements de sa langue, tous les petits gémissements qui lui échappaient à mesure que nos lèvres se pressaient avec une intensité fiévreuse. Une de ses mains, derrière ma tête, me maintenait contre elle, et l'autre griffait mes épaules, me faisant frissonner d'impatience.

Le bas de mon corps était encore habillé, mais je sentais sa chaleur, là où nos hanches étaient collées alors que je me tenais au-dessus d'elle sur le lit. Savoir qu'elle était non seulement là avec moi, mais qu'elle voulait vraiment, vraiment être là, m'a fait l'embrasser avec encore plus de fougue. J'avais l'impression qu'être avec cette femme était une chance que l'on n'a qu'une fois dans sa vie et que je devais savourer comme un mets délicat.

J'ai libéré sa bouche quand j'ai eu l'impression qu'il n'y avait plus d'air dans la pièce. Nous avons tous les deux repris notre souffle et j'ai embrassé sa tempe et mordillé le lobe de son oreille. C'était un endroit sensible pour elle car sa respiration s'est accélérée et ses hanches se sont pressées contre les miennes, fort. J'ai joué avec elle, l'ai embrassée derrière l'oreille, j'ai léché sa clavicule, et fait glisser une main tout le long de son flanc. Elle était douce et chaude partout. J'aimais qu'en plus d'être non seulement jolie, elle soit aussi forte et tonique. C'était un mélange enivrant de beauté et de puissance féminine. J'aimais le fait qu'elle puisse non seulement s'occuper de moi d'une façon très féminine et délicate, mais qu'elle puisse aussi prendre soin d'elle-même.

J'ai passé ma main sur la courbe de sa jambe pliée, qui se pressait contre sa poitrine. La lumière était encore allumée, donc cette fois, je pouvais voir toutes les parties d'elle, roses et jolies. Il y avait quelque chose de plus que sensuel dans sa façon d'être allongée sur le lit, avec ses escarpins sexy, tandis qu'elle attendait que je la dévore. Comme si faire un cunni à une fille si belle était une corvée. Le sexe avec Royal n'avait rien des étapes classiques qui menaient à l'orgasme final. J'avais envie de lui faire toutes les choses les plus coquines et tordues que je pouvais imaginer quand elle était au lit avec moi. Et puis je voulais refaire toutes ces choses jusqu'à ce qu'elle hurle mon nom en secouant la tête, faisant voler ses cheveux aux reflets dorés.

Je me suis reculé pour me mettre à genoux devant elle. J'ai vu sa poitrine monter et sa respiration devenir saccadée lorsque je me suis servi de mon pouce pour suivre délicatement l'ouverture de son sexe. Elle était déjà chaude et mouillée et cela a fait monter un grognement affamé du fond de ma gorge. J'ai vu ses mains agripper la couette de chaque côté de ses hanches agitées et ses yeux étaient presque noirs quand elle me regardait. J'ai pris ses chevilles pour en poser une sur mon épaule. Le bout de son talon m'a un peu fait mal en se plantant dans ma peau, mais j'ai été surpris de voir que j'aimais bien la sensation. J'ai utilisé la main qui ne dansait pas joyeusement autour de sa chatte pour attirer ses hanches plus près du bord du lit, et j'ai tourné la tête pour embrasser sa cuisse ferme qui était maintenant posée tout près de mon visage.

– Tu me tortures, Asa.

Sa voix était enrouée et impatiente.

J'ai ri contre sa peau douce car je jouais avec elle. Je prenais mon temps, ce que je ne faisais jamais lors de mes ébats sexuels. En général, mon seul but était ma satisfaction immédiate et le soulagement d'une démangeaison tenace. Mais là, je voulais la regarder, jauger ses réactions, pour la faire gémir encore et encore. Je crois que la partie de moi que j'essayais si fort de tenir en laisse se libérait lorsque j'étais nu avec elle, et inconsciemment, j'essayais de gâcher le plaisir pour quiconque passerait après moi.

Sans prévenir, j'ai laissé mes doigts s'enfouir en elle en caressant son clitoris avec mon pouce. Tout son corps s'est soulevé du lit ; elle a murmuré mon nom en sifflant et son autre jambe s'est automatiquement posée sur mon autre épaule quand elle s'est cambrée pour bouger contre mes doigts. Elle a tordu le tissu dans ses mains, elle était prise de tremblements incontrôlables car je la caressais en faisant des va-et-vient avec mes doigts, le regard rivé sur le déluge d'émotions qui passaient sur son visage. Ses joues étaient roses et elle n'arrivait plus à garder les yeux ouverts. Elle mordait sa lèvre inférieure en poussant ses hanches vers mes doigts, et j'étais certain de ne m'être jamais senti aussi puissant de toute ma vie. C'était comme si ma seule raison d'être était d'apporter du plaisir à cette femme spectaculaire, et cela m'allait.

J'ai senti ses cuisses commencer à trembler, encadrant ma tête. J'ai vu son ventre ferme se contracter et je savais que je pouvais la faire jouir rien qu'avec mes mains, mais je ne lui aurais pas retourné la faveur que je lui devais.

J'ai appuyé fort le bout de mon pouce sur son clitoris après y avoir fait des cercles pendant un moment.

– Royal, regarde-moi.

Il a fallu une minute et j'ai dû répéter son prénom, mais ses yeux marron ont fini par se poser sur les miens. Elle était ivre de désir et si proche de basculer que je la voyais s'accrocher. J'avais envie de la faire jouir juste pour la rattraper après.

J'ai penché la tête vers ses poings serrés.

– Mets-les sur tes seins.

Elle m'a regardé comme si je parlais chinois, puis a bougé lentement pour faire ce que je lui demandais. Voir ses mains pâles presser ses seins a suffi à faire sursauter ma queue qui menaçait de faire sauter ma braguette. Je sentais l'humidité dans mon jean et cela ne m'était jamais arrivé.

– Je vais te lécher, et pendant que je fais ça, je veux que tu joues avec tes tétons.

Ses yeux se sont écarquillés et j'ai vu l'hésitation flotter dans son regard, alors j'ai encore caressé son clitoris jusqu'à ce qu'elle sursaute sous mes doigts.

– Je veux que tu les caresses, que tu les serres, et je veux que tu t'y accroches jusqu'à ce que ça fasse presque mal. Je veux que tu le fasses jusqu'à sentir que le plaisir est trop fort, qu'il va te briser en deux... Et seulement à ce moment-là, tu pourras arrêter. Tu comprends ?

J'ai levé un sourcil et ai enfin lâché son clitoris piégé. Elle a gémi un peu et hoché la tête, une seule fois, pour me dire qu'elle avait compris. Je lui ai fait un sourire espiègle, celui que j'aurais quand je lui donnerai le coup de grâce.

– Tant mieux, parce que si tu arrêtes, si tu lâches, alors j'arrête aussi.

Elle m'a insulté gentiment et a fait exprès d'enfoncer son talon plus fort dans mon épaule. Cela m'a fait sourire davantage. Sa résistance était aussi excitante que tout le reste chez elle.

Elle ne m'a pas lâché des yeux en écartant ses doigts pour attraper la chair gonflée entre eux. Les pointes roses dépassaient entre ses doigts et je l'ai regardée les serrer, exactement comme je le lui avais dit. J'avais encore plus envie d'elle. Rien de mieux qu'une jolie fille qui pouvait être coquine quand la situation s'y prêtait.

Je me suis servi de mes pouces pour l'ouvrir et l'ai léchée de haut en bas. Cela nous a fait grogner tous les deux. Toutes les saveurs de sa chatte explosaient sous ma langue. Elle était meilleure que le scotch le plus cher que j'aie jamais goûté, et tout aussi puissante. J'ai tourné le bout de ma langue autour de son clitoris, je me suis rapproché pour tirer la chair délicate entre mes dents tout en gardant un œil sur elle, pour vérifier qu'elle se caressait toujours les seins. Ses mains serraient de plus en plus à mesure que je multipliais mes assauts, et je voyais qu'elle tremblait et qu'elle haletait. Elle s'est arrêtée une fois, un début de pause dans ses mouvements, et j'ai immédiatement relevé la tête et sorti mes doigts d'elle. Elle a crié de frustration, et je crois que si je n'avais pas eu ma tête entre ses jambes écartées, elle aurait essayé de me mettre un coup de pied. Je me suis contenté de la regarder jusqu'à ce qu'elle pince ses tétons visiblement sensibles, la faisant haleter et se tordre entre mes mains.

Je l'ai récompensée en marmonnant mon approbation contre sa chatte et l'ai regardée courir vers son orgasme. Ses hanches dépassaient complètement du bord du lit maintenant, et j'ai dû glisser une main sous ses fesses pour la garder au même niveau que ma bouche. Je léchais et je mordillais. Je rentrais et sortais ma langue. Je faisais précisément ce que je lui avais dit : je la mangeais comme si elle était mon dernier repas. Ses jambes frémissaient autour de ma tête, ses mains bougeaient frénétiquement sur sa propre peau, et elle me regardait comme si elle était hypnotisée par ce que nous faisions.

J'ai vu l'instant où l'orgasme s'est emparé d'elle. J'ai vu sa bouche s'ouvrir en grand sur un cri silencieux. J'ai regardé ses mains perdre leur emprise sur sa chair ferme et tomber mollement sur le lit, quand elle a soudain atteint le sommet de son plaisir pour s'écraser en un million de morceaux contre ma bouche. Ses parois intérieures ont emprisonné mes doigts quand elle a vibré et explosé autour d'eux. Ses jambes se sont serrées de chaque côté de ma tête, dans une vaine tentative de faire durer la sensation, et tout ce que je pouvais penser tandis qu'elle n'arrêtait pas de chuchoter mon nom, était qu'elle était la meilleure victoire à laquelle j'aie goûté. Voilà une dette que je ne me plaindrais jamais d'avoir remboursée.

J'ai passé les mains sur l'extérieur de ses jambes et les ai reposées doucement sur le bord du lit, et me suis relevé. Sa respiration était hachée mais ses yeux étaient ouverts et rivés sur moi, légèrement embrumés mais pleins de satisfaction et de passion. J'ai ouvert ma ceinture et me suis dirigé vers la table de nuit.

– À mon tour.

Elle a tendu le bras et j'ai entendu des choses s'entrechoquer dans le tiroir avant qu'elle n'en sorte un paquet en aluminium.

Elle s'est relevée pour s'asseoir pile en face de moi et de l'érection qui sortait maintenant de la braguette ouverte de mon jean. Elle a fait descendre le tissu sur mon cul puis a pris ma queue dans son poing et a fait monter et descendre sa main. Cela m'a fait grogner et pousser mes hanches vers elle. J'aimais le fait qu'elle n'ait pas peur de se salir les mains. Elle m'a lâché et a fait rouler la capote sur mon sexe avec des mouvements rapides et efficaces. Puis elle s'est penchée et m'a embrassé juste au-dessus des quelques poils blonds qui menaient vers mon entrejambe.

– J'adore faire chacun son tour.

Elle a frotté la joue contre ma hanche, ce qui a fait s'enrouler ses cheveux soyeux autour de ma queue. C'était une sensation incroyable. J'ai passé les doigts dans sa chevelure et me suis penché pour l'embrasser encore. Nous avions un goût de sexe et d'éternité.

Quand je me suis écarté, elle me souriait et me tirait vers elle en reculant juste assez pour me laisser la place de m'allonger. Maintenant, ces talons pointus s'enfonçaient dans le bas de mon dos et ses seins étaient écrasés contre mon torse alors que je m'enfonçais en elle, aussi profondément que possible. Je l'ai embrassée encore une fois et j'ai commencé à bouger. Elle était déjà mouillée et ouverte, donc je n'ai pas pris la peine d'y aller doucement. J'allais et venais en elle sans ménagement, et entre ses gémissements et la morsure de ses chaussures dans mon dos, j'étais déjà prêt à libérer tout le plaisir accumulé en moi, en elle. J'ai monté une de ses jambes plus haut sur mon flanc, ai enfoui mon visage dans le creux de son cou en m'enfoncent encore et encore dans sa chaleur accueillante. Ses mains étaient dans mes cheveux et sa respiration irrégulière, dans mon oreille. Dès que j'ai senti un minuscule frémissement autour de ma queue, c'était fini. J'ai senti mes doigts agripper ses hanches assez fort pour lui laisser des marques, et j'ai marmonné je ne sais quoi quand elle m'a suivi dans le plaisir une seconde plus tard. En vrai connard, je ne m'étais même pas soucié de l'y ramener, car une fois que j'étais en elle, je ne pouvais que courir après toutes les choses fantastiques qu'elle me faisait ressentir. Elle me faisait tout oublier, rien qu'en étant elle-même.

Je me suis allongé mollement sur elle pendant une longue minute, sachant que je devais me lever et m'occuper du préservatif, mais c'était tellement bon et ses mains caressaient ma colonne vertébrale de haut en bas d'une manière tellement apaisante que tout ce que je voulais, c'était rester là. J'ai frotté ma joue contre son épaule et lui ai demandé :

– Tu veux passer du temps avec moi sans qu'on soit tout nus et dans un lit, Red ?

Elle a bougé un peu sous mon poids et ses mains se sont immobilisées sur mes épaules. Je savais qu'elle aimait baiser avec moi. Mais j'avais besoin de savoir si elle voulait de moi en dehors d'une chambre.

– Comme un rencard ?

Elle a posé cette question à voix basse et cela a fait claquer mes dents du fond.

– Ça peut être ce que tu veux.

J'ai voulu rouler pour m'allonger à côté d'elle mais elle a relevé les bras autour de mes épaules et m'a gardé collé contre elle.

– Oui, Asa, je veux passer du temps avec toi. Je me fiche que ce soit dans un lit ou ailleurs.

Elle a ri un peu et s'est tortillée en dessous de moi, ce qui a fait sursauter ma queue encore logée en elle.

– Même si j'adore quand on passe du temps ensemble dans un lit.

J'ai pouffé et me suis levé pour aller me laver. Je me suis passé les mains dans les cheveux et j'ai baissé les yeux vers elle. Toutes ces belles promesses que je voulais lui faire essayaient de sortir de ma bouche.

– Je ne sais pas pourquoi tu es là, mais j'ai l'impression que je dois remercier quelqu'un de t'avoir mise sur mon chemin.

Elle a cligné des yeux en me regardant et une fois de plus, je l'ai vue rougir. Elle s'est installée sur le lit et m'a fixé avec de grands yeux.

– Je suis là parce que tu m'as enfin laissée entrer.

Ses cheveux étaient déployés sur les oreillers derrière elle et j'aurais aimé savoir dessiner afin de capturer sa beauté pour les générations à venir.

– Et je resterai tant que tu me laisseras rester.

Si seulement c'était vrai. Mais la vérité, c'est qu'elle resterait jusqu'à ce qu'il se passe quelque chose, ou que je fasse quelque chose qui ne lui laisserait pas d'autre choix que de partir. Il me fallait une minute pour me remettre les idées en place après la façon dont elle s'était insinuée en moi, donc je n'ai pas répondu et j'ai disparu dans la salle de bains pour faire ce que j'avais à faire. Si seulement décider ce que j'allais faire avec cette fille et de toutes mes émotions était aussi facile que de me laver après la meilleure partie de jambes en l'air de toute ma vie.

10
ROYAL

Quand le téléphone d'Asa a sonné le lendemain matin, j'avais l'impression qu'on était à l'aube alors qu'il était neuf heures du matin. Il faut dire que nous étions restés enroulés l'un autour de l'autre et très occupés jusqu'au lever du jour, et dormir n'avait pas été notre activité principale. Il a grogné et a tendu le bras par-dessus moi pour faire taire la sonnerie. Ses yeux ambrés étaient endormis et le début de barbe sur son visage lui donnait encore plus l'air d'une canaille que d'habitude.

Je me suis étirée paresseusement sous lui et j'ai levé les bras au-dessus de ma tête, et j'ai vu le désir naître dans ses yeux en quelques secondes. J'allais lui demander pourquoi il devait se lever, car je pensais que la plupart des barmans dormaient jusqu'à midi, mais mes mouvements faisaient clairement émerger d'autres idées dans son esprit. J'étais complètement favorable à ce programme lorsqu'il s'est soudain figé, complètement immobile, et m'a regardée avec de grands yeux.

J'avais une main enroulée autour de son biceps et j'ai senti les muscles se verrouiller, rigides. Il respirait fort et m'a aboyé de ne pas bouger quand j'ai voulu me soulever pour l'inciter à bouger. Je lui ai lancé un regard noir et j'ai enfoncé mes ongles dans ses bras lorsqu'il m'a dit, les dents serrées :

– Si tu bouges, je vais jouir, et je n'ai pas de capote.

Ses sourcils se sont encore plus froncés au-dessus de son nez.

– Je n'avais jamais couché sans protection. Tu m'étonnes que les capotes ont mauvaise réputation. Je suis en train de devenir taré.

Ses dents étaient serrées et ses narines, dilatées quand il a commencé à se retirer de mon corps. J'étais proche de l'orgasme, et même avec ses mouvements lents, c'était trop bon. Je me forçais à ne pas bouger d'un cheveu, mes muscles intérieurs ne voulaient rien savoir et se contractaient sur toute sa longueur. Il n'a pas résisté et nous avons fini en sueur, satisfaits et collants. Je trouvais cela drôle mais il semblait loin d'être aussi amusé quand il m'a traînée sous la douche pour nous laver tous les deux.

J'ai essayé de lui dire que ce n'était pas grave, mais j'ai compris que ce n'était pas la situation qui l'énervait, il était en colère contre lui-même car il s'était tellement laissé emporter qu'il avait oublié une chose aussi basique que se protéger. Il avait l'habitude d'être celui qui menait le jeu, et je crois qu'il n'aimait pas le fait que je lui fasse autant d'effet. Je n'avais jamais pris la pilule, de toute ma vie. Mes partenaires sexuels n'étaient pas assez nombreux ni assez réguliers, et même avec le mec avec qui j'étais restée longtemps, je n'avais jamais assez apprécié le sexe pour trouver cela nécessaire. Pas d'oubli dans le feu de l'action avec lui. Pour Asa, je pourrais carrément le faire, mais pas sans garantie qu'il n'y aurait plus que nous deux à compter de maintenant, et je pensais qu'il n'était pas encore prêt pour cette conversation.

– Pourquoi est-ce qu'on est debout si tôt ?

Il me lavait les cheveux et était mentalement à des kilomètres de moi.

– Il faut que je parle avec Rome, pour le boulot. On a un problème avec la fille de Brite.

J'ai soupiré quand ses doigts ont commencé à me masser le crâne.

– Rome a beaucoup d'estime pour Brite. Ça doit être dur.

Il a bougé derrière moi et j'ai repris ma respiration quand nos peaux humides ont frotté l'une contre l'autre. Il avait l'air agacé en répondant :

– Ouais. Je ne sais pas pourquoi c'est une sale gosse. Je veux dire, j'étais un cauchemar, mais je n'avais pas deux parents qui se souciaient de moi ni quelqu'un qui essayait de me tendre la main pour m'aider. Elle a un copain naze qui est clairement toxico et je suis certain qu'il a levé la main sur elle plus d'une fois. Tout le monde essaye de la sortir de situations merdiques et elle s'obstine à fermer les yeux.

Ses grandes mains ont caressé ma poitrine quand le shampooing a coulé de mes cheveux le long de mon corps. Il jouait plus avec mes seins qu'il ne les nettoyait.

– Tu crois que tu aurais saisi la main si on te l'avait tendue, quand tu étais plus jeune ?

Une de ses mains s'est aplatie sur mon ventre et j'ai senti ses lèvres atterrir délicatement sur ma nuque. Il a tendu le bras pour couper l'eau.

– Non. J'étais destiné à être un raté, dès le début.

Il s'est passé les mains dans ses cheveux mouillés, est sorti de la cabine de douche, et m'a tendu une serviette.

– Mon père était déjà en prison quand je suis né, ma mère a arrêté l'école en quatrième et n'avait aucune envie de vivre ailleurs que dans le terrain à caravanes. J'ai toujours été le gamin pauvre, le cas soc', et au lieu d'en avoir honte, je me suis servi de la pitié des gens, de leur compassion, pour obtenir ce que je voulais.

Je l'ai regardé attentivement alors qu'il enroulait une serviette autour de sa taille et s'adossait contre le petit meuble. Il me regardait tout aussi attentivement essorer l'eau de mes cheveux. Il a croisé les bras sur son large torse et a continué.

– Quand je suis arrivé à l'école et que je me suis rendu compte que tous les enfants sauf moi amenaient un déjeuner ou mangeaient à la cantine, ça m'a rendu triste au début.

Il a secoué la tête et ses lèvres se sont pincées.

– Ensuite, ça m'a mis en colère parce que tous ces gamins avaient une chose que je n'avais pas, une mère capable de les nourrir. J'ai trouvé une fille dans ma classe. Elle était discrète, elle n'avait pas vraiment d'amis parce qu'elle était timide et un peu bizarre, et j'ai passé tout mon temps à la convaincre que nous étions les meilleurs amis du monde.

Ses yeux sont passés de l'or au bronze et je l'ai littéralement vu courir après des souvenirs vieux de dizaines d'années. Il n'aimait visiblement pas cela, à en juger par ses épaules qui se tendaient.

– C'était une gentille gamine, un peu lente, mais elle avait un grand cœur et venait d'une famille très riche.

Elle m'a apporté un déjeuner tous les jours jusqu'en CM2.

J'ai enveloppé la serviette autour de ma tête comme un turban et me suis avancée pour passer devant lui. Mais ses doigts se sont emparés de mon poignet et m'ont forcée à m'arrêter. Il voulait que j'entende cela, il essayait toujours de tirer le rideau et de me montrer à quel point ça ne tournait pas rond chez lui. Il ne semblait pas comprendre que je savais tout ça et que je m'en fichais royalement.

– En CM2, j'ai commencé à comprendre que les autres filles de la classe me trouvaient mignon, et que si j'accordais mon attention à plus d'une seule fille, je pourrais avoir plus que de quoi manger. Je disais à l'une qu'elle était la plus jolie de la classe pour qu'elle fasse mes devoirs, à une autre que je serais son petit copain pour qu'elle m'achète des vêtements, je laissais une autre me faire des bisous pour qu'elle m'emmène manger au restaurant. Il y avait une autre fille, elle était insupportable. Coincée, méchante et détestable avec tous ceux qui croisaient son chemin, mais comme sa famille avait une piscine et qu'elle pouvait m'inviter à aller nager, j'ai décidé de la raccompagner chez elle après l'école. Je la détestais mais je le faisais tous les jours, car elle avait une chose que je voulais. J'ai fait tout ça après avoir laissé tomber froidement et brutalement la première fille qui avait été sympa et gentille avec moi pendant des années. Je l'ai juste lâchée, sans cérémonie, et je me foutais que les autres gamins se moquent d'elle ou l'embêtent, même après qu'elle s'était assurée que je n'aie jamais faim. Je n'étais pas encore adolescent et j'étais déjà un gamin détestable.

Je me suis secouée pour qu'il me lâche et suis allée dans la pièce pour enfiler les vêtements que j'avais apportés. J'ai enfilé un jean skinny et un pull sympa avec une épaule qui tombait, par dessus un débardeur. J'ai enlevé la serviette et j'ai secoué mes cheveux emmêlés en cherchant ma brosse. Asa est sorti de la salle de bains en me fusillant du regard, alors j'ai haussé un sourcil en l'observant.

– Quoi ?

J'ai fait attention à garder une voix légère car je voyais bien qu'il s'attendait à une réaction dégoûtée de ma part, et qu'il ne savait pas quoi faire de mon indifférence.

– C'est tout ce que tu as à dire après ce que je viens de te raconter ?

Il a fait tomber la serviette avec des mouvements brusques et s'est avancé jusqu'à son placard. Il était vraiment parfait. Toutes les longues lignes souples de son dos, tous les muscles et les petits creux de ses fesses, la largeur de ses épaules musclées… Il n'y avait rien chez lui d'imparfait. C'était une juxtaposition intéressante, qu'un corps aussi magnifique contienne autant de laideur et de négativité.

– Qu'est-ce que tu veux que je te dise ? Que tu crains ? Que tu as été un gros con et que tu n'as eu que ce que tu méritais ? Tu veux que je te dise que c'était vraiment un comportement d'enfoiré non seulement pour la première fille, mais même pour la méchante parce que tu ne faisais que te servir d'elle aussi ? Tu sais tout ça, Asa. Tu ne le savais peut-être pas à l'époque, ou tu t'en fichais, mais plus maintenant. Alors à quoi ça sert que je te le dise aussi ?

Une fois que mes cheveux ont été à peu près démêlés, j'en ai fait une queue-de-cheval lâche dans ma nuque et ai fouillé dans mon sac pour trouver mon maquillage.

– Quelqu'un aurait dû s'occuper de ce petit garçon, pour qu'il ne soit pas obligé d'en venir à ce genre de stratégie.

Il a passé un T-shirt noir délavé par-dessus sa tête et s'est lourdement laissé tomber sur le lit pour mettre ses bottes.

– Personne ne m'a forcé à faire ces choses, personne ne m'a appris. J'ai compris ça tout seul, et le temps que je devienne ado, je connaissais tous les sales tours qui existent.

J'ai soupiré et ai appliqué du gloss sur mes lèvres. J'ai croisé les bras et j'ai répondu à son regard prédateur.

– Tu veux me confesser tous les péchés que tu as commis ? Tu crois que ça va me faire peur et me pousser à fuir, ou encore que je vais t'absoudre de tes méfaits ? Parce qu'il faut que je te prévienne, je ne ferai ni l'un ni l'autre.

J'ai froncé les sourcils et ai pris une voix dure pour qu'il comprenne que j'étais sérieuse et je lui ai dit :

– Je ne pourrai jamais te détester autant que tu te détestes, Asa.

Il s'est levé et a avancé vers moi. Il ressemblait vraiment à un gros félin sauvage, observant sa proie en se rapprochant doucement. Il s'est arrêté quand nous nous touchions presque, mais j'ai refusé de détourner le regard ou de reculer.

– Tu ne sais absolument pas de quoi tu parles, Red.

J'ai tendu la main et l'ai posée exactement à l'endroit où son cœur battait, sur son torse. Il était énervé, mais comme d'habitude, je savais que sa colère était plus dirigée vers lui-même que vers moi.

– Si, je sais, parce que j'ai beaucoup de mal à me regarder depuis que Dom a été blessé. Je sais ce que ça fait et je sais exactement de quoi ça a l'air. Pourquoi tu penses que je te courais après avec autant d'insistance ? J'avais besoin de quelqu'un qui ne me dirait pas que ce n'était qu'un accident, que ce n'était pas ma faute. J'avais besoin de quelqu'un avec qui j'avais le droit de me sentir mal, et toi aussi. On ne fera pas toujours ce qu'il faut, on ne fera pas toujours les bons choix, et pourtant tu es le seul avec qui je me sens en sécurité. Car tu m'acceptes, tu ne me juges pas, tu n'essaies pas de tout arranger. Tu me laisses me sentir mal tout en me faisant me sentir très, très bien... Je veux que tu aies ça aussi.

Un éclair est passé dans ses yeux, frappé par la vérité et la profondeur de mes mots. Il a marmonné dans sa barbe quelque chose que je n'ai pas compris puis il a penché la tête sur le côté, et il m'a dit :

– Tu ne devrais pas te sentir en sécurité avec moi. Je t'ai baisée sans capote ce matin parce que tu me rends fou de désir. On ne peut pas vraiment dire que j'agis pour ton bien.

J'ai serré son T-shirt dans ma main et l'ai attiré vers moi pour que nous soyons presque à la même hauteur. J'appréciais le fait qu'il ait le sentiment de devoir continuer à me mettre en garde contre ce qu'il y avait entre nous, mais à un certain moment, il allait devoir grandir, accepter ce qu'il se passait, et arrêter d'attendre que cela explose.

– On était deux, dans le lit, ce matin. Je suis tout aussi responsable de ce qu'il se passe que toi. Je peux me protéger et je serai ravie de le faire si tu es prêt à être honnête avec moi et à me dire si ce truc entre nous est assez important, assez intéressant, pour tenter le coup. Si la réponse est non, pas de problème, mais je ne reviendrai pas et on mettra ça sur le compte des hormones et de la luxure.

Il a enroulé ses doigts autour de mon poignet et les a posés sur mon pouls irrégulier. Je me suis demandé si quoi que ce soit serait un jour simple avec lui.

– Je ne ramènerai personne dans mon lit tant que tu y seras, Royal.

C'était tout ce que je voulais entendre. Il admettait enfin que nous étions aussi réels pour lui que pour moi. Cela me suffisait. Je me suis mise sur la pointe des pieds et ai posé un baiser léger sur sa bouche.

– Tant mieux. Bon, je te conduis jusqu'au Bar pour voir Rome et après on va manger au Breakfast King ? Je meurs de faim.

Cela me paraissait être une chose si simple, un truc de couple, et j'en avais besoin. J'en avais absolument besoin avec lui.

Il a passé la main le long de ma queue-de-cheval encore mouillée et m'a mis une petite fessée.

– Ça me dit.

Pourquoi est-ce que tout entre nous ne pouvait pas être aussi simple ?

George Thorogood passait sur le juke-box lorsqu'Asa et moi sommes entrés dans le bar. Il était tôt et les portes n'étaient pas encore ouvertes pour les clients, mais Cora était assise au bar en train de parler à un mec derrière, que je ne reconnaissais pas. Asa m'a laissée à côté d'elle et m'a présenté le nouveau barman, Danny, avant de disparaître. J'ai dit bonjour à Cora et ai passé cinq minutes à la regarder en essayant de trouver ce qui avait changé chez elle depuis la dernière fois que je l'avais vue.

Ses cheveux blonds étaient toujours courts et coiffés avec une nonchalance artistique et ses yeux bicolores étaient toujours vifs et scintillants de malice. Elle balançait ses petites jambes sous le tabouret, et me regardait l'inspecter avec amusement. Elle portait un pantalon noir serré et un haut large imprimé. Elle était colorée et marrante, comme à chaque fois que je la voyais, mais quand elle s'est tournée pour se mettre vraiment face à moi, j'ai senti mes yeux s'écarquiller en remarquant une certaine partie de son corps qui semblait avoir gagné en ampleur de façon disproportionnée par rapport au reste de sa petite carrure.

– Tu t'es fait refaire les seins ?!

Je me suis rendu compte combien c'était malpoli et j'ai voulu m'excuser quand elle a commencé à rire si fort que les larmes lui sont montées aux yeux.

– Non, je ne me suis pas fait refaire les seins, mais je crois que cet effet secondaire est une des raisons pour lesquelles Rome aime me mettre en cloque.

Je suis restée bouche bée quelques secondes.

– Tu es enceinte ? Waouh, félicitations !

J'ai laissé mon regard parcourir sa silhouette encore menue. Mise à part les folies qui avaient lieu dans son soutien-gorge, elle ressemblait encore à un petit lutin.

– Je ne savais pas du tout.

Elle a hoché la tête.

– On essaie de rester discrets. Je voulais que Shaw et son bébé reçoivent autant d'amour et d'attention que nous quand Remy est venue au monde, mais on va passer une échographie aujourd'hui pour savoir si on va ramener un petit frère ou une petite sœur à RJ, donc ça ne va plus rester secret très longtemps.

J'ai tendu le bras pour la serrer contre moi.

– Oh, je n'arrive pas à croire que j'ai loupé ça. Je vais faire une très mauvaise détective.

Elle a encore ri et m'a tapoté le genou.

– Tu ne passes pas assez de temps avec moi pour remarquer les indices ; et on devrait changer ça, d'ailleurs.

Elle m'a lancé un regard et a penché la tête sur le côté.

– Tu sais, Ayden et Jet reviennent pour les vacances de printemps, dans quelques semaines. On devrait toutes se retrouver pour une soirée filles, comme on faisait avant. Je parie que ça ne ferait pas de mal à Shaw de passer une nuit sans le petit... Et sans Rule !

Elle m'a fait un grand sourire alors que je flippais déjà à l'idée de passer du temps avec la sœur d'Asa. J'avais déjà participé à leurs soirées filles, mais depuis qu'Ayden avait déménagé et que les bébés commençaient à faire partis du groupe, elles étaient de moins en moins fréquentes. Maintenant, en général, je prenais un café avec Saint le matin ou je buvais un verre avec Salem si elle me le proposait. Nous n'avions pas été réunies depuis très longtemps, mais ce qui est sur c'est que c'était avant que j'arrête Asa.

– Euh...

Elle a levé les yeux au ciel.

– Si ça continue entre Asa et toi, tu sais qu'Ayden va forcément faire partie du lot, non ?

– J'aurais vraiment aimé que quelqu'un d'autre prenne cet appel ce soir-là. J'ai détesté être obligée de le ramener alors qu'il était blessé et innocent. Si j'étais sa sœur, je ne serais pas ma plus grande fan non plus.

Elle n'a pas eu l'occasion de dire autre chose car les deux gars sont sortis de derrière le bar avec un air sombre et mécontent. Rome fronçait les sourcils et la bouche d'Asa formait un rictus en ligne droite.

Cora s'est retournée sur le tabouret et est allée retrouver son grand bonhomme. Elle a passé les bras autour de sa taille et il lui a automatiquement rendu son câlin et s'est penché pour poser un baiser sur le dessus de sa tête. C'était tellement naturel, comme s'ils se reposaient l'un sur l'autre, que j'ai soudain senti une boule d'émotion se former dans ma gorge en les regardant.

– Ç'est mauvais ?

Elle a posé cette question doucement, et c'est Asa qui a répondu. Il s'est appuyé sur le bout du bar et a secoué la tête.

– Oui.

Il avait l'air énervé et déçu.

Tout ce dont j'avais envie était de le prendre dans mes bras et qu'il se sente mieux, comme Cora le faisait avec Rome, mais nous n'étions pas un couple. Ses yeux sont passés de moi à Rome, puis sont revenus sur moi.

– Rome ne veut pas porter plainte, mais on va devoir la virer et il faut qu'on en parle à Brite et Darcy.

Cora a acquiescé.

– Ça va briser le cœur de Brite.

Asa s'est décollé du bar et a avancé vers moi. J'ai sauté du tabouret et il a passé le bras autour de mes épaules pour m'attirer contre lui. Un frisson a parcouru tout mon corps, du haut de mon crâne au bout de mes orteils, et j'ai passé un bras autour de sa taille fine. Je voulais être capable de le soutenir. Je n'étais simplement pas sûre d'être assez forte pour cela.

– Il ne va pas la laisser tomber. Il l'aime trop.

Il y avait des traces de culpabilité dans la voix d'Asa, mêlées à du regret et je me suis demandé s'il parlait de l'employée ou de quelque chose de bien plus personnel.

Rome a grogné et a serré Cora tellement fort qu'elle a couiné.

– Il faut qu'on y aille. Je veux voir mon nouveau bébé.

Nous les avons suivis hors du bar et Cora m'a regardée par-dessus son épaule avant que Rome la fasse monter dans son gros pick-up, et m'a dit :

– Tu n'échapperas pas à la soirée filles, Royal. Je vais m'occuper de ton cas.

J'ai grogné et ai accepté en haussant les épaules. Asa m'a jeté un regard interrogateur en nous dirigeant à quelques rues du bar, où était situé le restaurant. Une fois que nous étions assis avec deux tasses de café fumant devant nous, j'ai voulu lui demander précisément ce qu'il se passait avec l'employée, mais il m'a coupé l'herbe sous le pied, il voulait savoir pourquoi je n'avais pas l'air enthousiaste à l'idée de sortir avec les filles.

J'ai ajouté une grosse quantité de sucre dans mon café et ai fixé la table en réfléchissant à ma réponse.

– Je n'ai jamais eu beaucoup d'amis. Ça a toujours été Dom et moi. J'aime toutes ces filles et j'adore Saint, mais je n'ai pas l'habitude de passer autant de temps avec des gens, et honnêtement, j'ai toujours un peu peur que ta sœur veuille me botter le cul.

Il m'a lancé un regard exaspéré qui montrait combien il trouvait mes inquiétudes par rapport à Ayden ridicules, puis il a pris sa tasse. Ses yeux dorés me fixaient par-dessus la tasse tandis qu'il me demandait :

– Rien que Dom et toi, hein ? Est-ce qu'il y a déjà eu une histoire entre vous ? Est ce que je vais me retrouver avec un flic énervé au cul s'il apprend ce que tu fais quand tu n'arrives pas à dormir ?

J'ai dû cligner plusieurs fois des yeux car ce qu'il me demandait était tellement ridicule que j'ai mis une seconde à capter.

– NON ! Grand Dieu, non ! Dom a toujours été mon meilleur ami, et maintenant c'est mon équipier. Il n'y a jamais rien eu de romantique entre nous et il n'a pas son mot à dire concernant ma vie privée et c'est réciproque. On s'aime, mais on n'est pas amoureux l'un de l'autre et on ne l'a jamais été.

Asa m'a fixée un long moment sans cligner des yeux, avant de poser sa tasse de café et de se pencher un peu vers moi avec un petit sourire sur le visage.

– Comment c'est possible ? Comment est-ce qu'il peut passer un nombre incalculable d'heures avec toi, coincés dans une voiture de police toute la journée, et ne pas essayer de te mettre dans son lit ? Ça ne colle pas.

J'ai rougi sous son regard inquisiteur et j'ai donné la même réponse qu'à chaque fois qu'on me demandait comment Dom et moi avions pu avoir une relation strictement platonique toutes ces années.

– Je ne suis pas le genre de Dom, et je le connais trop bien pour penser que ça marcherait entre nous.

Asa s'est adossé contre la banquette et je voyais les pièces du puzzle se mettre en place dans sa tête. Il était vraiment aussi intelligent que mignon.

– Pas son genre ?

J'ai haussé une épaule.

– Non. Pas du tout.

– Je vois.

Il avait un ton amusé, et c'était peut-être ce que je voulais entendre, mais je crois avoir également entendu un peu de soulagement.

J'ai adopté la même position que lui et lui ai demandé :

– Tu vois ?

– Red, il n'y a pas énormément de raisons pour lesquelles un mec peut dire que tu n'es « pas son genre », pas besoin d'être un génie pour comprendre.

J'ai lâché un petit soupir de soulagement et n'ai rien dit d'autre quand la serveuse est arrivée pour nous servir.

C'était une question qu'on m'avait beaucoup adressée au fil des années, surtout quand Dom et moi nous sommes tous les deux dirigés vers les forces de l'ordre. Au lycée, nous avions même été élus roi et reine de la promo, malgré le fait que nous n'étions pas, et n'avions jamais été en couple. C'est vrai, peut-être que dans un autre monde, où il aurait aimé les filles, nous aurions pu tomber amoureux, vivre heureux et avoir beaucoup d'enfants. Mais en l'occurrence, il aimait les mecs, et nous serions seulement meilleurs amis pour toujours et j'étais reconnaissante qu'il fasse partie de ma vie, peu importe la forme que cela prenait. Je n'avais jamais eu l'impression que c'était à moi d'expliquer pourquoi il n'y avait jamais rien eu de romantique entre nous, donc j'étais soulagée qu'Asa ait lu entre les lignes et laissé tomber le sujet.

Il me regardait avec un amusement non dissimulé tandis que j'engloutissais le petit-déjeuner sans une once de délicatesse. Je m'en fichais. J'avais faim et il m'avait déjà prise dans son lit, donc paraître féminine et réservée n'avait aucune raison d'être. Après avoir vidé toute mon assiette et fini ses restes, je me suis assise avec un soupir satisfait et ai posé les mains sur mon ventre plein. Il me regardait toujours et à ce moment, ses yeux brillaient comme s'ils étaient éclairés depuis un endroit profond en lui.

– Tu es mignonne.

Il avait l'air amusé, donc j'ai plissé le nez.

– On ne dirait pas vraiment un compliment.

J'ai répondu non à la serveuse lorsqu'elle nous a demandé si nous voulions autre chose, même si j'aurais carrément pu enchaîner avec un milk-shake au chocolat. Asa a demandé l'addition et a sorti son téléphone. Quand il a parlé, c'était avec sincérité et honnêteté, même s'il ne me regardait pas.

– C'en est un. Tu me surprends. Ton apparence ne correspond pas toujours à tes actions... Je ne sais jamais à quoi m'attendre.

J'ai poussé ma queue-de-cheval par-dessus mon épaule et me suis glissée hors de la banquette. Il a suivi mon exemple après avoir posé une liasse de billets sur la table pour payer l'addition. Quelque chose s'est contracté en moi quand il m'a pris la main. C'était normal entre un mec et une fille, mais tellement contraire à la façon dont il s'était comporté avec moi jusqu'à présent.

– On me le dit souvent, tu sais ? Comme si mon apparence devait me définir ; n'importe quoi !

Il a passé son pouce sur mon poignet et mon pouls s'est affolé en réaction à cette simple caresse.

– Ma mère est très belle et ça ne lui a jamais apporté que des ennuis.

– Si elle te ressemble, ça ne m'étonne pas.

Je me suis esclaffée alors que nous descendions du trottoir.

– Les gens pensaient que c'était ma sœur ou une amie quand je suis devenue grande. Les mecs au lycée la draguaient tout le temps, et j'avais envie de mourir. Ça la faisait rire. Elle savait gérer l'attention qu'elle attirait ; elle a aussi très bien su me laisser trouver ma propre voie quand c'est devenu évident que je n'allais pas marcher dans ses pas de star.

Il me regardait comme si chaque mot que je prononçais détenait une partie de mon âme. C'était peut-être le cas. Parfois, c'était facile d'oublier toutes les merveilleuses qualités de ma mère et de se focaliser sur sa quête zélée de M. Parfait.

– Qu'est-ce que tu veux dire par là ?

J'ai souri un peu en pensant à ma mère qui arrivait aux matchs de foot avec des talons de quinze centimètres, bien coiffée et maquillée. J'ai haussé les épaules et lui ai dit :

– Elle m'a simplement laissée être moi-même et n'a jamais remis mes choix en question. Quand je lui ai dit que je voulais suivre Dom à l'école de police, elle n'a même pas été surprise. Elle était inquiète pour ma sécurité mais elle ne m'a jamais laissée entendre que je n'en étais pas capable. Elle m'a juste dit d'y aller, d'être la meilleure flic que je pouvais être et d'avoir la classe en le faisant. Elle a toujours soutenu tout ce que j'ai voulu entreprendre, et comme on a toujours été juste toutes les deux, avoir son approbation était important pour moi. Ça l'est toujours.

– J'aime bien ton apparence.

Il a dit cela comme si c'était évident, et cela l'était peut-être. Mais venant de lui, cela a fait naître des papillons dans mon ventre et mon cœur menaçait dangereusement de sortir de ma poitrine pour aller se poser dans des mains très dangereuses.

– Mais j'aime aussi les choses que tu fais, la façon dont tu te comportes, ce que tu dis, ta manière d'être, encore plus. Tu pourrais avoir des cheveux ternes, de l'acné et un strabisme et tu serais toujours aussi magnifique rien qu'en étant toi. Ta mère savait cela, c'est pour ça qu'elle t'a laissée faire ce que tu voulais.

J'ai dû m'arrêter, même si nous étions en plein milieu d'un passage piéton, pour le regarder et vérifier qu'il était sérieux. Il était doué avec les mots, il avait une façon de dire les choses que je voulais entendre ; que n'importe quelle femme mourait d'envie d'entendre. Mais on voyait sur son beau visage qu'il pensait tout ce qu'il venait de dire. J'ai dû m'éclaircir la voix avant de pouvoir répondre.

– C'est peut-être la chose la plus gentille qu'on m'ait dite, Asa. Surtout que j'ai un peu de mal à m'apprécier ces derniers temps.

Il a haussé les épaules comme si ce n'était pas important, comme s'il ne venait pas de me donner bien assez de raisons pour ignorer le bon sens, me lancer et tomber complètement amoureuse de lui. Il avait toujours précisément les bons mots. Pas surprenant qu'il ait été un aussi bon arnaqueur. De belles paroles venant de ce beau visage donnaient envie de le croire.

– C'est vrai.

Sa voix était un peu rauque et il se dandinait quand nous nous sommes arrêtés devant la 4Runner.

J'ai incliné la tête en arrière pour pouvoir le regarder.

– J'aime bien qui tu es aussi, même si toi, tu ne t'aimes pas.

– Il n'y a pas grand-chose à aimer, Royal. Je n'arrête pas de te le dire et tu ne veux pas m'écouter.

– Parce que tu as tort.

Je le savais. Il s'est penché et a posé un léger baiser sur mes lèvres. Il avait le goût du sirop de pancakes et du café, et quand je l'ai embrassé, j'aurais pu littéralement me noyer en lui. Quand ses lèvres touchaient les miennes, c'était la seule chose qui me semblait réelle dans une vie instable. Je voulais lui dire que le regarder se torturer pour des choses qu'il ne pourrait jamais changer m'avait donné le recul dont j'avais tant besoin, mais je savais que nous n'en étions pas encore là. J'ai posé une main sur sa joue piquante et me suis mise sur la pointe des pieds pour mettre mes lèvres près de son oreille.

– Mais si tu veux, on peut retourner à ton appart' un moment et je peux te montrer ce que j'aime le plus chez toi.

Comme j'étais pressée contre sa longue silhouette, je ne pouvais pas manquer la réaction de son corps à mes mots, derrière la braguette de son jean. J'allais devoir trouver un moyen de lui faire voir que, même s'il y avait beaucoup de parties cassées en lui, il restait assez de parties récupérables et vraiment belles pour faire fonctionner ce truc entre nous, et pour que cela s'épanouisse en quelque chose de solide et de durable. Il avait peut-être été un délinquant par le passé, mais maintenant, c'était moi qui voulais lui voler quelque chose et le garder pour moi. Il n'allait pas se laisser faire, une fois qu'il aurait compris que j'en avais après son cœur. Après tout, c'était mon boulot d'attraper les méchants... Mais celui-ci, je n'avais pas l'intention de le relâcher.

II
ASA

– À l'extérieur, il n'y a pas grand-chose à voir et l'intérieur est défoncé, mais le moteur est en bon état, et avec un peu de soin et d'amour, ça pourrait être une beauté.

J'ai sorti la tête de la fenêtre de la Chevy Nova de 1971 que je pensais acheter, et j'ai regardé Wheeler. Je ne le connaissais pas très bien mais Nash se portait garant, c'était un mec bien et il ne m'arnaquerait pas. En plus, Rome avait accepté de m'accompagner pour regarder les voitures, et même avec un bébé blond qui criait de joie en tournant autour de lui, il n'avait toujours pas l'air d'un mec que quiconque voudrait emmerder. Surtout qu'il comptait investir une bonne quantité d'argent dans ce garage, bientôt. Il surveillait la petite avec un œil de lynx pour être sûr qu'elle ne ramasse rien sur le sol graisseux pour le mettre dans sa bouche, en tapant un message sur son téléphone. Il ne faisait pas très attention à moi ni au mécanicien.

– Je l'aime bien. C'est une classique.

Même avec la rouille sur la carrosserie et l'intérieur complètement défoncé.

Wheeler a hoché la tête et s'est appuyé contre le pare-chocs. Il était un peu plus petit que moi, avait des cheveux auburn en bataille et des tatouages de fou sur le côté du cou. Il n'avait pas dit grand-chose mais c'était évident qu'il adorait ses voitures et qu'il ne laisserait pas le premier venu jeter un coup d'œil à son inventaire.

– Je comptais la garder pour la retaper, mais je viens de trouver une Plymouth Wayfarer qui va demander pas mal de boulot. Donc je préfère lâcher la Nova et mettre de l'argent dans l'autre.

J'ai hoché la tête comme si je comprenais son dilemme. J'aimais les belles voitures autant que n'importe qui, mais en réalité, j'avais juste besoin de quelque chose qui roulait et qui m'emmènerait d'un endroit à un autre. Cela n'avait rien à voir avec la façon dont j'approchais les voitures avant. Avant mon coma, tout ce qui m'importait était l'apparence, les dépenses, et ce que les autres pensaient de moi quand je roulais dans une voiture qui coûtait plus cher que certaines maisons.

– Combien tu en veux ?

Le moteur était en bon état mais loin d'être retapé, donc j'espérais qu'il serait raisonnable. Avant qu'il puisse répondre, un petit corps rieur m'a tapé dans les genoux et a levé des yeux bleus gigantesques vers moi. RJ a levé ses petits bras potelés vers le ciel et m'a regardé jusqu'à ce que je la soulève du sol. Elle riait et a tendu la main pour appuyer sur mon nez. C'était le mélange parfait de Rome et Cora. Maintenant qu'elle savait marcher et parler, c'était une vraie petite terreur.

Wheeler nous a fait un grand sourire et m'a dit :

– Cinq mille.

C'était plus que ce que je voulais dépenser. Je les avais, je ne faisais quasiment aucune dépense, mais acheter la voiture signifiait avoir moins d'argent pour rembourser mes dettes à l'hôpital. RJ a encore rigolé et a tapoté mes joues avec ses toutes petites mains. Elle chantait une sorte de comptine pour enfant, et je n'ai pas pu m'empêcher de lui sourire.

– C'est le mieux que tu puisses faire ?

Son regard bleu clair passait de moi à la petite et il a souri.

– Normalement, je ne baisse pas mes prix. Mais comme tu es pote avec Nash et la bande du Marked, et que RJ semble t'adorer, tu es forcément un bon gars, donc je descends à quatre mille deux cents.

RJ était trop petite pour comprendre quoi que ce soit, mais je me suis bien gardé de le dire à Wheeler. J'ai calé la petite sur ma hanche pour qu'on se serre la main et accepter le prix, et j'ai regardé Rome qui était soudain de retour à mes côtés. La petite a tout de suite tendu les mains et a commencé à chantonner « Pa-Pa-Pa-Pa », tandis que son père me libérait de la petite blondinette.

– Marché conclu ?

J'ai hoché la tête et Wheeler aussi. Rome a approuvé par un grognement et s'est tourné pour me regarder.

– Il faut que je m'arrête en route avant de retourner au Bar. Ça te va ?

Je ne pouvais pas vraiment dire non. Je n'avais pas vraiment prévu d'acheter une voiture aujourd'hui, donc je n'étais pas prêt à prendre la Nova tout de suite et il fallait que quelqu'un me ramène en ville. Wheeler et moi avons échangé les infos nécessaires et je lui ai dit que je le rappellerais dans quelques jours. Je voulais vraiment avoir quatre roues à moi avant qu'Ayden vienne pour les vacances de printemps, la semaine prochaine.

J'ai grimpé dans l'énorme pick-up de Rome tandis qu'il attachait RJ dans son siège, et je lui ai demandé où nous allions. Il était encore plus maussade et renfermé que d'habitude depuis que nous avions regardé la vidéo d'Avett en train de prendre l'argent dans la caisse derrière le bar. Je ne sais pas ce qu'elle avait pu dire au nouveau barman pour le convaincre de la laisser faire, mais nous avions une preuve irréfutable qu'elle avait volé l'argent manquant sous notre nez. Rome avait eu une longue conversation avec Brite à ce sujet, mais Avett n'était pas revenue au Bar, donc nous avions tous les deux échappé à la confrontation. Brite voulait que nous portions plainte contre Avett, mais Rome ne pouvait pas le faire.

– Où va-t-on?

J'étais en droit de poser la question car son regard sombre ne quittait pas le pare-brise et il ne disait rien alors que nous nous engagions dans la circulation urbaine en direction de Capitol Hill.

– Il faut qu'on passe chez Rule.

Il m'a lancé un regard de travers et le bord de sa bouche s'est relevé pour esquisser un sourire.

– Shaw l'a laissé tout seul avec le bébé pour aller à l'université et il panique.

J'ai lâché un rire.

– Ah ouais ?

Rome a ricané.

– Ouais. C'est la première fois qu'il est tout seul avec lui et il dit que Ry n'arrête pas de pleurer. Il ne veut pas appeler Shaw et l'inquiéter, donc il m'a appelé moi.

– Le grand frère à la rescousse.

Je me moquais un peu de lui, mais en réalité, je l'admirais. Dans un autre monde, j'aurais été un homme meilleur et j'aurais été là pour sauver ma sœur, et pas l'inverse. Je ne regrettais pas beaucoup de choses, j'avais accepté que j'étais né pour être un raté, mais cela me brûlait au plus profond de mon ventre chaque fois que j'y pensais. C'était une chose que je changerais, si j'avais l'occasion de recommencer.

– Rule n'a jamais été du genre à appeler à l'aide, donc quand il le fait, je sais qu'il en a vraiment besoin.

– Il a de la chance, il sait qu'il peut toujours compter sur toi.

Je l'entendais dans ma voix : sous le doux petit accent, les regrets ancrés dans mes os, pour toutes les choses que j'avais laissé Ayden faire, pour la façon dont je nous avais tous les deux fait souffrir et nous sacrifier pour à peine m'en sortir.

Rome m'a lancé un regard puis a jeté un coup d'œil dans le rétroviseur quand Remy lui a parlé. Un sourire s'est formé sur son visage d'ordinaire sévère pendant que sa fille lui parlait depuis la banquette arrière.

– Tu vas me dire que si Ayden t'appelait à cet instant et te disait qu'elle avait besoin de toi, tu ne sauterais pas dans un avion pour le Texas avant même qu'elle ait raccroché ?

Je me suis tortillé maladroitement dans le siège et ai tourné la tête pour regarder par la fenêtre alors que nous entrions dans le quartier de Capitol Hill, où Rule et Shaw vivaient.

– Non, je le ferais ; mais avant...

Je me suis arrêté là car il était quasi impossible de mettre des mots sur le manque d'amour et la dure vie que j'avais imposé à ma petite sœur. Cela me faisait pourrir de l'intérieur rien que d'y penser.

– Avant, je m'étais vraiment persuadé qu'elle pouvait prendre soin d'elle-même. Mais je le savais. Je savais qu'elle faisait des choses dangereuses, qu'elle prenait des risques pour m'éviter des ennuis, qu'elle se laissait salir par des gens qui voulaient me punir. J'ai laissé tout ça se produire parce que c'était ce qui m'arrangeait le plus.

Maintenant, c'était à son tour de se tortiller maladroitement. Ayden était une jeune femme forte et intelligente avec beaucoup de repartie et une carapace dure comme la pierre. Rome la connaissait assez bien pour savoir que sous toute son armure de fer se cachait un cœur très doux et délicat. Entendre parler sans ménagement des parties les moins ragoûtantes de son passé devait être assez déplaisant pour lui. Cela me donnait l'impression d'être un monstre tous les jours quand je me levais, vivre en sachant ce qu'Ayden avait risqué et subi pour moi.

– C'est du passé. Maintenant, tu abandonnerais tout pour la rendre heureuse. Je sais que tu étais triste quand elle a emménagé avec Jet, mais tu n'as rien dit parce que tu voulais qu'elle ait une belle vie et la seule façon de le faire, pour elle, c'est d'être avec Jet. Si tu lui avais demandé de rester, elle l'aurait fait, pour toi, comme elle l'a toujours fait. Ce que tu fais pour elle maintenant, ça compte autant que ce que tu ne faisais pas avant.

Je n'ai pas eu besoin de répondre car nous nous sommes arrêtés devant la maison style Craftsman que Rule avait achetée avec Shaw quelques années plus tôt, et dès que nous sommes sortis de la voiture, les cris d'un bébé très fâché sont parvenus jusqu'à nos oreilles depuis l'intérieur de la maison. RJ a froncé ses sourcils blonds, inquiète, tandis que Rome la sortait du pick-up et l'installait sur sa hanche.

– Allons voir ce qui énerve tellement ton cousin.

Elle a hoché la tête comme si elle comprenait ce qu'il lui racontait et je les ai suivi à l'intérieur vu que Rome n'avait pas pris la peine de toquer à la porte.

Rome a dû crier pour se faire entendre par-dessus le vacarme, et quand nous sommes arrivés dans le salon, j'ai dû me concentrer très fort pour ne pas rire. RJ a mis ses petites mains sur ses oreilles en regardant la petite chose qui faisait plus de bruit que j'en avais entendu de toute ma vie. Rule portait le petit garçon tout nu et faisait les cent pas dans la salle. Ses cheveux d'ordinaire savamment décoiffés semblaient être recouverts de talc et de vomi par endroits, et j'étais stupéfait de voir que les couleurs de l'arc-en-ciel qui y résidaient d'habitude n'étaient plus là, ce n'était qu'un châtain foncé normal, très proche de celui de Rome.

Les yeux bleus très clairs de Rule se sont fixés sur son frère avec un désespoir évident quand Rome a posé Remy pour tendre les bras vers le nourrisson criard.

– Ça fait combien de temps qu'il te crie dessus ?

Rule s'est passé les deux mains dans les cheveux, visiblement énervé, et s'est penché pour prendre sa nièce dans ses bras. Il jouait avec son anneau à la lèvre et vibrait d'une énergie nerveuse. Remy tapotait le serpent qui décorait le dos de sa main et a ri quand il a remué les doigts pour faire danser sa langue fourchue. Elle semblait complètement ignorer sa détresse.

– Plus d'une demi-heure. Je ne sais pas ce qu'il a. J'ai changé sa couche. J'ai essayé de lui faire faire une sieste. J'ai essayé de le nourrir avec le biberon que Shaw a laissé. Merde, elle ne va plus jamais me laisser tout seul avec lui.

Il s'est relevé entièrement et s'est remis à tourner en rond, cette fois sans le petit garçon que Rome berçait de haut en bas. Ry n'était pas content, et nous pouvions tous en attester.

J'avais envie d'aller attendre dehors, mais je me suis dit que ce serait malpoli, donc j'ai avancé jusqu'à la cheminée et ai évité Remy qui a essayé de tacler mes genoux. Il y avait tout un tas de photos sur le manteau de la cheminée : quelques-unes de Rule et son frère jumeau, Remy, avant qu'il décède, d'autres avec le reste de la bande du salon de tatouage. Cela me rendait heureux de voir qu'Ayden souriait et avait l'air heureuse sur absolument toutes les photos où elle apparaissait. Il y avait aussi des photos de mariage et de Rule et Shaw avec leur nouveau bébé. Toute une vie était posée ici, aux yeux de tout le monde.

– C'est le premier. Il y a beaucoup à apprendre, et Shaw le sait. Ça ira mieux entre toi et le petit bonhomme une fois que vous aurez pris vos repères.

Passer en mode barman/psy était devenu une seconde nature et je ne me suis même pas rendu compte que c'était ce que je faisais jusqu'à ce que Rule arrête ses mouvements incessants pour me fixer du regard.

Nous avons entendu des bruits dans la cuisine, suivis des cris de Rome, et brusquement, un silence bienheureux a empli la maison. RJ a levé les yeux vers son oncle, puis vers moi, et a tapé dans ses petites mains. Elle a tourné sur elle-même et a dit à Rule quelque chose qui ressemblait à : « Tout va bien. »

Rome est sorti de la cuisine avec le bébé. Il tenait un biberon et marmonnait avec une voix profonde et grave qui n'avait pas l'air particulièrement apaisante, mais qui l'était apparemment pour les bébés.

– Le trou de la tétine du biberon était trop petit. Il avait faim mais il n'arrivait pas à téter. Il va être grand et fort comme tous les autres Archer, alors il faut qu'il mange.

Rome a fait un grand sourire à son frère et est allé lui rendre son fils. Pendant une fraction de seconde, on aurait cru que Rule allait refuser, mais l'hésitation est partie si vite que j'étais sûr d'être le seul à l'avoir remarquée. Je comprenais cette peur. Rule a pris le bébé et l'a installé dans le creux de son bras avec un soupir.

– Je suis nul.

Rome a croisé les bras et a lancé un regard dur à son frère.

– Non, tu n'es pas nul. Il faut que tu t'accordes un peu de temps. Il n'y a pas de manuel qui explique comment bien élever un gamin. On apprend surtout de nos erreurs.

Le petit a gazouillé et j'aurais juré que Ry essayait de lui dire que tout allait bien. Rule a levé une de ses mains tatouées pour caresser doucement les cheveux foncés du bébé.

– J'ai l'impression que je n'aurai pas de deuxième chance si je foire avec lui.

Il avait l'air tellement abattu à cette idée que cela montrait vraiment combien cette vie et ce petit bout étaient importants pour lui.

Rome a marché jusqu'à RJ qui tapait la télécommande de la télé par terre et l'a soulevée au-dessus de sa tête, ce qui l'a fait exploser de rire.

– Quand on aime quelqu'un, on lui pardonne un nombre infini de ses erreurs. Shaw l'a fait avec toi, et avec moi. Tu as dû régler tes problèmes avec maman et papa. Heureusement que Cora ne m'a jamais laissé tomber même si je lui ai donné toutes les raisons de le faire.

Rome a dirigé son attention vers moi et j'ai compris ce qu'il voulait dire, même s'il n'a pas évoqué Ayden.

– Tu vas merder, Rule, et il ne te facilitera pas la tache. Vous vous pardonnerez tous les deux, vous continuerez à vous aimer, et vous avancerez.

Le bébé a baillé et cligné des yeux comme s'il était d'accord avec son oncle.

Rule a posé le biberon désormais vide et l'a pris sur son épaule, pour lui tapoter doucement le dos jusqu'à ce que le petit rote. Il a soupiré et fermé les yeux.

– Merci d'être venu, je me sens un peu mieux.

Rome a hoché la tête et RJ a fait un signe de la main lorsque nous nous sommes dirigés vers la porte. Je traînais derrière, encore absorbé par la frise chronologique d'amour et de bonheur exposée sur le manteau de la cheminée. Je crois qu'Ayden et moi n'avions pas une seule photo de notre enfance. En fait, la première fois que je me rappelle avoir été en face d'un appareil photo en dehors des photos de classe en primaire, était quand je m'étais fait choppé pour vol à l'étalage quand j'avais quatorze ans, et qu'au lieu d'appeler les flics, le commerçant avait pris une photo de moi pour l'afficher dans sa vitrine, avec écrit « ne pas servir » en dessous. Je n'avais aucune photo où je paraissais heureux, ce qui n'a fait qu'amplifier le sentiment de tristesse qui m'envahissait.

– Quand tu veux. Tu le sais bien.

Rule caressait le dos du bébé et a levé son sourcil percé.

– Au fait, félicitations pour le nouveau bébé...

Il a coupé sa phrase, omettant le « trou du cul » sous-entendu par respect pour les oreilles sensibles qui nous entouraient.

Rome s'est arrêté alors qu'il ouvrait la porte d'entrée.

– Cora te l'a dit ?

– Mec, je travaillais avec elle la dernière fois que tu l'as mise enceinte. Je sais ce que veulent dire ses sautes d'humeur et son bonnet E. Ça fait un moment que je le sais. J'attendais juste qu'un de vous deux crache le morceau.

Remy a regardé les deux Archer et a écarquillé ses grands yeux bleus qui ressemblaient tellement à ceux de son père.

– Bébé ?

En tout cas, je crois que c'était ce qu'elle disait.

Rome a hoché la tête et a grogné tandis que Rule et moi riions.

– Oui, ma puce, un bébé.

Elle a gloussé et répété le mot encore et encore.

Rome a secoué la tête d'exaspération.

– On vient d'apprendre que c'est un garçon. Cora voulait vraiment que Shaw et toi ayez votre moment de gloire avec le petit avant de dire quoi que ce soit.

Rule a grondé et nous a suivi dans l'allée, avec Ry maintenant bien endormi et satisfait contre son torse.

– Notre famille est capable d'assez d'enthousiasme pour recevoir tous les bébés du monde, vous devriez le savoir. Un garçon, hein ? On va être à court de prénoms en R, à ce rythme-là.

Rome a rigolé.

– Je crois que cette fois, on va peut-être passer au C, pour la demi-portion. On verra.

Rome a fait le tour du pick-up pour installer Remy et je m'avançais vers le côté passager quand Rule m'a arrêté en disant doucement mon prénom.

Je l'ai regardé et ai été surpris de voir que ses yeux étaient attentifs et sérieux.

– Tu donne de bons conseils aux gens, bout de chou. Tu sais exactement quoi dire et comment le dire. Alors quand est-ce que tu vas commencer à suivre tes propres conseils ?

J'ai froncé les sourcils car je ne comprenais pas.

– Qu'est-ce que tu veux dire ?

– J'ai entendu dire que tu avais enfin laissé Royal t'attraper, mais que maintenant que tu as mordu à l'hameçon, tu te tortilles comme un poisson hors de l'eau.

Je n'étais pas emballé par l'image qu'il utilisait, mais elle était sacrément bien adaptée. Je me suis frotté la nuque et ai regardé le sol.

– En toute honnêteté, je ne cherchais pas tellement à lui échapper.

– Peu importe. Pense à ce que tu viens de me dire. Tu n'as jamais eu rien de bon dans ta vie avant, c'est nouveau pour toi, alors peut-être que tu dois simplement t'autoriser à apprendre au fur et à mesure, comme moi et mon petit gars. On a tous besoin d'une pause de temps en temps.

– La différence, c'est que tu as mérité ta pause. Je n'ai rien mérité du tout.

Surtout pas une chance de construire une relation avec une rousse somptueuse qui me fait perdre la tête et me donne l'impression de sortir du coma à chaque fois que je la vois. Je ne voulais pas y penser, donc j'ai dit au revoir de la main et suis monté dans le pick-up.

Le trajet jusqu'au bar était assez calme. RJ s'était endormie et Rome semblait perdu dans ses pensées. Il m'a proposé de me déposer chez Wheeler pour que je passe prendre la Nova, mais je lui ai dit que je me débrouillerais pour y aller. Je devais travailler dans moins d'une heure, donc j'ai tué le temps et j'ai demandé à Darcy de me faire à manger avant que mon service commence.

Elle était boudeuse, et ce depuis qu'Avett s'était envolée. Je savais qu'elle s'inquiétait pour sa fille, et qu'elle ne savait pas quoi faire pour l'aider. En plus, il nous manquait quelqu'un en cuisine et nous n'arrivions pas à trouver de remplaçant. Darcy ne pouvait pas travailler jour et nuit, donc Brite avait appelé un vieux copain de la Marine pour remplir ce rôle, le temps que Rome et moi trouvions une solution sur le long terme. Je m'étonnais moi-même d'être aussi préoccupé par le sort de la jeune fille aux cheveux roses. Je savais qu'elle n'avait pas pris l'argent ni les bières pour elle. Je savais qu'elle n'était pas stupide. Il y avait de plus gros problèmes là-dessous. Du genre de ceux que j'avais trop bien connus, et je détestais le fait qu'Avett se trouve dans cette situation. Personne ne devrait avoir à vivre cela, surtout quelqu'un d'aussi jeune qu'elle.

Mon service a commencé tranquillement puis tout s'est accéléré quand un enterrement de vie de jeune fille a débarqué. Dixie était agacée car tout ce que les filles voulaient faire était flirter avec moi et lancer des regards sexy à Church, donc elle est restée derrière le bar pendant que je m'occupais du groupe. Elles étaient déjà bien pompettes et avaient les mains très baladeuses, mais je savais qu'un gros pourboire m'attendait à la fin, donc cela ne me dérangeait pas d'exagérer mon accent et de penser à sourire à chacune d'entre elles.

À un moment de la soirée, la femme plus âgée qui faisait désormais partie du décor est entrée, et s'est installée à une des tables. Elle me regardait comme si j'étais un bonbon et qu'elle avait une terrible envie de sucre. J'ai vu Dixie me faire un signe enjoué derrière le bar alors que je me dirigeais vers mon admiratrice pour lui demander ce que je pouvais lui servir. Elle m'a souri et une fois de plus, j'ai été frappé par la facilité avec laquelle je pourrais retomber dans mes vieilles habitudes. C'était si loin derrière moi que j'avais failli oublier à quoi ressemblait une occasion en or.

– Tu ne m'appelles jamais Roslyn.

Elle m'avait dit son nom plusieurs fois lors de ses visites depuis qu'elle avait lâché le petit jeune, mais je me bornais à l'appeler « madame » car je ne voulais pas qu'elle se fasse des idées. J'ai appuyé ma hanche contre la chaise en face de la sienne et lui ai adressé un regard soutenu.

– Nan. Je ne vous appelle pas Roslyn.

Elle a battu des cils et a levé les doigts pour jouer avec le collier élégant et visiblement très cher qu'elle portait.

– Tu devrais. J'aimerais beaucoup qu'on soit amis.

J'ai jeté la tête en arrière et j'ai ri. Si son front n'avait pas été chimiquement rempli de Botox, je parie qu'elle aurait froncé les sourcils. Au lieu de cela, elle pinçait les lèvres.

– Vous ne voulez pas qu'on soit amis, Roslyn. Vous voulez plus et je vous ai dit que je n'avais pas ça au menu. Je ne suis pas intéressé.

Et la présence de Royal n'était pas la seule raison. Pas moyen que j'entrouvre cette porte, même un tout petit peu. La facilité était addictive et j'avais arrêté net. Je ne retournerais pas en arrière.

Elle a tendu la main et a attrapé la mienne quand je me suis décollé de la table, car l'une des filles du groupe commençait à enlever ses vêtements. Church a croisé mon regard, a secoué la tête, et s'est dirigé vers les filles. J'ai baissé les yeux vers la femme qui s'accrochait désespérément à ma main. Je ne me souvenais pas que la facilité était aussi étouffante. Il y avait un problème. Il émanait d'elle un tel niveau d'anxiété et de manque que ça en était toxique et dangereux. C'était comme si elle me lançait ce défi, non pas parce qu'elle en avait envie, mais car quelque chose la poussait à le faire. Cet échange me mettait profondément mal à l'aise.

– On peut tout avoir au menu, si on paie le prix. Tu veux être barman toute ta vie, Asa ? Il n'y a rien de mieux dans le monde ? Tu n'as pas plus d'ambition que ça ?

J'avais voulu plus, toujours plus. J'avais voulu tout avoir, et cela avait manqué de me tuer et de détruire ma famille. Maintenant, je désirais savourer le peu que je pouvais me permettre et une brève minute de perfection aveuglante avec Royal Hastings. C'était largement assez.

– Non, en vouloir plus, c'est un piège sans fin car ce n'est jamais assez. Je ne suis pas sûr que vous me proposiez vraiment ce que je pense, mais je dois dire que je ne suis pas flatté que vous pensiez que ça m'intéresserait.

Elle a lâché mon poignet, a reculé sa chaise, et s'est levée avec élégance. Elle m'a regardé pensivement pendant une seconde avant de prendre son sac à main.

– J'aime les belles choses. Les hommes sont compliqués, une prise de tête que je ne peux plus supporter. L'époque où je sortais avec n'importe qui est finie depuis longtemps, mais j'aime toujours passer un bon moment en bonne compagnie. J'ai appris que le seul moyen d'obtenir cela est de donner aux hommes ce que la plupart veulent : du sexe et de l'argent. J'aime prendre soin des gens qui prennent soin de moi. Tu es beau, Asa. Je ferais en sorte que tu ne regrettes pas du tout le temps que nous passerions ensemble.

J'étais sûr que c'était vrai, et je détestais le bourdonnement vif et cupide qui résonnait entre mes oreilles et me disait d'accepter son offre sordide.

– Je ne couche jamais pour de l'argent et je ne profite pas des femmes seules, peu importe qu'elles soient très belles.

En tout cas, je ne le faisais plus. Elle arrivait trop tard, à quelques années et une expérience de mort imminente près.

– Je ne suis pas à la recherche d'une femme pour m'entretenir, Roslyn, et honnêtement, vous devriez faire plus attention à qui vous invitez pour vous tenir compagnie.

Elle a serré les lèvres et est passée devant moi avec un air hautain et outré, comme si c'était moi qui étais en faute.

– Je ne reviendrai pas.

J'ai hoché la tête.

– C'est sûrement une bonne idée

Son regard m'a parcouru une dernière fois.

– Quel gâchis.

Et elle est partie. Church m'a rejoint alors que je la fixais avec une expression certainement perplexe sur le visage. Il a levé un sourcil et j'aurais aimé être capable de lire ce qui se tramait dans le noir insondable de son regard calculateur.

– Tout va bien ?

Church venait d'un bled du Mississippi, donc son accent était bien plus prononcé que le mien. Il avait même une voix grondante et rocailleuse qui n'était pas sans rappeler le ton reconnaissable de Johnny Cash. Avec sa voix et ses cheveux clairs qui contrastaient avec sa peau mate, ce n'était pas étonnant qu'il doive repousser constamment les avances d'admiratrices trop entreprenantes. Les dames aiment bien les bad boy qui broient du noir, et Church remportait la palme d'or dans cette catégorie.

Je me suis frotté le visage d'exaspération.

– On vient de me proposer d'être gigolo.

– Merde. Tu déconnes ?

Il s'est tourné dans la direction vers laquelle Roslyn avait disparu.

– C'est un peu tordu.

Je l'ai regardé et j'ai sorti mon téléphone de ma poche arrière.

– Je suppose que peu importe ce qu'on a fait, jusqu'où on est allait, si on a été au fond assez longtemps, ça nous suit. Ça définit la personne qu'on sera pour toujours. Elle pensait visiblement que j'étais le genre de mec qui serait content de baiser pour quelques billets.

J'ai cherché le numéro de Royal et ai commencé à taper un message. Après cette journée étrange, la tristesse qui me plombait a laissé place à quelque chose d'autre, quelque chose qui cherchait désespérément la lumière de Royal Hastings.

Tu veux faire un truc avec moi demain soir ?

Le nouveau avait besoin d'une occasion de fermer le bar tout seul, et j'avais besoin d'une pause. J'espérais surtout qu'elle ne travaillait pas.

Il a penché la tête sur le côté et a froncé les sourcils en me regardant.

– C'est des conneries, et tu le sais. Une meuf pense que tu es à vendre ? C'est son problème, pas le tien. Je travaille avec toi depuis presque un mois et je sais que tu es réglo. Toucher le fond, c'est une question de perspective. Tu n'as pas idée des choses que j'ai vues, la pauvreté, les ravages d'une vie passée à combattre dans une guerre que personne n'a demandée, la perte d'absolument tout...

Sa bouche s'est crispée.

– Et pourtant on trouve de la joie, du bonheur, et de l'amour là où il ne devrait pas y en avoir du tout. Il y a de la vie au fond, si on sait où chercher, et la seule chose qui peut définir qui tu es, ce sont tes actions. Tu lui as dit d'aller voir ailleurs.

Il a hoché la tête comme s'il avait fini sa petite présentation et s'est éloigné.

Tout le monde était soudain plein de bons conseils. Dommage que je sois bien meilleur pour les donner que pour les écouter. Mon portable a vibré dans ma main et mon cœur a sursauté en voyant sa réponse.

Au lit ou ailleurs ?

Je n'ai pas pu retenir le sourire qui a étiré ma bouche. Elle était exactement ce dont j'avais besoin, rapide et un peu folle.

Les deux.

Compte sur moi. On va où ?

J'avais une idée qui pourrait lui plaire. Elle était tellement bonne, respectueuse de la loi et droite à longueur de journée, je voulais voir si elle aimait faire un tour du côté obscur, un tout petit peu.

C'est une surprise.

Il lui a fallu une minute mais elle a fini par renvoyer un smiley et quelques mots :

Comme toi.

Cette noirceur qui voulait toujours m'engloutir a non seulement battu en retraite, mais elle s'est carrément envolée.

12
ROYAL

J'ai grimacé en voyant Dominic manœuvrer péniblement sur ses béquilles pour s'asseoir sur la chaise en face de moi. Il avait appelé, m'avait dit qu'il devenait fou à rester cloîtré dans son appartement, et m'avait demandé de venir déjeuner avec lui pendant mon jour de repos. Bien sûr, je lui avais dit oui et j'avais proposé de passer le chercher car il ne pouvait pas conduire à cause de sa jambe immobilisée. Lorsque je suis arrivée à l'appartement, c'était évident que sa sœur devenait tout aussi folle à lier que Dom, et elle m'a dit qu'il était particulièrement grognon car il avait besoin de tirer son coup. Dom lui avait aboyé de se taire, mais j'avais quand même ri. Dom était assez discret sur sa vie privée, mais il était beau et célibataire. J'étais sûre que le fait qu'il soit alité et enfermé dans un appartement avec ses sœurs avait dû mettre un sacré coup à sa vie sociale. Et pas seulement.

Étonnamment, au lieu de me sentir coupable et de m'en vouloir pour une chose de plus que j'avais gâchée dans la vie de Dom, j'en ai simplement rigolé avec sa petite sœur, Ari, et ai embarqué mon meilleur ami pour aller manger. Au lieu de me complaire dans les reproches et les regrets, j'étais décidée à passer un bon moment avec Dom, pour la première fois depuis de nombreuses semaines. Il semblait que mes séances avec la psy commençaient à porter leurs fruits... Enfin, ça, et passer du temps avec Asa. Le regarder se ronger de l'intérieur à cause des erreurs de son passé, m'avait vraiment fait réfléchir à combien je m'accrochais aux regrets et à la culpabilité, alors que mon équipier n'était clairement pas de mon avis. De plus, en travaillant avec Barrett, en voyant qu'il appréciait ma contribution à notre équipe, je m'étais rendu compte que j'étais en fait une bonne flic, avec ou sans Dominic pour me soutenir.

Il a grogné et a posé les béquilles contre la chaise à côté de lui. Je n'en revenais pas de voir le poids qu'il avait perdu depuis sa blessure. On aurait dit quelqu'un d'autre.

– Tu es super mince !

Ses yeux verts ont brillé, amusés.

– Je sais. Je crois que je n'ai jamais été aussi fin. Même pas au lycée.

Nous avons tous les deux pris un verre d'eau et dit à la serveuse qu'il nous fallait une minute pour nous décider. Dom me regardait attentivement et je voyais qu'il essayait d'évaluer si j'allais enfin mieux ou pas.

– Tu as l'air bien. Vraiment bien. Ton nouvel équipier doit bien s'occuper de toi.

J'ai pris mon verre d'eau et en ai bu une gorgée. J'ai haussé les épaules et ai poussé une partie de mes cheveux par-dessus mon épaule.

– Barrett est un mec sympa, un bon flic. J'aurais pu tomber sur bien pire.

Dom s'est adossé sur sa chaise et a posé le bras sur le dossier de l'autre.

– Ça ne changerait rien, sur qui tu tombes. Tu fais très bien ton travail, Royal. Ça a toujours été le cas.

Je l'ai observé pendant une seconde.

– Je crois que je commence tout juste à le comprendre. Tu imagines que je t'ai suivi bêtement dans les forces de l'ordre ? Tu penses que je ne savais simplement pas quoi faire sans toi, donc je me suis convaincue que c'était ce que je voulais aussi ?

Sa bouche s'est tendue un tout petit peu et il a froncé ses sourcils noirs.

– Qu'est-ce que tu penses, toi ?

La serveuse est revenue et a eu l'air légèrement agacée que nous n'ayons même pas encore ouvert le menu. Dom lui a fait un sourire et un aperçu de ses dents blanches bien alignées a réussi à la faire rougir et déguerpir en gloussant.

– Je crois que je suis là où je suis censée être. Je ne suis peut-être pas arrivée là de la meilleure des façons, mais je suis satisfaite de la destination aujourd'hui. Je ne sais pas, sincèrement. Je n'étais pas sûre de pouvoir faire ce boulot sans toi quand je suis retournée travailler, mais il s'avère que j'y arrive, et maintenant que je ne peux plus me reposer sur toi à chaque fois, je suis meilleure.

Quelque chose est passée dans son regard émeraude et je me suis rendu compte que je parlais comme si je ne pensais pas à son retour dans nos rangs. J'ai ouvert la bouche pour lui dire qu'évidemment, j'avais hâte qu'il soit à nouveau mon équipier, mais il a levé une main pour me faire taire et a lentement secoué la tête de droite à gauche.

– Arrête. Arrête. Je ne veux pas entendre d'autres phrases toutes faites ou des excuses. On sait tous les deux que mon épaule est bien amochée, et que j'ai perdu un rein. En plus, avec ma jambe, il est probable que je boîte. Mon avenir dans la police est incertain, et on n'y peut rien. Ce n'est pas ta faute et je veux que tu continues à faire ce que tu fais, avec ou sans moi. Tout ce que j'ai toujours voulu, c'est que tu réussisses et que tu sois heureuse.

Je me suis mordu la langue pour me retenir de m'excuser car j'étais en partie responsable de l'incertitude de son avenir. Il savait que je l'aimais et que j'étais désolée. La psy avait raison. Nous avions un métier risqué et la situation aurait facilement pu être inversée, et je pourrais être à sa place, incertaine de mon avenir, et jamais je n'aurais tenu Dom responsable.

– Je travaille sur ces deux choses-là, la réussite et le bonheur.

Voir Asa se battre en permanence m'avait vraiment fait comprendre à quel point c'était important d'être en paix avec ma vie et ce qui s'y déroulait.

Il a haussé les sourcils en me regardant et nous avons enfin commandé deux burgers à la serveuse qui le draguait désormais ouvertement.

– Ah ouais ? Qui est-ce qui te rend heureuse ?

C'était pour cela que j'aimais Dom de tout mon être. Il me connaissait tellement bien.

Je me suis mordue le bord de la lèvre. Il a écarquillé les yeux et ses narines se sont un peu dilatées quand il a déchiffré mon expression.

– C'est le mec qu'on a arrêté il y a quelques mois, c'est ça ? Je savais qu'il y avait un truc en voyant comment tu étais pressée de faire les papiers quand sa sœur s'est pointée pour le faire sortir.

J'ai hoché un peu la tête puis ai appuyé mon coude sur la table, et mon menton dans ma main.

– Je l'aime bien... Plus que bien, en fait.

– Il a un casier assez crade.

Forcément, Dominic s'en souvenait.

– Je sais. Il ne me laisse pas l'oublier, d'ailleurs.

Dom a ricané.

– Eh bien, au moins il sait qu'il n'est pas assez bien pour toi.

J'ai pianoté sur la table avec mes ongles et ai regardé mon meilleur ami en plissant les yeux.

– Ne dis pas ça. Il marche sur des œufs avec tous ces... sentiments.

Je ne savais pas quel autre nom donner aux courants qui nous poussaient l'un vers l'autre.

– Parce qu'il pense que quelque chose de tragique va arriver et que je vais être obligée de le quitter. J'essaie d'avancer vers lui et il lutte au moindre de mes pas.

Dom a grondé.

– Mais il veut bien coucher avec toi.

Je me suis sentie rougir.

– Ouais, mais c'est moi qui ai fait le premier pas.

– Tu cherches à te faire briser le cœur, Royal.

J'ai grogné.

– Je sais, mais c'est un risque que je dois prendre.

J'en avais assez de penser à ma vie amoureuse compliquée, donc j'ai redirigé l'attention sur lui.

– Pourquoi est-ce qu'Ari pense que tu as besoin de tirer ton coup ?

La déclaration de sa petite sœur m'avait fait tellement rire.

Il a marmonné un semblant de réponse alors que la serveuse nous apportait enfin nos assiettes. J'ai bien vu qu'elle traînait près de lui jusqu'à ce qu'il lui fasse un petit clin d'œil et lui dise que tout avait l'air très bon. C'était sûrement une bonne chose que Dom ne soit pas intéressé par les femmes, car elles n'auraient pas eu la moindre chance face à son charme négligé et son charisme brut de décoffrage.

– Je suis sorti avec un mec, pas longtemps. Depuis que je suis rentré de l'hôpital, il n'a jamais pris la peine de venir me voir. Ce n'était pas comme si c'était du sérieux entre nous, mais un petit « salut, content que tu ne sois pas mort » n'aurait pas fait de mal.

Il a mordu dans son burger avec un air un peu énervé, ce qui m'a fait sourire.

– Ari pense qu'il faut que je me trouve un copain et que je me pose, mais je suis presque sûr que c'est maman qui parle à travers elle.

– Ce n'est pas quelque chose que tu veux ? Quelqu'un que tu retrouves tous les soirs ? Quelqu'un qui sera là pour toi, toujours ?

Je n'avais jamais vu cela de près avant de rencontrer Saint et Nash, mais maintenant, grâce à ce groupe d'amis, je savais que ce genre de relation existait et que c'était magnifique. Je devais admettre que je voulais vivre cela aussi. Et je le voulais avec Asa.

Dom a fait une grimace et s'est installé confortablement sur sa chaise. Il a dû déplacer tout son corps et je lui ai tiré la langue quand son plâtre m'a cognée.

– Je ne sais plus ce que je veux. Je voulais être policier, marcher dans les pas de mon père et prendre soin de ma famille.

Son ton est devenu plus grave et ses yeux, plus foncés.

– Mais maintenant, ce sont mes sœurs qui s'occupent de moi et je ne sais pas ce que je vais faire si je ne peux pas retourner dans la police, donc...

Sa voix s'est éteinte.

– Je ne sais pas. Mais je sais que si tu cherches une fin de conte de fées, tu devrais peut-être penser à chercher un mec qui n'a pas un casier long comme le bras. Je sais qu'il est sublime et que c'est dur de résister à son accent du Sud, mais utilise ton bon sens.

J'ai grimacé car il aurait tout aussi bien pu être en train de parler de ma mère. Elle n'avait jamais été capable de résister à une belle gueule et cela ne finissait jamais bien pour elle ni pour moi, quand j'étais petite. Le désespoir était une émotion tellement laide et dangereuse.

– Quand tu as été blessé et que je n'arrivais pas à l'accepter, que je ne supportais pas de me sentir aussi responsable, je suis devenue un peu folle.

J'ai poussé mon assiette pour me faire de la place et me suis penchée plus près pour que Dom comprenne que ce que j'allais lui dire était important.

– Je faisais des choses irresponsables, je partais en vrille, et je ne sais pas comment ni pourquoi, mais Asa était celui qui n'arrêtait pas de me rattraper avant que je fasse vraiment une connerie. Je me détestais, je détestais ma vie, tous les choix que j'avais faits, et personne ne pouvait m'empêcher de m'enfoncer dans la douleur, sauf lui.

Dom a pris la même pose que moi et nous étions penchés l'un vers l'autre attentivement, en parlant à voix basse, et le sérieux de notre conversation était palpable. Je n'avais jamais ressenti pour un mec ce que je ressentais pour Asa Cross, et bien que Dom ne me demanderait jamais de justifier mon choix, il était important que je lui fasse comprendre combien j'étais sérieuse dans mon intention de briser la carapace d'Asa.

– Il a fait beaucoup de mal par le passé, et au lieu de s'excuser pour ça, d'essayer de se repentir, il s'y accroche si fort que ça l'étouffe de l'intérieur. Il me dit tout le temps qu'il n'est pas quelqu'un de bien, et me répète sans cesse qu'il est capable de choses horribles, et je le crois. Je le crois vraiment. Mais je crois aussi que s'il lâchait prise, s'il se pardonnait pour toutes ses erreurs, il pourrait grandir, flotter jusqu'à la surface, et devenir le mec qu'il est censé être maintenant. Sa haine de lui-même m'a fait voir combien c'était dangereux de ne pas être capable de me pardonner pour ce qu'il t'est arrivé.

Dom a lâché un juron.

– Et s'il ne lâche jamais, Royal ? Tu vas sombrer avec lui ? Tu me dis que tu es prête à te noyer pour ce mec avec qui tu ne sors même pas vraiment ?

Je ne pouvais pas répondre à cela. Chaque fois qu'Asa me disait de m'en aller, me disait que ca allait mal finir, cela me rendait encore plus déterminée à m'accrocher à lui. Quand j'avais commencé à lui courir après, c'était pour qu'il essaie de me sauver de moi-même. Maintenant, je ne savais plus qui essayait de sauver qui, ou si nous étions destinés à nous détruire comme il semblait le penser.

– Je suppose que j'ai de la chance d'être une bonne nageuse, et j'espère que ça n'ira pas jusque-là.

L'ambiance était sombre après cette discussion, et Dom a décidé de me raconter tous les épisodes de Veronica Mars qu'il avait regardés sur Netflix pendant il était cloué au lit. C'était tellement agréable de retrouver notre amitié, sans que toute ma tension et mon anxiété mettent de la distance entre nous. Je voyais bien que l'ancienne moi avait manqué à Dom. Je me suis arrêtée pour prendre de la glace pour Ari puis nous avons passé le reste de la journée tous les trois, comme nous le faisions quand nous étions petits. C'était exactement ce qu'il me fallait pour me mettre en conditions pour mon rencard, si c'était bien un rencard, avec Asa ce soir.

J'étais nerveuse car il ne voulait pas me dire ce qu'il avait prévu, et à part aller prendre un petit déjeuner après avoir passé la nuit ensemble, nous n'avions jamais vraiment rien fait tous les deux. C'était la première fois que nous passions du temps ensemble hors d'un lit, et j'étais presque étourdie de joie que ce soit lui qui en était à l'initiative. Je pouvais répéter que j'étais prête à sombrer pour lui, mais j'avais vraiment besoin qu'Asa fasse plus que du sur place pour que ce truc entre nous aille quelque part.

Ma mère m'a appelée alors que je quittais l'appartement de Dom et m'a demandé de passer dîner chez elle, dans sa maison de ville. J'entendais d'après son ton mélancolique qu'elle n'était pas en forme, ce qui voulait forcément dire que les choses n'avaient pas fonctionné comme prévu avec son dernier mec. Cela ne fonctionnait jamais comme prévu, mais je l'aimais trop pour le lui rappeler.

Comme Asa ne me rejoignait chez moi que beaucoup plus tard, j'ai accepté de passer la voir. Ma mère était pour le moins excessive, et quand elle se sentait rejetée et sous-estimée, c'était un cauchemar. Elle avait tendance à se comporter comme une pom-pom girl qui vient de se faire larguer par le capitaine de l'équipe de football, son état émotionnel était à ce point immature et chaotique quand son ego avait pris un coup. Elle parlait du fait qu'elle vieillissait, qu'elle n'était plus attirante, et j'ai dû lui dire une vingtaine de fois qu'elle n'avait plus besoin de se faire refaire quoi que ce soit. Elle m'a épuisée et je me sentais mal de ne pas pouvoir l'aider. En fait, je ne pouvais jamais l'aider quand il s'agissait des hommes. La manière dont elle avait besoin qu'ils l'aiment, qu'ils la vénèrent, était terrifiante, et je serais éternellement reconnaissante d'avoir eu Dom pour m'éloigner de ça.

Mais je n'ai pas eu le temps de me reposer, j'ai pris une douche en vitesse et me suis attelée à sécher et lisser mes cheveux. Comme je n'avais pas la moindre idée d'où nous allions, je ne savais pas quoi porter, donc j'ai opté sur une jupe taille haute grise et jaune qui m'arrivait au genou, et avec une fente dangereuse à l'arrière, et un haut noir asymétrique qui laissait une épaule découverte. Je me suis lissé les cheveux autant que je pouvais et une fois que j'ai eu fini, ils touchaient presque le creux en bas de mon dos, ce qui était un peu plus élégant que ma queue-de-cheval ou mon chignon vite fait habituels. J'ai misé sur un maquillage très sobre pour ne pas avoir l'air d'en faire trop, et ai choisi des ballerines plutôt que des talons car je ne savais pas si j'allais devoir marcher. Il m'avait dit qu'il avait enfin acheté une voiture et qu'il passerait me prendre, mais en dehors de cela, je n'avais pas la moindre idée de ce qui m'attendait.

J'ai entendu frapper à la porte un peu après vingt-trois heures et j'ai dû respirer plusieurs fois profondément pour ne pas réagir comme une ado trop pressée d'aller au bal de fin d'année. Quand j'ai ouvert la porte, j'ai senti mon cœur trébucher et ma respiration rester coincée dans mes poumons. Asa avait toujours l'air un peu brut et peu soigné. C'était comme s'il faisait exprès d'éviter toute forme de sophistication, mais pas ce soir. Ce soir, il brillait. Je n'arrivais même plus à réfléchir.

Il portait un pantalon noir bien taillé et des chaussures noires à bouts golf au lieu de ses bottes, et une chemise gris foncé dont il avait relevé les manches sur ses avant-bras. Ses cheveux couleur sable étaient savamment décoiffés, et son visage était rasé de près, rendant le petit sourire qu'il arborait alors que je le matais ouvertement encore plus charmant. Il avait l'air sophistiqué et dangereux d'une façon totalement différente de d'habitude. C'était un caméléon, il passait facilement d'un type de mec à un autre. Cela a fait courir un frisson d'appréhension le long ma colonne vertébrale.

– Tu es beau.

Ma voix semblait essoufflée, je l'entendais moi-même.

– Ça m'arrive, mais toi...

Ses yeux m'ont parcourue de haut en bas et sont revenus sur mon visage avec une lueur chaude.

– Tu es parfaite. Tu es prête à y aller ?

J'ai hoché la tête bêtement et je l'ai laissé me guider hors de l'appartement. J'étais contente que ni Nash ni Saint ne sortent de leur appartement, car je ne pouvais pas prononcer un seul mot à cet instant. Même son odeur était différente ce soir, plus exotique que d'habitude. J'avais presque l'impression de sortir avec un inconnu et je ne savais pas si cela me grisait ou me faisait peur.

Nous n'étions même pas encore arrivés à sa voiture et j'avais déjà la tête qui tournait.

Il s'est arrêté devant une vieille Nova. La voiture avait manifestement connu des jours meilleurs, mais l'intérieur était propre et elle avait un grondement sexy quand il la démarrait. Je me concentrais pour ne pas jouer avec mes doigts ni faire de gestes nerveux, mais quelque chose dans tout le charme et l'élégance qu'il dégageait me rendait très peu sûre de moi et, pour une fois, peu sûre de lui.

– Est-ce que je peux enfin savoir où on va ? Je ne savais pas quoi porter, à cause de tes cachotteries.

Il m'a regardée du coin de l'œil et a esquissé un sourire.

– Tu pourrais aller n'importe où habillée d'un sac-poubelle et d'un cône de signalisation sur la tête, et tu serais toujours plus belle que n'importe qui d'autre. Je ne veux pas te dire où on va avant qu'on y soit. Il y a moins de risques que tu me dises que tu ne veux pas y aller, comme ça.

Eh bien, cela ne m'aidait pas du tout à calmer mes nerfs.

– Si j'y vais avec toi, je veux y aller.

Il a tourné la tête pour me regarder et ses dents blanches sont apparues dans la pénombre de la nuit qui nous encerclait.

– On verra.

Je n'ai rien répondu et lui non plus, ce qui n'a fait qu'augmenter ma nervosité. Il a roulé jusqu'à sortir du centre-ville, puis à travers un champ d'entrepôts et de bâtiments industriels après Santa Fe Drive où il ne semblait y avoir aucun établissement pour un rencard normal. Il s'est garé devant un bâtiment en tôle ondulée que j'étais étonnée de voir allumé, avec plusieurs voitures garées devant. J'ai ouvert la bouche pour lui demander où nous étions et ce qu'il se passait, mais il s'est glissé hors de la voiture et a fait le tour pour ouvrir ma portière avant que j'en aie le temps. Ce simple geste chevaleresque a presque suffi à le faire ressembler à l'ancien Asa, mais quand il a passé les bras sur mes épaules et m'a attirée contre son torse en posant un baiser ferme et possessif sur ma bouche, j'ai senti quelque chose de nouveau. J'avais l'impression qu'il me testait.

– C'est quoi, cet endroit ?

Il a fermé ma main au creux de la sienne et m'a menée vers une porte sur le côté du bâtiment et bien cachée des éventuels passants.

Il l'a ouverte et nous sommes entrés dans un entrepôt plein de lumière, de musique, et de gens. C'était comme un carnaval circonscrit aux murs métalliques. Je me suis tournée pour le regarder avec de grands yeux et il m'a regardée à son tour en me demandant :

– Ça te surprendrait si je te disais que je viens d'une longue lignée de gens qui fabriquaient et vendaient de l'alcool clandestinement ? Le père de ma mère jouait des alambics loin dans la campagne quand elle était petite, et il s'est fait enfermer à cause de ça avant que je naisse.

Un mec qui semblait tout droit sorti des années 1920 a salué Asa et lui a serré la main, récupérant quelques billets pliés. Je continuais à lui lancer des regards interrogateurs tandis qu'il me faisait avancer au milieu de la foule.

– Asa, sérieusement, c'est quoi, cet endroit ?

Il a trouvé une table sur le côté, drapée d'un épais velours rouge de mauvaise qualité et face à une scène qui, pour le moment, était sombre et semblait quelque peu menaçante. Il a tiré une chaise pour moi et a attendu que je décide si j'allais m'asseoir ou prendre mes jambes à mon cou. Rien ne semblait réel entre ces quatre murs. C'était comme si un délire en Technicolor avait pris vie, et tous mes signaux d'alarme étaient activés et me disaient que rien de tout cela n'était réglo.

– C'est un bar clandestin temporaire. Le mec qui les gère vient de l'Ouest et ils ne viennent dans le coin qu'une fois par an. Je me suis dit que ce serait marrant.

J'ai croisé les bras et l'ai fixé du regard.

– Est-ce que c'est légal, tout ça ?

Je savais qu'il se passait quelque chose. Il m'avait semblé plus tendu ce soir, plus intense qu'il ne l'était d'habitude. Il me testait et je m'apprêtais à échouer, car j'avais beau le vouloir, je ne compromettrais pas mes principes moraux pour être avec lui.

Une jeune femme vêtue comme une vendeuse de cigarettes à l'ancienne s'est arrêtée et nous a souri. Elle était adorable et j'avais l'impression d'avoir atterri sur le plateau de tournage d'un film de gangsters. Asa aurait pu jouer le rôle de Bugsy Siegel[2] sans aucun problème.

– Désirez-vous quelque chose à boire ?

Asa a ouvert la bouche pour répondre mais je l'ai coupé en lançant sèchement :

– Je ne sais pas, est-ce que vous avez une licence pour vendre de l'alcool, au moins ?

Je jure que si j'avais eu mon badge, je l'aurais sorti et agité sous son nez. J'étais furieuse qu'Asa ait pensé qu'il pouvait m'amener dans un bar illégal et que j'allais simplement le suivre bien gentiment.

---

2. Mafieux américain des années 1920 à 1940.

Elle a continué à me sourire comme si je n'étais pas du tout malpolie et a hoché la tête.

– Bien sûr, on a une licence. On fait des événements partout dans le pays, et si on devait fermer, personne ne serait payé.

J'ai senti mon visage rougir pendant qu'Asa nous commandait deux *old fashioned*, et j'ai pris la chaise qu'Asa avait tirée pour moi. Ses yeux dorés transperçaient ma peau, chauds et vifs, et je ne pouvais que garder les yeux rivés sur lui.

– Tu as refait la même chose.

J'ai parlé à voix basse et avec le bruit que faisait tout ce monde dans le grand espace caverneux, j'étais étonnée qu'il comprenne ce que je disais.

– Tu m'as encore piégée, Asa. Tu voulais que je pense que tout ça était illégal, tu voulais que je pense que tu essayais de me faire faire quelque chose de mal, et tu voulais que je m'énerve car tu savais très bien que je m'énerverais. Pourquoi ? Pourquoi tu joues encore à ces petits jeux avec moi ?

Je me faisais une joie de sortir avec lui et il avait tout gâché.

– Ce n'est pas un jeu, Red.

Son accent était plein des saveurs du Sud.

– Tu as tiré des conclusions hâtives, et ce n'étaient pas les bonnes.

J'avais envie de littéralement taper du pied, d'agacement.

– Parce que je t'ai posé la question cent fois et que tu ne voulais pas me répondre. Tu voulais que je tire la mauvaise conclusion. C'est toi qui m'y a poussée.

Il a soupiré et a tendu la main vers moi. Il m'a attrapée par la taille et m'a attirée jusqu'à ce que je sois debout contre lui, entre ses jambes écartées. J'ai gardé les bras croisés même si mes doigts me démangeaient car ils avaient envie de caresser ses cheveux blonds. Il a levé les yeux vers moi, et pour la première fois, j'y voyais du regret qui ne semblait pas être en train de le tuer.

– Je pensais que ce serait marrant. Un truc en dehors des sentiers battus, un truc qui colle avec ta vision personnelle de ce qui est marrant. Je ne voulais pas en faire une espèce de défi. Je ne voulais pas que tu penses que je te piégeais. J'ai eu une semaine bizarre et je crois que j'essayais simplement de voir si tu allais automatiquement supposer que j'avais de mauvaises intentions.

Ce qu'il ne disait pas à la fin de sa phrase était pourtant bien présent. J'avais fait exactement ce qu'il attendait que je fasse, mais je refusais d'en prendre toute la responsabilité. J'avais supposé le pire.

– Je t'ai dit que si tu étais là, je serais là aussi. Je ne mentais pas, mais je ne vais pas compromettre mon sens de ce qui est bien et mal pour toi, Asa. Si tu m'avais simplement expliqué ce que c'était, j'aurais adoré. J'aurais été encore plus impatiente que je l'étais déjà de passer une soirée avec toi ; tu voulais que j'échoue à ton test.

Bon Dieu, il était toujours tellement fuyant et bizarre. Je n'arriverais jamais à l'attraper et à le serrer assez fort pour le garder.

Il s'est penché en avant et j'ai dû bouger mes bras quand son front a atterri contre ma poitrine. J'ai abandonné le combat et ai passé les doigts dans les cheveux tout doux qui parsemaient l'arrière de sa tête.

– Tu as parfaitement raison.

J'aurais aimé que ces mots me fassent plaisir, mais ils me rendaient vraiment triste.

J'ai soupiré et j'ai levé les yeux quand la joyeuse serveuse arriva avec nos cocktails. Elle m'a jeté un regard coquin en voyant comment Asa était blotti contre moi et j'ai eu envie de lui dire que c'était loin d'être aussi mignon ou romantique que cela en avait l'air.

– Asseyez-vous, le spectacle va commencer.

Elle est partie en sautillant et Asa a relevé la tête en serrant ma taille presque désespérément entre ses mains.

– Tu me croirais si je te disais que je suis désolé ?

Je ne pouvais pas répondre car je ne savais pas, et il était tellement désolé pour tellement de choses que je n'étais pas sûre de supporter d'en faire partie. Alors je suis restée silencieuse et je me suis installée dans la chaise à côté de la sienne. J'ai pris le cocktail chic et au lieu de le siroter, de savourer les ingrédients de qualité et l'ancien savoir-faire que nécessitaient les cocktails à l'époque, je l'ai bu cul sec, et me suis un peu étouffée à cause du bourbon.

– Quel genre de spectacle ?

J'ai bafouillé cette question et Asa s'est penché pour embrasser mon épaule dénudée. La tension avait disparu, mais maintenant l'air entre nous était plein d'une énergie plus lourde et plus dense.

– Cabaret. Et oui, ils ont une licence de cabaret.

Il a poussé un verre vers moi et je l'ai attrapé gracieusement. Je ressentais à nouveau cette hésitation entre vouloir le blesser physiquement à cause de sa propension à jouer avec mes émotions, et le traîner jusqu'à la surface plane la plus proche et lui grimper dessus car je voulais lui montrer que peu importe ce qu'il faisait, je le voulais.

– D'ailleurs, Salem connaît une des danseuses qu'elle a rencontrée à L.A. C'est elle qui m'a dit qu'ils passaient à Denver.

Salem avait eu une vie intéressante avant de venir à Denver, et je ne pouvais pas dire que j'étais surprise qu'elle connaisse une danseuse de cabaret.

– Je n'ai jamais vu de spectacle de cabaret.

Ils ont éteint les lumières, et la lueur diffuse qui émanait de la scène semblait être la seule restante alors que la sono a commencé à passer The Killers. C'était un choix musical moderne étonnamment adapté à un endroit qui faisait de son mieux pour recréer l'ambiance de la Prohibition.

La main d'Asa a glissé dans ma nuque sous mon lourd rideau de cheveux, et j'ai senti ses lèvres près de mon oreille. Il faisait tellement sombre que je ne pouvais que le sentir, pas le voir, et c'était super érotique et stimulant. Ma respiration s'est arrêtée quand il a chuchoté dans mon oreille :

– Je suis désolé, vraiment.

J'ai regardé une blonde aux longues jambes onduler sur scène, essayant de toute évidence de ressembler à Ingrid Bergman dans *Casablanca*.

– Je sais. J'aimerais juste que tu n'aies pas besoin d'être désolé.

Et cela résumait assez bien ce que je pensais de toutes les choses pour lesquelles il était désolé, dans sa vie. J'étais contente qu'il fasse si noir car j'ai soudain senti des larmes, chaudes et insistantes dans mes yeux. C'était un rendez-vous que je n'oublierais jamais, et cela n'avait rien de positif.

13
ASA

Si elle avait seulement été en colère contre moi, énervée que je lui aie volontairement fait penser que nous faisions quelque chose d'illégal, j'aurais simplement pu continuer à lui faire des bisous dans le cou, à lui caresser le bras et elle aurait fini par laisser tomber. Mais elle était blessée, déçue que j'aie gâché notre soirée ensemble, et que je l'aie fait exprès. J'aurais aimé pouvoir dire que je n'avais pas prévu sa réaction, mais c'était faux. Je ne sais pas comment, mais j'avais fait ce que je ne voulais pas faire et j'avais pensé que ce serait une bonne idée de voir jusqu'où elle était vraiment prête à aller pour moi. Je ne lui aurais pas réellement demandé de faire quelque chose de mal ; merde, j'avais passé plus d'un mois à essayer de l'empêcher de faire des choses qu'elle regretterait. Mais je l'avais dans la peau, elle projetait de la lumière sur les endroits les plus sombres de moi, et cela me donnait envie de la mettre au défi.

Elle était assise, raide, à côté de moi, les bras croisés, et se tenait droite comme un piquet pour éviter de s'appuyer contre le bras que j'avais posé sur le dossier de sa chaise. Ses yeux étaient rivés sur la scène, où une fille à moitié nue secouait ses attributs. Si je n'avais pas été un tel connard, elle se serait sûrement amusée. Mais sa bouche formait une fine ligne tendue et sa mâchoire se contractait quand elle serrait les dents. Sa position me montrait clairement que nous aurions probablement dû partir, et que j'aurais dû la laisser tranquille ; comme je le savais depuis le début. C'était ce qui allait arriver de toute façon, car je finirais par faire quelque chose d'impardonnable. Mais il serait alors trop tard et cela serait mille fois plus dur.

J'ai bougé les doigts pour qu'ils frôlent ses longs cheveux. Dans la pénombre de l'entrepôt, ils paraissaient plus foncés, sans toutes leurs nuances rousses, mais ils étaient toujours aussi doux que de la soie. J'avais dit que j'étais désolé, et je le pensais. Si elle ne voulait pas me pardonner, je ne pourrais jamais le lui reprocher.

Brusquement, elle a tourné la tête et ses yeux marron foncé se sont accrochés aux miens. Ils brillaient dans la douce lumière et je me suis détesté encore un peu plus quand j'ai compris que la raison pour laquelle ils scintillaient tant étaient les larmes qui reflétaient la lumière. J'étais censé avoir laissé derrière moi la période de ma vie où je faisais pleurer des femmes fortes et belles. L'envie de me mettre à genoux et de l'implorer de me pardonner, de la supplier de comprendre que j'essayais, que j'essayais vraiment, m'a envahi.

Soudain, elle a rapproché sa chaise de la mienne pour que nous soyons assis l'un contre l'autre. J'ai passé le bras autour de ses épaules et elle a enfoui son visage dans le creux de mon cou.

Ses lèvres ont touché ma peau juste sous mon oreille et elle a murmuré doucement :

– Est-ce que ce sera toujours comme ça avec toi ? Je ne saurai jamais si tout est vrai ou si c'est un jeu parce que tu es un enfoiré tout cassé ?

Mes doigts se sont serrés sur son épaule nue quand une de ses mains s'est posée à plat sur mon ventre, et mes muscles se sont contractés sous son toucher.

– Je ne sais pas.

Je n'étais peut-être pas capable de lui donner la réponse qu'elle voulait, mais je pouvais être honnête avec elle. Je ne voulais jamais lui mentir – ni à personne d'autre, d'ailleurs.

– Tu es la seule femme avec qui j'ai passé du temps sans avoir un but sordide. Pendant la majeure partie de ma vie, je me suis épuisée à essayer de convaincre les gens que j'étais correct, que j'étais un mec bien. Je mentais sur la personne que j'étais et sur ce que je faisais dès qu'un mot sortait de ma bouche. Avec toi, on dirait que je fais le contraire et que j'essaie de te prouver à la moindre occasion combien je peux être affreux. Je n'arrête pas de te donner le pire et tu n'arrêtes pas de le prendre.

Elle a soufflé dans le creux de mon cou et un frisson a parcouru ma colonne vertébrale quand le bout mouillé de sa langue a commencé à suivre la veine qui battait à cet endroit.

– Pourquoi tu ne peux pas être simplement là, avec moi, maintenant ? Pourquoi tu dois prouver quoi que ce soit ? Je sais très bien comment fonctionnaient les choses pour toi dans le passé, et ce qui pourrait se produire si on continue, Asa. Ce que je ne connais pas, ce que je veux vivre, c'est ce moment avec toi. Cette seconde précise où il n'y a que toi et moi, et que le passé et l'avenir n'existent pas. Pourquoi on ne peut pas faire ça ? Savourer le présent, juste un moment.

J'avais envie de lui dire que je ne pouvais pas le faire. Je m'accrochais tellement fort à la moindre chose que j'avais faite, pour me garder les pieds sur terre, pour m'empêcher de retomber dans les mêmes travers tordus. Je serais toujours coincé entre le passé et le futur. Le présent me passait sous le nez, ce qui m'allait très bien jusqu'à ce qu'elle débarque dans ma vie et renverse tout sur son passage. Je voulais l'emmener dans les recoins les plus sombres de mon âme et la laisser les allumer. Mais je ne pouvais rien lui dire de tout cela. Je ne serais jamais un fardeau qu'elle devrait porter. Au lieu de cela, j'allais lui demander si elle voulait partir. Je pouvais la ramener chez elle, me mettre dans son lit, et ne pas me soucier du passé, du présent ou du futur. Mais je n'ai jamais pu prononcer ces mots car entre deux passages de jolies filles toutes nues sur scène, Royal avait glissé sa main dans le haut de mon pantalon et sous ma ceinture, ce qui ressemblait beaucoup au premier soir où je l'avais embrassée.

J'ai repris mon souffle, ce qui lui a donné plus de place pour manœuvrer, et elle a penché la tête en arrière pour me regarder avec un reste de tristesse et de la malice dans ses yeux couleur café.

– Il se passe des choses assez incroyables en ce moment, Asa. Ce serait vraiment dommage que tu les loupes parce que tu ne peux pas lâcher le passé et que tu es trop occupé à essayer de saboter le futur.

Contrairement à la dernière fois où elle avait mis la main dans mon pantalon, il ne faisait pas froid et nous n'étions pas seuls dehors. Non, cette fois nous étions entourés de monde, même s'il faisait noir et que le velours qui recouvrait la table cachait ce qu'elle faisait. Si quelqu'un s'était arrêté et avait regardé de plus près, on ne pouvait pas se tromper sur le glissement vertical délicat de sa main sous le tissu de mon pantalon, ou sur ma respiration sifflante, qui faisait monter et descendre mon torse très vite.

– Royal ?

C'était en partie une question et en partie une prière. La paume de sa main a frôlé le bout de ma queue qui, d'abord intéressée, est devenue dure comme une brique au contact de ses doigts. J'ai senti mes boules se contracter et j'ai bougé sur ma chaise tandis qu'elle continuait ses caresses légères comme un papillon et passait légèrement ses lèvres sur le côté de mon cou.

– Certains jeux peuvent être drôles, Asa, mais quand l'un de nous deux doit perdre avant même d'avoir commencé à jouer, ça ne sert à rien.

Ses doigts se sont enroulés autour de mon sexe alors que je devenais immobile comme une pierre lorsque la serveuse est soudain apparue à côté de la table. J'ai avalé ma salive et j'étais sûr que Royal allait arrêter son petit jeu mais elle n'a même pas levé la tête tandis que je répondais en m'étranglant que tout allait bien et que nous voulions seulement l'addition. La fille m'a jeté un regard entendu et, si je ne me trompais pas, approbateur, avant de partir. J'ai enfoui mes doigts dans les cheveux de Royal jusqu'à ce qu'ils y soient définitivement emmêlés, et j'ai soulevé sa tête de mon épaule pour pouvoir l'embrasser. Sa main est descendue encore plus bas dans mon pantalon et j'ai grogné contre sa bouche.

– Il faut que tu arrêtes.

J'ai prononcé ces mots avec une voix rauque car je ne voulais vraiment pas les dire. Nous étions dans un espace public, et même si elle avait un côté sauvage, je doutais qu'elle me laisse la jeter sur la petite table pour la baiser comme j'en avais envie.

Elle a enfoncé ses dents assez fort dans ma lèvre inférieure, et quand elle a ajouté à cela sa main douce qui serrait la base de ma queue, j'ai été prêt à jouir en une seconde.

– Il faut que tu arrêtes aussi.

Le message était clair. Elle n'avait pas de problème avec les jeux, tant qu'ils étaient drôles et sexy, mais elle refusait d'être un pion, et si je voulais en profiter tant que je l'avais avec moi, j'avais intérêt à mettre de l'ordre là-dedans, et très vite. Elle a retiré sa main, et l'a glissée sous ma chemise pour laisser ses doigts caresser mes abdos. Le frottement de ses ongles sur ma peau m'a rendu prêt à partir comme une fusée, donc j'ai jeté assez d'argent sur la table pour payer notre addition et sûrement celle de la table d'à côté et l'ai traînée hors du hangar comme s'il avait pris feu.

Elle a ri et l'entendre m'a fait plus de bien que je ne voulais l'admettre. J'avais d'abord mis des larmes dans ses yeux, et pourtant, elle était toujours assez géniale pour rire de ce gros désastre. C'était comme le soleil qui traversait les nuages par un jour d'orage. Elle était toute la lumière que la noirceur essayait d'avaler et je voulais tellement être en elle que je n'avais plus les yeux en face des trous.

Je l'ai soulevée contre le côté de ma voiture usée et j'ai écrasé ma bouche contre la sienne. J'ai passé les doigts dans ses cheveux et l'ai embrassée avec toute l'urgence que je ressentais. Le plus drôle, c'était que pour lui faire passer le message, je devais me débarrasser d'autres choses auxquelles je m'accrochais et grâce à la pression de sa bouche sur la mienne, à la caresse de sa langue sur la mienne, je ne pouvais pas l'expliquer mais je me sentais soudain plus léger.

– Je veux te ramener à la maison et dans le lit.

Ma voix était dure. Il n'y avait aucune douceur dans mon accent bien travaillé. J'avais l'air impatient et en manque, deux choses que je n'avais jamais connues avant cette fille.

– C'est ce que je veux aussi.

Ses mains étaient à nouveau sous ma chemise et parcouraient mon torse de haut en bas. Elle respirait fort et n'arrêtait pas de passer sa langue sur le creux au milieu de sa lèvre supérieure, comme si elle y sentait encore mon goût. Son regard sombre était plus doux que le ciel noir au-dessus de nous, mais tout autant de petits points lumineux y brillaient. Elle a penché la tête en arrière pour me regarder et une partie de la passion enivrante qui vibrait entre nous s'est transformée en quelque chose de plus sérieux.

– Avant que je rentre avec toi, Asa, il faut que tu fasses une chose pour moi.

Je détestais les ultimatums, mais pour elle, à cet instant, il y avait peu de choses que j'aurais refusées.

– Je vais essayer. C'est tout ce que je peux faire, Red.

Elle a soupiré et s'est penchée en avant pour que sa joue se pose contre mon cœur qui tambourinait dans ma poitrine. C'était tellement doux, touchant, et différent de tout ce qui m'était arrivé dans la vie que j'ai failli la repousser car je ne savais pas quoi faire.

– Je t'aime bien, Asa. Je t'aime beaucoup plus que ce que je devrais, pour moi comme pour toi. Mais je ne peux pas continuer. Je ne peux pas continuer à éviter tous les obstacles que tu jettes sur notre route, si tu ne me donnes pas une chose, juste une, que tu aimes chez toi. Je sais que tu as fait beaucoup de mal et que tu n'étais pas quelqu'un de bien, mais une des étapes pour passer à autre chose est de te rendre compte que tu n'es plus cette personne. Si tu ne peux pas faire ça, je ne peux pas continuer.

Elle s'est reculée et j'ai vu la détermination et le sérieux sur son visage d'une perfection saisissante. Le défi était lancé et elle me forçait à décider quoi en faire. J'ai enfoncé mes doigts dans ses hanches et ai essayé de lui sourire malgré la nervosité qui m'empêchait de respirer.

– J'aime le fait que tu m'aimes bien plus que tu ne devrais. Est-ce que ça compte ?

Elle n'a pas bougé, ni cligné des yeux, elle n'a rien fait d'autre que me fixer jusqu'à ce que je soupire et que je laisse tomber ma tête en arrière en regardant le ciel étoilé.

– Une chose ?

– Une seule.

Sa voix était basse et elle semblait triste, mais pas pour elle, et je ne supportais pas de la voir comme ça. Ce qu'elle m'avait demandé de faire n'aurait pas dû être une tâche si difficile à accomplir, mais pour moi, c'était quasi impossible.

Je me suis tu une minute. Il fallait que je réfléchisse. Je n'investissais pas beaucoup de temps à réfléchir à ce que j'aimais chez moi. Je savais ce que j'avais fait, où j'avais été, et je savais que je n'y retournerais jamais. C'était là-dessus que j'avais tendance à me concentrer, pas sur ce que je faisais maintenant que ma sœur était revenue dans ma vie et que tout un tas d'autres personnes croyaient en moi. Je l'ai serrée contre mon torse et ai frotté mon menton sur le dessus de sa tête. Quelque chose en moi s'est fracturé et s'est installé dans un endroit bien chaud lorsqu'elle a repassé les bras autour de ma taille pour me serrer aussi.

– J'aime le fait que même si Ayden et moi ne sommes pas entièrement d'accord sur tout, il n'y a pas un moment où je ne l'ai pas aimée, même quand elle m'a vraiment énervé. Même quand je ne savais pas aimer, quand je ne faisais que me soucier de moi-même, je l'aimais toujours, et j'aime le fait que je sais comment le faire correctement, maintenant. J'aime ne pas avoir gâché la deuxième chance que j'ai eue d'être son grand frère... En tout cas, pas encore.

Elle a émis un petit gémissement depuis là où elle était enfouie contre mon torse et j'ai senti ses doigts s'enfoncer à la base de ma colonne vertébrale juste au-dessus de mes fesses.

– Tu lui as déjà dit ça ?

Je suis resté un peu coi quand elle s'est reculée, et j'ai passé une main sur ses longs cheveux.

– Non. Mais je me suis excusé auprès d'elle un nombre incalculable de fois.

Ses longs cils sont descendus sur son regard alors qu'elle se libérait complètement de mes bras.

– Quand elle vient la semaine prochaine, dis-lui ça, Asa. T'excuser pour ce qu'il s'est passé ou ce qu'il pourrait se passer, c'est une occasion ratée de lui dire que tu aimes qui tu es grâce à elle, maintenant. C'est sur ce moment que tu dois te concentrer avec elle.

Nous nous sommes regardés pendant un laps de temps intense jusqu'à ce qu'elle lève les bras, pose les mains sur mes deux joues, et m'attire pour me faire un petit bisou.

– Maintenant ramène-moi à la maison et dans mon lit.

Merci, putain. Ça, je pouvais le faire sans réfléchir.

Je lui ai rendu son baiser et l'ai rapidement fait monter dans la Nova pour que nous puissions tracer jusqu'à son appartement à Capitol Hill. Quand je me suis arrêté devant le bâtiment, mon ego a été flatté de voir qu'elle était aussi pressée que moi de passer la porte d'entrée. Elle a jeté son sac distraitement sur la petite table à côté de l'entrée, et ses clés sont tombées par terre bruyamment quand j'ai claqué la porte derrière nous. Elle s'est tournée pour me faire face et j'ai senti tous les instincts de prédateur que je portais encore se réveiller pour que je lui saute dessus, la fasse se soumettre et me donner tout ce que je voulais. J'ai commencé à avancer lentement vers elle, et ce qu'elle a vu sur mon visage a dû l'alarmer car elle a fait un pas en arrière en trébuchant. Elle prenait enfin du plomb dans la cervelle et elle me fuyait. Dommage qu'elle n'ait nulle part où aller et qu'elle soit maintenant coincée dans une pièce avec mon désir enragé et l'insatisfaction tranchante qu'elle avait aiguisée avec son petit jeu dans le hangar.

– Je ne suis peut-être pas capable de trouver énormément de choses que j'aime bien chez moi, mais je peux en trouver facilement un millier que j'aime chez toi, Red.

Elle continuait à reculer tandis que j'avançais droit vers elle, ses yeux foncés étaient écarquillés et sa langue léchait sa lèvre inférieure.

– C'est vrai ?

J'ai hoché la tête et ai continué à marcher vers elle jusqu'à ce que l'arrière de ses cuisses touche le côté du canapé qui occupait une bonne partie de l'espace dans son salon. Elle ne pouvait plus m'échapper et m'a permis de l'emprisonner entre mes hanches et l'accoudoir du canapé.

– Ouaip. J'aime le fait que tu ne te laisses pas influencer. J'aime que tu défendes tes positions et que tu me dises quand je fais des conneries.

Tout en lui parlant, je remontais mes mains sur l'extérieur de ses cuisses musclées jusqu'à toucher le bas de sa jupe au-dessus de ses genoux. J'ai entendu sa respiration s'accélérer lorsque j'ai commencé à remonter le tissu sur ses jambes, en laissant mes doigts caresser chaque centimètre de peau douce que je pouvais atteindre.

– J'aime que tu n'aies aucun problème à regarder des filles enlever leurs vêtements pour danser. J'aime ton penchant pour les petits jeux en public.

J'ai grogné de surprise quand mes mains sont montées assez haut pour attraper la belle courbe de ses fesses. J'étais un peu surpris de ne rencontrer aucun tissu, puis je me suis souvenu qu'elle s'était pointée chez moi en pleine nuit, ne portant rien d'autre qu'un manteau et des talons hauts, et j'ai souri, reconnaissant.

– J'aime vraiment que tu sembles détester les sous-vêtements, et je sais désormais que la prochaine fois qu'on se voit, c'est moi qui devrai mettre la main dans ton pantalon.

Elle a haussé les sourcils très haut et n'a rien dit en commençant à défaire les boutons de ma chemise. Ses yeux étaient rivés sur les miens et je voyais qu'elle évaluait tout ce que je lui disais, donc j'ai tout fait pour être aussi direct et honnête que possible. J'ai serré la chair ferme de ses fesses dans mes mains et ai placé un genou entre ses jambes après avoir complètement remonté sa jupe sur sa taille, de sorte qu'elle soit nue et exposée là où nos hanches étaient collées.

– J'aime que bien que j'aie failli te faire pleurer, tu m'as quand même laissé rentrer avec toi. J'aime que tu veuilles que je sois meilleur, mais que tu sois prête à te contenter de ce que tu as en face de toi. Et j'aime vraiment beaucoup que même si on sait tous les deux que tu mérites beaucoup mieux, ce soit moi que tu veux.

Elle a aplati les mains sur mon torse après avoir défait tous les boutons et a glissé les mains sur mes pectoraux, embarquant le tissu. Je l'ai enlevé avec un mouvement d'épaule et ai glissé une main sous son haut élégant pour l'enrouler autour de son sein. Son téton s'est immédiatement dressé et s'est planté dans la paume de ma main tandis que ses paupières se fermaient et elle a murmuré :

– Oui, je te veux. Ce toi-là, Asa, pas un meilleur toi. Seulement toi.

J'ai fait des allers-retours avec mon pouce sur son téton dressé, serrant son sein fort dans ma main jusqu'à ce qu'elle frotte son sexe contre ma cuisse entre ses jambes, et je l'ai vue se pencher en arrière pour essayer d'être plus proche.

J'ai baissé ma tête pour pouvoir embrasser sa gorge, dont la ligne élégante était inclinée par le plaisir. Ses mains ont enveloppé mes biceps pour se maintenir debout tandis que je mordillais et suçais sa peau jusqu'à son oreille. Une fois arrivé là, j'en ai suivi l'extérieur sensible du bout de la langue et lui ai dit :

– Et j'aime encore plus le fait que tu vas me laisser te retourner et te baiser contre ce canapé.

Elle a un peu ouvert la bouche et a essayé de mettre de la distance entre nous, mais ses mains se sont resserrées sur ma peau par réflexe et j'ai senti son cœur s'affoler sous mes lèvres toujours exploratrices. J'ai capturé le téton avec lequel je jouais encore entre mes doigts et l'ai pincé à la limite de la douleur et sa bouche a formé un O de surprise.

– Souviens-toi, c'est toi qui m'as dit que certains jeux sont mieux à deux.

J'avais le sentiment de devoir lui rappeler que tout cela avait commencé à cause de ses mains baladeuses dans le cabaret.

Je crois qu'elle sentait toute la frustration que j'avais accumulée car elle a simplement lâché un long soupir et a cherché ma ceinture. Il ne lui a fallu qu'une seconde pour descendre ma braguette, et son toucher était léger quand ses doigts ont frôlé l'érection rigide qu'elle venait de libérer. Le chocolat de ses yeux avait fondu et était encore chaud quand elle m'a dit :

– Il n'y a personne d'autre, Asa.

Je ne savais pas si c'était une question ou une déclaration mais dans tous les cas, la réponse était non. Il n'y avait personne d'autre dans mon lit et il n'y avait personne d'autre qui pouvait chasser mes démons et briser certains de ces liens de fer qui me liaient au passé, pour que je sois assez léger pour avancer vers elle.

– Il n'y a personne d'autre, Royal.

Elle m'a encore souri et cette fois aussi, j'ai senti quelque chose en moi se casser et se reconstituer d'une meilleure façon.

– Tant mieux, parce que ça veut dire qu'on n'a pas besoin de se protéger.

Elle s'est retournée, et s'est tortillée pour enlever son T-shirt moulant. Face à moi, rien d'autre que sa jupe retroussée et des kilomètres de cheveux acajou qui descendaient dans son dos. Pendant une fraction de seconde, je me suis demandé si j'étais mort et si c'était à ça que ressemblait mon paradis. J'ai tendu la main pour pousser son rideau de cheveux et passer la main le long de la courbe parfaite de son dos. J'ai fait un pas en avant pour embrasser sa nuque, ce qui l'a fait miauler de plaisir et frotter ses fesses nues contre ma queue qui palpitait. Impossible de parler après cela. Impossible d'essayer de la convaincre de quoi que ce soit car elle savait que j'avais envie d'elle et elle avait envie de moi aussi. Fini de jouer.

Je me suis collé contre elle et ai passé un bras autour de sa taille pour la pencher, juste assez pour la tenir pile là où je la voulais. J'ai écarté ses jambes un peu plus avec mon genou, et l'ai incitée à poser ses mains sur les coussins du canapé devant elle. Elle m'a lancé un regard sexy par-dessus son épaule et je lui ai souri de toutes mes dents. Elle s'est mordu la lèvre et j'ai grogné lorsque ses cheveux ont glissé sensuellement sur son épaule. Tout chez elle relevait de la perfection, donc je devais me concentrer pour faire exactement ce qu'elle me disait et apprécier chaque instant que j'avais la chance de passer avec elle.

Je me suis pressé contre elle, je l'ai entendue haleter de plaisir quand ma queue a glissé entre ses lèvres. J'allais vite mais elle était clairement prête, et il n'y avait rien de plus sexy. Je me suis enfoncé, j'ai senti ses hanches reculer pour me rencontrer, et brusquement, j'étais englouti dans sa douce chaleur. J'ai lâché une litanie de jurons lorsque son corps s'est immédiatement resserré autour du mien à mesure que je me retirais et glissais à nouveau en elle. Je ne voulais pas la marteler, je ne voulais pas être brutal et inattentif. Mais la position, la sensation de mon sexe nu dans le sien et la façon dont elle se retournait pour me regarder la prendre...je ne pouvais pas résister.

Je l'ai collée contre moi, j'ai donné des coups de reins jusqu'à faire bouger le canapé, et j'ai fermé les yeux quand j'ai été absorbé dans un tourbillon de sensations qui étaient trop puissantes pour leur donner un nom. À un moment, je me suis heureusement souvenu que j'avais une main libre qui ne la portait pas, et je l'ai laissée faire sa route jusqu'à son entrejambe. Elle était mouillée et glissante. Elle était chaude et étroite. Elle était aussi proche du précipice que moi, donc il a suffi d'un petit tour avec mon index et d'un petit pincement entre mon pouce et mon majeur pour la faire partir. Dès qu'elle a prononcé mon nom dans un souffle et s'est effondrée contre moi dans une vague de délivrance et d'extase, je n'ai pas mis longtemps à la suivre.

C'éait un orgasme qui a commencé sous mes pieds et a enflammé tout mon corps jusqu'à atteindre la base de ma colonne vertébrale, et j'ai failli l'écraser lorsque nous sommes tombés sur le canapé. Nous nous sommes retrouvés tous les deux allongés avec les jambes pendouillant par-dessus l'accoudoir, à moitié habillés, son dos contre mon torse, et nous haletions en essayant de reprendre notre souffle. Je n'avais jamais été aussi en symbiose avec quelqu'un avant, c'était différent. Pas seulement sur le plan physique, mais sur le plan émotionnel également.

J'ai passé les mains sur son ventre plat et j'ai bêtement cligné des yeux en regardant le plafond.

– Tu as raison. Vivre l'instant présent, ça peut être génial.

Je voulais être charmeur et drôle comme je l'étais généralement après avoir couché avec quelqu'un, mais j'entendais le besoin dans ma voix.

Elle a posé ses mains sur les miennes et nous sommes simplement restés allongés là, absorbés par ce qui venait de se passer entre nous, ce soir.

– Tous les instants ne sont que ce que tu en fais, Asa.

Je commençais à me demander s'il y aurait jamais assez d'instants entre elle et moi, car c'étaient mes préférés... Même les mauvais moments avec elle avaient été mieux que de super moments partagés avec n'importe qui d'autre.

14
ROYAL

– Alors, mon frère et toi, hein ?

Je me préparais à avoir cette conversation depuis le début de la soirée. Jusqu'à présent, j'avais eu de la chance, on avait passé la majorité du temps à parler de bébés et Ayden avait pris des nouvelles des autres filles, mais je savais que je ne pourrais pas éviter le sujet éternellement.

Shaw et Cora se racontaient leurs histoires de mamans, Salem était en pleine conversation avec Sayer, qui était la sœur de son copain, Rowdy. Elle posait des questions à cette élégante femme pour connaître l'état actuel de sa propre sœur, qui avait évité la soirée filles, et cela ne semblait pas inhabituel, car Poppy ne quittait la maison que pour aller travailler, d'après Salem. Saint m'avait envoyé un texto une heure plus tôt pour me dire qu'elle essaierait de passer, mais il y avait eu une urgence à l'hôpital, un petit garçon était arrivé avec de graves brûlures sur tout le corps. Donc même si elle arrivait à quitter le travail assez tôt pour boire un verre, elle n'aurait probablement pas envie de traîner au Bar avec nous. Tout cela a donné à Ayden l'occasion de me demander, sans détours, ce qu'il se passait entre Asa et moi.

Ses yeux étaient exactement de la même couleur d'ambre brûlée que ceux d'Asa, ce qui était un peu déconcertant vu qu'elle ne me lâchait pas du regard. Je n'arrivais pas à déterminer si elle avait posé la question pour avoir une réponse simple ou une explication, ou si elle voulait juste confirmer qu'en effet, je couchais avec son frère très régulièrement. Je me suis éclairci la voix nerveusement et ai fait rouler la bière que je tenais entre mes mains.

– Je l'aime bien.

J'ai un peu grimacé quand ses sourcils noirs se sont levés, et j'ai haussé les épaules maladroitement.

– Je tiens beaucoup à lui.

En réalité, j'étais bien partie pour tomber folle amoureuse de lui, même si le tour de manège manquait de me faire le coup du lapin. Je ne savais jamais quel Asa m'ouvrirait la porte quand j'allais chez lui après la fermeture du Bar, ou qu'il arrivait devant chez moi en pleine nuit. Parfois, c'était le Asa marrant et dragueur qui voulait juste prendre du plaisir et du bon temps. Parfois, c'était le garçon taciturne et renfermé coincé dans le passé, qui étouffait de regrets et de remords mais refusait de passer à autre chose. Parfois, c'était l'homme rustre et exigeant qui voulait plus que ce que j'étais prête à lui donner, l'homme qui aimait encore jouer à ses petits jeux. Parfois, c'était l'homme à l'esprit vif qui était ostensiblement fait pour autre chose que servir des verres dans un bar miteux.

Je tolérais toutes ces versions de lui car la plupart du temps, j'avais le mec avec qui je voulais être. La version d'Asa drôle, trop malin pour son propre bien, diablement et naturellement attachant, qui faisait son apparition lorsqu'il oubliait de se soucier de son passé et des conséquences que cela pouvait avoir sur nous, était ma préférée. C'était ce gars qui valait la peine de supporter tous les autres, même s'il n'était là que de temps en temps.

– Tenir à Asa, c'est une tâche qui peut être usante.

La voix d'Ayden était rauque, et l'était encore plus à cause de la tequila qu'elle descendait à un bon rythme depuis le début de la soirée. Si j'avais bu autant qu'elle, j'aurais été recroquevillée par terre sous une table. Ayden n'avait même pas l'air éméchée et ses yeux restaient fixés sur les miens. Je l'entendais réfléchir et évaluer ma relation avec son grand frère.

– Effectivement.

Mais quand l'Asa que je voulais aimer était dans le coin, cela en valait le coup.

Nous nous sommes toutes les deux tournées pour regarder vers le bar, où Asa nous observait en fronçant des sourcils. Le Bar était assez plein, alors Dixie et Becca, la nouvelle, s'étaient occupées de nous la majeure partie de la soirée. Il était passé pour faire un câlin à sa sœur et poser un baiser sur ma bouche en jetant un regard à Ayden en guise d'avertissement, avant de retourner derrière le bar. C'était un message qui ne pouvait pas être mal interprété. Je savais qu'elle allait me donner son avis sur la situation, mais jusqu'alors, cela ne s'était pas vraiment passé comme je l'avais imaginé. Au lieu de petites réflexions ou d'une désapprobation flagrante, elle semblait étrangement curieuse en me regardant le regarder.

– Je m'inquiète encore pour lui, tout le temps.

Le coin de sa bouche s'est relevé pour former un petit sourire.

– Chaque jour, je dois lutter contre moi-même pour ne pas appeler et être sûre qu'il va bien. Le laisser ici, alors que les choses commençaient à se mettre en place pour lui, c'est une des choses les plus difficiles que j'aie faites.

Je me suis un peu éclairci la voix et ai bougé sur ma chaise.

– Il a l'air assez doué pour prendre soin de lui, et l'une de ses plus grandes peurs est de te décevoir à nouveau, donc ça le maintient sur le droit chemin.

Elle a soufflé et cela a fait voleter sa frange au-dessus de ses sourcils bien dessinés.

– C'est un survivant, c'est sûr, mais il y a une différence entre survivre et vivre la vie qu'on est censé vivre. Je ne savais pas du tout ce qu'était l'amour ni ce que ça faisait avant de rencontrer Jet. Je ne vivais pas une vie complète avant qu'il me donne la force de lâcher tout le reste.

Ses yeux se sont allumés d'une flamme dorée tout comme ceux d'Asa quand il était content pour quelque chose. Moi aussi je voulais ressentir ça, et avoir une lumière dans les yeux en pensant à quelqu'un.

– Je veux qu'Asa fasse plus que survivre, Royal. Je veux qu'il soit enfin heureux, pour une fois dans sa vie. Je veux qu'il fasse plus que s'en sortir. Je veux qu'il ait quelque chose à lui et rien qu'à lui, et pour lequel il n'aura jamais l'impression de devoir se battre.

J'ai avalé ma salive car l'émotion commençait à former un nœud dans ma gorge. J'ai posé ma bière presque vide sur la table devant moi et ai emmêlé nos doigts.

– Il a tout ça à sa portée, mais ses mains sont trop occupées à s'accrocher au passé au lieu d'attraper le futur.

Elle a ouvert la bouche puis l'a refermée d'un coup en s'adossant contre sa chaise. Elle a croisé les bras, recouvrant la Valkyrie chevauchant une guitare enflammée et le mot ENMITY. Son T-shirt aux manches déchirées laissait voir les côtés de son soutien-gorge noir, dépareillées avec ses bottes de cow-boy rouges, mais c'était Ayden, donc elle assumait et cela lui allait parfaitement.

Elle a secoué la tête.

– Je sais ce qu'il fait. J'espérais que comme il ne peut pas s'empêcher de te fixer, et qu'il n'arrête pas de me regarder comme s'il voulait me faire voler à travers le bar à coups de pied, tu l'avais peut-être convaincu de laisser tomber tout ça. On ne peut pas changer le passé et on ne peut pas prédire l'avenir. Il vit sa vie en hibernation.

Je me suis encore trémoussée nerveusement sur ma chaise et le juke-box est passé à un vieux morceau de Christina Aguilera, ce qui a fait grimper plusieurs femmes un peu plus âgées que nous sur les tables et secouer sérieusement leurs fesses. Ça m'a fait sourire, même si notre sujet de conversation n'était pas des plus réjouissants.

– De temps en temps il met tout de côté, et à d'autres moments j'ai l'impression qu'il cherche une bouée de sauvetage pour l'empêcher de couler. Ça me donne assez d'espoir pour rester et voir comment tout ça évolue.

Elle a passé un doigt sur le rebord de son verre à shot et a léché le sel.

– Qu'est-ce que tu feras si tu dois encore l'arrêter ? C'est un aimant à problèmes. Même quand il essaie de les éviter.

J'ai soupiré et passé ma main dans mes cheveux.

– Si on doit en arriver là, je le ferai.

Je me suis penchée plus près d'elle lorsque les femmes qui dansaient se sont rapprochées et riaient si fort que je ne m'entendais plus parler.

– Tu savais qu'il était prêt à aller derrière les barreaux, à rester en prison pour un délit qu'il n'avait même pas commis, à cause de son passé ? Comment est-ce qu'on peut vivre avec autant de culpabilité ?

Ma voix s'est cassée et j'ai laissé sortir un soupir haché. J'ai un peu sursauté quand Ayden a tendu la main pour la poser sur les miennes, que j'avais serrées en poings sans m'en rendre compte. Je connaissais la culpabilité, et l'effet qu'elle pouvait avoir sur quelqu'un. La mienne m'avait éloignée de Dom au moment où il avait le plus besoin de moi, mais je m'en étais séparée lorsque je m'étais rendu compte qu'elle empoisonnait tout dans ma vie. Je n'oublierai jamais ce qu'il s'était passé ce soir-là dans cette ruelle, et je ne me remettrais jamais d'avoir vu Dom tomber, mais je refusais que cet unique moment définisse mon existence ou ma carrière. Il fallait qu'Asa se rende compte de tout ce qu'il loupait en refusant de se séparer de la sienne.

Les doigts d'Ayden ont serré les miens, et j'ai dû les serrer en retour car elle était la seule autre personne sur cette Terre qui pouvait comprendre ce que cela pouvait être de tenir à un homme comme Asa.

– C'est pour ça que je m'inquiète. Tout ce qu'il a fait depuis que je l'ai amené à Denver, c'est fonctionner. Rien de plus, rien de moins. Ce n'est pas une vie. Mais maintenant, il te regarde comme si tu étais importante, comme s'il craignait que je te fasse peur avec les histoires de son passé. Donc j'ai l'espoir, une fine tranche d'espoir, qu'il se rende enfin compte qu'il y a une chose dans le vaste monde pour laquelle il doit se réveiller et vivre.

J'ai regardé vers le bar par-dessus mon épaule. Il était appuyé contre le comptoir et parlait à un très bel homme qui avait une barbe foncée et des tatouages colorés dans le cou. Asa était visiblement en pleine conversation, mais ses yeux ne quittaient pas notre table et je voyais qu'il nous regardait, Ayden et moi, attentivement. Je lui ai fait un petit sourire pour qu'il sache que tout le monde allait en sortir vivant et j'ai vu ses épaules retomber légèrement quand la tension l'a quitté. Je me suis retournée vers Ayden et ai levé le menton avec un air de défi.

– Je veux le réveiller.

Elle a ri, d'un son chaud et brut qui correspondait à son regard aux nuances de whisky.

– Voilà ce que je veux entendre !

Soudain, Cora s'est levée de l'autre côté de la table et a tapé des mains. C'était incroyable qu'en quelques semaines, elle ait désormais vraiment tout d'une femme enceinte. Son visage s'était un peu arrondi, et on pouvait voir un léger début de ventre déformer son tee-shirt. C'était sûrement la femme enceinte la plus mignonne et rock and roll du monde, et j'ai remarqué que Salem regardait ses rondeurs avec une envie non dissimulée.

– On devrait danser.

Elle a fait un signe du pouce derrière elle, vers les femmes qui continuaient à se déhancher dans une démonstration de joie pure, désorganisée et bordélique.

– Ce sera nous un jour, les filles. On laissera les mecs et les enfants à la maison pour passer une soirée rien qu'entre nous.

Elle a ri.

– Certes, on sera plus colorées et on aura de meilleures coupes de cheveux, mais ça sera carrément nous.

Sayer a levé les mains et s'est levée aussi. Elle était effroyablement classe et on aurait dit qu'elle venait de sortir du tribunal.

– Désolée, mais je ne danse pas, jamais.

Elle a poussé une partie de ses cheveux blonds parfaitement lisses par-dessus son épaule et a regardé vers le bar. Quelque chose a changé dans son regard bleu et au début, j'ai cru qu'elle regardait Asa, ce qui m'a fait grimacer, mais quand je me suis retournée, j'ai remarqué que l'homme-ours au bar avait changé de position et qu'ils étaient coincés tous les deux dans un duel de regards qui ne faiblissait pas.

– Euh, je vais juste dire bonjour à Zeb, vite fait.

Bizarrement, dire bonjour avait des airs de « me foutre à poil et le baiser sur le bar », sortant de la bouche de Sayer. La tension sexuelle était assez dense pour emplir l'espace qui les séparait. Avec les airs d'homme des montagnes des temps modernes que Zeb arborait et les muscles bien dessinés sous son T-shirt blanc uni, je ne pouvais pas dire que je lui en voulais. Il y avait toujours quelque chose d'attirant chez un homme qui semblait capable de s'occuper de tout et n'importe quoi.

Ayden m'a mise debout et je me suis soudain retrouvée non seulement en train de danser, mais de boire des shots en même temps. La soirée est devenue un grand mélange de verres, de rires et de danse – qui aurait cru qu'Ayden était une as du *two-step* ? – et de beaucoup de câlins. Le tout accompagné de messes basses à propos de ce que cela faisait de coucher avec un mec qui était percé « en bas ». Ça avait l'air drôlement sympa, mais je choisirais toujours un mec qui me chuchote des cochonneries sexy avec un accent du Sud plutôt qu'un mec avec des bouts de métal dans le paquet. Il y avait aussi eu beaucoup de discussions sur leurs hommes et leurs bébés, et évidemment, Cora s'était fait harceler pour savoir quand elle se ferait passer la bague au doigt. Je m'amusais tellement que je n'arrivais pas à croire que j'avais hésité à m'investir à fond avec ce groupe. Pour quelqu'un qui n'avait jamais eu d'amis, qui n'avait jamais été à l'aise avec d'autres filles, j'avais décroché le gros lot avec cette bande.

Comme Cora et Shaw ne pouvaient pas boire à cause de l'allaitement et de la grossesse, elles ont été chargées de conduire Ayden et Salem à leurs hommes en un seul morceau. Sayer s'était enfuie sans dire au revoir au moment où nous étions toutes à fond sur Guns N'Roses. J'aurais facilement pu demander à une des filles de me ramener, mais Asa a envoyé Dixie alors que je me secouais sur du Eminem, pour me dire qu'il voulait que je reste jusqu'à ce qu'il ferme le bar et qu'il espérait bien que je dormirais chez lui. Je me suis empressée d'acquiescer.

Dixie a répondu oui pour moi, et je lui ai demandé d'ajouter que si je restais, il avait intérêt à faire en sorte que cela en vaille la peine. Sa réponse a été d'envoyer son copain barbu avec une autre tournée de shots et l'ordre de me tenir compagnie et de m'éviter les ennuis jusqu'à ce qu'il ait fini de travailler.

Zeb était en fait très gentil et super drôle, sous son apparence intimidante. J'aimais ses yeux émeraude qui scintillaient, facilement amusés, et ses dents blanches et droites qui brillaient sur son visage à la beauté brute. Sans parler de ses muscles qui faisaient baver d'envie et méritaient d'être admirés chaque fois qu'il les contractait pour lever la bière à ses lèvres. Il fallait reconnaître que Sayer avait bon goût. Il semblait fasciné par le fait que je sois flic et m'a posé une centaine de questions sur mon boulot. À un moment de la conversation, il m'a dit qu'il avait fait de la prison, ce qui m'aurait en temps normal mise mal à l'aise et aurait rendu la conversation gênante, mais il était tellement ouvert à ce sujet et en parlait tellement comme si c'était un détail que j'ai continué sans ciller et lui ai demandé comment il connaissait la sœur de Rowdy.

Dès que j'ai évoqué la jolie blonde, la conversation s'est intensifiée. Il m'a dit que Sayer l'avait embauché pour retaper sa maison victorienne qui s'effondrait. Il était visiblement intéressé par la belle avocate et cela semblait légèrement l'agacer. C'était vraiment mignon ; enfin, aussi mignon que pouvait l'être un mec aussi masculin et bourru que Zeb. Nous avons papoté jusqu'à ce que Dixie vienne et nous dise qu'elle avait fini. Zeb lui a dit qu'il allait la raccompagner à sa voiture alors que nous nous levions tous.

J'ai regardé vers le bar, où Asa avait les bras écartés et posés, et nous regardait. Je lui ai souri et il a levé une main pour plier un doigt et me faire signe de venir.

J'ai lâché un souffle et ai senti mon cœur papillonner.

– Putain de merde, il est sexy.

Dixie a pouffé à côté de moi et Zeb a ricané. Elle a tiré sur le bras de l'armoire à glace.

– Ouaaais... C'est le signal qu'il faut qu'on y aille. Passe une bonne nuit, Royal.

Je lui ai fait signe distraitement et ai avancé vers le bar. Asa et a pris quelque chose sur une étagère derrière lui. Quand je suis arrivé près de lui, il avait éteint quasiment toutes les lumières sauf celles qui éclairaient la surface du bar et l'espace derrière. Il était aussi passé de l'autre côté, et quand il est arrivé devant moi, il a baissé la tête et m'a fait un baiser piquant qui m'a poussée à m'accrocher à sa chemise à carreaux en flanelle des deux mains.

– Tout s'est bien passé entre Ayd et toi ?

Sa voix était éraillée. Il a tiré deux tabourets de bar pour nous faire de la place et y a posé une petite bouteille trapue. J'étais plus que légèrement bourrée, alors j'ai simplement hoché la tête et me suis laissée faire quand il a mis ses mains sur ma taille pour me soulever. J'ai couiné de surprise lorsqu'il m'a retournée, coincée entre ses mains, et m'a posée sur le rebord du bar avec mes jambes qui pendaient dans le vide. Il a mis les mains de chaque côté de mes hanches et m'a observée de près quand nous nous sommes retrouvés face à face.

– Sérieusement. Je sais que tu avais peur de ce qu'elle allait te dire sur le fait qu'on passe du temps ensemble, et elle peut être assez féroce quand elle veut.

Je me suis inclinée en avant et j'ai fourré les mains dans ses épais cheveux blonds en soupirant.

– Elle t'aime tellement. Elle veut que tu aies une belle vie.

Je me suis penchée un tout petit peu pour embrasser le bout de son nez.

– Il faut être une bonne personne pour avoir une belle vie, donc je pense que ca va être compliqué.

Les mots sont sortis de sa poitrine comme du tonnerre et il a fait un pas de plus vers moi, ce qui a forcé mes jambes à s'écarter pour lui faire de la place. Ses paroles me rendaient tellement triste que j'avais brusquement envie de pleurer, mais cela avait peut-être aussi à voir avec la grande quantité de tequila que j'avais ingurgitée depuis le début de la soirée.

– Il y a du bon mélangé à tout le mauvais, Asa. Mais tu refuses de le voir ou de le reconnaître.

Il a grogné en réponse puis a glissé ses mains sous le bas de la tunique avec une épaule découverte que j'avais enfilée par-dessus des leggings pour la soirée filles. Les paumes de ses mains chaudes et rêches voyageaient sur mes côtes, emportant le tissu. Mes cheveux sont remontés puis retombés, tout électriques sur mes épaules maintenant dénudées. Son regard s'est intensifié en passant sur ma poitrine et sur mes seins enfermés dans un soutien-gorge violet en dentelle.

– Je te vois, Royal. Il y a tellement de bon en toi que tu ne sais jamais vraiment quoi en faire.

Ses mains se sont faufilées derrière moi et ont trouvé la fermeture de mon soutien-gorge. Il a fallu une seconde à mon cerveau ralenti pour comprendre quelles étaient ses intentions, car j'étais soudain à moitié nue sur le bar. Je suis restée bouche bée et mon regard a automatiquement sauté vers les multiples boules noires accrochées au plafond qui camouflaient les caméras de surveillance installées partout. J'ai tout de suite voulu lever les bras pour me couvrir mais il ne m'a pas laissée faire.

– Asa, Big Brother nous regarde.

Ma voix était un peu étranglée car il s'était penché en avant et frottait le bout de son nez contre un de mes tétons dressés.

– Je m'en occuperai. Tu ne peux même pas imaginer dans quelle position j'ai surpris Brite et Darcy dans la réserve, et je te garantis que je frappe à la porte si Cora est là et que la porte du bureau est fermée. Sans parler de l'apparent penchant de ma sœur à disparaître aux toilettes avec Jet. Je veux boire un coup avant de te ramener à la maison. Allez, laisse-moi faire, Red.

J'ai gémi un peu quand il a redirigé son attention vers l'autre téton et déplacé ses mains sur mes fesses pour me tirer plus près du bord du bar. La grosseur dans son pantalon appuyait fermement contre mon entrejambe.

– Il faut que je sois à poil pour que tu boives un coup ?

Ses cheveux étaient comme de la soie pure entre mes doigts, et maintenant, il faisait ce truc où il tournait sa langue autour de mes tétons, et cela me faisait oublier comment je m'appelais.

– Oui.

Il a soufflé ces mots contre ma peau humide et cela m'a fait frissonner des pieds à la tête.

Il a fait un petit pas en arrière et j'ai eu l'impression que j'allais me noyer dans les rivières de désir couleur whisky qui emplissaient son regard. Il a mis une main au milieu de ma poitrine et m'a poussée pour que je recule et que je pose mes mains derrière mon dos, jusqu'à ce que ma tête pende presque de l'autre côté du bar. Je ne voyais plus son visage dans cette position, mais son reflet était bien visible dans le miroir qui parcourait l'arrière du bar. Il me regardait comme s'il voulait que je lui appartienne. L'expression de son beau visage a suffi à liquéfier tout mon être et à me faire trembler de désir. Mon sexe se languissait d'un besoin si tranchant que j'en avais presque mal.

– Asa ?

Il m'a fait signe de me taire en traçant un motif aléatoire sur la peau tendue de mon ventre avec le bout de son ongle. Je me suis automatiquement raidie quand ses doigts sont passés sous l'élastique de mes leggings.

– Qu'est-ce que tu fais, exactement ?

C'était une question bête. Je savais ce qu'il faisait, j'avais simplement du mal à justifier le fait que je le laissais me mettre à poil sur le bar. J'avais le sentiment que j'aurais dû protester plus activement, utiliser un argument raisonnable pour l'empêcher de continuer. Mais je ne l'ai pas fait. C'était excitant, le voir debout entre mes jambes, faire glisser mon pantalon sur mes longues jambes et jeter mes talons quelque part derrière lui. Il a soupiré de plaisir lorsqu'il n'a rien trouvé en dessous. J'avais simplement imaginé que cela se passerait chez lui, pas ici. Je crois qu'il ne savait pas que je pouvais le voir dans le miroir, donc c'était la première fois que je voyais ce que les autres voyaient quand il me regardait. C'était magnifique.

Ses yeux étaient à demi fermés et concentrés sur moi. Ses narines étaient dilatées par l'excitation et je l'ai vu littéralement se lécher les lèvres d'appréciation. Il avait l'air affamé et presque aussi en manque que je l'étais quand j'étais avec lui. C'était l'Asa qui me faisait perdre la tête. C'était l'Asa que je pouvais avoir si j'arrivais à le faire abandonner toutes les autres choses auxquelles il s'accrochait. C'était l'Asa que j'aimais.

Il a baissé la tête et m'a embrassée juste au-dessus du nombril, et a laissé sa langue entrer et sortir du petit creux. Cela m'a fait rire, et il a enfin levé la tête et croisé mon regard renversé dans le miroir. J'ai eu l'impression que la chaleur qui irradiait de son regard lumineux allait nous souder ensemble pour toujours.

Il m'a souri et mon cœur a essayé de tomber de ma poitrine pour atterrir à ses pieds. Il s'est redressé et a pris la bouteille qu'il avait posée sur le bar quelques instants plus tôt.

J'ai entendu un petit « pop » quand il enlevé le bouchon et l'odeur musquée et terreuse du scotch est arrivée jusqu'à mon nez. Je savais ce qu'il allait faire, je pensais que j'y étais préparée, mais bizarrement, avoir un mec qui verse de l'alcool sur son corps n'est pas une chose à laquelle quiconque peut réellement se préparer.

L'alcool a coulé dans mon cou puis sur un de mes seins. Quelques gouttes se sont faufilées jusqu'à mon ventre et dans mon nombril, puis ont atteint la partie de mon corps qui était enroulée autour de lui et ont couru sur l'intérieur de ma cuisse. Asa s'est servi de sa bouche pour récupérer jusqu'à la dernière goutte. La sensation de sa langue qui se déplaçait sur toute la surface de ma peau était ahurissante. Quand il est enfin arrivé sur mon sexe, j'ai perdu la capacité de me retenir et me suis écroulée sur le bar, mes cheveux tombant Dieu sait où. Je voyais sa tête blonde entre mes jambes, je sentais la torture merveilleuse qu'il m'infligeait avec sa langue et ses lèvres. C'est quand il a levé sa main libre, la main qui n'était pas occupée à exciter toutes les terminaisons nerveuses entre mes jambes, et qu'il a entrelacé ses doigts avec les miens, que j'ai perdu la tête.

C'était tellement mignon, tendre, et si inattendu de sa part que cela m'a fait partir et éclater en un million de minuscules morceaux de plaisir et d'amour. Dans le miroir, je l'ai regardé me regarder jouir pour lui. Ses yeux brillaient depuis un endroit profond en lui et je me suis demandé comment quoi que ce soit pouvait survivre à un tel feu.

Je suis restée allongée là, incapable de bouger alors qu'il se relevait. Il a posé les mains sur le bar, à côté de mes hanches, et s'est penché au-dessus de moi. Il a déposé un léger baiser au centre de mon sternum, puis sur mes deux joues. Quand sa bouche s'est enfin posée sur la mienne, j'ai senti mon goût et celui du scotch, et cela a suffi à réveiller mon désir. J'ai passé mon bras libre autour de ses épaules et glissé mes doigts dans ses cheveux.

– Une belle vie ne semble pas si inaccessible, en te voyant étalée devant moi et avec ton goût sur la langue, Red.

Il a dit ces mots si bas que j'ai presque cru que je les avais imaginés, mais quand il m'a encore embrassée, son baiser était si doux, si délicat, que j'aurais juré qu'il contenait une partie de son cœur, et je savais que je donnerais tout ce que j'avais en moi pour le réveiller et qu'il soit ici, maintenant, avec moi. C'était trop bon pour qu'on le gâche et il méritait de le vivre, même s'il pensait le contraire.

J'ai parcouru l'extérieur de son oreille avec ma langue et je l'ai senti frissonner.

– Tu as intérêt à t'assurer que Rome n'ait pas de surprise en arrivant demain quand il va regarder les vidéos de ce soir.

Il a ricané et s'est redressé. Il s'est éloigné de moi pour récupérer mes vêtements éparpillés et m'aider à descendre du bar pour que je puisse me rhabiller. Il a dû me porter le temps que je retrouve mon équilibre, ce qui a conduit à des baisers et des caresses assez intenses, vu que j'étais encore nue et pressée contre lui. Cela nous a tous les deux laissés pantelants et il s'est reculé à contrecœur, me disant qu'il allait s'assurer que la vidéo n'apparaisse nulle part pour revenir nous hanter tous les deux. Son sourire joueur est devenu celui d'un prédateur en un clin d'œil quand il est revenu sur ses pas et m'a dit :

– À mon tour, quand on arrive chez moi.

Oh là là, j'ADORAIS vraiment le « chacun son tour ».

15
ASA

– Est-ce que tu as parlé à Maman récemment ?

Ayden m'a posé la question depuis le siège passager de la Nova, où elle jouait avec la vieille ceinture de sécurité et regardait par la fenêtre. Elle se préparait à repartir à Austin avec Jet samedi, et elle m'avait demandé qu'on passe la journée ensemble avant son départ.

Elle me manquait, mais rester toute la journée à papoter dans mon appart ne me disait rien, donc j'étais passé la chercher pour qu'elle m'accompagne faire une course dont j'avais envie depuis plus d'un mois. Jusque-là, notre conversation était restée assez superficielle et détendue, mais maintenant qu'elle avait évoqué la famille, je savais que cela allait vite changer.

– Il y a deux mois, peut-être. Elle m'a appelé de je ne sais où dans le Nevada. Le mec avec qui elle était l'avait laissée sur une aire de repos pour poids lourds et elle voulait de l'argent pour rentrer.

Seulement je n'étais pas stupide et je savais que l'argent pour rentrer était en réalité de l'argent à mettre dans une machine à sous le temps de trouver un autre routier.

– Tu lui en as envoyé ?

Ayden avait l'air énervée. C'était toujours comme cela dès que nous parlions de notre mère. La manière dont nous avions été élevés avait ruiné pas mal d'opportunités pour nous. J'étais tellement fier qu'Ayden s'en soit sortie toute seule.

– Non. Je lui ai dit que je viendrais la chercher et qu'elle pouvait dormir chez moi le temps de trouver une solution. Elle m'a raccroché au nez et je n'ai pas eu de nouvelles depuis.

Ayden a ricané et s'est tournée pour à nouveau regarder par la fenêtre.

– Tu m'étonnes.

Je ne pouvais pas lui donner tort et je n'avais rien à ajouter, donc la conversation s'est essoufflée jusqu'à ce que le quartier autour de nous devienne vraiment sale. Sa tête sombre a tourné pour me regarder à nouveau et elle a un tout petit peu plissé les yeux.

– Pourquoi tu perds ton temps à essayer de parler à cette fille ? Elle a volé de l'argent à Rome, elle a l'air ingrate et sans remords.

Cela faisait des semaines que je pensais à Avett. Je pensais à la façon dont elle avait disparu, au fait que personne n'avait de nouvelles d'elle, même ses parents. Je ne pouvais pas me débarrasser du sentiment que son horrible attitude n'était pas seulement due au fait que c'était une adolescente ingrate. Je ne savais que trop bien qu'une telle indifférence face aux conséquences de ses actes sur ses proches ne pouvait venir que d'un endroit sombre enfoui tellement profondément en elle que peu de gens pouvaient le comprendre. Je connaissais intimement ce sentiment, et je le sentais émaner de cette jeune femme par vagues.

J'ai tourné la tête vers ma sœur et ai levé un sourcil en signe d'interrogation.

– Je crois que certains pourraient te demander pourquoi tu as gâché non seulement ton temps, mais aussi la majeure partie de ton enfance pour moi, Ayden. Au final, on a tous besoin que quelqu'un essaie de nous sauver ; en cas d'échec, le fait que quelqu'un ait essayé est peut-être ce qui compte le plus.

Elle a lentement cligné de ses yeux qui ressemblaient aux miens et a croisé les bras.

– Tu t'es sauvé tout seul. Tu t'es battu pour sortir de ce coma. Tu as transformé ta vie quand tu es arrivé à Denver. Tu as dit un million de fois combien tu étais désolé pour les choses qui sont arrivées dans le passé. Tu as été ton propre sauveur, Asa. Personne n'a rien fait à ta place.

J'ai arrêté la Nova devant un duplex qui avait clairement connu des jours meilleurs. Ce n'était pas une caravane rouillée dans le Kentucky, mais pas loin. J'ai coupé le moteur et me suis installé dans le siège pour me tourner vers Ayden. Elle m'observait de près et je voyais combien cette conversation l'énervait à la manière dont ses épaules étaient tendues et ses poings serrés sur ses genoux. C'était le regard qu'elle me réservait quand je m'étais attiré des ennuis et qu'elle devait faire un truc horrible pour m'en sortir. J'ai tendu une main et l'ai posée sur ses poings.

– Je suis mort dans cet hôpital, Ayd. Il n'y avait pas d'anges qui jouaient de la harpe. Pas de rédemption, ni de pardon. Je suis mort et je savais que j'allais avoir exactement le genre de destin que je méritais à cause de toutes les saloperies que j'ai faites aux autres. Tout ce que je voyais, c'était le mal que j'avais fait et les mauvaises décisions que j'avais prises. Pour une fois, je voyais à quel point ça t'avait affectée, presque détruite. J'étais en train de mourir, et je savais ce qui m'attendait de l'autre côté, mais je ne pouvais pas partir en sachant que c'était les souvenirs que tu aurais de moi. J'étais obligé de revenir et de te donner une sorte de bon souvenir pour accompagner les kilomètres de mauvais souvenirs que je t'avais imposés. Je voulais avoir une chance de te montrer que je pouvais être le genre de frère que tu méritais depuis le début, donc non, je ne me suis pas sauvé tout seul ; c'est toi qui m'as sauvé. Comme tu l'as toujours fait, toute ma vie.

– J'ai toujours été fière que tu sois mon frère, Asa. Oui, il y a eu des moments où je t'aurais volontiers donné à manger aux loups, et ce n'est pas un secret que j'ai dû partir de la maison parce que je ne savais plus quoi faire pour t'aider, mais on en est tous les deux sortis vivants, et on est meilleurs grâce à ça. Je sais que tu es désolé de la façon dont les choses se sont passées quand j'étais plus jeune, mais j'ai besoin que tu ouvres les yeux et que tu assumes les progrès que tu as fait pour en arriver là où tu es. Ça fait longtemps que j'ai tourné la page avec l'Asa de mon enfance. Ce que je veux, c'est aimer l'Asa qui est là avec moi, maintenant. Il faut que tu laisses tomber les regrets, la culpabilité et les remords qui te tirent vers le bas, avant qu'ils ne t'écrasent.

Ce qu'elle disait était étrangement similaire à ce que Royal me disait. Je ne pensais pas être prêt à lâcher aucun de ces fardeaux pour l'instant, mais plus je passais du temps avec une certaine rousse sexy, plus je sentais mon être s'alléger, doucement mais sûrement. Au moment où elle aurait fini, je serais peut-être capable de sculpter quelque chose qui vaille le coup, quelque chose qui ne m'éviscère pas chaque fois que je le regardais.

Je me suis penché pour embrasser Ayden en plein milieu du front, entre ses sourcils noir de jais, et je l'ai sentie lâcher un soupir tremblant.

– Je ne te décevrai plus jamais, Ayd. C'est la seule chose au monde que je peux promettre.

Nous nous sommes regardés un long moment sans rien dire. Le sérieux de mes paroles et le fait qu'elle comprenait que je n'avais jamais été plus sincère ont enfin réussi à m'absoudre d'une partie de la culpabilité qui semblait m'étouffer chaque fois que je pensais aux choses qu'elle avait faites pour me protéger.

Nous avions tous les deux besoin d'un peu d'espace et d'air, donc nous avions hâte de sortir de la voiture. J'ai dit à Ayden qu'elle pouvait attendre dehors si elle voulait, mais elle a levé les yeux au ciel et m'a suivi jusqu'à l'entrée du duplex. J'ai frappé à la porte et j'ai grimacé quand elle a tremblé sur ses gonds. Plusieurs gros morceaux de peinture écaillée ont atterri à côté de mes bottes sur la dernière marche, et les souvenirs d'une caravane construite comme une boîte de conserve ont commencé à danser devant mes yeux. La raison pour laquelle Avett vivait ici alors que ses parents ne demandaient qu'à lui donner un coup de main me dépassait, mais je n'arrêtais pas de me dire que l'histoire était plus compliquée que ce que tout le monde voyait.

J'ai toqué à la porte deux fois et comme personne n'est venu ouvrir, Ayden m'a demandé si nous pouvions partir. J'ai pensé à forcer la porte pour entrer dans le bâtiment mais je me suis dit qu'avec la chance que j'avais, quelqu'un appellerait les flics et que j'atterrirais encore à l'arrière de la voiture de patrouille de Royal, pour effraction, cette fois. Ce n'était pas comme si j'avais une quelconque preuve qu'il se passait quelque chose de louche chez Avett, seulement mon instinct qui me disait que la tête brûlée aux cheveux roses avait eu les yeux plus gros que le ventre avec son junkie de copain.

Ayden s'était retournée et marchait vers la Nova en marmonnant dans sa barbe des histoires de petites filles qui ne savent pas ce qui est bon pour elles lorsque la porte s'est brusquement ouverte. Avett a jeté un coup d'œil dehors. Même comme ça, il était clair qu'elle n'était pas présentable. Elle avait l'air maigre et pâle. Elle avait une grosse griffure sur la joue. Sur sa main qui tenait la porte, tous ses ongles étaient cassés et chaque phalange était recouverte de croûtes qui cicatrisaient. Cette fille semblait s'être battue ; je n'en étais pas sûr, mais si c'était le cas, elle n'avait pas l'air d'avoir gagné.

– Qu'est-ce que tu fais là, bout de chou ?

Sa voix était fatiguée, éraillée, comme quand on crie pendant longtemps. Quelque chose clochait vraiment.

– Les gens s'inquiètent pour toi. Je me suis dit que j'allais venir voir comment tu allais pour les rassurer.

Je n'allais certainement pas les rassurer, maintenant. Brite aurait complètement perdu la tête s'il avait vu sa fille unique dans cet état.

– C'est ton copain tox' qui t'a fait ça ?

J'ai croisé les bras pour lui montrer que je n'étais pas pressé de partir, et elle a ouvert la porte de deux centimètres de plus. Sa lèvre inférieure était blessée et il m'a fallu rassembler tout mon self-control pour ne pas me raidir de rage en voyant les marques noires et bleues qui entouraient son cou comme une sorte de collier.

Avett a déplacé quelques mèches de cheveux roses délavés et a pris une pose très similaire à la mienne. Même tabassée et pleine d'hématomes, c'était toujours une petite teigne, et je devais admettre que j'admirais son énergie, bien qu'elle explose dans les mauvaises directions.

– Je ne l'ai pas vu depuis quelques semaines. Il m'a dit qu'il avait des problèmes et il s'est tiré juste après que je lui ai donné l'argent que j'ai pris au Bar. Ça, c'est de la part des mecs qui sont venus le chercher. Apparemment, il a de plus gros problèmes que ce qu'il m'a dit. Ils pensaient que je mentais quand je leur ai dit que je ne savais pas où était Jared. Ça...

Elle a montré du doigt son visage maltraité.

– ... c'était leur façon de me persuader de leur dire la vérité, et où il était.

Sa voix rauque a trembloté et je l'ai vue frissoner. Je savais très bien de quelle façon les hommes dangereux se servaient des gens qui faisaient partie de la vie d'autres hommes mauvais pour obtenir des informations. J'aurais parié l'intégralité de mon salaire que ce que je voyais n'était que la moitié de ce qu'elle avait subi.

– Pourquoi tu es encore là, Avett ? Rentre chez toi. Laisse ton père prendre soin de toi, laisse ta famille t'aider. Où est-ce que tu penses aller sur la route que tu empruntes ?

Ayden avait fait quelques pas vers la porte et Avett a regardé ma sœur quand elle lui a dit doucement :

– Ce qu'il y a au bout de cette route, c'est l'autodestruction et la fuite. C'est un cul-de-sac où tu finis au chevet de quelqu'un que tu aimes, à prier pour qu'il se réveille d'une blessure qui pourrait le tuer, parce que les ennuis nous rattrapent toujours.

La jeune femme a secoué la tête et a croisé ses doigts en reculant dans l'appartement.

– Vous ne comprenez pas. Jared n'est pas un gars méchant. Il m'aime, mais il a un problème, c'est tout.

Ayden et moi avons échangé un regard. Nous savions tous les deux qu'il était impossible d'aider quelqu'un qui ne voulait pas s'aider lui-même.

La voix d'Ayden était dure lorsqu'elle a dit à la jeune fille :

– Ses problèmes ne doivent pas forcément devenir les tiens.

– Rome n'a pas porté plainte, tes parents se sont pliés en quatre pour te donner une chance d'avoir une vie stable et normale. Je suis là parce que tu me rappelles un peu trop qui j'étais avant de toucher le fond. Tu crois qu'il te reste combien de coups avant d'avoir épuisé ta chance ?

J'ai lâché un petit rire sec et ai levé une main pour me frotter la nuque.

– Parce que, laisse-moi te dire que quand tu as épuisé toutes tes chances, ça fait très peur, et ce qui t'attend de l'autre côté est une vie que je ne souhaiterais même pas à mon pire ennemi.

Elle a encore secoué la tête et a passé ses doigts mutilés dans ses cheveux avant de murmurer :

– Je l'aime.

Elle m'a lancé un regard qui voulait dire que la conversation était terminée puis a tourné les talons et a disparu de l'autre côté de la porte.

Je suis resté sur place sans rien dire pendant un bon moment, essayant de comprendre ce qu'il venait de se passer et quoi en faire. Me sentir inutile était un sentiment auquel je n'étais pas habitué, et je ne pouvais pas dire que cela me plaisait vraiment. Ayden m'a pris par le coude et a tiré un peu dessus pour me faire bouger. Elle a penché la tête et posé la joue sur mon épaule.

– Ce genre d'amour tue.

Sa voix était faible et j'y entendais toutes sortes de souvenirs et de peurs.

– Ce n'est pas de l'amour.

Ayden a marmonné qu'elle était d'accord, et nous nous sommes tous les deux tus en montant dans la voiture pour retourner vers le centre-ville.

– Qu'est-ce que tu vas faire? Elle ne peut pas rester là-bas alors qu'il y a des gens qui cherchent son copain junkie et veulent se servir d'elle pour lui faire du chantage.

Cette situation faisait partie des souvenirs de ma sœur et j'ai regretté d'avoir accepté qu'elle vienne avec moi. Elle n'avait pas besoin de piqûre de rappel pour se souvenir de tout ce qu'elle avait subi.

– Je vais parler à Brite, et à mon avis, il va y aller et la virer physiquement de ce trou à rats. Je sais qu'il est énervé par les choix d'Avett ces dernières années, mais c'est impossible qu'il reste assis là et la laisse se mettre volontairement en danger pour un pauvre junkie.

Ayden a laissé sa tête tomber en arrière sur le siège et a posé ses bottes sur le tableau de bord. Si la voiture avait été en parfait état, j'aurais piqué une crise, mais sachant que ce n'était pas le cas, je pouvais laisser couler.

– Brite n'aura peut-être pas son mot à dire.

Je savais qu'elle parlait de moi et de tous les ennuis que j'avais amenés devant notre porte. Elle s'est tournée pour me regarder et j'ai senti mon cœur ainsi que des parties de mon âme que je pensais perdues depuis longtemps se ressouder lorsqu'elle m'a dit doucement :

– Tu es un homme bien, Asa. Tu ne le vois peut-être pas parce que tu as l'habitude de voir celui que tu étais avant, mais tu es devant moi aujourd'hui et je vois le bon en toi. Ça veut dire que tu devrais en être capable aussi.

Je ne pouvais rien répondre à cela. Je n'avais pas les mots, et même si je les avais eus, j'aurais eu trop peur de briser ce moment, cette seconde que j'attendais depuis l'instant où j'étais sorti du coma. J'étais un homme bien aux yeux d'Ayden, et comme elle me l'avait dit, je sentais qu'elle me pardonnait toutes les choses que je lui avais fait vivre. Je sentais littéralement le mur de brique qui me barrait la route commencer à s'écrouler.

Je l'ai ramené chez Rule, où elle et Jet avaient dormi, et elle n'arrêtait pas de me dire combien leur bébé était mignon. Je lui ai demandé si l'avenir de Jet et elle comprenait un enfant, ce qui l'a fait rire. Elle m'a dit que Jet avait très envie d'avoir des enfants, mais connaissant notre éducation et l'exemple de parent tout sauf exemplaire que notre mère nous avait donné, elle n'avait pas vraiment hâte de mettre au monde une nouvelle personne. Elle a ajouté qu'ils s'étaient mis d'accord pour reprendre cette conversation une fois qu'elle aurait fini ses études, mais je connaissais ma sœur, et je voyais bien le couple qu'elle formait avec Jet. Ils seraient des parents fantastiques et j'étais sûr qu'il la convaincrait d'avoir un bébé bien avant qu'elle ait son diplôme en main.

J'étais à un feu rouge quand mon téléphone a sonné, affichant le joli visage de Royal. Le fait que mon pouls s'affole et que mon cœur manque un battement rien qu'en voyant son nom sur l'écran n'était pas bon signe, étant donné que j'essayais toujours de conserver une distance de sécurité entre nous.

J'ai glissé un doigt sur l'écran et ai levé le téléphone à mon oreille.

– Comment ça va, Red ?

Sans beaucoup d'effort je sentais encore son goût et celui du scotch, chaud et terreux, sur le bout de ma langue, et je sentais l'excitation me gagner alors que ma sœur me lançait un regard interrogateur du coin de l'œil.

– À quelle heure tu dois aller travailler, ce soir ?

Cela me faisait vraiment quelque chose qu'elle ait toujours l'air si heureuse de me parler. Je n'étais pas indifférent au fait que j'étais important pour elle. Je reconnaissais toutes les façons simples dont elle aimait me le montrer.

– Je suis censé commencer vers 17 h.

Elle a soupiré et s'est tue à l'autre bout du fil.

– Royal, si tu as besoin de moi pour quelque chose, demande-le-moi.

J'ai entendu Ayden ricaner à côté de moi et me suis tourné pour lui lancer un regard noir.

– Ma mère m'a invité à dîner chez elle et je sais qu'on n'est pas un couple du genre à se présenter nos parents, mais j'espérais vraiment que tu pourrais venir avec moi. Je l'adore, mais elle peut être épuisante, et elle est d'une humeur désagréable ces temps-ci. Je crois que ça lui ferait vraiment plaisir de te rencontrer, sans parler du fait que tu es plutôt agréable à regarder, même quand tu portes des vêtements.

J'ai rigolé. J'avais rencontré un paquet de parents en mon temps, mais je jouais généralement un rôle donc ce n'était jamais vraiment moi qu'ils voyaient. C'était assez libérateur et excitant que Royal me demande de passer un moment avec sa mère, sachant qu'elle connaissait absolument tous mes défauts et mes travers. Royal ne m'avait pas caché que sa mère et elle étaient très proches, donc je savais que si je voulais garder cette fille dans ma vie, il fallait que sa mère m'apprécie, pour de vrai. Cette idée a flotté dans ma tête jusqu'à faire de moi une boule de nerfs.

– Je vais appeler le nouveau et lui demander s'il peut rester un peu plus longtemps, le temps que j'arrive. Ça ne devrait pas poser problème... Et tu sais que j'adore quand tu me dois une faveur, Red.

Elle a ri et ce son chaud a envoyé des éclairs de vrai bonheur, je le jure devant Dieu, partout dans mon corps. Elle me réchauffait plus vite que le meilleur scotch que j'aie jamais goûté.

– Régler mes dettes est une des choses que je préfère faire, Asa. Je passe te prendre quand je sors du boulot, si ça te va.

J'ai grogné et lui ai dit :

– Toi et tes menottes. Un de ces jours, je vais vraiment les utiliser, tu sais.

Elle a encore ri.

– J'ai hâte. À tout à l'heure.

Quand j'ai raccroché, Ayden était complètement tournée vers moi et elle me regardait comme si elle me voyait pour la première fois.

– Quoi ?

Je savais que j'avais un ton grincheux mais je n'étais pas prêt à l'écouter disséquer ma relation compliquée avec Royal. Ce n'était pas comme si je la comprenais assez bien moi-même pour lui donner une explication, de toute façon.

– Tu es dedans jusqu'au cou avec la flic, hein ? Depuis quand tu acceptes de rencontrer les parents ?

J'étais dedans bien plus que jusqu'au cou.

– Au point où j'en suis, autant que je rencontre les parents.

– Tu as peur ?

Je me souvenais de la façon dont elle avait pris ses jambes à son cou quand Jet avait décidé qu'elle serait la seule et unique pour lui.

– J'ai peur pour elle. Je fous en l'air tout ce qui est important pour moi, mais j'ai toujours été honnête avec elle et elle est encore là. Elle n'arrête pas de me dire que je suis un risque qui vaut d'être pris.

Je devais donc faire bonne impression devant sa mère, même si cela nécessitait que je puise dans mon vieux sac de tours.

– Royal est très proche de sa mère. Elles n'étaient que toutes les deux quand elle était petite, donc la bénédiction de la mère ne serait pas de trop.

Ayden a hoché la tête.

– Tu es un risque qui vaut d'être pris.... Et elle aussi. Si tu arrêtais de t'inquiéter de ce qui pourrait arriver entre vous deux, et que tu te concentrais ce qui est en train de se passer, tu pourrais le voir, clair comme de l'eau de roche. Je crois que tu l'aimes mais tu es tellement embourbé dans les hypothèses que tu ne vois même pas le présent.

– Je ne sais pas du tout comment on aime quelqu'un, Ayd.

Elle a tendu une main et m'a tapé sur le côté de la tête, ce qui m'a fait froncer les sourcils en m'arrêtant devant la maison que je connaissais bien à Capitol Hill.

– Arrête de te chercher des excuses. Tu es trop malin pour ça, Asa. Tu m'aimes, tu aimes Maman, même si elle ne le mérite pas, et je crois qu'enfin, après bien trop longtemps, tu commences à t'aimer un peu. Tu peux aimer Royal si tu t'y autorises.

Ses yeux se sont éclaircis quand la porte d'entrée de la maison s'est ouverte et qu'un mec avec des cheveux bruns en bataille et un jean noir très serré est sorti. Jet Keller n'était pas l'âme sœur que j'aurais imaginée pour ma frangine, mais on pouvait lire sur son visage l'amour qu'elle lui portait. Il était tout pour elle et cela serait toujours ainsi. J'ai vu un sourire étirer sa bouche quand elle a posé la main sur la portière avant de se retourner pour me regarder.

– Autorise-toi à aimer quelqu'un entièrement, Asa. C'est ce qui te libérera enfin du passé. Il n'y a plus de place pour rien d'autre, plus de place pour les regrets, les récriminations quand tu es rempli d'un amour pareil. Je sais que tu penses que tu t'es réveillé du coma pour moi, mais tu ne vis pas depuis, et je crois que Royal pourrait bien être celle qui te donne enfin une raison de t'y mettre.

Elle est sortie de la voiture et Jet a commencé à descendre l'escalier vers elle comme si les cinq mètres qui les séparaient étaient déjà trop. J'ai lancé le nom d'Ayden et elle s'est penchée pour passer la tête par la fenêtre de la voiture.

– Tu me manques. Je voulais juste que tu le saches.

Elle m'a fait un clin d'œil et j'ai vu des mains couvertes de grosses bagues argentées se faufiler autour de sa taille derrière elle.

– Tu me manques aussi. Mais je crois que je vais moins m'inquiéter pour toi, après ce séjour.

Jet s'est penché et m'a dit bonjour, puis a attiré ma sœur et l'a embrassée comme s'il ne l'avait pas vue depuis des semaines, et non depuis quelques heures. Si vivre ressemblait à ça, je m'y étais mal pris ces dernières années, et Ayden avait raison.

16
ROYAL

Je n'étais pas vraiment sûre de ce qui m'avait pris en demandant à Asa de rencontrer ma mère. Je ne savais pas si c'était parce que je voulais lui prouver que ce qu'il se passait entre nous était important, plus important que tout ce à quoi il essayait de se raccrocher avant, ou si je lui tendais un piège pour voir s'il pouvait supporter ma mère caractérielle. Dans tous les cas, je savais que j'avais des raisons plus profondes de lui avoir demandé de venir avec moi, et sachant qu'il était la personne la plus intelligente que je connaisse, je savais qu'il l'avait compris.

Malgré ça, lorsque j'ai frappé à la porte de son appartement en sortant du travail, encore en uniforme, il m'a simplement adressé un regard lubrique et m'a dit qu'il n'aurait jamais cru qu'il pourrait trouver une keuf sexy. Puis il m'a embrassée, assez fort pour m'en faire perdre ma casquette, et m'a rappelé que mes menottes pouvaient avoir plusieurs usages. J'ai levé les yeux au ciel et l'ai suivi jusqu'à la 4Runner. Un de ces jours, j'allais le surprendre et honorer toutes ses promesses tordues.

Sur la route vers la maison de ma mère à Littleton, je lui ai fait un résumé de ce à quoi il fallait s'attendre. Je lui ai dit qu'elle aimait sauter de compagnon en compagnon. Il a levé un sourcil interrogateur lorsque je lui ai donné la version épurée de mes origines. Je n'ai pu qu'hausser les épaules et lui dire que je n'avais jamais eu de relations avec mon père et que je n'en avais jamais voulu. Ma mère s'était tuée à la tâche pour être plus que suffisante pour moi, et je n'avais jamais ressenti le manque d'une figure paternelle. Le mec qui avait contribué à l'autre moitié de mon ADN avait déjà une autre famille quand il avait commencé à batifoler avec ma mère, donc ce n'était pas comme si j'avais raté quelque chose. Asa a eu un petit rire et m'a dit qu'un coureur de jupons était toujours mieux qu'un taulard en matière de figure paternelle, et je devais admettre que j'étais d'accord.

– Ma mère a connu beaucoup d'ascenseurs émotionnels, ces derniers temps. Elle n'a jamais aimé être seule, et depuis que j'ai commencé à travailler à plein temps, elle a encore plus tendance à chercher l'amour au mauvais endroit. Je m'inquiète vraiment pour elle, et parfois j'ai peur qu'elle franchisse la limite et que je ne puisse plus fermer les yeux. Les hommes, et sa façon d'être avec eux, ça a toujours été un sujet sensible entre nous. Mais rien de ce que je dis ne semble rentrer dans sa tête. Ça me briserait le cœur si un homme venait à creuser un fossée entre nous.

Je lui ai lancé un regard espiègle.

– Alors ne réponds pas si elle commence à te draguer lourdement. Parfois, je me dis qu'elle perd vraiment la tête quand elle voit un beau mec.

Il m'a fait un grand sourire et mon cœur a fait un tour complet dans ma poitrine. Rien que le fait qu'il ait accepté de venir en disait beaucoup, et je n'étais même pas sûre qu'il s'en rende compte.

– Arrête de t'inquiéter. S'il y a bien une chose pour laquelle tu n'as pas à t'en faire, c'est ma capacité à gérer ta mère.

– Ce n'est pas la gérer qui m'inquiète, c'est la supporter.

Ma mère était ma personne préférée au monde, mais si elle faisait les yeux doux à Asa alors que j'étais dans la pièce, il était fort possible que je craque. Je n'avais jamais été du genre jalouse ou possessive avant, mais maintenant que j'étais à fond avec lui, je n'hésiterais pas à marquer mon territoire même si je savais bien que ma mère ne voudrait jamais me faire de mal ou me provoquer volontairement.

Asa a tendu une main et l'a posée sur ma nuque, qu'il a serrée. Cela a fait courir un frisson dans ma colonne vertébrale. J'ai eu envie de garer le SUV sur le côté de la route et de monter sur ses genoux. Pour être honnête, j'avais tout le temps envie de lui grimper dessus, mais le fait qu'il essaye de me rassurer, qu'il soit prêt à rencontrer ma mère simplement pour me faire plaisir, me rendait encore plus amoureuse de lui.

– C'est facile, avec les mamans. Les pères, ça me demandait plus de boulot, mais en même temps, je n'aimerais pas non plus que ma fille traîne avec un mec comme moi.

Sa voix était pleine d'autodérision et j'ai eu envie de ronronner quand ses doigts ont caressé la courbe de ma nuque.

– C'est dur de t'imaginer suivre le rituel « on s'assoit et on rencontre les parents ».

C'était dur de l'imaginer autrement que comme cet homme compliqué et difficile qui était devenu le centre de ma vie.

– Je faisais tout ce que je devais faire pour avoir ce que je voulais, y compris rencontrer les parents.

Sa voix n'avait plus aucun ton humoristique.

Je me suis retournée pour le regarder en me garant devant la maison de ma mère et ai penché la tête sur le côté en lui disant :

– Et pourtant, te voilà, en train de le faire pour moi.

Il m'a regardée pendant un long moment puis un minuscule sourire a animé sa bouche. Il s'est penché en avant et a appuyé ses lèvres contre les miennes avec légèreté.

– Me voilà.

Je savais ce qu'il était en train de me dire. Qu'il n'était pas seulement là pour rencontrer ma mère. Pas forcément car il en avait envie, ni car il allait en retirer quoi que ce soit, mais simplement parce que je le lui avais demandé et il faisait un effort sérieux pour être présent, pour moi. Il n'y avait plus de questions à ce sujet, j'avais offert mon cœur au charmeur du Sud au passé de délinquant. Probablement pas la meilleure décision de ma vie, mais je ne pouvais pas la regretter. Pas alors qu'il me regardait avec ce scintillement chaud dans les yeux et ce sourire entendu sur son trop beau visage.

Nous avons marché jusqu'à la porte d'entrée et il a posé une main dans le bas de mon dos. J'avais laissé ma casquette dans la voiture et détaché mes cheveux du chignon dans lequel ils étaient en journée pour ne pas me gêner. J'ai carrément grogné quand il a passé les doigts dans mes longues boucles et contre mon crâne. J'ai frappé à la porte comme il se devait avant d'entrer et de lancer un « bonjour » à la cantonnade. Elle m'a crié en retour qu'elle était dans la cuisine, et je suis partie dans cette direction, mais j'ai été arrêtée net par Asa qui s'est planté devant le mur du couloir pour regarder les diverses photos qui décoraient la surface. J'étais sur toutes les photos, certaines avec Dom et ses sœurs, et sur la plupart avec ma mère. Ses yeux semblaient collés aux images et toute sa bonne humeur et sa tendresse ont disparu derrière une apparence dure qui ternissait l'habituel voile de magma sur son regard. Sa mâchoire s'est crispée si fort que j'ai réellement entendu ses dents grincer, et son bras était comme de l'acier quand j'ai tendu la main pour le toucher.

– Ça va ?

Il a sursauté comme si je l'avais électrocuté, et quand il a baissé les yeux vers moi, c'était comme s'il regardait une inconnue. J'ai vu sa pomme d'Adam monter et redescendre et ses mains se serrer en poings le long de son corps. Il a lentement secoué la tête de droite à gauche et a fait un pas pour s'éloigner de moi, pour que je ne puisse plus le toucher. J'étais abasourdie par son brusque changement d'humeur, donc j'ai lâché un petit rire forcé et lui ai demandé :

– Ça t'a fait si peur que ça, de me voir avec un appareil dentaire et des genoux tout maigres ?

J'étais heureuse sur quasiment toutes les photos sur ce mur. C'était ma vie avant lui, exposée image après image, et je me suis demandé s'il était en train de prendre conscience de ce qu'il était en train de faire, rencontrer ma mère et entrer dans toutes les parties de ma vie. Il avait l'air de chercher ses mots lorsque j'ai entendu un bruit et que ma mère est arrivée dans le couloir, se demandant certainement ce qui nous prenait aussi longtemps. Elle avait un verre de vin à la main et un sourire chaleureux sur le visage et elle a dit gaiement :

– Vous vous êtes perdus ?

J'ai vu ses yeux s'écarquiller et sa bouche s'ouvrir en un petit O de surprise quand son regard s'est posé sur Asa. J'ai pensé qu'elle était frappée par sa beauté insolente, jusqu'à ce que le verre de vin lui glisse des mains et envoie voler le liquide rouge partout sur son tapis berbère. Ma mère pouvait être étourdie, mais d'ordinaire, elle était aussi gracieuse qu'une starlette d'Hollywood.

– Maman !

Je lui ai crié dessus et ai fait un pas en avant tandis qu'elle se servait de sa main comme d'un éventail et quittait Asa des yeux pour regarder le bazar qu'elle venait de causer. Elle a eu un rire un peu hystérique puis s'est retournée pour courir à la cuisine, et revenir un instant plus tard avec un torchon et une bouteille de nettoyant pour le sol. Son visage était rouge et j'ai remarqué qu'elle ne levait pas les yeux vers moi, ce qui était totalement inhabituel pour elle.

– Je suis vraiment désolée. Je ne sais pas ce que j'ai.

Elle s'est mise à quatre pattes et j'ai froncé les sourcils en la regardant, puis en regardant Asa, qui semblait avoir été taillé dans de la pierre. Je ne l'avais jamais vu si dur et distant. Même le soir où je l'avais arrêté pour une chose qu'il n'avait pas faite.

– Maman, voici Asa Cross. Asa, je te présente ma mère, Roslyn Hastings.

Ma mère a levé les yeux depuis sa position puis a immédiatement ramené son regard sur le sol.

– Humm... Ravie de te rencontrer, Asa.

Sa voix était froide et pas accueillante du tout.

Asa a ouvert la bouche, puis l'a refermée aussi sec. Il a levé une main sur son visage et s'est frotté la mâchoire comme s'il essayait vivement de trouver quelque chose à dire. J'ai froncé les sourcils et croisé les bras. J'étais à deux secondes de taper du pied par terre par énervement et de faire une vraie crise.

– C'est quoi, ton problème ?

Enfin, je savais que ma mère était excessive et qu'elle n'avait pas donné une première impression parfaite, mais l'imitation de statue me paraissait quelque peu extrême, surtout alors qu'il venait de m'assurer qu'il pouvait la supporter sans aucun problème.

Puis, c'est comme si on avait appuyé sur un interrupteur. Soudain, son expression immobile et dure s'est effacée pour révéler celle du bon petit gars en dessous. Un sourire détendu est apparu sur son visage et il a baissé le menton en un petit hochement de tête poli.

– Ravi de vous rencontrer, madame.

Je n'avais jamais entendu son accent aussi fort. Cela m'a donné la chair de poule et des frissons dans l'échine. Il avait pris un rôle. Asa jouait un personnage tout à coup, et cela m'a fait mal au ventre de voir le changement s'opérer aussi naturellement sous mes yeux. D'autant qu'il faisait cela pour quelqu'un de très important pour moi. Il y avait un gros problème et je ne savais pas du tout ce que c'était.

J'ai aidé ma mère à se relever et la raison pour laquelle elle tremblait me dépassait. Elle m'a prise dans ses bras et m'a vite poussée vers la cuisine, Asa sur nos talons.

Elle s'est mise à me poser une centaine de questions sur le travail, sur Dom, sur tout et n'importe quoi sauf sur moi et Asa, ce que j'ai trouvé super bizarre. Même si elle avait assez de tact pour ne pas le déshabiller des yeux devant moi, c'était impossible qu'elle ne lui jette pas au moins un petit regard admiratif. Toutes les femmes le faisaient. Cela faisait partie du magnétisme qui émanait de lui. Si l'on était née équipée d'un vagin, on matait Asa si on en avait l'occasion. C'était un simple fait.

Je n'arrêtais pas de les regarder tour à tour, mais il me fixait comme s'il essayait de dire quelque chose d'important, et cela me rendait très nerveuse. Je ne savais pas ce qu'il s'était passé lorsque nous avions franchir la porte d'entrée, mais j'avais l'impression d'avoir pénétré dans une dimension parallèle.

Ma mère nous a demandé de l'aider à apporter le dîner, et quand nous nous sommes installés, Asa s'est assis au bout de la table et, cela ne m'a pas échappé, aussi loin que possible de moi et ma mère. J'ai aussi remarqué qu'il ne touchait même pas à son assiette pendant que ma mère n'arrêtait pas de parler pour ne rien dire à une vitesse alarmante. Je ne me souvenais pas l'avoir un jour vue plus incohérente. J'ai posé ma fourchette bruyamment sur mon assiette et l'ai regardée en plissant les yeux.

– Maman.

Elle a fermé la bouche d'un seul coup et m'a regardée en clignant des yeux comme une chouette.

– C'est le premier gars que je te présente depuis des années, et ça fait dix minutes que tu parles du mec du pressing et d'une tache sur une tunique. Tu es très malpolie. Tu ne veux pas savoir comment on s'est rencontrés ni rien d'autre sur Asa ?

Elle m'a regardée, bouche bée, et a tourné des yeux écarquillés vers Asa, puis les a ramenés sur moi, les joues toutes rouges.

– Oh... Je suis désolée. Je te promets, en général, j'ai de bonnes manières.

Asa a grogné lorsque j'ai tendu la jambe pour lui donner un petit coup de pied sous la table. Un sourire est immédiatement apparu sur son visage et il a haussé les épaules.

– Ne vous inquiétez pas, madame. Je vous remercie de nous avoir préparé le dîner.

Ma mère a émis un rire aigu et a levé une main pour jouer avec son collier.

– Alors visiblement vous venez du Sud. D'où exactement ?

– Du Kentucky.

Il gardait le sourire sur son visage mais il n'y avait rien de plaisant dans sa voix.

– Oh, je parie que c'est joli, par là-bas.

– Pas là d'où je viens.

Je suis intervenue avant que cela devienne encore plus gênant.

– Asa travaille au bar où je t'ai dit que j'allais de temps en temps.

– Un barman. Ça doit être un boulot sympa.

Elle parlait avec un peu trop d'entrain.

– Par moments, oui.

La réponse inexpressive d'Asa a été la goutte d'eau. La tension était palpable et lourde comme un brouillard au point que j'avais l'impression de ne plus arriver à respirer.

Je me suis reculée de la table et me suis levée en posant les mains à plat sur la table. J'ai tourné la tête de l'un à l'autre et ai demandé :

– Quelqu'un peut-il m'expliquer ce qu'il se passe ?

Il me fallait des réponses et il me les fallait pour avant-hier.

Asa a reculé sa chaise.

J'ai tourné des yeux implorants vers lui quand je l'ai vu se lever.

– Asa ?

Son nom est sorti comme un murmure tandis qu'il avançait vers moi.

– Qu'est-ce que je ne comprends pas ?

Il a mis la main sous le lourd rideau de mes cheveux dans ma nuque et s'est penché pour m'embrasser sur le front. Cela ressemblait à un adieu, et quand j'ai levé les yeux vers son visage, j'ai vu que le masque affable qu'il avait porté pour le dîner avait disparu, et que l'inconnu de granit était de retour. Toutes les questions que je me posais sur son comportement étrange ont soudain disparu sous de grandes vagues de douleur quand j'ai compris ce qu'il allait faire très clairement.

– Je ne peux pas faire ça, Royal.

Il a frôlé le haut de ma joue de ses lèvres et j'ai vu la faible lumière s'éteindre complètement dans ses yeux.

– Pas de jeux, pas de mensonges, fini. Je t'ai dit que j'allais m'autodétruire même si je ne le voulais pas.

– De quoi tu parles ?

J'étais tellement perdue, tellement désorientée, et je savais que s'il partait maintenant, il partait pour de bon.

– Tu ne peux pas faire quoi ?

Je ne savais pas si le pousser à rencontrer ma mère avait été la goutte d'eau. C'était peut-être trop sérieux pour qu'il puisse y faire face, mais j'étais prête à lui prendre la main et à m'enfuir de cette maison avec lui si cela l'empêchait de faire ce qu'il était sur le point de faire.

J'ai voulu lui prendre le bras mais il s'est dirigé vers le couloir et la sortie. Je lui ai couru après, en colère et incroyablement décontenancée.

– Asa, qu'est-ce que tu fais ? Où vas-tu?

Sérieusement, nous étions à Littleton et nous étions venus avec ma voiture.

Il s'est arrêté devant la porte d'entrée et s'est retourné pour me regarder. Si un cœur brisé pouvait prendre forme sur un visage, cela aurait été le sien à cet instant.

– Je n'aurais jamais cru être capable de sacrifier quelque chose pour le bien de quelqu'un d'autre, jamais de toute ma vie. Je suppose que j'ai vraiment changé.

Je sentais que j'allais pleurer.

– Je ne comprends pas. C'est parce que je t'ai demandé de rencontrer ma mère ?

Je l'avais peut-être poussé trop loin.

– Je sais que tu ne comprends pas, et j'espère que tu ne comprendras jamais. Tu mérites mieux, Royal. Tu as toujours mérité mieux.

Il ne m'a pas répondu à propos de ma mère, mais j'ai vu une étincelle chaude s'allumer dans ses yeux. J'ai posé une main sur ma poitrine, où je sentais mon cœur essayer de s'enfuir de mon corps. Je méritais mieux que quoi ? Que lui ? Cela n'existait pas, à ma connaissance.

– Je suis amoureuse de toi.

Ma voix s'est cassée car il a tout de même ouvert la porte et m'a regardée par-dessus son épaule en même temps.

– Je sais. C'est pour ça que je m'en vais.

Sur ces paroles, il a disparu par la porte et m'a laissée plantée là, stupéfaite et abasourdie.

J'ai regardé la porte sans rien dire pendant dix bonnes minutes avant que ma mère vienne me chercher. Lorsqu'elle l'a fait, j'étais enracinée sur place, tremblante, et de grosses larmes chaudes coulaient silencieusement sur mes joues.

– Royal ?

Elle a mis une main sur mon épaule et j'ai sursauté. J'ai enroulé mes bras autour de moi car à cet instant précis, j'avais besoin d'un câlin autant que de respirer. Quand je l'ai regardée, j'aurais juré que la culpabilité et le soulagement se battaient sur son visage.

– Asa vient de partir.

Elle a un peu hoché la tête, comprenant qu'il avait quitté plus que ce dîner désastreux.

– Vous n'étiez pas venus ensemble ?

Je me suis tournée pour la regarder, les mots étaient coincés dans ma gorge tandis que l'émotion prenait possession de mon corps, si turbulente que j'avais l'impression qu'elle allait me réduire en morceaux.

– Il m'a quittée, Maman.

Ma voix a craqué lorsque j'ai dit cela, et elle a fait un petit bruit compatissant et a tendu une main pour la poser délicatement sur mon épaule.

– Eh bien, on sait toutes les deux que c'est ce que font les hommes, ma puce. Ils partent. Surtout les hommes qui ressemblent à ça, qui ont le démon et la tentation dans les yeux.

J'ai froncé les sourcils gravement en la regardant. Je savais que fréquenter Asa comprenait un fort risque de chagrin d'amour, mais j'avais commencé à croire que nous allions faire mentir les probabilités.

J'ai tourné mon regard vers ma mère et lui ai demandé, d'une voix que je reconnaissais à peine :

– Pourquoi tu étais aussi bizarre avec lui, ce soir ?

Tout en moi me criait de lui courir après, de l'appeler, de le supplier de m'expliquer ce qu'était ce bordel.

Elle a pris un air offusqué et m'a tapoté maladroitement là où sa main était posée.

– Il n'était pas pour toi. Quelque chose sur son visage montre qu'il apporte beaucoup d'ennuis. J'ai fait assez d'erreurs pour deux en matière d'hommes, Royal. Crois-moi, tu es plus tranquille sans un homme comme ça qui appuie là où ça fait mal.

– C'est ridicule, et arbitraire. Tu ne le connais même pas.

Il était tellement plus qu'une belle gueule. Les complexités qui vivaient sous sa façade futée étaient tout sauf attirantes, et c'était ce que j'aimais le plus chez lui. Sa laideur le rendait encore plus beau.

– Je connais les hommes comme lui, et j'ai été victime d'une belle gueule plus d'une fois, Royal. Ton père ne m'a pas séduite avec des mots doux et des beaux gestes. C'était le plus bel homme que j'avais jamais vu et cela m'a rendue aveugle au fait qu'il était marié, et à toutes les autres choses qui n'allaient pas dans notre relation. Tu peux trouver tellement mieux. Je ne te dirais pas ça si je ne le pensais pas, ma chérie. Tout ce que j'ai toujours voulu, c'est que tu sois heureuse.

Un sanglot qui essayait de sortir de force m'a donné le hoquet, et j'ai dû cligner des yeux pour voir quelque chose à travers les larmes qui s'accrochaient à mes cils. Je détestais qu'ils aient tous les deux soudain décidé ce qu'il y avait de mieux pour moi, dans le vaste monde, que ce que je voulais.... C'est-à-dire lui.

– Je ne veux pas mieux. Je le veux lui, et il me rend heureuse, surtout parce qu'il me laisse le rendre heureux.

Elle a encore dit mon nom mais j'étais dans le flou. Je savais qu'il me manquait des parties du puzzle, un chemin de miettes de pain qui menaient vers mon cœur brisé, mais je n'arrivais à me concentrer sur rien d'autre que la douleur que je ressentais, je ne pouvais pas essayer de les suivre. J'étais anéantie, et quand je ne le serais plus, je savais que je serais absolument furieuse contre moi-même d'avoir pris un si gros risque en sachant que le résultat allait forcément me détruire.

J'ai ouvert la porte par laquelle Asa venait de sortir de ma vie, et j'ai marché comme un zombie jusqu'à ma voiture. Je voulais refaire cette soirée depuis le début. Je voulais gifler Asa pour avoir donné une fin aussi atroce à notre histoire, uniquement car il ne pouvait pas s'en empêcher. Je voulais que quelqu'un me prenne dans ses bras et me dise que tout cela n'était qu'un mauvais cauchemar.

J'allais voir Dom, et ensuite j'irais m'effondrer en un tas sanglotant pour essayer de comprendre pourquoi les choses avaient aussi horriblement mal tourné en un clin d'œil.

17
ASA

J'avais dit à Rowdy plusieurs mois plus tôt, quand il avait du mal à mettre de l'ordre dans ses sentiments pour Salem, que les hommes qui se sacrifiaient, qui se donnaient pour les autres, méritaient chaque seconde de bonheur que le monde jugeait bon de leur offrir. Je n'avais eu Royal qu'une minute, une fraction de seconde même, mais c'était un moment qui aurait plus d'importance pour moi que toutes les années, les décennies, que j'avais gaspillées à être un connard égoïste et négligent. Ce qu'elle avait créé en moi était bien plus puissant et résistant que toutes les choses que j'avais détruites tout seul. Pour une fois, j'avais fait ce qu'il fallait sans réfléchir, sans me saisir de la solution de facilité, sans maintenir le mensonge. Je ne voulais plus faire semblant, seulement protéger la fille que j'aimerais pour toujours, je le savais. Elle me voyait, voyait tout de moi, et aucun des visages que j'endossais ne lui faisait peur. À cause de cela, je ne lui dirais jamais que sa mère, le seul parent qu'elle avait, la femme qui l'avait élevée et aimée, avait proposé de me payer pour coucher avec elle. J'acceptais d'être le méchant dans ce scénario, même si je n'avais rien fait de mal au final, et j'évitais à Royal la douleur qu'une telle révélation lui causerait sans aucun doute. Je pouvais être un héros, pour une fois, même si elle n'en avait pas conscience.

C'est drôle. Il avait fallu que je me brise le cœur et que je quitte la seule personne que j'avais réellement voulue pour enfin être capable de voir que je n'étais vraiment plus le même homme.

Royal m'avait appelé tous les soirs depuis que je l'avais abandonnée chez sa mère. Elle ne laissait jamais de message, ne m'envoyait jamais de texto et n'était pas non plus passée au bar, mais tous les soirs, quand elle savait que j'avais fini le boulot, elle appelait et je regardais le téléphone, en luttant intérieurement pour ne pas décrocher. Je savais qu'elle souffrait, qu'elle était déboussolée et perdue. Nash était passé pour me gueuler dessus. Même la discrète et timide Saint avait fait un tour au Bar pour me dire qu'elle pensait que j'étais un petit con et un imbécile. Je ne m'étais pas défendu, je ne pouvais pas expliquer pourquoi j'avais dû quitter Royal alors que je venais de me rendre compte qu'elle était ce que je voulais pour l'éternité. Alors j'ai encaissé les coups, je les ai tous laissés croire ce qu'ils voulaient, même Rome, qui a jugé que c'était son rôle de me cuisiner et de m'expliquer que je faisais une terrible erreur. Je les ai tous découragés, je leur ai dit qu'on était condamnés depuis le début, et que je n'arrivais pas à croire qu'ils soient surpris que ma relation avec la belle policière se soit écrasée juste après son envol. Je leur ai dit qu'elle en voulait trop, que rencontrer sa mère et faire semblant d'être un mec normal dans un couple normal était trop difficile pour moi. Je n'étais pas fait pour ça. Je leur ai soutenu à tous que quand on avait vécu une vie comme la mienne, les bonnes choses ne faisaient pas partie de l'équation, et cela a semblé faire taire tout le monde. Il y avait trop de questions auxquelles je ne pouvais pas donner de réponse, alors j'ai fini par complètement arrêter d'en parler, et la bande a compris et a cessé de me bassiner.

Je n'ai pas été surpris le moins du monde quand j'ai reçu la visite d'un bonhomme immense avec une jambe dans le plâtre, qui se déplaçait comme un homme de quatre-vingt-dix ans mais avec un regard assez féroce pour faire naître une peur panique chez n'importe qui. Je savais qu'il était là pour elle et je ne pouvais pas lui reprocher d'avoir l'air de vouloir m'arracher les intestins par le nez.

J'avais déjà rencontré Dominic Voss une fois, lorsqu'il m'avait arrêté. Son regard, alors qu'il boitait jusqu'au bar pour me parler en face, était cent fois plus menaçant que ce soir-là. Même sur une seule jambe et souffrant visiblement énormément, Dom n'était pas le genre de mec que l'on voulait emmerder. Quand il s'est installé de l'autre côté du bar et m'a fait plier du regard, je n'ai pu que le regarder et attendre de voir ce qu'il avait à dire.

Il a passé les mains dans ses cheveux bruns avec un air agacé et m'a demandé de lui servir un shot de Maker's Mark avec des glaçons. Je me suis retourné pour m'exécuter et l'ai posé devant lui en levant un sourcil.

– Je pensais que j'allais entrer ici et menacer de te casser la gueule... Même avec une seule jambe. Je pensais que j'allais te dire à quel point tu étais débile de la laisser tomber, et que tu n'imagines pas ce que tu manques en empêchant une fille merveilleuse comme Royal de t'aimer.

Il a pris le verre plein de glaçons et a avalé une gorgée, puis a haussé les sourcils, son expression reflétant la mienne.

– Mais vu ta tête, je crois que tu sais déjà tout ça. Alors maintenant, j'ai envie de te demander pourquoi tu l'as fait.

Je n'avais pas dormi depuis des jours. Je buvais mon poids en scotch tous les soirs de la semaine. Je n'avais pas pris la peine de me raser, donc j'avais un début de barbe et je savais que le vernis derrière lequel je me cachais habituellement n'était plus là. J'avais l'air de sortir de cette caravane du Kentucky après un mois de beuverie, et je me sentais aussi mal que si ça avait été le cas.

Dom a continué à me fixer. C'était une personne de plus qui voulait une explication que je ne pouvais pas lui donner.

– Tu as une sale gueule. Elle a une sale gueule. Aucun de vous ne semble accepter cette rupture, donc pourquoi tu ne fais rien, Don Juan ?

J'ai soupiré et ai enfin lâché son regard vert pénétrant. J'ai baissé les yeux vers le bar et ai levé une main pour me frotter distraitement la nuque. Les nœuds de tension rassemblés là étaient comme des boules d'acier sous ma peau.

– On ne peut rien y faire, monsieur le flic. Si j'avais une meilleure réponse que ça, je la lui donnerais... À elle, pas à toi.

Il a grogné et a bu le reste de son verre cul sec.

– Tu lui as brisé le cœur, putain, ce qui fait déjà de toi une sombre merde, mais ce qui fait vraiment de toi une raclure, c'est que tu l'as brisé après l'avoir ramassé.

Pourquoi t'embêter à le réparer si tu allais le remettre en morceaux ?!

Ma poitrine s'est contractée et mes mains se sont crispées contre ma volonté. Elle était déjà bien entière quand je lui avais mis le grappin dessus. Les morceaux étaient simplement dans le désordre car elle se souciait tellement de son équipier que le voir blessé l'avait presque détruite. Je n'avais fait que replacer les pièces et la renforcer. Si quelqu'un avait fait des efforts pour réparer l'autre, c'était dans l'autre sens. Je ne me rendais pas compte du point auquel j'étais cassé avant qu'elle commence à bricoler dans toute la noirceur et à braquer sa lumière dessus. Sans Royal, je n'aurais jamais pu être conscient que, même si je la faisais souffrir, c'était la meilleure chose à faire.

– S'il y avait une autre façon de faire ça, je l'aurais trouvée. Que tu me croies ou pas, je suis parti pour elle, pas à cause d'elle.

Dom a encore grondé et est remonté tant bien que mal sur ses béquilles.

– Tu as intérêt à avoir une sacrée bonne raison de lui avoir fait ça.

Oh, j'avais une putain de bonne raison, mais je n'allais la partager avec personne pour ne pas prendre le risque de déchirer la famille de Royal. Les péchés des parents ne doivent pas être subis par leurs enfants. J'en avais fait l'expérience.

– J'espère que tu vas régler tes problèmes, Don Juan. Royal mérite quelqu'un qui peut rester à ses côtés et l'apprécier pour toutes les choses fantastiques qu'elle apporte. Je ne sais toujours pas pourquoi il se trouve que cette personne est un ancien détenu avec un accent du Sud, mais on a connu pire.

J'ai passé une main sur mon visage tandis que mon cœur gonflait douloureusement dans ma poitrine. Je ne pouvais pas régler cette merde, et c'était ce qui rendait la situation impossible. J'ai appelé Dom alors qu'il se dirigeait enfin vers la porte :

– Prends soin d'elle.

Il m'a regardé par-dessus son épaule avec un regard dur.

– Je l'ai toujours fait.

Sur ces dernières paroles, il est sorti du bar et m'a laissé en encore plus mauvais état qu'avant.

J'ai reçu une autre visite à la fin de la semaine, que j'aurais juré être la plus longue de ma vie. J'avais juste envie de dire à tout le monde de me laisser tranquille, de me renfermer sur moi-même et de faire mon deuil pour la perte de quelque chose qui resterait avec moi pour toujours, j'en étais sûr. C'était le lendemain du premier soir où Royal ne m'avait pas appelé, j'était déjà sur les nerfs et furieux contre moi-même et contre la situation. Je ne m'étais jamais plaint de toutes les merdes qui semblaient trouver leur chemin jusqu'à moi, cela ne m'avait jamais dérangé de devoir faire une sorte de pénitence, mais j'avais l'impression que ce sacrifice serait peut-être celui qui m'achèverait et pourrait me détruire.

Je n'étais plus qu'une coquille vide. L'emballage d'un homme qui continuait mécaniquement à vivre au quotidien car c'était ce que l'on attendait de moi. Je n'avais plus à m'inquiéter ni à me torturer au sujet du bien et du mal, car il n'y avait plus rien. J'avais le sentiment que sans elle, sans sa lumière, ce moment n'existait pas, ni aucun autre. J'étais au point mort tandis que la vie continuait autour de moi.

Elle est venue au début de mon service. Elle portait des lunettes de soleil teintées et un grand chapeau souple, comme si elle voulait que personne ne la reconnaisse. C'était un peu trop tard pour cela. La mère de Royal, la femme qui m'avait proposé de l'argent pour coucher, s'est assise au bar et a enlevé ses lunettes noires pour me regarder avec de grands yeux remplis de terreur. Maintenant que je les avais vues toutes les deux ensemble, je n'arrivais pas à croire que je n'avais pas vu la ressemblance. Mis à part sa couleur de cheveux, Royal était le portrait craché de la magnifique femme que j'avais devant moi.

Roslyn s'est délicatement éclairci la voix et a posé les mains sur le dessus du bar comme si elle avait besoin de toucher quelque chose de solide pour se maintenir dans la réalité.

– Je ne savais absolument pas que tu fréquentais Royal quand j'ai commencé à venir ici. Elle m'avait parlé du Bar, m'avait dit que c'était sympa et que beaucoup de beaux jeunes hommes sortaient ici. Elle ne m'a jamais parlé de toi en particulier, ni même dit qu'elle voyait quelqu'un qui travaillait ici.

Cela n'excusait toujours pas la proposition qu'elle m'avait faite. Peu importe que je sois avec sa fille ou pas. Maintenant que j'étais parti, que j'avais fait ce qu'il fallait pour une fois dans ma vie, sans être assailli par le doute, je voyais les lointaines ramifications de ce choix alors que la mère de Royal gigotait nerveusement devant moi.

J'étais parti, mais à quoi cela servait-il si cette femme pouvait continuer librement d'avoir un comportement aussi irresponsable sans répondre de ses actes ? Royal finirait par être blessée quoi qu'il arrive, et mon sacrifice aurait été inutile.

J'ai ignoré Roslyn et suis allé servir la commande d'un des habitués. Dixie me regardait attentivement et je lui ai fait un signe de la main pour lui dire que tout allait bien. Il me fallait une seconde pour monter ma stratégie, une seconde pour ressortir mes vieux tours de mon sac de manipulateur. En fait, j'étais surpris que cela ait pris si longtemps à Roslyn de revenir au Bar. Je tenais l'avenir de sa relation avec sa fille entre mes mains, et elle le savait forcément. Si j'avais été elle, cela aurait été ma première étape, des semaines plus tôt. Peut-être que si je n'avais pas passé mon temps à me complaire dans mon deuil et mon chagrin, et de façon générale, à m'apitoyer sur mon sort, je serais allé la voir le premier. La dernière chose que je voulais était laisser tomber la seule femme que je désirais garder, pour que sa mère inconsciente la blesse alors que je ne serais pas là pour la consoler.

Je suis retourné au bar après quinze minutes pour la faire flipper volontairement. Quand je suis arrivé devant elle, j'ai posé les mains sur le comptoir et me suis penché en avant pour parler à voix basse et qu'elle soit la seule à m'entendre.

– Le fait que vous ne sachiez pas pour Royal et moi n'excuse pas ce que vous avez fait. Vous m'avez proposé de l'argent pour m'amener dans votre lit. Que je couche avec votre fille ou pas, prendre ce genre de risque est idiot et inutile. Faites passer votre fille avant vous. Faites passer votre bien-être avant votre besoin d'attention permanent de la part du sexe opposé. Même si ce n'était pas moi, à votre avis, comment se sentirait Royal si elle apprenait que c'est ce que vous faites quand vous sortez ? Proposer de l'argent à des hommes louches contre du sexe est affreusement dangereux. Vous n'imaginez même pas le malheur que j'aurais pu apporter dans votre vie si j'avais accepté ce genre de proposition il y a quelques années. Et votre fille est flic, bordel. Ça pourrait ruiner sa carrière, en plus de sa vie privée. Vous avez déjà pensé une seconde à tout ça ?

Roslyn s'est recroquevillée et a commencé à jouer avec ses mains.

– Je n'ai jamais voulu faire de mal à Royal.

J'ai eu un petit rire jaune et me suis éloigné du bar.

– Exactement. Ce n'est peut-être pas volontaire, mais vos actes égoïstes et irréfléchis lui font du mal, et ce n'est pas la première fois. Vous pensez qu'elle aime vous voir sauter d'un homme à l'autre ? Vous pensez qu'elle est contente que votre solitude vous fasse faire des choses imprudentes et inconsidérées ? Vous pensez qu'elle aime s'inquiéter pour vous et pour ce que vous faites dehors parce que vous n'êtes pas capable de vous occuper de vous-même ? Vous avez de la chance de l'avoir et vous n'avez jamais été reconnaissante pour ça.

Elle m'a regardé en plissant un peu les yeux.

– Tu vas me dire que tu l'as appréciée à sa juste valeur pendant tout ce temps, Asa ?

J'ai haussé une épaule et l'ai laissée retomber.

– J'apprenais à le faire. J'ai su dès la première minute où je l'ai vue qu'elle était à part, qu'elle était trop bien pour moi, donc je savais qu'il fallait que je profite de chaque seconde que je passais avec elle.

– Tu es amoureux de ma fille ?

Elle a dit cela comme un murmure, et c'était la seule personne qui m'avait posé cette question à laquelle j'allais répondre.

– Oui.

Et étonnamment, être capable de le dire est ce qui m'a enfin réveillé. Ayden avait raison. J'étais somnambule, et m'autoriser à aimer Royal, assez pour la laisser partir, m'avait réveillé en sursaut. Mais être éveillé alors que je ne faisais que souffrir était bien trop douloureux, et je me serais bien passé de cette peine. Être insensible avait ses avantages, mais je savais que je ne pourrais jamais revenir à cet état. Le passé devait rester derrière moi. L'avenir devait se dérouler comme il se déroulerait, et il fallait que je me concentre sur tout ce que j'avais devant moi, là maintenant.

Elle a levé une main sur sa gorge, comme elle l'avait fait au dîner, et a cligné des yeux en me regardant.

– Alors, qu'est-ce qu'il va se passer, maintenant ?

J'ai grincé des dents et ai soufflé fort par le nez.

– Ce qu'il se passe, c'est que vous reprenez pied. Vous l'aidez à surmonter cette séparation parce que je sais qu'elle ne comprend pas et qu'elle souffre. Vous la convainquez qu'elle vaut mieux que moi, et sachez que si j'entends que vous faites une chose aussi stupide que de proposer à un inconnu de le payer pour baiser, je dirai tout à Royal, et si elle ne veut pas m'écouter, je le dirai à Dom. Il vous surveillera avec son œil de lynx et vous ne pourrez pas bouger le petit doigt sans qu'il vous ait à l'œil pour être sûr que vous ne fassiez plus rien d'aussi bête. Votre fille vous aime, mais ce que vous faites est dangereux et impardonnable. Ce sera la goutte d'eau. Elle est déjà fatiguée par votre attitude avec les hommes dans votre vie. Reprenez-vous, ou vous la perdrez.

C'était une menace que je n'aurais aucun mal et aucun scrupule à mettre en application, et je me suis assuré qu'elle le comprenait quand elle a enfin levé les yeux pour croiser mon regard.

– Pourquoi ? Pourquoi fais-tu ça alors que tu pourrais lui dire la vérité ? Pourquoi me donner une deuxième chance alors que tu pourrais me jeter aux orties et vivre un parfait bonheur avec elle ?

J'ai grogné car je voulais simplement qu'elle parte.

– Je fais ça parce qu'elle vous aime depuis plus longtemps qu'elle m'aime. Je le fais parce que Royal a plus besoin de sa mère que d'un copain, et je le fais parce que je n'aurais jamais cru que je pouvais abandonner le premier prix. Je le fais parce que c'est la meilleure chose à faire.

Et putain, faire ce qu'il fallait sans aucune hésitation n'avait jamais été une possibilité pour moi, avant Royal.

Et c'était tout. Je me suis éloigné de Roslyn et ai sincèrement espéré ne jamais la revoir. Je n'ai pas attendu de voir si elle était partie. J'ai continué mes affaires comme un zombie pour le reste de mon service... Et le service d'après... Et le suivant.

Une autre semaine avait passé quand Rome m'a enfin convoqué dans le bureau du fond et m'a dit de prendre quelques jours de congé. Je lui ai dit qu'il ne fallait surtout pas que j'aie du temps pour moi et pour réfléchir. Il m'a dit que ce n'était pas une suggestion, mais un ordre. Je lui ai gentiment répondu d'aller se faire foutre et les choses ont rapidement dégénéré, à partir de là. Je ne me rappelle pas vraiment qu'il ait utilisé la manière forte pour me faire sortir du bar et m'ait traité de tous les noms. Je ne me souviens pas non plus qu'il m'ait cogné sur la tête tellement fort que mes oreilles sifflaient. Ce dont je me souvenais très bien en revanche, c'était qu'il m'avait dit de me sortir la tête du cul avant qu'il soit vraiment obligé de me faire mal, cela m'avait fait réagir et j'étais rentré chez moi.

J'avais passé plusieurs jours à me vautrer dans un brouillard alcoolisé, allongé dans mon lit vide et esseulé.

Qui aurait cru que faire les choses bien était cent fois plus douloureux ?

J'étais sous la douche, j'essayais de me nettoyer des vestiges de ma beuverie et je me demandais si j'allais pouvoir passer à autre chose lorsque mon téléphone a sonné, dans l'autre pièce. Sachant que tous mes amis ou alliés étaient énervés contre moi ou essayaient de me laisser de l'espace, je n'ai pas pu retenir mon traître de cœur de penser que cela pouvait être Royal. Même si je ne céderais pas à la tentation et que je ne répondrais pas à son appel, je voulais quand même regarder son beau visage sur l'écran pendant que mon téléphone jouait *You're Mine* des Black Angels et écrasait encore plus mon cœur.

J'essuyais l'eau sur mon visage avec une autre serviette lorsque j'ai trouvé le portable et je me suis arrêté net en voyant que le visage sur l'écran n'était pas celui que j'espérais, mais un visage que je n'avais pas vu depuis si longtemps que j'avais presque oublié à quoi il ressemblait. J'ai posé mon cul sur le côté du lit et ai décroché sèchement :

– Dans quels ennuis tu t'es fourrée, Maman ?

J'avais eu assez d'histoires avec des mères pour toute une vie.

D'après le bruit, elle avait l'air d'être sur une aire de repos pour poids-lourds. J'entendais du vent, des klaxons, et des moteurs qui tournaient.

– Aucun. Pourquoi c'est toujours la première question que tu me poses ?

Son accent était deux fois plus fort que le mien, et je lui posais toujours cette question car les seules fois où j'avais de ses nouvelles était quand elle avait besoin de quelque chose ou quand elle avait des problèmes. J'imagine que les chiens ne font pas des chats, de ce côté-là.

– Où es-tu?

J'ai marmonné cette question et me suis rallongé sur le lit, en regardant le plafond. J'avais passé beaucoup d'heures dans cette position ces derniers jours.

– À côté de Chicago. Écoute, je viens d'avoir un coup de fil de l'administration pénitentiaire.

Eh bien, cela ne me disait rien qui vaille.

– À propos de quoi ?

Elle a crié quelque chose que je n'ai pas compris puis est revenue au téléphone.

– À propos de ton père.

Mon père était comme une histoire de fantômes. J'en avais entendu parler toute ma vie, un spectre qui existait en théorie et me faisait peur quand je faisais des conneries, mais je n'avais jamais eu de preuve concrète que c'était un être humain réel, vivant, en chair et en os.

– Qu'est-ce qu'il a ? Il peut enfin être libéré en conditionnelle et il cherche des témoins de moralité ?

J'ai dit cela ironiquement, sachant que je n'avais jamais rencontré cet homme, et que tous mes pires traits de caractère venaient de son côté de la loterie génétique. En ce qui me concernait, il pouvait bien pourrir derrière les barreaux toute sa vie.

– Asa !

Ma mère a aboyé mon nom puis s'est déplacée quelque part où elle ne devait pas se battre contre le bruit de fond pour que je l'entende.

– Ton père est malade depuis longtemps.

Je savais que j'étais censé ressentir quelque chose en entendant ces mots, mais il m'était impossible de savoir ce que ce sentiment devait être.

– OK.

Elle a soupiré et a encore dit mon nom.

– Ton père est décédé dans l'hôpital de la prison hier soir. Il a eu une grave crise cardiaque. Personne n'a rien pu faire.

Une fois de plus, je ne savais pas ce que tout cela était censé me faire ni le genre de réaction qu'elle essayait d'obtenir de moi.

– OK.

Ma mère a juré et je l'ai carrément entendue taper du pied par terre impatiemment à l'autre bout du fil.

– Asa, tu es sa seule famille. Ton père ne s'est jamais marié, ses parents sont morts il y a des années et il était fils unique. Il faut que tu ailles dans le Kentucky pour t'occuper de ses affaires.

J'ai grogné et ai pressé ma main libre contre mon œil.

– Maman, il était enfermé depuis trente ans. Quel genre d'affaires il pourrait avoir à régler ? Laisse l'État s'en occuper. Je n'ai pas l'intention de retourner là-bas.

Surtout pas pour un homme que je n'avais jamais rencontré. Le genre d'homme que je serais devenu si le destin et une bande de motards n'avaient pas tout changé pour moi.

– Je te croyais plus malin que ça, mon fils. Même les âmes les plus troublées ont des gens pour les aimer. Ton père a fait de grosses erreurs, mais sa famille ne lui a jamais tourné le dos. Ils avaient une ferme magnifique juste après Woodward, où ton père a grandi. Comme il n'est plus là, la terre et tout ce qu'il y a dessus te reviendront.

J'ai lâché un juron et me suis rassis d'un seul coup.

– Tu déconnes ?

– J'ai l'air de déconner, Asa ?

Non, elle avait l'air agacée de devoir s'occuper de ça.

– Ils ne se sont jamais préoccupés de ma relation avec ton père ou de toi après ta naissance, juste avant qu'il se fasse enfermer. Ils pensaient que j'étais une merde et qu'on avait gâché sa vie, mais ils n'ont jamais perdu espoir pour ton père.

– Pourquoi ça me revient à moi, et pas à toi ? S'ils nous détestaient, pourquoi c'est moi qui hérite ?

C'était peut-être pour cela qu'elle avait l'air si énervée.

– Je t'ai dit que ton père ne s'était jamais marié. Avec moi non plus. Mon nom était sur les papiers de son arrestation parce qu'on vivait ensemble à l'époque. La prison m'a appelée pour m'apprendre la nouvelle.

Elle a marmonné quelque chose dans sa barbe puis tout le bruit dans le fond est revenu.

– Rentre à la maison, Asa. Va enterrer ton père. Va voir la ferme. Garde-la ou vends-la. Dans les deux cas, c'est l'occasion de recommencer ta vie comme ta sœur l'a fait.

Elle ne m'a pas dit au revoir. Elle a raccroché soudainement, me laissant bouche bée, sous le choc, à fixer le téléphone. Soudain, je n'avais plus à me soucier de trouver quelle émotion ressentir, car je les ressentais toutes en même temps. Joie, rage, peur, tristesse, confusion... Tout est remonté à la surface. Je n'étais plus creux, je n'étais plus vide. J'étais plein de tout ce que je m'étais efforcé d'éviter pendant la majeure partie de ma vie, et maintenant, tout ce que je pouvais faire était rire comme un fou et jeter mon téléphone à l'autre bout de la pièce. J'ai ri jusqu'à ce que des larmes perlent au coin de mes yeux et que mes abdos me fassent mal à cause de l'effort. J'avais l'impression de perdre la tête, mais je savais que la seule chose qu'il me restait à faire était de sauter dans le prochain avion pour le Kentucky.

Je n'ai pas eu à lever les yeux en entendant des bottes claquer sur les marches du porche pour savoir que ma sœur avait trouvé son chemin jusqu'à moi. Je ne savais pas comment, mais elle semblait avoir le don d'apparaître au moment où j'avais le plus besoin d'elle. Au départ, j'avais quitté Denver sans rien dire à personne. Je n'avais pas dit à Rome que je partais, et je n'avais pas appelé Ayden pour lui dire ce qu'il se passait. Il a seulement fallu que je descende de l'avion et que je prenne un taxi pour aller au bureau de l'avocat de mon père pour changer complètement d'avis. J'ai été immédiatement inondé par trop d'informations, trop de décisions à prendre, et il m'a fallu une seconde pour me remettre les idées en place. Je me suis alors rendu compte que je ne pouvais pas claquer la porte sur l'endroit et la personne que j'avais été tout seul. J'avais besoin qu'Ayden m'aide à le faire une bonne fois pour toutes.

J'avais appelé ma petite sœur et lui avais tout expliqué. Évidemment, elle m'a crié dessus pendant cinq minutes car j'avais essayé de m'occuper de cela seul. Je savais en raccrochant le téléphone qu'elle arriverait dès qu'elle le pourrait, qu'elle reviendrait dans un lieu que nous aurions tous les deux souhaité ne jamais revoir.

J'ai appelé Rome et lui ai fait un petit résumé aussi. Il a reçu les choses calmement et m'a dit de prendre autant de temps qu'il me fallait. Il m'a aussi rappelé qu'il était là, qu'ils étaient tous là si j'avais besoin de quoi que ce soit, et m'a dit de ne pas l'oublier. Je lui ai répondu que j'avais bel et bien fini de prendre pour acquises les bonnes choses dans ma vie, et que je le tiendrais au courant de ce qu'il se passait ici.

Il avait fallu deux jours à Ayden pour venir d'Austin à Woodward. Deux jours durant lesquels j'avais donné le feu vert pour que l'inconnu qu'était mon père soit incinéré, puis hérité d'une plantation de tabac de quarante hectares qui s'étendait splendidement sur une bonne terre du Kentucky. Le terrain était très beau. Comme une carte postale, avec un immense corps de ferme blanc et une étable pour les chevaux. Et dire que j'avais manigancé toute ma vie pour avoir accès à ce genre d'endroit alors que la ferme avait été là, pas loin, pendant tout ce temps. Elle avait l'air ancienne et grande et je n'arrivais pas à croire qu'elle était à moi. Je ne pouvais pas me dire qu'une aussi bonne chose ait surgi au milieu de tout le bordel qu'était ma vie.

Le bruit des bottes d'Ayden résonnait sur les marches en bois qui recouvraient l'élégant porche de la maison. Je n'ai pas levé les yeux vers elle. Au lieu de cela, j'ai fermé les yeux et elle s'est assise à côté de moi sur la dernière marche, et a passé un bras sous le mien en posant la tête sur mon épaule.

– Je suis étonné que Jet t'ait laissée revenir ici toute seule.

J'ai penché la tête sur le côté pour l'appuyer sur la sienne. Nous n'avions jamais pu faire cela, enfants. Simplement être tranquilles. C'était toujours un combat pour survivre, sans pause pour apprécier la vie et le paysage.

– Ce n'est pas sa place, ici.

Sa voix rauque était basse et j'étais entièrement d'accord avec elle.

– Non, c'est vrai.

Nous sommes restés assis en silence et avons absorbé l'énormité d'être dans un endroit que nous n'aurions jamais imaginé, ni l'un ni l'autre, pouvoir toucher. C'était surréaliste et sûrement tout aussi étourdissant pour elle que pour moi.

– Alors, qu'est-ce que tu vas faire, maintenant ?

Je connaissais assez bien Ayden pour savoir qu'elle ne parlait pas de la ferme.

J'ai laissé mes yeux se refermer et ai pris une grande inspiration. C'était la seule à qui j'allais le dire, la seule à qui je faisais confiance pour ne pas raconter toute l'histoire sordide. Je savais que ma sœur garderait mes secrets et protégerait la femme qui comptait tant pour moi, alors j'ai tout déballé. La mère de Royal, la proposition, mon dilemme entre mentir à la seule fille que j'aimerais jamais pour être avec elle et lui dire la vérité et la blesser, détruire tout son monde. Je savais qu'Ayden verrait ce que tout cela avait d'impossible, et plus je lui dévoilais mon récit, plus je m'enfonçais dans le terrier. Je lui ai parlé des petits jeux auxquels j'aimais jouer, principalement parce que je ne pouvais pas m'en empêcher, et je lui ai raconté à quel point Royal était assez rapide et culottée pour me reprendre sur mes conneries à chaque fois. Je lui ai dit que je ne voyais même plus son badge, et que l'idée d'être amoureux d'une policière ne me faisait plus rien car je savais, je savais que je ne retournerais jamais dans cet état où j'étais un danger pour moi et pour les autres. Aimer Royal m'avait donné assez de force pour laisser tomber le passé et arrêter d'essayer de prédire l'avenir. Tout ce qui m'intéressait était l'ici et maintenant.

Quand j'ai eu fini de tout raconter, que je me suis purgé de tout, j'ai remarqué des larmes discrètes qui coulaient sur le visage d'Ayden. Elle a secoué la tête et s'est penchée pour frotter sa joue mouillée sur mon T-shirt, ce qui m'a fait rire.

Elle m'a dit, tellement doucement que je l'ai à peine entendue :

– Tu en débordes Asa.

Elle parlait du bien, et je pensais enfin qu'elle avait raison.

– J'ai laissé l'État incinérer mon père. Je vais prendre ses cendres et aller les disperser dans le champ. Puis je vais appeler le notaire et lui demander de rassembler les offres qu'il a reçues pour cet endroit depuis la mort des parents de mon père. Apparemment, cette propriété est très demandée dans le coin, et les gens attendent impatiemment qu'elle soit sur le marché depuis des années.

Elle a fait un bruit de gorge.

– Tu es sûr que tu ne veux pas la garder ? Elle est magnifique.

J'ai lancé un rire sec.

– Elle n'est pas à moi. Je n'ai pas ma place ici, et on sait tous les deux que la beauté ne fait pas tout. En plus, les montants dont l'avocat m'a parlé sont loin d'être minables. Je peux rembourser les dettes que j'ai encore à l'hôpital. Je peux te donner assez d'argent pour payer la fin de tes études.

Elle a levé la tête, et m'a regardé avec la bouche grande ouverte. Je lui ai fait un sourire.

– Je peux investir dans le nouveau business où Rome m'a demandé d'être partenaire. Je peux restaurer la Nova. Je peux peut-être acheter mon propre bar et partir de mon appartement pourri. Ça fait assez d'argent pour recommencer sur de bonnes bases.

– Waouh... Tout ça pour de la mauvaise herbe ?

J'ai ri.

– Tu es partie de la campagne depuis trop longtemps. Tu es une authentique citadine, maintenant.

Elle a haussé les épaules.

– C'est vrai, mais je porte toujours fièrement mes bottes.

Nous avons échangé un sourire et elle m'a dit, avec tellement de sincérité que j'en ai eu mal à la poitrine :

– Je veux que tu fasses ce qui te rendra heureux, peu importe ce que c'est.

C'était exactement ce que je lui avais dit quand elle m'avait annoncé qu'elle quittait Denver pour emménager à Austin, et passer plus de temps avec Jet.

– J'ai eu l'occasion d'être heureux. Même si ça n'a pas vraiment marché pour moi.

Elle a encore soupiré et s'est levée en même temps que moi. J'ai pris l'urne toute simple qui était posée sur les marches à côté de mes pieds, et ai levé un sourcil. Elle a hoché la tête solennellement et m'a suivi quand j'ai commencé à marcher vers l'un des champs de tabac.

– Tu ne peux pas laisser les choses telles qu'elles sont avec Royal, Asa. Vous méritez tous les deux mieux que ça, et elle est intelligente. Une fois que son cœur ne la fera plus autant souffrir, elle va faire le rapprochement et comprendre toute seule.

Nous méritions mieux, et peut-être que Royal comprendrait tout cela un jour, mais je n'avais pas de solution pour réparer les choses d'ici là, alors j'ai simplement passé un bras autour des épaules d'Ayden sans rien dire, tandis que nous entrions dans l'un des champs. Il était temps de fermer la porte pour de bon sur le passé et sur toutes les mauvaises choses et les démons qui y vivaient. Il n'y avait plus d'avant ni d'après. Il n'y avait que cet instant ; même s'il était douloureux et dur à vivre, cela restait le seul instant.

18
ROYAL

Mon instinct primaire était de me pointer devant la porte d'Asa cinq secondes après qu'il m'avait quittée, et d'exiger des réponses tout en le rouant de coups. Mon deuxième instinct était de me rouler en boule et de pleurer pendant des jours, car même si cela n'était qu'un jeu tordu de plus, j'en avais fini avec lui. Alors j'avais coupé la poire en deux et l'avait appelé tous les jours pendant une semaine, en priant pour qu'il décroche et en espérant en même temps qu'il débarque devant chez moi avec une excuse parfaite, pleine de belles paroles qui rattraperaient tout. J'avais fait cela tout en me cachant chez Dominic ou dans mon lit avec Saint à mes côtés, qui essayait de me convaincre de ne pas sauter. Mon état émotionnel n'était en rien aidé par le fait que ma mère était soudain sur mon dos, à essayer de gagner le titre de meilleure maman de l'année. Je ne pouvais pas faire un pas sans qu'elle me demande comment j'allais, sans qu'elle me dise : « Un de perdu, dix de retrouvés », sans qu'elle me dise qu'un mec comme Asa ne méritait pas une seconde de mon temps, encore moins une seule larme de mon chagrin. Elle essayait de me distraire mais tout ce qu'elle parvenait à faire était m'énerver sérieusement.

J'étais furieuse et hors de moi, principalement parce que je savais qu'il s'était passé quelque chose, quelque chose que je ne comprenais pas. Quelque chose l'avait forcé à me quitter, et il fallait que je sache ce que c'était si je voulais avoir une chance d'accepter qu'Asa m'avait volontairement arraché le cœur de la poitrine pour me le rendre ensuite.

Lorsqu'il est devenu évident qu'Asa ne répondrait pas à mes appels, j'ai versé une dernière larme et j'ai décidé que c'était fini. Fini la quête de la vérité. Fini d'essayer de justifier ses actions. Fini de souffrir pour un homme qui m'avait promis de me blesser depuis le début. Il avait tenu parole, c'est vrai.

J'ai enfermé tout ce que je ressentais dans une petite boîte et ai fait de mon mieux pour l'ignorer en me noyant dans le travail. J'oubliais de manger. J'oubliais de prendre des nouvelles de Dom. J'oubliais d'aller à la salle de sport. Je ne faisais qu'aller travailler et rentrer chez moi, travailler et rentrer chez moi, et puis travailler encore un peu plus. Mon nouvel équipier m'avait demandé une centaine de fois si j'allais bien et je lui répondais par un signe de la main nonchalant. Heureusement, à peu près au moment où j'avais décidé de devenir un cyborg sans émotion, Barrett et moi avions été sélectionnés par le lieutenant et assignés à un groupe d'intervention spéciale pour enquêter sur une série d'effractions dans les différents dispensaires de cannabis thérapeutique qui s'étaient multipliés à Denver depuis que cette drogue avait été légalisée dans l'État. C'était la parfaite excuse qu'il me fallait pour bloquer le reste et balayer tout le monde d'un revers de main quand on prenait des nouvelles de moi. Je me perdais dans le travail et je faisais comme si je n'avais jamais entendu parler d'Asa Cross.

Cela marchait très bien... Enfin, si l'on écartait le fait que j'étais en train de nourrir un ulcère, que je me réveillais en pleine nuit en larmes, en ayant l'impression qu'un poing serrait mon cœur. Je faisais tellement bien semblant que ma mère s'est enfin calmée, et que Dom a arrêté de menacer d'emménager sur mon canapé jusqu'à ce que je sorte de ma déprime. Le mensonge sortait de mes lèvres aussi facilement que la vérité, désormais. Je le répétais tellement que lorsque j'étais réveillée, j'y croyais presque moi-même.

Le déni et les tactiques d'évitement étaient bien en place, et je m'étais résignée à ce que cela soit ainsi pour le reste de mon existence, quand Saint est passée après le travail, un soir, avec une bouteille de vin et des nouvelles surprenantes. Elle m'a dit en buvant son premier verre que Nash avait rendu visite à Asa et lui avait rapporté que le barman blond avait une tête et une voix atroces. Autour du deuxième verre, elle m'a informé que Cora avait laissé échapper que Rome avait forcé Asa à prendre quelques jours de congé car il était dans un trop sale état, et c'est au troisième verre qu'elle m'a révélé que le père d'Asa était mort en prison, et qu'il avait dû repartir dans le Kentucky une semaine pour s'occuper des biens de son père. Elle a également mentionné que ce soir était sa première soirée de retour au Bar, donc les gars y allaient pour le voir. Je n'avais pris que quelques gorgées de mon premier verre car j'étais tellement absorbée par la moindre goutte d'information qu'elle avait sur mon bellâtre aux yeux de whisky que j'avais même oublié que j'avais un verre à la main.

J'ai été tellement surprise par la nouvelle pour le père d'Asa que j'ai failli faire tomber le verre d'entre mes doigts soudain paralysés. Je ne voulais pas compatir. Je ne voulais pas que l'empathie et le besoin de savoir s'il allait bien me remplissent à l'intérieur, mais c'était le cas. Nous avons terminé la bouteille et Saint m'a fait un câlin et m'a dit que ce n'était pas grave de souffrir pour quelqu'un que j'aimais encore, ce qui m'a donné envie de briser le voile arctique duquel je m'entourais, de me mettre à pleurer et de redevenir hystérique. Il m'a fallu environ trente secondes après qu'elle a traversé le couloir pour rentrer dans son appartement pour que je prenne mes clés, qui étaient heureusement à leur place pour une fois, et que je fonce vers la 4Runner. Je fonctionnais en pilote automatique. Asa n'avait donné aucun signe qui laissaient entendre qu'il voulait me voir, qu'il avait quoi que ce soit à faire que nous nous soyons séparés, mais tout en moi me ramenait à lui. Il semblait qu'il était le Nord magnétique vers lequel ma boussole pointait.

Il était à peine plus de minuit quand je me suis garée sur le parking étrangement vide. En sortant de ma voiture, j'ai vu Dixie et le nouveau videur qui sortaient par la porte d'entrée. La jolie serveuse s'est arrêtée lorsqu'elle m'a reconnue et a fait un signe de tête pour dire à l'homme massif et imposant d'avancer sans elle. Il m'a regardée de la tête aux pieds et a avancé jusqu'à une moto aux airs féroces, qui a fait un bruit aussi méchant qu'elle en avait l'air, lorsqu'il l'a démarrée.

Dixie a fait tourner une de ses boucles blond vénitien autour de son doigt et m'a fait un sourire adorable.

– Tout le monde est passé voir comment il allait, ce soir. Je ne peux pas dire que je suis étonnée que tu sois la dernière.

Je me suis mordu la lèvre et me suis appuyée maladroitement sur un pied, puis sur l'autre.

– Comment va-t-il ?

Elle a haussé les épaules et levé une main pour faire un geste qui voulait dire « couci-couça ».

– C'est Asa, donc c'est difficile à dire. Je crois qu'il est content d'être revenu, mais ce qu'il s'est passé entre vous pèse toujours sur ses épaules. Il le cache plutôt bien, mais je travaille avec lui depuis longtemps, donc je le vois. Ses yeux ne brillent plus.

J'ai dû reprendre mon souffle et mes mains se sont mises à trembler.

– Je voulais juste voir si ça allait. Je sais qu'il n'était pas proche de son père du tout... Mais quand même.

Elle a hoché la tête pour me dire qu'elle était d'accord.

– Je crois qu'il sera content de te voir. La soirée a été tranquille. Rowdy et Zeb étaient les derniers à partir et ils ont décollé il y a une dizaine de minutes. Il est sûrement en train de se préparer à tout fermer, si tu veux entrer une minute avant.

Elle a tendu une main et m'a serré le bras.

– Je ne sais pas pourquoi il a fait ce qu'il a fait, Royal, mais je sais que ça l'a rendu malheureux et que ça l'a blessé tout autant que toi.

– J'aurais aimé que ça m'aide à me sentir mieux.

Elle a fait un petit bruit compatissant puis m'a fait au revoir de la main en se dirigeant vers sa petite voiture de sport. Ma main tremblait quand je l'ai tendue pour pousser la porte du Bar. Je ne savais pas s'il valait mieux qu'il soit seul à l'intérieur, ou si le voir pour la première fois depuis qu'il m'avait démolie aurait été plus facile avec des gens autour pour atténuer la douleur. Je me disais qu'ainsi, si je fondais en larmes, me ridiculisais de quelque façon, qu'au moins, il serait le seul à y assister et il m'avait déjà vue à plusieurs reprises au pire de ma forme.

Les lumières étaient toujours allumées et brillaient fort. Le juke-box passait une chanson triste que je ne connaissais pas. Asa était derrière le bar et s'est retourné pour voir qui entrait lorsque la porte s'est ouverte. Tout ce que j'ai pu me dire était que Dixie avait totalement tort. Ses yeux étaient plus lumineux que le soleil et plus chauds que les néons accrochés derrière lui, malgré la distance qui nous séparait. C'était un flambeau doré et rayonnant, tout ce que j'avais toujours voulu, et il me regardait tandis que j'étais figée.

Il n'avait pas l'air en pleine forme. Il avait perdu du poids et ses cheveux blonds d'habitude courts étaient hirsutes, avec les boucles incontrôlables de rigueur, le rendant encore plus beau, si c'était possible. Il avait plus qu'une barbe de trois jours dorée sur le visage, et là où un sourire charmeur avait habituellement sa place, de fines lignes blanches formaient un rictus renfrogné. J'ai pris une grande inspiration et je me suis dit que même s'il m'avait fait du mal, même s'il jouait encore à une sorte de jeu tordu, j'étais assez adulte pour vérifier qu'il allait bien. Je pouvais vivre ma vie sans qu'Asa Cross en fasse partie, même si ce n'était pas ce que je voulais. Quand j'ai commencé à avancer vers le bar, je l'ai vu se crisper tandis qu'il s'appuyait de l'autre côté avec les bras écartés.

– Qu'est-ce que tu fais là, Red ?

Il n'avait pas l'air en colère que je sois là, mais il n'avait pas non plus l'air content de me voir.

J'ai continué jusqu'au bar et j'ai poussé quelques tabourets pour me placer directement face à lui, le bois du bar appuyé contre mon ventre.

– J'ai appris pour ton père, donc je voulais juste voir comment ça allait.

Il m'a regardée pendant un long moment, puis s'est décollé du bar et s'est retourné pour prendre deux verres à whisky dans lesquels il a ensuite servi deux doigts de liquide ambré. Je savais grâce à l'odeur tourbeuse et enfumée que c'était du scotch. Mes joues sont instantanément devenues rouge vif et ma respiration s'est accélérée quand je me suis souvenue de la dernière fois que nous avions partagé un verre de scotch dans ce bar. Il a poussé un verre vers moi et j'ai hésité avant d'enrouler mes doigts autour.

– Chaque jour est pire que le précédent, mais ça n'a rien à voir avec la mort de mon père.

Autant d'honnêteté brutale après un mois de silence aurait presque suffi à me faire tomber à genoux. J'ai senti mes dents claquer et un peu de la colère qui me restait a ressurgi.

– Je ne suis partie nulle part, Asa.

Merde, je voulais qu'il s'explique, plus que tout au monde. Je voulais qu'il ouvre la bouche et qu'il arrange tout, mais il ne l'a pas fait. Il a continué à me regarder, et j'ai continué à le regarder.

Il a tendu la main pour prendre son verre et l'a levé jusqu'à ce qu'il touche ses lèvres. Je voyais les souvenirs étinceler dans la chaleur fondante de son regard quand il a avalé l'alcool et continué de me regarder sans rien dire.

Je voyais bien que cela n'allait pas avancer très vite. Il ne céderait pas et ne briserait pas son silence. Je ne pourrais pas supporter de le voir se lécher les lèvres et me regarder comme si j'étais son dernier repas avant l'exécution, tout cela sans grimper sur le bar et lui en mettre une ou m'asseoir sur sa face... Peut-être les deux. Mais ni l'un ni l'autre ne m'apporteraient de tranquillité d'esprit tant qu'il resterait aussi évasif et secret. J'ai repoussé mon verre auquel je n'avais pas touché vers lui, et ai brièvement fermé les yeux.

– Alors c'est tout ?

J'entendais dans ma voix combien cela me faisait souffrir de prononcer ces mots.

Il a fait un bruit étranglé et j'ai ouvert les yeux tandis qu'il s'appuyait à nouveau contre le bar. Maintenant, je voyais ce que Dixie m'avait dit. Il n'y avait plus de chatoiement, plus de scintillement ni de lueur métallique dans son regard. Ses yeux étaient d'un marron plat et ennuyeux comme ceux de n'importe quel mec... Et Asa n'était clairement pas n'importe quel mec.

– C'est tout.

On aurait dit que les mots devaient se battre contre des dragons et surmonter des falaises pour arriver à sortir de sa bouche.

J'ai poussé une partie de mes cheveux par-dessus mon épaule et ai enroulé mes bras autour de ma taille. Une fois plus, il me laissait avec le sentiment d'avoir besoin d'un câlin.

– Tu valais chaque seconde de chagrin. Je voulais simplement que tu le saches.

Il fallait que je lui dise que même s'il m'avait achevée, le temps que j'avais passé avec lui avait valu le coup, au final. Il était plein de moments que je chérirais à jamais.

Ses yeux ont évité les miens pendant une seconde et sa tête est tombée en avant, il regardait le dessus du bar.

– Toi aussi, Royal.

C'était tout. La fin définitive de notre histoire, alors qu'une simple explication qu'il ne voulait pas me donner aurait pu tout régler.

Putain, il allait assassiner mon cœur et c'était un crime dont il pouvait se tirer sans problème. Je me retournais pour m'en aller, et il m'a tourné le dos pour ne pas avoir à me regarder partir, quand la porte d'entrée s'est ouverte en grand et qu'un homme débraillé est entré aussi vite.

J'avais été en patrouille dans les rues assez longtemps pour savoir reconnaître un junkie quand j'en croisais un, et ce mec planait plus haut que cent cerfs-volants. Il était nerveux, il suait et ses yeux scannaient le bar de façon inquiétante. Il portait un jean sale et déchiré, et un sweat à capuche fermé jusqu'en haut même si le temps se rapprochait du début de l'été et qu'il faisait près de 20 degrés dehors. J'ai jeté un regard à Asa du coin de l'œil, mais il fusillait l'intrus du regard, avec un air menaçant et pas inquiet.

– Avett ne travaille plus ici, Jared. Elle s'est fait virer à cause de toi.

La voix d'Asa était calme mais son accent ressortait dans ses mots, donc je savais qu'il essayait de déstabiliser le mec.

Les yeux du junkie ont sauté de lui à moi et vice versa, et il a fait quelques pas titubants de plus vers le bar. Sa peau avait une couleur jaunâtre inquiétante et ses pupilles étaient tellement dilatées qu'on ne voyait plus la couleur de ses iris, mais rien qu'un trou noir effrayant.

– C'est le bar de son vieux. Elle a droit à cet argent. Toi et le connard de l'armée, vous avez pris ce qui lui revenait de droit. Alors quand elle a pris l'argent, ce n'était pas du vol.

Asa a grogné et a croisé les bras. Je voulais lui dire que l'autre gars était trop perché pour essayer de le raisonner ou de l'intimider physiquement, mais je ne pouvais pas détourner mon attention de ce que je savais être une vraie menace. Un junkie ne débarquait pas par hasard en plein milieu de la nuit pour discuter tranquillement.

– Ouais, et la came que tu as prise à ton fournisseur, et les mecs chez toi pour la tabasser ? Je suppose que ce n'était pas du vol non plus. Ils auraient pu la tuer à cause de toi.

On ne pouvait pas discuter avec un junkie, et je savais qu'Asa en avait conscience. Je me suis déplacée un tout petit peu pour garder un œil sur Jared tout en voyant Asa dans le miroir derrière le bar. Il jetait la tête sur le côté en parlant, essayant apparemment de me faire reculer vers le bureau. J'ai plissé les yeux vers son reflet et ai fait un tout petit non de la tête. C'était mon boulot de gérer des mecs comme Jared, et j'étais armée. J'avais mon arme dans mon sac pour le cas où.

– C'était une erreur. Je ne voulais pas qu'ils lui fassent du mal.

Le gars s'est avancé encore plus vers le bar et son attention était focalisée sur Asa.

– Eh bien c'est arrivé quand même, à cause de toi et de ta dépendance.

– Elle m'aime.

Le junkie a passé la paume sur son visage et ma colonne s'est redressée d'un coup lorsqu'il a plongé une main dans la poche de son sweat. J'ai glissé les doigts dans l'ouverture de mon sac. Je ne laisserais aucune place au hasard.

– Ouais, et t'aimer, ça va finir avec une balle dans sa tête. Si tu veux ta dose, laisse ta meuf en dehors de ça.

Le junkie a lancé un juron et son visage s'est mis à rougir salement. Il bavait presque comme un chien enragé quand il a vacillé vers le bar en hurlant :

– Tu ne connais rien de tout ça !

Asa s'est contenté de rire, et si j'avais été plus près, je lui aurais donné un coup de pied car il provoquait un homme imprévisible. Je savais qu'il le faisait exprès, mais tout de même.

– Je m'y connais mieux que ce que tu crois.

La voix d'Asa était pleine de souvenirs et d'avertissements.

Jared s'est arrêté net et il passé une main sur sa bouche. Ses yeux ont sauté sur moi puis sont revenus sur Asa, et j'ai bloqué mon souffle quand il a sorti un petit flingue noir de sa poche. Il a pointé le canon pile au centre du torse d'Asa et le monde entier a arrêté de tourner. Tout s'est réduit au canon de cette arme et à ce qu'il visait.

J'ai vu les sourcils d'Asa se lever, j'ai vu sa bouche se raidir, mais à part cela, il n'a pas bougé un seul muscle.

– Tu vas me donner le moindre centime qu'il y a dans cette caisse. Je vais prendre la thune, ma meuf, et me tirer de cette ville.

Merde. La drogue et le désespoir ne faisaient pas bon ménage. J'ai vu les yeux d'Asa remonter pour me regarder par-dessus la tête du junkie.

– Avett sait ce que tu es en train de faire ?

Je pariais que la réponse ne ferait pas plaisir à Asa.

Jared a seulement ri et a remué l'arme avec plus d'entrain.

– File-moi la thune, c'est tout.

Asa s'est lentement tourné vers la caisse tout en bombardant Jared de questions sur sa copine. Je voyais la tension monter. Il n'y avait jamais rien de sûr face à une personne droguée. Tout cela me ramenait droit vers cette ruelle où les choses avaient terriblement mal tourné avec Dominic. Je refusais de revivre les images de cette soirée. Je refusais de voir Asa blessé ainsi. À la vitesse d'un escargot, j'ai sorti mon arme de mon sac, en faisant attention à ne faire aucun bruit ni aucun geste brusque qui auraient attiré l'attention de Jared sur moi.

– C'est toi qui a envoyé le père d'Avett me voir, ou c'était le militaire ?

J'ai regardé Jared prendre son flingue et le pointer vers l'arrière du crâne d'Asa tandis qu'il se retournait pour s'affairer sur la caisse. Les mains du junkie tremblaient, et la drogue qui le nourrissait faisait éclater ses émotions dans tous les sens, mais avec aussi peu de distance, il y avait très peu de chances que la balle manque sa cible si jamais il appuyait sur la gâchette. Asa a arrêté ce qu'il était en train de faire mais la caisse ne s'est pas ouverte. Il est resté de dos quelques minutes puis a tourné la tête un tout petit peu, et j'ai vu ses yeux s'écarquiller devant l'arme pointée droit sur lui.

– Qu'est-ce que ça change ? N'importe quel père devrait avoir le droit de se confronter à l'enfoiré qui frappe sa petite fille. Attends qu'il apprenne que tu as essayé de braquer ce bar. Aucun trou ne sera assez profond pour t'y cacher, une fois que Brite saura.

Asa contrariait dangereusement cet homme imprévisible et je ne voulais pas attendre qu'il franchisse la limite. J'ai laissé mon sac à main tomber bruyamment par terre et ai levé mon arme vers le junkie. Les yeux de Jared se sont écarquillés et l'arme s'est éloignée d'Asa pour finir pointée droit vers moi. Je n'ai eu aucune réaction, même quand Asa a lancé mon nom comme une insulte.

– Jared, il faut que tu m'écoutes et que tu lâches l'arme.

– C'est quoi ce bordel ?!

Il avait l'air d'avoir peur, ce qui n'était pas encourageant.

– Pose ton arme, Jared.

Je me suis efforcée d'avoir une voix calme et de concentrer son attention.

– Tu es qui, toi ?

– Ce n'est pas important. Ce qui est important, c'est qu'on veut tous sortir d'ici sans que personne ne soit blessé.

– Va te faire foutre, madame.

J'ai entendu Asa gronder et Jared commencer à se tourner vers lui quand nous avons soudain entendu des sirènes se rapprocher. Jared m'a regardé, puis a regardé Asa, qui a haussé les épaules et montré son portable. Au lieu d'ouvrir la caisse quand il s'était retourné, il avait appelé le 911.

– Désolé, mec, je ne vais pas te laisser braquer ce bar.

Jared a braillé comme un animal blessé et a ramené l'arme vers Asa. Je savais qu'il allait appuyer sur la gâchette, donc je n'ai pas hésité à le faire la première. Le bruit des deux coups de feu en simultané était assourdissant, a fait siffler mes oreilles. Une bouteille a éclaté derrière le bar et j'ai regardé Asa qui a brusquement sauté par-dessus le comptoir et a fait un vol plané pour plaquer Jared au sol. Je n'avais pas essayé de tuer le jeune homme, uniquement de le désarmer. Le pistolet était par terre, aux pieds de Jared, et il se débattait entre les bras d'Asa, du sang coulant de la blessure que je venais de lui infliger au bras.

J'ai avancé pour donner un coup de pied dans l'arme et l'éloigner, au moment où les portes se sont ouvertes en grand et que plusieurs de mes collègues ont fait irruption dans le bâtiment. J'ai posé ma propre arme à terre et levé les mains, sachant qu'il leur faudrait quelques secondes pour comprendre qui était qui. Heureusement, un des gars était allé à l'école en même temps que Dom et moi, donc j'ai pu baisser les mains et donner un compte-rendu de la scène chaotique assez rapidement. Je savais que j'allais devoir être soumise à une autre enquête, car il s'agissait d'un incident alors que je n'étais pas en service, mais heureusement, le bar avait des caméras de surveillance et il y avait un témoin viable, donc je n'avais pas trop peur des conséquences cette fois. Je me suis assurée qu'ils savaient qu'Asa était une victime et pas un suspect, car s'ils cherchaient ses antécédents, cela soulèverait plus de questions que nécessaire, et il avait déjà été accusé de délits qu'il n'avait pas commis.

J'étais assise sur un tabouret de bar, retraçant les événements pour l'un des détectives, et Asa était à côté de moi, donnant sa version à un autre. Je ne sais pas quand cela s'est passé, mais à un moment, il a laissé glisser sa main et a pris la mienne. Ses doigts se sont enroulés autour des miens et le bout de mes doigts s'est posé contre son pouls qui battait, fort et régulièrement. Même si c'était vraiment la fin pour nous, j'étais soulagée qu'il ne lui soit rien arrivé.

– Alors, est-ce que l'un de vous connaît la fille ?

Le détective qui parlait à Asa nous a regardés tous les deux en posant cette question.

Je me suis rapprochée un peu d'Asa pour que mon flanc soit collé contre le sien.

– Quelle fille ? Jared est entré tout seul.

– Il est peut-être entré tout seul, mais il n'est pas arrivé seul. Il y avait une fille qui attendait devant, dans la voiture avec le moteur en route, quand on est arrivés. Elle a seulement dit qu'elle l'attendait, qu'il était passé pour s'excuser d'avoir fait des histoires, mais ça semblait très louche. Quel genre de junkie va demander pardon au milieu de la nuit ?

Asa a soupiré.

– Est-ce qu'elle a les cheveux roses ?

Les détectives ont échangé un regard.

– Si on veut.

– C'est sa copine. Le bar appartenait à son père. Jared l'a manipulée et lui fait faire n'importe quoi. Elle n'avait sûrement pas la moindre idée qu'il allait braquer cet endroit.

– Elle était dans un véhicule en route alors qu'une tentative de braquage à main armée était en train de se dérouler. Elle va être accusée de complicité.

Asa s'est raidi.

– Ne faites pas ça. Je doute vraiment qu'elle ait eu conscience de tout ce qu'il avait prévu.

J'ai serré la main qui tenait la mienne.

– Ils sont obligés de l'arrêter, Asa.

Il a pris une respiration.

– Nom de Dieu. Brite va péter un plomb.

Un des détectives a pouffé de rire.

– Ce ne serait pas la première jeune fille à s'attirer des ennuis pour un mec qui ne vaut rien. Trouvez-lui un bon avocat et croisez les doigts.

Asa a sorti un juron et le détective s'est dépêché de poser les questions restantes pendant que l'équipe de police scientifique finissait de prendre toutes les photos et les mesures. Il a fallu quelques heures pour cela, et il faisait presque jour lorsque nous nous somme retrouvés enfin seuls. Asa avait l'air encore plus exténué que lorsque j'avais passé la porte, ce qui me semblait être une éternité plus tôt. J'ai posé la tête sur son épaule et lui ai demandé :

– Ça va ?

Il a ri.

– Ouais, mais je ne sais pas du tout comment expliquer ça à Rome, ni ce que je vais dire à Brite.

– Tu pourrais peut-être te soucier de ça une fois que tu auras pris une seconde pour être content que rien de grave ne soit arrivé. Tu avais un flingue pointé sur le crâne, Asa.

Il a tourné la tête jusqu'à ce que ses lèvres touchent le centre de mon front.

– Je sais, mais c'était loin d'être aussi terrifiant que de le voir pointer cette arme vers toi.

– Ça fait partie de mon boulot.

– Ton boulot craint.

J'ai ri un peu.

– Parfois oui, mais aujourd'hui, j'ai été vraiment contente de pouvoir le faire.

Nous sommes à nouveau tombés dans un lourd silence et je savais qu'il fallait que je me lève et que je le quitte une bonne fois pour toutes. Je n'étais simplement pas sûre d'être capable de le faire.

– C'est vraiment la fin, Asa ?

Il a toussé, puis est descendu de la chaise sur laquelle il était assis à côté de moi. Il s'est tenu devant moi et a posé les mains de chaque côté de mon visage. Il a penché ma tête en arrière et s'est penché pour passer doucement ses lèvres sur les miennes.

– Je ne sais pas, Royal. Tu crois que tu peux m'aimer assez pour me laisser te mentir le reste de notre vie ?

J'ai eu un brusque mouvement de recul et l'ai regardé en clignant des yeux.

– Quoi ?

Il m'a encore embrassée, cette fois avec plus de force. Sa langue est sortie pour toucher mes lèvres et j'ai senti le frottement de ses dents quand je l'ai laissé entrer. Il m'a embrassée jusqu'à ce que nous ne puissions plus respirer ni l'un ni l'autre, et que je sois forcée de m'accrocher à lui ou de fondre entièrement.

– Je t'aime, Royal. Je t'aime assez pour vivre pour toi, me réveiller pour toi, vivre dans l'instant tant que tu y es avec moi. Je t'aime assez pour te donner tous les sales secrets que j'ai, et te dire toutes les choses terribles que j'ai faites, et comment ces choses ont laissé des traces dans mon âme. Je t'aime d'une façon qui me donne envie d'être plus que ce que j'ai jamais été, mais je t'aime aussi assez pour vouloir te protéger des choses quand je sais qu'elles vont te faire souffrir. Si tu m'aimes autant et que tu me fais assez confiance pour te cacher ces choses pour l'éternité, alors on a peut-être une chance. Je sais que je te demande une chose impossible, mais c'est le seul moyen.

– Tu te fous de ma gueule !

Je l'ai repoussé et j'ai sauté sur mes pieds.

– Tu m'aimes, mais tu ne veux pas me dire ce qui t'a fait fuir et je suis censée accepter ça ? C'est encore un de tes petits jeux, Asa ? Parce que si c'est ça, tu vas perdre gros.

– Pas de jeux, Red. Rien que moi, toi, et un secret avec lequel tu vas devoir vivre si tu veux qu'on soit ensemble. Crois-moi, je comprendrais très bien si tu ne peux pas le faire.

– Pourquoi tu me donnes toujours envie de t'aimer et de te détester en même temps ?

– Ça fait partie de mon charme.

Un petit sourire s'est formé au coin de sa bouche et je me suis passé les mains dans les cheveux, frustrée.

Il a tendu le bras et m'a attirée contre son torse. J'étais enfin enveloppée entre les bras dont je me languissais depuis qu'il avait passé le pas de la porte de chez ma mère.

– Je sais. C'est pour ça que la situation est impossible entre nous.

Il a frotté sa joue sur le dessus de ma tête puis m'a lâchée.

– Être avec toi, ça m'a donné quelque chose que je n'avais jamais eu avant.

– Quoi donc?

– Quelque chose à sacrifier. Je n'ai jamais voulu rien ni personne aussi fort que je te veux, Royal. Si je dois te sacrifier pour ton propre bien, alors c'est ce que je vais faire.

Tout ce qu'il disait était une énigme et c'était si frustrant que j'avais envie de crier.

– Je crois que je ne peux pas suivre ce chemin avec toi, Asa.

J'ai vu la lumière s'éteindre dans ses yeux, mais le petit sourire sur sa bouche n'a pas bougé.

– Je me doutais que tu ne pourrais pas. Je t'aime vraiment.

– Je t'aime aussi.

Nous nous sommes regardés, lui me suppliant des yeux d'accepter ses conditions et moi l'implorant d'ouvrir le coffre-fort et de me dire ce qu'il cachait. Il était évident qu'aucun de nous deux n'allait céder. Après environ cinq minutes, j'ai tourné les talons et me suis dirigée vers la porte, tout en priant pour qu'il ne me demande pas de revenir.

Il ne m'a pas demandé de revenir.

19
ASA

Réveiller Rome aux aurores pour expliquer la folie qui était arrivée le soir de mon retour s'est avéré être le plus facile. Parler à Brite et Darcy du rôle d'Avett s'était avéré beaucoup plus difficile. Darcy voulait payer la caution pour faire sortir sa fille de prison le plus vite possible, tandis que Brite était furieux contre elle et son mauvais jugement et voulait la laisser mijoter. Quelle que soit la décision qu'ils prendraient, je leur ai donné le nom de l'avocat qui m'avait aidé quand je m'étais retrouvé dans le pétrin l'année passée, et je leur ai souhaité bonne chance. Ce mec coûtait une petite fortune, mais il avait la réputation d'être un adversaire sans pitié dans le système judiciaire de Denver, et je savais qu'au final, Brite allait vouloir intervenir pour sauver sa petite fille. Si quelqu'un pouvait rattraper le foutoir qu'Avett avait fait de sa vie, c'était bien Quaid Jackson.

Rome a décidé de fermer le Bar quelques jours pour le remettre en état et que j'aie le temps de me remettre la tête dans le bon sens. J'en avais besoin, plus pour accepter le fait que Royal était partie pour de bon que pour assimiler le fait qu'on m'avait pointé une arme sur la tête pour la deuxième fois depuis que je travaillais au Bar. Mais je n'ai pas dit cela à Rome ; à la place, je lui demandé si je pourrais passer un soir. Pendant que Cora préparait à manger et que RJ courait dans tous les sens en tapant sur des casseroles dans la cuisine, je lui ai fait un chèque de cent mille dollars et lui ai dit que je voulais être son associé.

Il y a eu un moment de silence et je l'ai vu débattre intérieurement pour savoir s'il prenait le chèque ou pas, lorsque Cora a passé la tête hors de la cuisine et a lancé :

– Prends l'argent, Rome.

Cela a sorti Rome de sa torpeur, et il a pris le chèque et m'a serré la main. Pour la première fois de toute ma vie d'adulte, j'avais des possibilités légitimes et infinies qui s'étendaient devant moi, et je ne savais presque pas quoi faire de toute cette chance. Ce sentiment d'être satisfait et en bonne posture n'a duré que jusqu'à ce que je rentre chez moi dans un appartement vide et avec un téléphone muet.

Des semaines ont passé, sans un mot ni un signe de Royal. Je suis retourné travailler. J'ai demandé à Wheeler de bosser sur la Nova, et j'ai même commencé à chercher un nouvel endroit où vivre. J'ai regardé quelques appartements et des maisons en ville, mais rien ne me semblait bien. Il m'a fallu un moment pour comprendre que je ne voulais pas emménager dans une maison temporairement. Je voulais un chez-moi, mais je ne voulais pas y vivre seul. Plus le temps passait, plus cela prouvait le fait que parfois, l'amour ne suffisait pas.

Ayden m'appelait une fois par semaine pour prendre de mes nouvelles. C'était chouette que nos appels ne concernent plus les ennuis dans lesquels j'allais me fourrer. Maintenant, elle voulait seulement s'assurer que je continuais à avancer, même avec un cœur brisé. Elle me disait d'abandonner et de dire la vérité à Royal, ce à quoi je répondais inlassablement que je serais la seule personne à qui profiterait cette honnêteté. Oui, j'aurais pu récupérer ma meuf si j'avais dévoilé le pot aux roses sur toutes les habitudes tordues de sa mère, mais je ne voulais pas éloigner une mère de sa fille et je refusais de faire subir une telle tourmente à Royal. Elle n'avait pas besoin de découvrir le genre de douleur qui suivrait si elle savait combien sa mère allait mal. En plus, j'étais bien placé pour savoir qu'une personne complètement perturbée pouvait faire de très bonnes choses si on lui offrait une deuxième chance, et qu'elle l'acceptait. Peut-être que Roslyn en serait une. Dans l'intérêt de Royal, j'espérais sincèrement que sa mère saisirait la chance qu'elle avait et en ferait quelque chose. Encore une personne dont ma sœur aurait dit qu'elle avait simplement besoin de se laisser aimer et d'arrêter de saboter volontairement son propre bonheur.

Ayden a enfin laissé tomber et a décidé de se concentrer sur toutes les bonnes choses qui m'arrivaient. Quand je lui ai dit que je pensais acheter une maison dans le quartier Baker, où était situé le Bar, elle a failli pleurer.

– Je n'aurais pas remis tes choix en question, Asa, quoi que tu décides de faire avec cet argent. Mais il faut que je te dise que ça me rend incroyablement heureuse que tu t'en serves pour planter des racines.

L'idée de racines, d'une chose permanente dans le Colorado, était étrange. Cela me semblait normal et c'était une façon de lui montrer, de prouver à quiconque en douterait que j'étais officiellement réveillé et que je voulais que chaque moment présent compte.

– Je penserai à trouver un endroit assez grand pour que Jet et toi dormiez chez moi quand vous viendrez.

Elle a eu un petit rire étouffé.

– Jet, moi, et le bébé.

J'ai failli faire tomber le téléphone à cause de son ton si nonchalant.

– Tu es enceinte ?!

Ayden a ri un peu et je pouvais presque la voir faire les cent pas et se mordre la lèvre en me confirmant la bonne nouvelle.

– Ouais. C'est encore très neuf, sûrement trop tôt pour en parler, mais je ne peux pas le garder pour moi, tu comprends ?

Elle me révélait son secret, comme je lui avais révélé le mien.

– Je croyais que tu voulais attendre.

Je ne pouvais pas retenir la joie pure qui transparaissait dans ma voix. Ayden allait faire une mère géniale. Elle et Jet méritaient d'avoir une famille et un foyer heureux après le cauchemar de leurs enfances respectives.

– Qu'est-ce que je peux dire ? J'ai épousé un homme très persuasif et quelque chose dans ses jeans serrés m'empêche de lui dire non.

Elle a lâché un soupir heureux.

– Et j'ai ressenti un élément différent quand je suis rentrée du Kentucky. C'était comme si toutes les mauvais souvenirs rattachés à cet endroit étaient parties. Il n'y avait plus de toiles d'araignées plus de rancœur ou de

« et si ». Tout était parti. Je veux fonder une famille avec l'homme qui m'a aimée assez pour que je n'aie pas d'autre choix que d'aimer toutes les parties de moi, avec les défauts et tout.

– Je vois très bien ce que tu veux dire.

J'ai ri à gorge déployée et lui ai dit :

– Tu vas être enceinte au mariage de Cora et Rome.

Ils s'étaient enfin décidés à se marier pour la Saint Valentin l'année suivante. Rome n'aurait pas pu être plus heureux que sa petite lutine soit enfin officiellement liée à lui pour le reste de sa vie.

– Ouais, eh bien, Cora était super enceinte au mariage de Rule et Shaw, et au rythme où on va tous, il y aura toujours quelqu'un pour attendre un bébé ou se caser.

Elle n'avait pas tort. J'avais entendu des rumeurs selon lesquelles Nash avait acheté une bague de fiançailles pour Saint, et Rowdy avait dit plus d'une fois que Salem laissait clairement entendre qu'elle était prête à avoir un bébé. Il se passait un tas de bonnes choses autour de moi, et même si elles ne concernaient pas ma vie, j'étais vraiment content d'être là pour l'admirer dans celle de ceux que j'aimais.

– Félicitations, Ayd. Je suis vraiment content pour toi et ton guitariste.

– Merci. Je suis complètement terrifiée, mais je me dis que si Rule peut y arriver, moi aussi.

J'ai ri en me remémorant l'expression de panique totale sur le visage de Rule quand il n'arrivait pas à calmer pour son petit garçon.

– Tu t'en sortiras très bien. Je m'assurerai vraiment qu'il y ait de la place dans ma nouvelle maison pour vous deux et un bébé.

Nous avons discuté encore un peu. Je crois qu'elle avait vraiment besoin de parler du bébé à quelqu'un d'autre que Jet. Je ne me lassais pas d'entendre l'excitation nerveuse dans sa voix. Depuis que je m'étais réveillé dans ce lit d'hôpital à Louisville, tout ce que j'avais voulu était qu'Ayden ait la meilleure vie possible ; tout comme elle le voulait pour moi. Je voulais qu'elle soit pleinement et réellement heureuse. C'était une raison de plus pour laquelle j'avais l'impression d'être presque comblé, sachant qu'elle en était là. Elle était contente, et elle était là où elle était censée être. Cela me tordait les entrailles de savoir que je n'aurais jamais cela avec Royal.

C'est le week-end suivant que j'ai enfin trouvé la maison de mes rêves. Elle était un peu plus éloignée du Bar que ce que j'aurais voulu au départ, à quelques rues du Parc Phil Milstein et de la rivière Platte. C'était carrément une maison pour une famille. Grande et étendue avec un jardin immense et une terrasse, un Jacuzzi et une clôture. Il y avait un garage pour deux voitures et une salle vidéo équipée d'une machine à pop-corn. La maison avait une cuisine de chef impressionnante et dernier cri, ce qui était drôle sachant que je ne possédais pas une seule casserole ni poêle, et comptait plus de chambres que ce dont un mec célibataire sans famille pouvait avoir besoin. Mais je l'adorais. Je la sentais bien, et l'idée de devoir acheter une tondeuse pour couper de l'herbe qui était à moi me paraissait soudain attirante.

J'ai dit à l'agent immobilier avec qui je travaillais, une blonde canon plus décidée à me mettre dans son lit qu'à toucher sa commission, de faire une offre du montant du prix de vente. Elle a rechigné et m'a dit que la maison était à vendre depuis assez longtemps pour que je puisse négocier le prix. Je ne voulais pas faire de pari ni jouer.

Je voulais la maison. Je voulais être présent, bien réveillé ici et maintenant. J'ai réitéré mon souhait et ai refusé sa proposition d'aller prendre un verre pour fêter ça quand les propriétaires auraient accepté. J'allais bien devoir finir par me débarrasser du brouillard de Royal qui embrumait mon esprit dès qu'une autre femme se montrait intéressée, mais je n'étais pas encore prêt pour cette partie de ma vie.

Je suis allé commencer mon service au bar, encore sonné. Je n'arrivais pas à croire que je venais d'acheter une maison. Pour la toute première fois depuis que j'avais commencé à travailler pour Rome, j'ai eu besoin de boire un verre avant mon service, au lieu d'en siffler un après. Dixie a couiné de bonheur pour moi et Church m'a adressé un hochement de tête solennel, que j'ai supposé être un signe d'approbation de gros dur. Darcy ne parlait pas beaucoup depuis la débâcle avec Avett et Jared, mais elle a réussi à sourire et à me faire un câlin. Elle m'a dit que Brite serait très fier quand il l'apprendrait, et je devais admettre que j'aimais l'idée de rendre l'ancien Marine bourru fier de moi. Il était ce qui se rapprochait le plus d'une figure paternelle pour moi, donc toute bénédiction de sa part était toujours la bienvenue.

Le service est passé à toute vitesse. Surtout parce que je réfléchissais à combien ma vie était différente de l'année dernière, à cette période où le printemps se jetait allègrement dans l'été. L'année dernière, c'était une succession sans fin de jolies filles qui me tenaient compagnie dans le noir car je ne pouvais pas leur faire face à la lumière du jour. J'essayais de me tenir à carreau et de prouver à Rome qu'il pouvait me faire confiance. J'avais été poussé à l'arrière d'une voiture de police pour un délit que je n'avais pas commis et j'avais été prêt à poser mon cul derrière les barreaux car je pensais vraiment que c'était ce que je méritais.

Cette année, ma famille était heureuse, en bonne santé, et s'agrandissait. Je n'avais plus besoin de me demander si Rome me faisait confiance, plus besoin de me soucier de me tenir à carreau. Ces deux choses faisaient partie de mon quotidien, désormais. J'avais une maison, un travail à la fois enrichissant et motivant, avec une tonne de potentiel. Le plus gros changement était probablement le fait que je ne m'inquiétais plus de savoir si j'avais mérité toutes les bonnes choses que j'avais à portée de main. Que j'aie assez changé ou abandonné assez de choses pour être digne de toute cette bonne fortune, elle était à moi et je n'allais pas la gaspiller comme je l'avais fait avant. Je ne poserais plus jamais mes fesses dans une cellule pour essayer de me repentir. L'autre gros changement était évidemment le fait qu'une seule fille m'intéressait. Elle était la seule que je voulais. La seule que je ne pouvais pas me sortir de la tête. La seule dont je rêvais et qui m'obsédait. Elle était la seule fille que j'avais jamais aimée, et elle ne serait pas remplacée de sitôt. D'autres filles pourraient aller et venir, le temps venu, mais Royal détiendrait toujours mon cœur, et je savais qu'il n'y avait aucun moyen de le lui reprendre. Il était sûrement plus en sécurité entre ses mains, de toute manière. Je n'en avais jamais pris très grand soin quand il était en ma possession.

Dixie m'a crié qu'elle devait répondre au téléphone et a disparu environ une heure avant la fermeture du bar. Le nouveau gérait les affaires comme un pro, et je me suis rendu compte que le temps que je passais derrière le bar allait être considérablement réduit. J'aimais tenir ce lieu. J'aimais le rythme et la liberté que cela me donnait. J'aimais écouter les problèmes et les drames des autres. Cela me donnait toujours le sentiment que ma propre histoire n'était pas si exceptionnelle. Je ne blaguais pas quand j'avais dit à Ayden que le prix de la ferme me rapportait assez d'argent non seulement pour me lancer dans la rénovation avec Rome mais aussi pour penser à acheter mon propre bar. J'aimais bien le bistrot que Rome avait ramené à la vie, mais j'aimais aussi l'ambiance de l'endroit où j'avais emmené Royal. Il y avait beaucoup de possibilités et je voulais soudain toutes les exploiter.

Dixie est revenue dans le bar en riant. Church lui a demandé si elle était en train de parler à un mec, ce à quoi elle a répondu en levant les yeux au ciel de s'occuper de ses affaires. Je ne savais pas ce qu'il se passait entre ces deux-là à part beaucoup de va-et-vient, mais je me suis dit qu'ils finiraient par trouver leur solution. Dixie était un cœur d'artichaut à la guimauve. Church paraissait fait d'acier et de béton. C'était une drôle d'association, mais j'avais vu des alliances plus surprenantes qui fonctionnaient bien et allaient vers une fin heureuse, donc je n'ai rien dit quand nous avons fermé le bar.

Le temps que je monte dans ma Nova et que je roule jusqu'à mon appartement de merde, j'étais vidé. La réalité de la vitesse à laquelle ma vie changeait, le fait que tout avançait dans la bonne direction mais que je le faisais seul me déchiraient peu à peu en deux. J'étais fier d'avoir passé tant d'étapes positives, mais je me sentais toujours brisé par le fait qu'aucune de ces étapes ne me rapprochait de la personne que je voulais.

J'ai tourné la clé dans la serrure, bien conscient que les jours où je rentrais dans ce trou à rats le soir étaient comptés. J'ai ricané en me rendant compte que j'allais devoir kidnapper une des filles et la forcer à venir m'aider à acheter des meubles pour une maison entière. Je n'avais pas assez de choses pour remplir ne serait-ce qu'une seule pièce de la maison qui m'appartenait désormais.

Il m'a fallu une seconde pour me rendre compte que je n'étais pas seul, une fois la porte fermée. Toutes les lumières étaient éteintes, comme lorsque j'étais parti, sauf celle de la salle de bains qui jetait un faible halo sur mon lit, qui était occupé. J'ai jeté mes clés sur la petite table de bistrot et ai marché vers le lit. Mes yeux se sont arrétés sur la paire d'yeux chocolat qui me regardait attentivement.

Elle était nue. À genoux sur le lit, elle me regardait comme si je détenais toutes les réponses. Ses cheveux auburn descendaient jusqu'à sa taille, offrant une légère protection aux pointes très roses de ses seins, qui se soulevaient et s'abaissaient à mesure que j'avançais vers elle. Ce n'est que lorsque mes genoux ont touché le côté du matelas que j'ai remarqué autour de ses poignets fins que des menottes brillantes en métal maintenaient ses mains liées devant elle. Mon cœur a commencé à s'affoler et j'ai dû cligner des yeux plusieurs fois pour être sûr que je ne rêvais pas.

Nous nous sommes regardés pendant un long moment qui n'en finissait pas. Il fallait que je lui demande pourquoi elle était là, après tout ce temps. Il fallait que je sache ce que tout cela voulait dire. Au lieu de cela, j'ai tendu un seul doigt pour repousser les cheveux sur son épaule, découvrant ses seins pour me régaler d'elle. Elle était tellement belle. J'ai pris la chaîne qui reliait les deux menottes et ai tiré doucement dessus pour la ramener vers moi. Elle a avancé vers moi sans rien dire.

– Je t'ai acheté une maison, aujourd'hui.

La vérité de cette phrase était nette dans ma voix. Sa bouche s'est ouverte sur un petit cri de surprise.

– Qu'est-ce que tu racontes ?

J'ai encore tiré sur les menottes jusqu'à monter ses bras assez haut pour les passer autour de mon cou. Toutes ses formes rebondies et nues étaient pressées contre moi, et je me sentais enfin serein. Elle était ce qu'il me fallait pour être un homme entier. Complet.

– J'ai acheté une maison aujourd'hui. Mais j'ai besoin de toi pour en faire un foyer, Royal.

J'ai penché la tête pour poser mon front contre le sien. Je n'aurais pas dû lui livrer mes états d'âme avant de savoir pourquoi elle était là, si ceci était aussi réel pour elle que cela l'était pour moi. Cela me tuerait, si elle partait encore.

– C'est quoi, cet équipement, Red ?

Le métal autour de ses poignets était dur et froid contre ma nuque.

– Eh bien, j'ai eu la brillante idée de te montrer que je te faisais confiance, que j'avais plus besoin de toi que de la vérité. Je me suis dit que me déshabiller et m'attacher à ton lit illustrerait non seulement que je te faisais confiance pour bien te comporter avec moi, mais réaliserait aussi un des fantasmes auquel tu tenais depuis le début. Seulement j'avais oublié que tu n'as pas de tête de lit, encore moins une tête de lit où j'aurais pu les attacher.

– Personne n'a de tête de lit faite pour les menottes, dans la vraie vie.

Elle a levé les yeux au ciel et sa bouche a formé un petit sourire. J'étais foutu. Je ne la laisserais plus partir, même si elle le voulait, mais il fallait que je sache pourquoi elle s'était brusquement retrouvée là, alors je lui ai dit :

– Il faut que tu m'expliques, Royal.

Elle a levé un de ses sourcils et ses yeux foncés ont dansé de joie.

– Je sais. Mais je suis toute nue. J'ai des menottes et tu m'as vraiment manqué, Asa.

Elle a tourné un peu la tête pour poser ses lèvres sur les miennes.

– Et puis, tu m'as acheté une maison. Je crois qu'il faut que je te dise merci d'une façon que tu n'oublieras jamais.

Mon bon sens me disait de comprendre où cela nous menait, de lui rappeler que j'avais un gros secret que je ne pourrais jamais lui révéler, mais elle m'a encore embrassé. Tous mes instincts de prédateur sont remontés en rugissant avec un besoin de la prendre, de la posséder, de la marquer et de la faire mienne pour toujours. Le bon sens n'avait jamais été mon fort, de toute façon.

Je l'ai fait tomber en arrière sur le lit en grognant.

20

ROYAL

J'ai passé des semaines à osciller entre la quantité inimaginable d'amour que j'avais pour cet homme et le besoin brûlant de savoir ce qu'il me cachait. Un jour, j'étais sûre que le secret qu'Asa gardait n'avait plus d'importance car je voulais être avec lui plus que quoi que ce soit d'autre. Le lendemain, j'étais rongée par la curiosité, et je savais que je ne pourrais jamais lâcher prise. C'était comme être coincée au milieu d'une lutte émotionnelle acharnée entre mon cœur et ma tête, et aucun des deux ne gagnait.

Ma mère n'arrêtait pas de me dire de passer à autre chose. Dom n'arrêtait pas de me dire d'aller le chercher, et je ne savais pas du tout quelle était la meilleure chose à faire. Je me sentais seule et il me manquait, mais ce n'était que lorsqu'Ayden m'avait appelée ce jour-là pour me dire qu'Asa avait acheté une maison, et qu'il n'aurait jamais fait cela à part pour moi, que j'avais vraiment compris que je l'aimais assez pour le laisser me mentir. Ayden avait également laissé entendre que si j'y réfléchissais vraiment, je pourrais sûrement trouver la raison pour laquelle il refusait catégoriquement de me parler, et cela a fait remonter des instincts enfouis et réprimés depuis longtemps. Quand certaines pièces du puzzle ont commencé à s'assembler, j'ai dû évaluer si je voulais vraiment connaître la vérité ou pas. Je l'aimais et j'aimais ma mère, et j'avais le sentiment que jeter un coup d'œil dans cette boîte de Pandore allait changer ce que je ressentais pour l'un ou l'autre, voire les deux, pour toujours. En plus, même si Ayden n'avait pas dévoilé le pot aux roses, elle m'avait donné assez de pistes et d'indices, en plus de mes suspicions, pour savoir que certaines limites n'avaient pas été franchies, des limites impardonnables malgré mon amour pour l'un comme pour l'autre. Je savais que ce qu'il s'était passé entre les deux personnes que j'aimais le plus n'était pas joli, et je m'étais résignée à m'en tenir à cela si cela signifiait que je pouvais les garder tous les deux.

Un secret, ce n'était pas assez pour abandonner un amour qui me semblait être du genre de ceux que l'on ne rencontre qu'une seule fois dans une vie. Ayden a apaisé le reste de mes craintes en me rappelant que la seule raison pour laquelle Asa me cachait quelque chose était qu'il essayait de me protéger... Tout comme il l'avait fait plusieurs mois plus tôt, quand j'étais sur une mauvaise pente et qu'il m'avait rattrapée. Il ne me mentait pas pour me blesser ; en fait, c'était même le contraire. Même quand il était mystérieux, il était toujours là pour me rattraper.

Je devais lui faire confiance et le lui montrer : voilà pourquoi j'étais menottée et toute nue tandis qu'il rampait sur moi. J'étais censé être vulnérable et ouverte pour lui, seulement ce n'était pas ce que je ressentais. Je me sentais bien. J'avais l'impression que c'était là que je devais être, depuis le début.

Je savais qu'il fallait un grand geste, de plus que des mots pour lui montrer que j'avais besoin de lui plus que de la vérité, et c'était tout ce que j'avais trouvé, dans l'urgence. En plus, il avait un œil sur mes menottes depuis le début, donc j'avais appelé Dixie et lui avais demandé de m'envoyer un message quand ils auraient fini la soirée, je m'étais garée au coin de la rue, puis je m'étais faufilée chez lui avec la clé que Cora m'avait donnée. Il y avait quelque chose de hautement exaltant à se déshabiller et à lier ses mains dans un geste symbolique pour un homme comme Asa. Me livrer à lui, corps et âme, aurait dû être terrifiant, mais dès qu'il avait ouvert la bouche pour dire qu'il avait acheté la maison pour moi, j'ai su que j'avais eu raison. Aucun secret ne valait la peine d'abandonner un homme qui disait qu'il avait besoin que je sois son chez-lui.

Son lourd poids s'est abattu sur moi, et pour la première fois en deux mois, j'ai eu l'impression d'être posée, de ne pas flotter entre mes sentiments et mon bon sens. C'était là que je devrais toujours être, avec lui, sous lui, en lui. Il me faisait me sentir réelle.

– Qu'est-ce que ça fait d'être celle qui est attachée, pour une fois ?

Il a déplacé mes bras qui étaient autour de son cou et les a étirés aussi haut qu'il le pouvait au-dessus de ma tête. J'ai poussé le bout de mes seins contre son torse et ai cambré toutes les lignes de mon corps contre les siennes. Ses yeux brillaient assez fort pour éclairer toute la pièce et son regard a fait rougir tout mon corps.

– Dans ces circonstances, ce n'est pas mal.

J'ai tiré un peu sur le métal qui ne pardonnait pas, et j'ai senti la réaction d'Asa là où le bas de nos corps étaient pressés l'un contre l'autre.

– Elles te vont beaucoup mieux qu'à moi.

Je ne suis pas restée indifférente à l'humour sec dans sa voix tandis qu'il penchait la tête et scellait ma bouche avec la sienne.

Cela faisait beaucoup trop longtemps que nous n'avions pas partagé de vrai baiser. Pas un baiser plein d'au revoir ou de regrets. Cela m'avait manqué presque autant que lui m'avait manqué. Sa langue qui s'enroulait autour de la mienne, pendant que ses mains caressaient mes flancs nus et se glissaient pour s'accrocher à la courbe de mes fesses. Il envahissait ma bouche avec la sienne. Il absorbait ma réaction et j'ai à peine remarqué qu'il nous déplaçait vers le bord du lit. Il a relevé la tête et a embrassé mes paupières, le bout de mon nez, puis est passé au bout de mes deux seins, qui étaient dressés et le suppliaient presque de faire attention à eux.

J'ai failli me relever brusquement au premier passage de sa langue sur mon téton rigide. J'avais l'impression que mon corps entier était électrocuté partout où il me touchait. J'ai levé une main pour la passer dans ses cheveux et me suis arrêtée net quand mes bras ont volé au-dessus de ma tête. Il a ri quand j'ai grommelé de frustration et ai haussé les sourcils lorsqu'il est descendu du bord du lit pour se mettre à genoux devant mes jambes.

Il m'a fait un petit sourire, a soulevé une de mes jambes, et l'a posée sur son épaule. Je me suis tortillée un peu car ses délicieuses intentions étaient claires sur son beau visage.

– Asa...

Je n'étais pas sûre de ce que je voulais lui dire, mais apparemment, son nom a suffi à transmettre toute l'émotion qui tourbillonnait en moi.

– Je sais, Red. Crois-moi, je sais.

Puis sa tête a disparu entre mes jambes et a fait cesser toute forme de pensée consciente.

Je n'ai pas pu m'empêcher de glisser mes mains liées dans ses cheveux au premier passage de sa langue sur mon sexe, qui m'a fait me tordre de plaisir. Cela l'a fait rire, et le petit souffle sur ma chatte a fait frémir tous les muscles de mon corps. L'une de ses mains a lâché mes fesses et il s'en est servi pour chatouiller la peau délicate à l'intérieur de ma cuisse. La double stimulation a rendu ma respiration difficile et mon sang est devenu lourd et épais dans mes veines.

Quand il a utilisé le bout de ses dents sur mon clitoris et a enfoui ses doigts dans la chaleur mouillée qu'il avait provoquée, j'ai failli tomber du lit. J'ai crié son nom d'une voix rauque et ai laissé ma tête basculer sur le côté car j'avais l'impression de devenir folle.

Il me caressait avec sa langue, il me caressait avec ses doigts, et il ne s'est pas arrêté même quand je tirais sur ses cheveux comme une malade, les menottes cliquetant entre nous. Je lui ai dit que j'y étais presque et cela a semblé l'exciter encore plus. Il torturait mon clitoris, ne diminuant pas ses attentions délicates même après que j'avais explosé sous lui. J'étais haletante, vidée, et je lui ai dit que c'était mon tour, mais il a seulement sorti ses doigts et m'a remontée plus haut sur le lit pour encore se régaler de moi, et a tout recommencé depuis le début.

Ce n'est qu'après deux orgasmes de plus, à m'en casser le dos et la voix, un avec sa bouche et un avec ses doigts et sa langue sur mes seins, qu'il m'a enfin libérée. J'étais un tas liquéfié, incapable et satisfaite, lorsqu'il s'est mis debout et a commencé à se déshabiller. J'avais envie de toucher, de caresser tous les muscles qui ondulaient, dévoilés, quand son tee-shirt est tombé par terre. Ce n'était pas facile avec les mains attachées, mais la façon dont ses yeux fixaient les paumes de mes mains qui effleuraient ses abdos et son corps plus bas, pour l'aider à enlever sa ceinture, valaient ce peu de maladresse.

– Personne d'autre ne me fait ce que tu me fais, Royal.

Sa voix était lourde de passion et sucrée par l'accent du Sud qui la colorait. J'ai levé les yeux vers lui et l'ai regardé sous mes cils en libérant son érection qui m'attendait.

– C'est grâce à toi que ma deuxième chance mérite d'être vécue.

Je l'ai regardé en clignant des yeux et j'ai enroulé une main autour de la base de sa queue. Je devais admettre qu'il y avait quelque chose d'encore plus sexy avec les deux bandes argentées autour de mes poignets tandis que je bougeais mes mains de haut en bas sur son manche épais. Je sentais le sang affluer sous sa peau, alors qu'il regardait attentivement ce que je faisais.

– Tu as fait attention à moi quand j'avais beaucoup de mal à m'occuper de moi-même. Tu m'as toujours défiée et tu ne m'as jamais donné l'impression de n'être qu'un bel objet. Tu m'as toujours estimée, Asa, et je ne peux même pas te dire à quel point ça a été important pour moi.

Je lui ai fait un grand sourire et ai tiré un peu sur la chair palpitante que je tenais entre les mains.

– Et certains de tes jeux sont drôles, Asa, alors ne change jamais.

Il a repris son souffle, et tous les muscles de son ventre se sont contractés de façon délectable lorsque je me suis penchée en avant et ai passé le bout de ma langue sur toutes les aspérités chaudes et dures de sa queue. Il a grogné et s'est penché un peu en avant pour glisser les doigts dans mes cheveux alors que je le prenais entièrement dans ma bouche en aspirant. Je l'ai sucé et ai fait tourner ma langue autour de son gland. Il a marmonné mon nom quand je l'ai pris si profond que les courts poils blonds de son pubis me chatouillaient le nez. Il avait un goût musqué et fort sur ma langue, et tout ce que je voulais était le faire exploser comme il venait de me faire exploser.

Ses doigts ont tiré plus fort et il s'est mis à bouger avec moins d'égards, si bien que le bout de son sexe tapait dans le fond de ma gorge. Je me suis servi du bout de mes dents en faisant attention et l'ai forcé à écarter les jambes juste assez pour que je puisse passer les mains entre elles et les poser sur ses testicules lourdes et tendues. Je l'ai chatouillé à l'extérieur de la même façon qu'il m'avait chatouillée à l'intérieur, ce qui était apparemment trop pour lui car il s'est retiré avec un sursaut et m'a fait tomber sur le lit en un tas peu gracieux.

Il a pris mes jambes pour les remonter de chaque côté de son corps, a remis mes bras autour de son cou, et s'est enfoncé en moi avec un soupir de satisfaction. Il me regardait comme si j'étais la seule fille au monde, puis il a baissé la tête de sorte que ses lèvres soient juste à côté de mon oreille et a commencé à bouger, à entrer et sortir de moi à un rythme enragé.

– J'ai beau aimer ta belle bouche, je préfère largement être en toi.

Eh bien, c'était bon à savoir.

J'ai eu le souffle coupé lorsqu'il a mordu le lobe de mon oreille et a utilisé la main sur laquelle il n'appuyait pas son poids pour tordre et tirer un de mes tétons trop sensibles jusqu'à ce que cela devienne presque douloureux. Sa façon de bouger, la force avec laquelle il me prenait montraient clairement qu'il ne s'agissait pas de sexe de réconciliation ou de manque. Non, Asa me marquait, il me faisait sienne, et je le sentais dans chaque mouvement de ses hanches, chaque frottement de ses dents sur mon cou. Il me faisait savoir que j'était tout, et cela rendait mon cœur et mon corps délicieusement heureux.

J'ai senti mes parois intérieures se contracter autour de lui, essayant de s'accrocher à lui tandis qu'il bougeait en moi. Je sentais combien j'étais mouillée autour de son sexe, je sentais le moindre frémissement interne le long de sa queue tandis qu'il frappait en moi. Mes hanches se sont automatiquement relevées contre les siennes, essayant d'être à la hauteur de la ferveur avec laquelle il m'aimait. Il me remplissait d'émotions et de son érection impressionnante. C'était trop bon et je n'étais pas sûre d'arriver à survivre à davantage de plaisir. Non pas que je lui aurais demandé d'arrêter ou d'y aller doucement. J'aimais qu'il soit brutal. J'aimais, avec le plaisir, ressentir quelques morsures d'inconfort. Cela me rappelait qu'Asa ne serait jamais comme aucun autre mec et qu'être avec lui signifiait toujours rester alerte. Ce n'était pas un homme facile à aimer, et honnêtement, c'était l'une des choses que je préférais chez lui. Personne ne satisferait jamais mes besoins aussi bien que lui, et il l'a prouvé en enfouissant une de ses mains dans mes cheveux à la base de ma nuque et en les tirant sans délicatesse.

Je ne pouvais pas faire grand-chose avec mes mains, donc je devais le retenir avec moi grâce à mon regard. Je refusais de le lâcher des yeux. Je regardais tout. Je regardais le désir et la passion rendre ses yeux brumeux. Je regardais sa façon de me fixer. Je regardais comme cela le rendait fier et satisfait de me voir, une fois de plus, prête à basculer de cette falaise de plaisir où il était le seul à avoir été capable de m'amener. J'ai regardé l'amour qui émanait de lui quand j'ai joui, et je l'ai regardé se noyer dans l'amour que j'avais pour lui quand il m'a suivie une fraction de seconde plus tard. Il s'est effondré sur moi avec un grognement et a enfoui sa tête dans le creux de mon cou, dont la peau était sensible là où il l'avait mordillée.

J'ai secoué les menottes au-dessus de sa tête en riant doucement.

– Je suis prête à avoir le droit de te toucher, maintenant.

Il est sorti de moi, ce qui nous a tous les deux fait gémir à cause du frottement sexy, et il s'est retourné pour s'asseoir près de moi. Il s'est passé les mains dans les cheveux et m'a fait un sourire.

– Pas sûr que j'aurais tenu plus d'une minute si tu avais eu les mains libres, Red. Où est la clé ?

Je l'avais mise à un endroit où j'étais absolument sûre de ne pas l'oublier. Même si jouer comme cela avec Asa était marrant, je n'avais pas l'intention que quiconque en dehors de cette pièce sache que mes menottes avaient servi à autre chose que coincer un criminel. Je lui ai indiqué dans quelle poche de mon sac à main j'avais rangé la clé, et il ne lui a fallu qu'une minute pour me libérer. Ma peau a immédiatement commencé à me chatouiller à mesure que le sang revenait dans mes mains, et Asa a pris mes deux poignets et a déposé un baiser là où mon pouls battait. Cela a fait palpiter mon cœur et la façon dont il a souri contre ma peau m'a fait penser qu'il l'avait senti.

– Voilà, c'est nous, Royal. Toi et moi à partir de maintenant, et je ne te laisserai plus partir.

J'ai passé un doigt sur l'arc de son sourcil.

– Tu as droit à un secret, Asa. Tout le reste est à moi. Je n'en parlerai pas parce que je vais te faire confiance et croire que tu ne me cacherais pas quelque chose que j'ai absolument besoin de savoir pour faire marcher notre relation. Je ne poserai pas de question, mais c'est la seule chose que tu gardes. Le reste est à moi.

C'était un homme qui avait un passé. Un homme avec un avenir prometteur. Un homme qui avait beaucoup à donner maintenant, et il fallait que je sache qu'il était prêt à tout partager avec moi. Je me fichais que cela fasse de moi quelqu'un de cupide ou de déraisonnable. Je demandais tout.

– Tu peux avoir tout ce que j'ai sauf ça.

J'ai laissé mon doigt descendre la ligne de son nez puis suivre le contour de sa bouche avec mon ongle. Il n'avait pas besoin de savoir que j'avais une assez bonne idée de ce qu'était ce gros secret. Je n'avais pas besoin de tous les détails. J'avais seulement besoin de lui.

– Alors c'est tout. Toi et moi, à partir de maintenant.

Il est tombé sur le dos et m'a tirée sur lui pour que je me retrouve étalée sur la surface dure de son torse.

– La flic et le criminel. Qui l'eût cru ?

J'ai dessiné un cœur là où était le sien, fort et régulier, sous ma joue.

– Je l'ai vu venir de loin. Ça m'a juste pris un peu de temps pour te faire regarder dans la même direction... Et tu es un ancien criminel.

Il a ricané et a enroulé ses doigts dans les longueurs de mes cheveux, étalées sur son torse.

– J'ai volé ton cœur, c'est ça ?

J'ai frotté ma joue sur le muscle dur comme la pierre qui faisait un coussin étonnamment confortable.

– J'ai volé le tien d'abord, Asa.

J'ai laissé mes yeux se fermer tandis qu'il continuait à me caresser et à passer sa main le long de ma colonne vertébrale.

– Tu ne peux pas voler quelque chose qui était à toi depuis le début, Red.

Oh là là. Cela a fait monter des larmes derrière mes paupières.

– Quel beau parleur.

Mon coussin a tressauté quand il a ri.

– Je fais de mon mieux. Qu'est-ce que tu dirais d'aller acheter des meubles ?

J'étais presque endormie et cela faisait très longtemps que je ne m'étais pas sentie aussi bien. J'ai serré mes bras autour de lui et ai tourné la tête pour poser mes lèvres en plein milieu de son torse.

– Tout ce que tu veux, Asa.

Car s'il me donnait tout ce qu'il avait à donner, il fallait bien que je fasse la même chose.

ÉPILOGUE

Six mois plus tard...

Vivre avec un agent de police était une expérience intéressante. Je m'étais habitué au mélange du Kevlar, de la soie et du coton dans les placards. Je ne sursautais plus à la vue d'une arme dans la maison, et ses horaires décalés ne me réveillaient plus lorsqu'elle sortait du lit aux aurores ou y revenait en plein milieu de la nuit. Ce à quoi j'essayais encore de m'habituer était l'influence que son travail avait sur elle, sur le plan émotionnel. Certains soirs, je rentrais à la maison et elle grimpait aux murs car il lui restait trop d'adrénaline, et j'arrivais à peine à passer la porte avant qu'elle me saute dessus pour relâcher toute cette énergie retenue. Et il y avait les jours où elle pouvait à peine me regarder. Ces fois-là, je la trouvais recroquevillée sous la douche en train de pleurer, et je devais la sortir et la serrer dans mes bras jusqu'à ce qu'elle reprenne ses esprits. J'avais compris assez vite que c'était les jours où les méchants avaient gagné. Heureusement, ceux où je me faisais plaquer au sol et déshabiller étaient beaucoup plus nombreux, alors j'avais appris à l'aimer dans les deux cas de figure. Je pensais toujours que son boulot était dangeureux, mais elle l'aimait tellement que je ne disais rien... la plupart du temps.

Dom avait travaillé dur avec l'aide d'un très bon kinésithérapeute, qui était devenu essentiel de bien des façons, même quand il était retourné travailler. Étonnamment, Royal lui avait demandé si cela ne le dérangeait pas qu'elle garde Barrett comme équipier, après son retour. Elle avait le sentiment qu'elle s'était trop reposée sur Dom jusqu'à présent, et avec un autre équipier, elle était obligée d'être la policière qu'elle était destinée à être. En plus, elle lui a dit que son cœur ne tiendrait certainement pas si elle le voyait avec une arme sur la tempe une seconde fois, et Dom, ami exceptionnel qu'il était, avait tout accepté sans sourciller. Tout ce qu'il avait toujours voulu était que Royal se réalise et c'était exactement ce qu'elle faisait.

J'ai jeté mes clés dans le joli bol en céramique qu'elle avait choisi pour la console près de la porte. Même avec une place attribuée pour toutes les clés, je devais encore traverser la ville de temps en temps pour lui ouvrir sa voiture car elle s'enfermait encore dehors régulièrement. C'était mignon, et sa façon de me remercier faisait toujours naître un sourire sur mon visage. Ma flic sexy était pénible, et cela m'allait très bien ainsi.

Ce soir, c'était moi qui rentrais tard. Par moments, j'avais tellement de pain sur la planche que c'était dur de tout suivre. L'entreprise que Rome menait faisait un carton. Notre investissement de départ avait doublé en quelques mois. Je tirais une vraie fierté de notre business : investir dans des commerces et leur insuffler une nouvelle vie. Je travaillais encore au Bar un jour par semaine, surtout car je n'arrivais pas à le lâcher. Cet endroit avait été mon chez-moi quand j'avais vraiment eu besoin d'un lieu où me sentir le bienvenu, et je ne pouvais pas partir comme si de rien n'était. En général, je travaillais le mercredi ou le jeudi soir, en grande partie pour voir Dixie et Church qui se tournaient toujours autour. C'était comme une téléréalité en direct et en couleur, mais bien plus divertissante. Dixie s'était inscrite sur des sites de rencontres récemment et Church avait beaucoup d'opinions à marmonner à ce sujet. Je n'arrivais pas à comprendre pourquoi il ne l'attirait pas dans son lit pour abréger leurs souffrances à tous les deux, mais il ne voulait pas s'expliquer.

J'avais aussi trouvé un petit trou à rats dans LoDo que je mourais d'envie de transformer en bar à cigares à l'ancienne. Le local pouvait contenir une cinquantaine de personnes au maximum, et il était assez reculé donc je savais que je pouvais en faire un endroit select où les gens à la pointe des tendances se battraient pour entrer. Comme il avait été génial avec moi depuis le début, j'ai demandé à Rome s'il voulait investir avec moi et j'ai été interloqué quand il m'a dit non. Lorsque j'ai parlé de sa réponse à Royal, elle m'a simplement souri et m'a dit que cet endroit était à moi. Rome voulait que j'aie quelque chose rien qu'à moi, que ça coule ou que ça marche, au cas où tout le reste se casserait la figure. Il essayait de prendre soin de moi, à sa façon rustre. Je venais de parler avec Zeb car j'avais enfin signé un bail pour cet endroit, et je voulais qu'il retape l'intérieur. Les préparatifs avaient pris plus longtemps que prévu, alors je n'ai pas fait de bruit en rentrant à la maison au cas où Royal avait été déjà au lit. Je remarquai que les lumières étaient éteintes dans la maison à mesure que j'avançais à travers cette incroyable cuisine pour me servir un verre de scotch de ma réserve personnelle. Les portes coulissantes qui donnaient sur la terrasse étaient entrouvertes et j'entendais une chanson de Tom Petty dehors. Royal aimait toujours sa pop bubblegum, mais quand elle était d'humeur tranquille et qu'elle avait besoin de se détendre après une longue journée, elle avait tendance à revenir aux classiques, que je préférais, je devais bien l'admettre.

J'ai pris mon verre et ai ouvert la porte, mes yeux se dirigeant automatiquement vers les chaises Adirondack qui occupaient le bout de la terrasse, du côté opposé au Jacuzzi. Elle était assise dans le noir, dehors dans le froid ; nous étions début février, donc il y avait encore de la neige par terre, et je n'étais pas du tout surpris qu'elle ne porte qu'une de mes chemises en flanelle et une paire de Uggs. Je le jure, elle était anti-pantalon dès qu'elle passait la porte d'entrée. Non pas que je sois assez bête pour m'en plaindre. Elle avait une bière à la main et un sourire doux sur le visage, ce qui me rappelait, chaque fois que je la voyais ici, que cette maison et ces moments passés à en faire un foyer n'avaient de sens qu'avec elle.

– Tu m'as attendu ?

J'ai marché jusqu'à la chaise sur laquelle elle était recroquevillée et l'ai tirée pour qu'elle se lève et que je puisse l'embrasser. Elle avait le goût de l'hiver et de la bière fraîche. Elle avait le goût du paradis et de l'enfer mélangés. J'ai volé la chaise sur laquelle elle était assise et l'ai attirée contre moi pour qu'elle s'assoie sur mes genoux, le dos contre mon torse.

Elle a porté la bière à ses lèvres et s'est blottie contre moi. J'ai soupiré par pure satisfaction et j'ai passé un bras autour de sa taille fine.

– Ouais. Je ne voulais pas aller me coucher toute seule.

J'ai frotté mon nez dans ses cheveux doux et lui ai dit :

– Tu aurais dû m'appeler. Je serais rentré.

Elle a posé une main sur la mienne et j'ai posé mon verre par terre car c'était beaucoup plus intéressant de la tenir, elle.

– En fait, je parlais à Ayden et je n'ai pas vu le temps passer. Je savais que tu allais bientôt rentrer, donc je me suis dit que j'allais m'asseoir ici pour t'attendre.

– À moitié nue.

Elle a ri et a levé un bras pour le glisser autour de mon cou.

– Évidemment.

– Comment ça se passe, le trajet depuis Austin ?

Ayden avait refusé de monter dans un avion à un stade aussi avancé de sa grossesse, même si le médecin lui avait dit qu'il n'y avait aucun risque. Elle insistait pour ne prendre aucun risque inutile avec sa petite fille, donc Jet et elle faisaient la route en voiture, par ce temps imprévisible, pour être là la semaine prochaine pour le mariage de Rome et Cora.

– Ça a l'air d'aller. C'est Jet qui souffre. Il fait son gros dur, il veut conduire d'une traite, et avec une femme enceinte de six mois qui a un bébé assis sur sa vessie, ce n'est pas possible. Elle m'a dit qu'il semblait sur le point de faire une embolie chaque fois qu'elle lui demandait de s'arrêter pour aller aux toilettes. Connaissant ta sœur, elle doit le faire exprès tous les vingt kilomètres pour l'énerver.

– Sûrement. J'ai hâte qu'ils arrivent.

J'avais échangé sur Skype avec Ayden plusieurs fois, donc j'avais vu les évolutions de ma sœur, physiquement. Je voulais voir comment elle s'en sortait de près, de mes propres yeux. Et j'avais envie de mettre les mains sur le ventre qui contenait ma nièce.

– Moi aussi.

Elle s'est tue pendant une seconde puis m'a demandé doucement :

– Tu penses à te marier et à avoir des enfants, des fois ?

Je lui ai pris la bière de la main, l'ai posée par terre à côté de mon scotch, et ai posé les mains sur ses hanches pour pouvoir la soulever et la retourner, pour qu'elle soit à cheval sur moi et face à moi.

– Est-ce que je pense au mariage et aux enfants en général, ou est-ce que j'y pense avec toi, Red ?

Elle a posé les mains sur mes épaules et a haussé les siennes, ce qui a fait glisser ses cheveux auburn sur mes mains dans un mouvement sexy.

– Ayden doit accoucher dans quelques mois, Rome et Cora se marient dans une semaine, Rule et Shaw filent un parfait bonheur domestique, Salem vient d'annoncer à tout le monde qu'elle était enceinte, et Saint s'est empressée de dire oui à Nash quand il l'a demandée en mariage à Noël. Il y a beaucoup d'« ils vécurent heureux et eurent beaucoup d'enfants » autour de nous et tu n'en parles jamais. Je me demandais juste si c'était une option pour nous.

J'ai retiré une de mes mains de ses cheveux et ai posé un doigt sous son menton pour qu'elle ne puisse pas fuir mon regard.

– Tu veux qu'on se marie, Royal ?

Elle a levé les yeux au ciel comme si c'était la question la plus stupide que je puisse lui poser.

– Ouais. Un jour.

J'ai hoché la tête et me suis penché en avant pour déposer un baiser léger sur ses lèvres.

– Alors on va se marier un jour.

Sa bouche s'est ouverte d'une façon un peu comique. Je l'ai tirée plus près pour murmurer dans son oreille :

– Tu veux avoir mes bébés ?

Elle a frissonné contre moi quand mes mains se sont faufilées sous sa chemise pour caresser ses cuisses.

– Absolument.

Elle a soufflé ce mot dans mon cou en tombant en avant pour me serrer plus près d'elle.

– Tu me diras quand tu seras prête pour commencer tout ça, moi je suis partant.

Elle allait être une mère géniale, et si mes compétences à être un parent étaient discutables tout au mieux, je me débrouillerais. Car avoir une famille avec cette femme fascinante, drôle, et fantastique n'était pas quelque chose que je voulais rater.

Mes mains ont frôlé de la peau chaude et nue qui était déjà humide et prête pour ce que je voulais faire d'elle. Elle a levé un sourcil espiègle et a décollé son visage de mon cou pour passer les mains entre nous et s'attaquer à ma ceinture.

– Tu avais prévu d'offrir un spectacle aux voisins ?

Je n'ai pas pu retenir l'humour qui pointait dans ma voix alors qu'elle libérait mon sexe dur et passait sa main sur toute la longueur.

– Ce n'est pas pour rien que j'ai laissé la lumière éteinte.

Elle m'a souri, et mon monde entier était réuni dans son sourire.

J'ai grogné en réaction car elle s'est tortillée pour monter sur mon érection tendue et s'est ampalée dessus, et je me suis retrouvé enserré par son corps accueillant et palpitant. Depuis cet angle, je sentais comme son corps devait s'élargir pour me faire de la place. C'était terriblement excitant. Je me suis servi de la main qui caressait l'intérieur de sa cuisse et jouait avec les endroits sensibles où nous étions unis pour la passer entre ses lèvres glissantes et trouver son clitoris.

Elle a murmuré mon nom dans un gémissement et a commencé à bouger sur moi. Nous étions toujours partiellement habillés ; tout ce que des voisins trop curieux verraient s'ils voulaient nous épier était une fraction de ses fesses spectaculaires chaque fois qu'elle montait et se laissait retomber, me chevauchant rudement. Elle a passé un bras autour de mes épaules et s'est penchée en avant pour que nos têtes soient l'une contre l'autre. Chaque fois qu'elle haletait, je sentais son goût sur mes lèvres. Chaque fois que je grognais de satisfaction, elle avalait mon souffle. J'excitais son clitoris sans merci alors qu'elle se poussait contre moi, que son corps aspirait le mien dans des mouvements avides. Elle était magnifique. La façon dont elle me faisait l'amour était magnifique, et quand elle a joui avec mon nom sur les lèvres et ma main recouverte de son plaisir, c'était tellement magnifique que cela m'a fait basculer et je l'ai suivie immédiatement.

Nous étions tous les deux haletants et nous essayions de reprendre notre souffle, j'ai bougé la main pour envelopper sa fesse nue. Elle a frotté sa joue contre la mienne et a soupiré en me disant :

– Je vis pour ces moments avec toi, Asa.

Je l'ai soulevée et l'ai portée dans la maison, notre maison, et me suis dit qu'Ayden avait raison. Quand on se permettait de s'aimer soi-même et d'être aimé, c'était à ce moment que la vie commençait vraiment. J'étais peut-être revenu d'entre les morts une fois, mais je n'avais commencé à vivre que lorsque je m'étais autorisé à aimer Royal.

– Cora m'a dit que j'ai toujours été son héros, alors il fallait que j'aie des airs de héros pour notre mariage.

Rome m'a marmonné cette réponse quand je lui ai demandé ce que cela lui faisait de porter son uniforme si longtemps après avoir quitté l'armée.

Nous nous tenions tous dans le fond de l'église, en attendant que la sauterie commence. Je crois que tout le monde avait été un peu surpris que Cora suive un chemin si traditionnel pour son mariage, mais d'après Rome, son petit lutin avait toujours voulu un mariage de conte de fées et il était bien prêt à le lui offrir.

Au début, j'avais été stupéfait quand il m'avait demandé de me tenir près de lui. Évidemment, Cora voulait que Royal soit une des demoiselles d'honneur, donc c'était logique que ce soit moi qui l'accompagne dans l'allée. Rome m'avait lancé un de ses regards sombres et m'avait informé que j'avais ma place auprès de lui, tout autant que Rule, Jet, Nash et Rowdy, et qui étais-je pour le contredire ?

Shaw et Ayden essayaient de divertir RJ pour qu'elle ne fourre pas des poignées de pétales dans sa bouche en attendant de devoir accomplir son très important devoir de demoiselle d'honneur. La petite blonde adorable semblait plus motivée à jeter des pétales de rose partout qu'à regarder ce que faisaient les deux femmes pour la distraire. Elle n'arrêtait pas de regarder Rome avec un grand sourire plein de dents et elle lui a demandé si c'était l'heure de se marier. Le grand homme souriait à sa jolie petite fille en réponse et lui a répondu :

– Presque.

Cora et Rome avaient accueilli un petit garçon en pleine santé seulement quelques mois plus tôt. Ils avaient aussi cassé la tendance et sauté la lettre R mais aussi le C. Le petit bébé Zowen dormait à poings fermés auprès des parents de Rome pendant que son cousin le surveillait attentivement. Le petit de Shaw et Rule avait tout juste un an et était fasciné par le bébé. Shaw affirmait que plus le garçon grandissait, plus sa personnalité se révélait. Il n'était pas sauvage et rebelle comme Rule, ni serein et introspectif comme elle. Elle jurait que chaque jour qui passait, il lui rappelait de plus en plus son oncle Remy, et je crois que tout le monde dans le clan Archer aimait cet avis. Le bébé était gentil, avait toujours un sourire ou un gloussement au coin des lèvres, et semblait savourer l'amour de ses parents, et cela faisait rire Shaw chaque fois qu'elle disait combien c'était un fils à papa. Ry et Rule étaient meilleurs amis, et même à ce moment, Rule a passé sa tête rasée par la porte à l'arrière de l'église là où les invités étaient rassemblés pour voir comment allait son fils.

Ayden a grogné en se redressant et est venue jusqu'à moi. Ma sœur était toujours belle, mais il y avait dans le fait d'être enceinte quelque chose qui la rendait surnaturelle. Elle avait une douceur qui n'avait jamais été présente avant, et cela lui allait très bien. Elle a avancé et passé le bras sous le mien. Elle m'a souri quand j'ai posé une main sur son ventre proéminent.

– Tu es prêt pour tout ça ?

J'ai levé un sourcil car elle regardait Royal, qui avait la tête penchée vers Saint tandis qu'elles discutaient doucement toutes les deux.

– Tu veux dire pour aujourd'hui, ou pour faire ça avec elle ?

Elle a posé sa main libre sur la mienne sur son ventre et a levé les yeux vers moi.

– Les deux.

Je l'accompagnais dans l'allée, ainsi que Royal, car Jet chantait *It Must Be Love* de Madness pendant que Cora avançait vers l'autel.

– Je suis prêt pour les deux.

Elle m'a souri et j'ai cru déborder de bonheur. Pour deux gamins des bas fonds, nous avions vraiment été chanceux et fini de l'autre côté de façon spectaculaire.

– Tout le monde est prêt ?

Brite officiait à la cérémonie, donc quand il a posé la question, tout le monde lui a accordé son attention comme une bande de bons petits soldats alors que lui et Rome marchaient vers l'avant de l'église.

Quand la musique a commencé, Rule et Shaw se sont pris par la main et ont descendu l'allée vers son frère. Personne n'a été choqué qu'à la moitié du chemin, il s'arrête et prenne sa femme dans ses bras pour l'embrasser. Cela a fait soupirer tout le monde. Nash et Saint ont suivi, et la pierre à son doigt brillait presque autant que le sourire sur son visage, alors qu'ils volaient tous les deux élégamment le long de l'allée. Rowdy et Salem leur ont succédé, tous les deux beaucoup trop cools pour les costumes noirs classiques que nous portions et les robes noires aux épaules dénudées des demoiselles d'honneur que Cora avait choisies. Salem a ri quand, au lieu de lui tenir la main et d'avancer dans l'allée à côté de lui, Rowdy l'a tirée devant lui, a posé la main sur son ventre encore plat, et l'a fait marcher comme cela dans l'église décorée.

Royal est apparue de l'autre côté et a pris mon bras libre. Elle a fait un clin d'œil à Ayden, puis s'est levée sur la pointe des pieds pour m'embrasser sur la joue.

– À notre tour.

Et nous y étions. Cet instant. Un instant qui semblerait si simple, si insignifiant et sans importance à certains, mais qui voulait tout dire pour moi. En ce moment, ma vie était complète, et si je n'avais pas fait attention, je l'aurais manqué, ainsi que toutes les merveilleuses choses dont elle était pleine. Amis. Famille. Amour. Union.

J'ai amené les deux personnes qui comptaient le plus pour moi jusqu'à l'avant de l'église. Je n'ai pas manqué la fierté dans les yeux de Rome, ni l'approbation dans ceux de Brite, quand j'ai pris ma place auprès des hommes qui m'avaient sauvé de moi-même.

C'était le tour de RJ, et même avec Sayer qui la poussait gentiment du fond de l'église, la petite fille n'avait pas l'air de vouloir bouger maintenant que tous les regards étaient tournés vers elle. J'ai vu sa lèvre commencer à trembler et Rome a dû le voir aussi. Il s'est éloigné de l'autel de quelques pas pour qu'elle puisse le voir. Il a tendu une main vers elle, les yeux de Remy se sont fixés sur son père et tout à coup, tout allait bien. Un sourire est apparu au milieu de son visage et elle s'est élancée dans l'allée, en lançant les fleurs comme si elle était née pour faire cela. Rome a jeté la tête en arrière en riant quand Remy s'est arrêtée au milieu du chemin et a tournoyé comme une danseuse pour un effet plus théâtral. Elle a complètement oublié les fleurs après cela et a couru jusqu'à Rome, qui l'a soulevée, la faisant pousser un cri perçant. Il a fait un bisou sur la joue de la petite fille et est retourné à sa place devant Brite.

Jet s'est remis à chanter et Cora est apparue au fond de l'église avec son père. Joe portait aussi son uniforme de la marine, ce qui rendait encore plus remarquable le fait que sa fille portait une robe de mariage rose clair à froufrous et bouffante. Bien sûr, pas de robe blanche pour la lutine punk. C'était comme si l'église entière avait repris son souffle en même temps et relâché à la même seconde alors qu'ils avançaient tous les deux vers l'avant de l'église. Rome ne pouvait pas lâcher des yeux la femme qui l'avait aidé à occire tous ses dragons. RJ n'arrêtait de taper dans ses mains en disant :

– Maman est jolie.

Ça, elle l'était. Les yeux bicolores de Cora scintillaient de larmes qui ne coulaient pas tandis qu'elle avançait lentement vers sa famille qui l'attendait... Nous tous.

Quand Joe a passé Cora à Rome, Rule a brisé le silence plein d'émotion en murmurant fort :

– C'est pas trop tôt, hein.

Cela a fait rire toute l'assemblée. Jet s'est arrêté faire un petit bisou sur la joue à Ayden et tapoter son ventre très rond avant de prendre place à côté de moi. Nous avons échangé un regard et j'ai hoché la tête. J'avais dû faire du bon boulot pour gagner ma place parmi ces hommes, près de l'homme qui avait aimé ma sœur quand je n'avais pas su le faire. Je ne l'oublierais jamais.

Nous avions tous des marques, certaines physiques, d'autres émotionnelles, certaines qui ne nous quitteraient jamais, et beaucoup de ces marques étaient de notre propre faute alors que nous essayions tous d'arriver à l'endroit où nous devions être. Nos blessures nous définissaient, nous séparaient, et faisaient de nous les hommes que nous étions aujourd'hui. Un fait qu'aucun de nous, autour de cet autel, ne pouvait réfuter, était que la marque la plus importante, les traces qui dureraient le plus longtemps et que nous allions garder, venaient de notre amour pour les femmes remarquables qui se tenaient devant nous.

Nous étions marqués et nous avions été marqués de façon inoubliable et éternelle. Nous étions tous devenus des hommes meilleurs. Des hommes marqués.

NOTE DE L'AUTEURE

Alors que la série *Marked Men* touche à sa fin, j'espère que vous continuerez le voyage avec moi dans la nouvelle série dérivée. *Saints of Denver* sera basée sur beaucoup de personnages secondaires que nous avons appris à connaître et à aimer tout au long de l'aventure *Marked Men.* (Et peut-être certains qu'on n'apprécie pas tellement car je ne fais jamais dans la simplicité !) La nouvelle série se déroule dans le même monde que celui des *Marked Men,* donc je suis sûre que certains de nos préférés feront une apparition de temps en temps. Je suis follement contente de commencer cette nouvelle aventure avec cette nouvelle bande d'hommes et de femmes intéressants, géniaux, et indéniablement uniques... Tout va commencer avec l'histoire de Sayer et Zeb... Quand on dit que les opposés s'attirent !

LA PLAYLIST D'ASA ET ROYAL

Elle n'était pas facile, celle-là. Asa part dans tous les sens, donc les choix musicaux qui reflètent sa personnalité partent dans tous les sens aussi, et j'ai vraiment imaginé Royal enjouée et pétillante, donc je savais qu'il lui fallait une bande-son pop – un genre que je n'écoute pas du tout. Le compromis a été de lui donner tous les morceaux de pop qui étaient à la mode quand j'étais plus jeune et que je me souviens avoir entendus à la radio. Cette sélection est très insouciante, entraînante, et marrante, ce qui colle bien à sa personnalité, mais n'est vraiment pas ce que l'on entend à la radio aujourd'hui. (Bien que j'aie un faible secret pour la musique d'Eminem. Ne le dites à personne !) Elle est intéressante, et je trouve que c'est une bonne playlist pour se dire au revoir...

Tom Petty, *You Got Lucky* ; *Even the Losers*
Shooter Jennings, *A Hard Lesson to Learn*
Diamond Rugs, *Blue Mountains*
Britney Spears, *Toxic*
Caitlin Cary w/ Whiskeytown, *The Battle and the War*
U2, *With or Without You*
Jason Isbell, *Streetlights*
Dirty River Boys, *Riverbed Wild owers*
Raconteurs, *Salute Your Solution*
Funeral Party, *Finale*
Black Rebel Motorcycle Club, *Devil's Waitin'*
One Direction, *Better Than Words*
Justin Timberlake, *SexyBack*
P!nk, *Trouble*
Eagles of Death Metal, *I Want You So Hard*
George Thorogood, *Who Do You Love ?*
Them Crooked Vultures, *No One Loves Me & Neither Do I*
The Killers, *All These Things I've Done*
The Duke Spirit, *Love Is an Unfamiliar Name*
Christina Aguilera, *Dirrty*
Guns N' Roses, *Civil War*
Eminem, *Berzerk*
American Aquarium, *Northern Lights*
Band of Horses, *The Funeral*
Slobberbone, *To Love Somebody*
Black Angels, *You're Mine* ; *Love Me Forever*
Seawolf, *O Maria!*
Morningwood, *Best of Me* Madness, *It Must Be Love*

Avant de me lancer dans mes remerciements classiques, je me suis rendu compte qu'il fallait que je prenne une minute pour faire signe aux autres auteurs qui m'ont aidée à naviguer tout au long de ce voyage de folie pour lâcher les *Marked Men* dans le vaste monde, depuis le début jusqu'à la fin. Écrire est une joie et c'est ma passion, mais c'est aussi un métier, un métier avec les meilleurs avantages du monde, sans aucun doute. C'est aussi un métier qui comporte des hauts et des bas, et ces dernières années, il y avait de grandes chances pour que je finisse par abandonner ou devenir folle si ces femmes merveilleuses et extrêmement talentueuses n'avaient pas été là :

Jennifer Armentrout est mon héroïne. Je veux être elle quand je serai grande, et je ferai des bébés livres avec elle quand elle le voudra.

Cora Carmack me fait rire. Cela fait du bien de se souvenir que tout ça est censé être *fun* et elle ne me laisse jamais l'oublier.

Monica Murphy, qui est ma sœur de cœur.

Sophie Jordan est la maîtresse de la réinvention. C'est un génie et elle a beaucoup de voix et d'idées. C'est l'exemple parfait qui montre qu'on peut toujours grandir, se mettre au défi et ne jamais avoir peur de ce qui est nouveau.

Tiffany King est peut-être l'être humain le plus gentil de la Terre. Elle montre à quel point il est facile et naturel de se soutenir plutôt que de se mettre en compétition. Je l'adore, ainsi que sa vision de la vie.

Kristen Proby est un modèle. Je l'aime à la folie et, honnêtement, c'est la meilleure auteure pour montrer comment se comporter professionnellement et respectueusement dans notre domaine et dans la vie. Nous formons une drôle de paire, mais je suis tellement contente que cela soit réciproque.

Lisa Desrochers a été la première auteure à me dire que j'avais un truc particulier. Elle était si gentille et si contente pour moi que c'en était contagieux. Elle est géniale et sa vision de la romance est tellement fraîche et différente qu'elle en est à part, ce que j'admire.

K.A. Tucker est une sœur d'agence et une auteure fantastique, sérieusement, je suis jalouse de sa façon d'écrire. Chaque fois que je lis un de ses livres, cela me donne envie d'être une meilleure auteure. En plus, elle est adorable et chaque fois que je suis dans la même pièce qu'elle, j'ai envie de la serrer dans mes bras.

Kimberly Knight était ma première amie auteure. Maintenant, c'est simplement une amie qui se trouve être auteure. Je l'adore et j'adore qu'elle fasse partie intégrante de ma vie.

REMERCIEMENTS

Évidemment, comme c'est la fin de la série, il faut que je remercie en premier lieu tous les lecteurs incroyables qui l'ont adoptée et aimée autant que moi. Y aurait-il eu une suite après *Rule* sans vous ? Je ne peux sincèrement pas répondre à cette question par un oui. J'adore que mes personnages amochés aient trouvé une place dans vos cœurs, et leur créatrice inadaptée aussi. Je ne me pousserais pas à faire mieux sans vous. Je ne me donnerais pas aussi entièrement avec chaque livre que j'écris si je n'avais pas promis de ne pas vous décevoir. Avoir la chance de partager mes amours et mes passions avec autant de gens et autant de foi a vraiment été une bénédiction.

Ne doutez jamais que le plus important pour les auteurs sont leurs lecteurs. On veut vous faire rêver. On veut vous faire tomber amoureux. On veut vous surprendre. On veut vous choquer. On veut vous mettre en colère. On veut vous épater. On veut que vous restiez avec nous quand on essaie quelque chose de nouveau. Mais plus que tout cela, on veut vous remercier de nous donner une plateforme où l'on peut laisser ces histoires briller.

Alors merci, et un million de mercis différents pour un million de choses différentes.

Il en va de même pour les blogueurs qui ont joué leur rôle pour lancer les gars dans notre monde. Je remercie ceux d'entre vous qui ont suivi ma carrière ; à travers cette série et, surtout, plus loin aussi. Je sais qu'être blogueur peut être ingrat, mais sachez que je vous suis reconnaissante pour votre soutien et votre promotion tout au long de ma route. Mince, sans les blogueurs, je n'aurais pas eu Karen, Michelle et Rosette pour m'aider à ne pas me perdre pour ma première tournée ou ma première campagne de promo. Je n'aurais pas Denise pour me dire : « Eh, il faut que tu te fasses un compte Facebook et Twitter. » Je n'aurais pas eu Mel pour me dire : « Il te faut une page de fans et je vais t'aider à la tenir », ni Mich dans toute sa gloire de Kiwi, pour me sortir : « Tu vas être une star et je veux t'interviewer même si personne ne sait qui tu es », et Lisa, du genre : « On n'a qu'à faire une interview de personnage – oh, tu ne sais pas ce que c'est, je vais t'expliquer. » En plus, la plupart des événements où je vais pour vous voir sont crés par des blogueurs passionnés. Vous êtes tous tellement importants pour le monde du livre que je ne peux même pas vous dire combien je suis reconnaissante pour ce que vous faites. Je dis toujours que je ne vais pas balancer de noms car j'apprécie autant tous les blogueurs qui ont été présents sur ma route. Mais à ceux qui font partie de l'aventure depuis le premier jour... Je vous remercie particulièrement d'avoir cru en moi et d'avoir eu foi en mon écriture. C'est tellement important pour moi.

Finir *Asa* m'a demandé beaucoup de travail. C'était un mec compliqué avec un passé difficile, et l'amener à comprendre qu'il méritait non seulement l'amour, mais aussi d'être un homme meilleur, a demandé du travail. Il m'a vraiment émue et je voulais être sûre qu'il avait l'histoire qu'il méritait, et le reste du groupe aussi. Je n'aurais absolument pas pu l'amener jusque-là sans Vilma Gonzales (mon animal-totem des livres) et Denise Tung (ma sensei d'histoires). J'avais besoin d'elles deux pour écrire la meilleure histoire possible et me guider dans la bonne direction quand j'étais perdue. Arriver à la fin de cette série me donnait des frissons. Au lieu d'être triste qu'elle soit finie, j'ai l'impression d'avoir vraiment fait ce que je devais faire pour que tout le monde finisse là où il est censé être. Maintenant, je suis juste impatiente de passer à la suite. Je me suis fait beaucoup d'amis importants dans le monde du livre, précieux, intéressants et merveilleux au cours de mon voyage. Ces deux dames sont en haut de la liste. J'ai tout l'amour du monde – et encore plus – pour elles.

Je ne m'amuserais pas autant et je serais loin d'être aussi connectée avec mes lecteurs sans Melissa Shank. Mon Dieu que c'est une fille bien d'un bout à l'autre ! Elle gère ma vie quand je ne peux pas le faire, et elle est vraiment le pont qui aide à voyager et à entrer en contact avec les gens avec lesquels il est le plus important de se connecter... mes lecteurs. Elle travaille très dur pour que même les plus petits détails soient marrants, et chaque fois que je lui demande de s'occuper de quelque chose, je peux considérer que c'est fait et je pense que c'est une qualité très dure à trouver chez les gens de nos jours. Je suis reconnaissante chaque jour qu'elle ait atterri de mon côté.

Comme c'est la fin et que j'en fais toujours des caisses : mon père et ma mère ; ma grand-mère qui a lu TOUS mes livres et les garde rangés sur une étagère, ce qui fait sauter mon cœur de bonheur; Mike, qui s'occupe de toute la manutention pour moi (je ne m'étais jamais rendu compte combien c'était important avant de divorcer !) ; et mes chiens... J'ai l'impression de pouvoir tout résumer en disant qu'il n'y a pas plus chanceuse que moi. J'ai des gens fantastiques dans ma vie. Je suis réellement bénie d'être entourée d'amour et de soutien au quotidien. Je n'en demanderais jamais plus et je n'accepterais jamais moins que toutes les choses merveilleuses qu'ils ont à offrir.

Il faut que je dise que l'idée de vivre dans l'instant, d'être présent et éveillé face à toutes les belles choses qui arrivent dans le moment, est une bataille que je mène constamment. À chaque publication, cette bataille me fait partir en vrille, mais cette fois, je suis décidée à retenir les leçons que ce livre aborde et à les appliquer à ma vraie vie. Je ne suis pas seulement dans l'arène, je suis aussi dans l'instant.

Maintenant, passons aux affaires... Oh oui, sortir un livre, c'est beaucoup de travail et c'est vraiment un business, ne laissez jamais personne vous dire le contraire.

J'ai tellement de chance que tous les gens avec qui je travaille sur le plan professionnel et créatif soient aussi géniaux... C'est vrai !

Mon éditrice, Amanda, est fougueuse et adorable. Elle veut seulement que le meilleur livre possible arrive entre vos mains, et elle travaille beaucoup pour cela. Elle n'a jamais essayé de changer ce que je fais et j'ai beaucoup de respect pour elle. Dans mes livres, tout est clair, il n'y a pas de secret, mais ils sont un peu plus raffinés pour être plus faciles et plus satisfaisants à lire. Amanda a également accepté de me laisser faire des choses différentes et repousser les limites, et a adopté toute ma folie… Et même, la moitié du temps, elle l'encourage. Je me sens vraiment chanceuse qu'elle soit l'une de celles qui ont ouvert la porte pour que je puisse raconter mes histoires à ma façon, et entendre ses retours quand nous travaillons ensemble n'a pas seulement fait de moi une meilleure auteure, mais une meilleure personne en cours de route.

Il y a toute une armée de femmes en coulisses dans une grande maison d'édition, qui travaillent d'arrache-pied pour lâcher des romances et des livres en général dans la nature. Quand j'étais plus jeune, je n'aurais pu que rêver d'un boulot comme celui-ci, alors voir les filles qui le font et qui le font bien fait vraiment du bien à mon âme.

Jessie et Alaina font un excellent travail pour non seulement gérer les affaires de Jay, mais aussi gérer Jay. Je ne suis pas toujours la personne la plus facile à côtoyer, mais elles le font parfaitement bien et elles rendent sympa la partie business de ce que je fais. Même si l'édition est un commerce, et que les ventes et les chiffres comptent, toute l'équipe chez HarperCollins me donne l'impression que je compte tout autant. Je l'ai déjà dit, et je le redirai : j'ai atterri là où j'étais censée être et maintenant, je ne peux plus m'imaginer ailleurs.

Alors merci, mesdames, de m'avoir donné cette chance et de travailler autant que vous le faites.

KP... Oh, comment vais-je pouvoir chanter les louanges de cette femme et de son dévouement infaillible envers ses clients ? Elle est incroyable. Fin ! Sérieusement, je l'adorais avant d'avoir besoin d'elle, mais maintenant je l'aime encore plus. Mon admiration pour cette femme est à la limite de l'obsession et je lui dis tout le temps qu'elle a intérêt à me garder une place chez InkSlinger car si cette histoire d'écriture ne dure pas, je vais travailler pour elle. Je suis tellement honorée de faire partie de InkSlinger, entourée d'auteurs talentueux et révolutionnaires... Sachez-le !

Je ne sais pas comment, mais je me suis retrouvée dans ce groupe de gens affreusement cools au Texas que j'appelle mes potes. Ils sont drôles, gentils, et ils ont tous des cœurs gros comme un continent. Alors c'est mon hommage spécial aux gens de cet État à l'étoile solitaire qui me donnent toujours le sourire : Renee Kennedy, Heather et Brad Self, Stephanie Higgins, KP Simmon, Vilma Gonzales, toute la famille Shank (Jake est le meilleur mari du pays et Lizzy me donne de l'espoir pour l'avenir), Danielle Sanchez et Yesi Cavazos. Damaris Cardinali est ma meuf de la côte est.

OK, celui-ci est un grand... un immense... La personne qui mérite plus de remerciements que je ne pourrais jamais en donner est mon agent, Stacey. Elle est tout. Elle est mon régime de soutien. Mon associée. Mon prêtre. Ma mère. Ma consultante mode. Ma pom-pom girl. Ma voix de la raison. Mon partenaire de combat. Elle endosse tellement de rôles qu'en réalité, je ne peux pas la remercier assez pour toutes les façons dont elle m'aide dans ma vie et dans ma carrière. C'est à elle que je dois d'avoir d'autres livres que *Rule* et même d'autres séries après *Marked Men.* Elle a cru en mes gars alors que tous les autres disaient : « Cette fille fait des fautes partout et je crois qu'elle n'a jamais vu de virgule. » Elle a toujours eu plus foi en moi que n'importe qui d'autre, et n'a jamais faibli dans sa croyance que je suis faite pour gagner ma vie en écrivant des livres. Elle me dit toujours qu'elle est une fan avant d'être mon agent. Je suis sa fan avant d'être sa cliente. Je dois à peu près toutes les bonnes opportunités que j'ai eues depuis que tout cela a commencé à Stacey, et je crois que je n'aurais jamais assez de temps ni assez de mots pour la remercier pour ça.

Et nous voilà à la fin de ce qui a vraiment été un voyage bouleversant. J'en ai adoré chaque seconde, même les secondes que j'ai détestées. Je vois vraiment cela comme si une porte s'était fermée et que je me ruais maintenant sur une fenêtre ouverte pour voir où je vais atterrir. J'ai tellement d'idées *fun* que j'espère vraiment, vraiment que vous voudrez sauter avec moi.

Merci pour tout.

Amour et encre

Jay

« La première étape pour aller quelque part est de décider que l'on ne va pas rester où l'on est. »

J. P. Morgan

Composition et mise en pages
Nord Compo à Villeneuve-d'Ascq